STAR WARS™

MESTRE & APRENDIZ

CLAUDIA GRAY

STAR WARS™

MESTRE & APRENDIZ

SÃO PAULO
2024

Disney • Lucasfilm Ltd

Grupo Editorial
UNIVERSO DOS LIVROS

Star Wars: Mestre & aprendiz é uma obra de ficção. Todos os nomes, lugares e situações são resultantes da imaginação dos autores ou empregados em prol da ficção. Qualquer semelhança com eventos, locais e pessoas, vivas ou mortas, é mera coincidência.

Diretor editorial
Luis Matos

Gerente editorial
Marcia Batista

Produção editorial
Letícia Nakamura e Raquel F. Abranches

Tradução
Leonardo Alvarez

Preparação
Giovana Sanches

Revisão
Guilherme Summa
Tássia Carvalho

Arte e diagramação
Renato Klisman

Ilustração da capa
Alice X. Zhang

Design da capa original
Scott Bie

Dados Internacionais de Catalogação na Publicação (CIP)
Angélica Ilacqua CRB-8/7057

G82s

Gray, Claudia
Star Wars: mestre & aprendiz / Claudia Gray ; tradução de Leonardo Alvarez. -- São Paulo : Universo dos Livros, 2024.
336 p. : il.

ISBN 978-65-5609-652-0
Título original: *Star Wars: Master & Apprentice*

1. Ficção norte-americana 2. Ficção científica
I. Título II. Alvarez, Leonardo

24-1186 CDD 813.6

Universo dos Livros Editora Ltda.
Avenida Ordem e Progresso, 157 — 8º andar — Conj. 803
CEP 01141-030 — Barra Funda — São Paulo/SP
Telefone: (11) 3392-3336
www.universodoslivros.com.br
e-mail: editor@universodoslivros.com.br

As profecias são possíveis, nos sonhos,
por meio da iluminação do intelecto ativo sobre a alma.
— Ibn Rushd, também conhecido como Averróis

Há muito tempo, em uma galáxia muito, muito distante...

É um tempo pacífico. A REPÚBLICA GALÁCTICA, no governo há milhares de anos, tem trazido prosperidade a muitos mundos e oportunidades para a maioria deles. Apenas algumas poucas sombras de conflitos turvam a galáxia — e são resolvidas pelos CAVALEIROS JEDI, guardiões da paz e da justiça em toda a República.

Um desses conflitos irrompe no planeta Teth, fonte da corrupção que ameaça vários sistemas próximos. O Conselho Jedi enviou QUI-GON JINN e seu jovem Padawan para investigar. Mas o elemento criminoso em Teth escolheu não cooperar…

CAPÍTULO UM

Não há emoção — há paz.
Não há ignorância — há conhecimento.
Não há paixão — há serenidade.
Não há caos — há harmonia.

"Quem quer que tenha escrito o Código Jedi", pensou Qui-Gon Jinn, "nunca precisou lidar com os Hutts."

Ele correu pelo corredor de pedra no complexo Hutt com o som de blasters ecoando atrás dele, lampejos vermelhos iluminando a escuridão como um aquecedor elétrico. Quem os perseguia logo dobraria a esquina, obtendo uma clara linha de disparo. Aquela era a ocasião perfeita para correr até a porta mais próxima.

— Obi-Wan — chamou ele. — Para a esquerda!

— Sim, Mestre — ofegou Obi-Wan, que estava apenas alguns passos atrás de Qui-Gon.

"Ele já está sem fôlego?", pensou Qui-Gon enquanto desciam correndo uma escadaria que os levaria para a área externa e mais moderna do complexo Hutt. A fuga, até aquele momento, incluíra não mais do que uma corrida de três minutos — e, é claro, a escalada de um muro de vinte metros de altura. Mas aquilo não deveria ser difícil no estado meditativo correto.

"Obi-Wan não consegue manter a meditação perfeita durante um combate", lembrou Qui-Gon a si mesmo enquanto os passos de seu Padawan ecoavam atrás dele pela longa escadaria. "Na idade dele eu já podia..." — Qui-Gon interrompeu o pensamento. Fazer comparações entre seu treinamento e o de Obi-Wan não era construtivo. Cada indivíduo tinha um caminho diferente a seguir na Força. O que ele precisava fazer era se concentrar no caminho que levaria os dois para fora dali.

A escuridão que os cercava era atravessada por um feixe de luz que vinha de uma porta aberta. Qui-Gon sacou seu sabre de luz e o ativou, iluminando a escadaria. Obi-Wan fez o mesmo, apenas um segundo depois dele, e bem a tempo para que os dois saíssem correndo da escadaria e fossem parar no que se revelou ser uma sala bastante grande e repleta de gente.

Especificamente, um dos antros Hutts de especiaria em narguilés.

Uma fumaça densa e adocicada turvava o ar. Músicos tocavam sobre várias plataformas flutuantes, que pairavam em alturas diferentes acima dos confusos usuários de especiaria. De seu estrado dourado, Wanbo, o Hutt, inalou fumaça o bastante para encher seus três pulmões. Ninguém prestava atenção o suficiente para notar os dois Cavaleiros Jedi que surgiram vindos de cima.

Mas os sabres de luz tinham a tendência de chamar atenção.

— *Apa hoohah gardo!* — grunhiu Wanbo, gesticulando atordoado na direção dos dois. Um de seus guardas Gamorreanos guinchou e avançou, desajeitado, para interceptar os dois no pé da escadaria. Aquilo preocupava Qui-Gon bem menos do que os passos pesados da meia dúzia de guardas humanos que se aproximavam pela escadaria, apenas alguns segundos atrás deles, e os outros dois Gamorreanos na porta.

— Pule! — exclamou Qui-Gon. Depois, saltou pela sala para pousar em uma das plataformas flutuantes de músicos, que naquele momento era ocupada pelo grupo de sopro. Os Kitonak cambalearam para trás, alarmados, e uma caiu da beirada da plataforma no fosso imundo e almofadado ao redor de Wanbo. Ela pousou em cima de um Trandoshano, que sibilou em protesto, mas a maior parte do grupo atordoado mal pareceu notar.

Ele olhou para trás. O salto de Obi-Wan o levou até a plataforma onde um Shawda Ubb tocava uma gaita Growdi. Infelizmente, aquele era um músico de uma espécie mais severa. Enquanto mantinha a gaita firme com dois membros, ele usou um terceiro para atacar e, depois, cuspiu em Obi-Wan.

"Veneno", pensou Qui-Gon com horror, mas Obi-Wan se esquivou facilmente. Os reflexos de seu Padawan eram aguçados. O que lhe faltava em termos de serenidade em batalha lhe sobrava em instinto.

— Cuide daquela porta! — gritou Qui-Gon quando os guardas humanos surgiram na escadaria. Depois, pisou no controle da plataforma, mandando-a na direção dos guardas. No meio da briga, invocou a profunda quietude interior, a alma do universo que sempre o escutava e sempre respondia.

Qui-Gon ergueu seu sabre de luz, sem pensar ou mirar de forma consciente, bloqueando cada disparo de blaster. Os oponentes passaram a disparar mais rápido, mas não fez diferença; o Jedi podia sentir cada tiro antes que acontecesse. Sua confiança não foi compartilhada pelos músicos Kitonak, que pularam para fora da plataforma. Bom, pelo menos daquele jeito Qui-Gon poderia se concentrar apenas em sua própria segurança e na de seu Padawan. Obi-Wan, claro, era capaz de cuidar de si mesmo.

Ou foi o que Qui-Gon pensou durante os dois segundos que restavam antes de Obi-Wan descer sobre os controles da porta e golpeá-los com seu sabre de luz, cujo calor os derreteu por dentro.

"Droga!", pensou Qui-Gon.

— Eu quis dizer, cuide dos *guardas* da porta!

— Poderia ter sido mais específico! — gritou Obi-Wan.

Era verdade. "Sempre querendo instruções específicas! Será que ele precisa ser tão literal assim?" Mas aquilo quase não fazia diferença, com dois Gamorreanos ainda entre eles e a melhor rota de fuga. Pior ainda, o painel de controle não parecia ser ligado apenas à porta, mas também às plataformas flutuantes, que ficaram descontroladas. Qui-Gon cambaleou quando sua plataforma se inclinou para a esquerda bruscamente, mas conseguiu manter o equilíbrio. Foi por pouco. Uma rajada de blaster passou por ele e atingiu a parede, deixando um buraco fumegante. Mesmo aquele pequeno erro tinha sido...

"Não é hora de conjecturas", lembrou Qui-Gon a si mesmo. "Não existe passado nem futuro, existe apenas o agora."

Obi-Wan não parecia tentar ficar calmo. Parecia tudo, *menos* calmo, saltando de sua plataforma instantes antes do Shawda Ubb e sua gaita Growdi colidirem com a parede em um estrondo musical. Mesmo assim, ele cortou habilmente o machado de um Gamorreano e um braço do outro, fazendo o primeiro gritar horrorizado.

Aquilo finalmente rompeu o torpor de estupidez e especiaria na cabeça de Wanbo, o Hutt.

— *Hopa! Kickeeyuna Jedi killee!* — Os Gamorreanos nas escadas começaram a descer, certamente para agarrar Qui-Gon quando ele caiu de sua plataforma louca e sem equilíbrio.

— Mestre? — chamou Obi-Wan. — Você está bem?

— Só arrume uma nave, se possível!

Obi-Wan assentiu, acenando com a cabeça, e saiu correndo do antro de especiarias para o labiríntico palácio Hutt de Teth.

Qui-Gon agarrou-se à borda da plataforma enquanto ela avançava novamente na direção de Wanbo. Algumas pessoas abaixo começaram a dar risada do espetáculo que era assistir um Jedi agarrado a uma plataforma musical flutuante.

"Bem, deixe que se divirtam... é melhor que continuem distraídos", pensou ele enquanto ligava um rastreador em seu cinto.

Sua plataforma flutuante zuniu em direção a outra que permaneceu parada a maior parte do tempo, onde um Kitonak se encolhia abaixo de sua trompa Kloo. Qui-Gon saltou para a nova plataforma, um pouco mais abaixo e mais ou menos no centro da sala. A partir dela, ele poderia se equilibrar para saltar novamente e...

Pousar de pé no estrado atrás de Wanbo, com o sabre de luz posicionado a apenas alguns centímetros da garganta carnuda do Hutt.

— *Ap-xmai nudchan!* — Wanbo tentou se virar, o que não era exatamente fácil para Hutts, mas Qui-Gon aproximou-se com o sabre de luz. O calor da lâmina deve ter sido perceptível mesmo atrás daquela pele grossa, porque Wanbo ficou imóvel. Os guardas humanos e os Gamorreanos também. A maioria dos usuários de especiarias sentou-se, finalmente se interessando pelo que estava acontecendo, com exceção de uma mulher que continuava no chão, olhando para o teto com a boca aberta em um sorriso ébrio. As duas últimas plataformas se chocaram contra as paredes e caíram, não deixando nenhum ferido que Qui-Gon pudesse ver.

Wanbo permaneceu em silêncio, esperando ouvir as instruções de seu captor. Sem seu mordomo, Wanbo não tinha ideia de como lidar com qualquer crise.

— Agora que está prestando atenção — disse Qui-Gon —, gostaria de discutir minha saída deste palácio.

— *Chuba, jah-jee bargon* — respondeu Wanbo, mal-humorado, o que se traduziria mais ou menos como "Tudo bem, não aguento mais olhar para você".

— É recíproco. Agora, vou levar este estrado para o hangar do complexo. — Por sorte, aquelas coisas muitas vezes podiam ser elevadas ou rebaixadas entre os andares, de forma a permitir que Hutts continuassem imóveis. Para o restante da sala, Qui-Gon anunciou: — Minha nave estará me esperando lá. Wanbo deve servir muito bem como escudo contra qualquer blaster que vocês pensem em disparar.

— *Stuka Jedi poonoo juliminmee?* — murmurou Wanbo. Desde quando os Jedi faziam reféns?

Não era mesmo o tipo de coisa que os Jedi costumavam fazer. Não era o tipo de manobra que Qui-Gon gostava de empregar. Definitivamente não era algo que o Conselho Jedi gostaria de ouvir quando ele e Obi-Wan retornassem a Coruscant. Mas Qui-Gon adaptava suas táticas a seus oponentes. Contra os Hutts, cuja enorme riqueza era exclusivamente derivada do sofrimento de outros seres, ele se sentia livre para fazer o que fosse preciso para sobreviver.

— Aparentemente, desde agora — respondeu Qui-Gon, levemente. Depois, pisou nos controles e os painéis do piso se moveram debaixo deles. Os bracinhos de Wanbo se contraíram quando a plataforma desceu de seu antro de especiaria até o hangar do complexo. Olhando para cima, Qui-Gon pôde ver vários seres olhando para baixo, para aquele espetáculo, com os olhos arregalados.

Depois, ele voltou sua atenção para o hangar e viu Obi-Wan cercado por cinco guardas humanos bem treinados, a julgar pelas posturas de combate. Embora seu Padawan ainda empunhasse o sabre de luz, não poderia avançar até as naves e se defender ao mesmo tempo. Obi-Wan cruzou o olhar com o de Qui-Gon apenas por um instante, depois desviou os olhos.

Parado ali perto estava Thurible, o mordomo humano de Wanbo, com as mãos cruzadas na frente do corpo e um sorriso relaxado.

— Mestre Jinn — falou ele com a voz educada e cordial. — Que sorte temos por reunir os dois Jedi ao mesmo tempo.

Obi-Wan ficou tenso, certamente preparando-se para a batalha. Qui-Gon apenas sorriu.

— Muita sorte — respondeu Thurible. Qui-Gon manteve o sabre de luz na garganta de Wanbo. — Principalmente porque minha unidade rastreadora está transmitindo um sinal há... bem, já faz um bom tempo. O Conselho Jedi pode não participar diretamente, é claro, mas poderá revisar tudo o que aconteceu até agora. E tudo o que vai acontecer. É quase como se eles realmente estivessem aqui.

O sorriso de Thurible vacilou brevemente. Os guardas Gamorreanos mexeram-se nervosamente sobre seus pés com garras. As forças de Wanbo tinham atacado no momento em que Qui-Gon descobrira os registros duplicados de remessas nos arquivos de Teth. Thurible planejara tal contingência desde o início, e seu plano tinha entrado em ação assim que ficou claro que os registros falsos não estavam enganando ninguém. O esquema original devia ser relatar os dois Jedi como "desaparecidos sob circunstâncias desconhecidas" para encobrir suas mortes. Nem mesmo os Hutts eram corajosos o bastante para assassinar Cavaleiros Jedi abertamente.

Thurible recuperou a calma em um piscar de olhos.

— Parece que você tomou meu empregador como refém. Eu, por outro lado, estou com seu aluno. Acho que temos um impasse, não?

Para sair daquela situação, Qui-Gon teria que negociar em vez de lutar. Negociar com os Hutts.

Ele deu o melhor de si para não resmungar.

Uma hora depois, Qui-Gon estava sentado no escritório do mordomo, tomando chá calmamente.

— Esses mal-entendidos são lamentáveis — opinou Thurible, caminhando lentamente ao longo da parede curva de pedra do escritório, como um peregrino meditando em uma jornada. Ele irradiava uma confiança calma, mais similar a um Jedi do que ao braço direito de um senhor do crime. — Tivemos problemas de segurança no passado. Os guardas... bem, tendem a deixar que sua vigilância se torne paranoia de tempos em tempos.

— De fato. — Qui-Gon ergueu a sobrancelha. — Que motivos poderia haver para paranoia aqui em Teth? Os Hutts detêm o controle exclusivo aqui.

— Você poderia ficar surpreso — disse Thurible. — O equilíbrio de poder está constantemente mudando. Nenhum de nós pode se dar ao luxo de considerar algo garantido.

O mordomo de um Hutt quase sempre era um lacaio, uma pessoa infeliz que interferia nas autoridades locais, zombava e bajulava outras figuras de poder e não exercia nenhuma autoridade independente. O tempo médio de serviço de um mordomo durava, de acordo com os cálculos de Qui-Gon, cerca de alguns meses. O mesmo poderia ser dito para a expectativa de vida média desses mordomos. Mais cedo ou mais tarde, normalmente mais cedo, eles aceitariam propinas, seriam pegos e executados por justa causa... ou acabariam assassinados sem qualquer motivo quando o Hutt em questão se cansasse.

Thurible era diferente. Wanbo, o Hutt, mantinha sua posição apenas por nepotismo; não estava apto a liderar um cartel, tanto por causa de seu cérebro minúsculo quanto por causa de seu enorme consumo de especiarias. Por meio do que Qui-Gon presumia ter sido pura sorte, Wanbo contratara um indivíduo tão inteligente, astuto e amoral quanto o mais poderoso dos Hutts. Thurible vestia-se como um poeta ou artista — um bem rico — e falava com mais elegância do que um aristocrata de Coruscant. No entanto, todos no setor sabiam que Thurible era o verdadeiro poder em Teth.

Embora, é claro, o mordomo fosse esperto demais para verbalizar aquilo ele próprio.

Obi-Wan fora libertado para salvar Wanbo e vice-versa. A única maneira de Thurible fazer aquilo e manter as aparências era fingir que o ataque tinha sido espontâneo. Até que saíssem daquele planeta, o mais sensato era seguir adiante.

Mas se Thurible acreditava que passara a ter vantagem sobre Qui-Gon, estava muito enganado.

— Peço desculpas, mais uma vez, pelo terrível mal-entendido — disse Thurible suavemente. Sua longa túnica de um laranja queimado se arrastava logo acima do chão, revelando vislumbres de seus pés descalços enquanto ele continuava a andar. — Tenham certeza de que os guardas serão devidamente punidos, mas mantidos vivos, em deferência aos costumes dos Jedi.

— Me agrada ouvir isso. — Qui-Gon tomou outro gole de chá antes de acrescentar: — Não há necessidade de que esse infeliz mal-entendido ofusque o restante de nossa jornada até aqui.

Thurible sorriu e fez uma reverência, com os cachos pretos caindo ao redor do rosto.

— Você é a generosidade em pessoa.

— É o que me dizem — respondeu Qui-Gon, com a voz seca. — Também estou muito interessado em saber exatamente o que está acontecendo com os embarques agrícolas através da rota comercial de Triellus. Especialmente levando em conta que os registros de remessas nos sistemas próximos parecem ser... bastante imprecisos.

Thurible não reagiu à mudança repentina para uma postura ofensiva.

— Nós mesmos também estamos curiosos com relação a isso. Estou certo de que ter tantas naves se extraviando tão de repente é alarmante para a República.

— *Alarmante* pode ser um termo forte demais. Mas esses desaparecimentos são perturbadores, e a República tomará todas as medidas necessárias para proteger os carregamentos.

Thurible inclinou a cabeça novamente, embora o tom prestativo tivesse abandonado sua voz ao responder:

— Como é bom saber que a República protege tão bem seus muitos cidadãos.

Era claro que Qui-Gon sabia que os Hutts estavam capturando e apreendendo aquelas remessas, vendendo os alimentos para planetas independentes que passavam dificuldades na Orla Exterior. E Thurible sabia que Qui-Gon sabia. Porém, enquanto o Jedi conseguisse fazer os Hutts pararem, pelo menos por um tempo, um desafio direto não faria sentido. Só levaria a um derramamento de sangue em que, no fim, a República permaneceria forte e triunfante. Os Hutts lutariam e enfrentariam meses de conflitos internos, e no fim surgiria um novo conjunto de senhores do crime que se comportariam exatamente da mesma forma.

— Às vezes — murmurou Qui-Gon —, parece que nada na galáxia vai mudar.

Thurible se aprumou, claramente sem saber como reagir à mudança de assunto. Cruzando as mãos, ele franziu as sobrancelhas escuras.

— Você realmente pensa assim, Jedi?

Houve um tempo em que Qui-Gon acreditava que mudanças grandes e transformadoras eram possíveis. Tais mudanças tinham sido previstas há milênios por místicos Jedi. Como ele era jovem. Como era inocente e otimista.

O tempo o fez pensar melhor.

— Nada permanece estático — respondeu Qui-Gon —, mas os seres sencientes permanecerão sempre os mesmos.

Thurible balançou a cabeça, em negação.

— As mudanças ocorrem quando menos esperamos, mas ocorrem. — Ele estava em uma postura mais defensiva ali do que quando Qui-Gon tinha o sabre de luz no pescoço de Wanbo. Seus olhos escuros procuravam nos do Jedi algo inescrutável. — Quem sabe quais mudanças ainda poderemos ver?

CAPÍTULO DOIS

— Alderaan é um lugar bacana — disse Rahara Wick enquanto a *Meryx* voava para longe do planeta. — Belo. Sereno.

— Isso sem falar em *inocente* — acrescentou Pax Maripher, satisfeito. — Gosto disso num planeta.

— Ótimo. Porque é o último lugar onde quero ter problemas.

— Por quê? — Pax franziu a testa para ela. — Enfrentaríamos sanções muito mais severas em praticamente qualquer outro lugar.

Rahara cruzou os braços.

— Sim. Mas em Alderaan não podemos usar suborno para escapar disso.

— Eles são *terrivelmente* morais, não são? Não nos encaixamos ali. — Pax deu um sorriso malicioso. Às vezes, ele gostava de fingir que os dois eram muito mais criminosos do que realmente eram.

Rahara, por outro lado, gostava de fingir que não era criminosa. Afinal, a dupla não machucava ninguém. Não levava nada de valor dos mundos que visitavam. Apenas pedras.

Mas a rocha de um planeta era a joia de outro.

Veja Alderaan, por exemplo. Seu continente arquipélago era praticamente atapetado por uma rocha fina e esbranquiçada frequentemente usada como cascalho. Mas se levada para Rodia e mostrada aos Rodianos, cujos olhos são capazes de detectar alguns comprimentos de onda que humanos não conseguem, a mesma rocha se tornaria espetacular, iridescente, brilhante. Ela se tornaria preciosa.

Há milênios, nos tempos das lendas, quando os Sith ainda governavam grande parte da galáxia, as pedras preciosas eram comercializadas livremente. Mas inundar o mercado com uma mercadoria de alto valor poderia torná-la menos valiosa. Às vezes, isso levava a um saque generalizado ou à mineração ilícita em mundos cujo minério comum era extraordinário em outros lugares. Um grande fluxo dessas joias podia até mesmo fazer com que a economia inteira de um planeta entrasse em colapso. Por isso, foram implementadas algumas regras bastante restritas para regular, e até mesmo proibir, o comércio da maioria das gemas.

Ela e Pax simplesmente estavam... fingindo que essas regras não existiam. Os dois não poderiam destruir a economia de um mundo inteiro. Pelo menos, não sozinhos. Como Pax lhe dissera, quando a contratou pela primeira vez como copilota e analista: "Quem notaria se pegássemos o pouco que cabe no compartimento de carga da *Meryx*? Quem ficaria mais pobre? Ninguém. Então, por que não podemos ficar mais ricos?".

Rahara não via por que não. Não era como se fossem *criminosos* de verdade.

Mas era algo que ela precisava repetir a si mesma de vez em quando.

Os dois formavam um par improvável: Rahara tivera uma juventude difícil, por assim dizer, e aprendera sozinha tudo o que sabia, enquanto Pax tinha sido educado por droides com bancos de memória com dados quase infinitos, droides sem absolutamente mais nada para fazer. Ela era alta, com a pele dourada e cabelos lisos, de um preto azulado, que caíam até a cintura. Pax era alguns centímetros mais baixo, com cabelos crespos que brotavam de sua cabeça como se estimulados por estática, e uma pele tão pálida que, às vezes, estranhos perguntavam se ele era de algum planeta em que a população morava no subterrâneo. Suas roupas eram da melhor qualidade, mas desgrenhadas e pouco ajustadas a seu corpo esguio; Rahara usava um macacão de trabalho preto liso, que comprava por preços baixos nas lojas de espaçoportos, de forma a parecer uma habitante local em qualquer lugar apenas adicionando uma simples capa ou um capuz. Os dois eram humanos, e as semelhanças terminavam por aí.

"A maioria das pessoas nos toma por um estudioso desleixado e sua pilota de classe baixa", pensou Rahara. E por ela, tudo bem. O que importava era que fossem ignorados, esquecidos e deixados de lado.

Ela passara a infância toda sendo monitorada. Controlada. Rahara nunca permitiria que aquilo acontecesse novamente.

Pax puxou a alavanca que lançou a *Meryx* no hiperespaço. Rahara se levantou da cadeira quando as janelas de visualização ficaram azuis com as luzes oscilantes, e disse:

— Vou verificar o espectrômetro.

— Não precisa se preocupar, ainda — retrucou Pax, com seu nítido sotaque de Coruscant. — Só iremos a Rodia em algumas semanas. — Era importante não viajar diretamente entre a origem das pedras e seu mercado; aquilo deixava um rastro.

— Mesmo assim. — Na verdade, nos últimos tempos, os silêncios entre ela e Pax tinham se tornado... estranhos. Era melhor arrumar algo para fazer.

Rahara desceu até o coração da *Meryx*. Na maioria dos cargueiros classe *Gozanti*, esse espaço seria um compartimento de carga comum, com paredes de metal e mal iluminado.

Na *Meryx*, porém, todo aquele espaço tinha um brilho dourado. Em seu cerne estavam toneladas de pedras preciosas.

De um jeito ou de outro, ela teria ficado impressionada com o campo de bloqueio de varredura de Pax. Mas ele não tinha apenas criado a tecnologia; também a deixara linda. Ela sabia que a beleza era importante para Pax. Admitisse ele ou não, aquele era o verdadeiro motivo para que roubasse joias em vez de outras cargas mais fáceis e lucrativas. Ele simplesmente gostava de *olhar* para elas.

Mas Pax Maripher jamais admitiria que pudesse fazer algo por razões sentimentais.

Prendendo o cabelo em um rabo de cavalo, Rahara tirou o manto que a ajudava a passar despercebida em Aldera. Andou até os controles do campo de bloqueio de varredura, que eram terrivelmente complicados; ela já estava trabalhando com Pax há bastante tempo, e mesmo assim ainda precisava revisá-los todas as vezes. (Pax não entendia o que as pessoas queriam dizer com *simples de usar*. Ou a pessoa era inteligente o suficiente para usar a tecnologia que ele desenvolvia ou não.) Depois de pronta, ela arregaçou as mangas até os cotovelos e digitou os comandos que desativaram o campo — uma inundação de luz brilhante, seguida de escuridão — por apenas uma fração de segundo. Foi o tempo que bastou para ela pegar um grande punhado de sua carga. Quando estava a apenas alguns centímetros de distância, o campo se energizou novamente com um clarão ofuscante. Piscando, Rahara se parabenizou por não sair chamuscada daquela vez.

— Sabe — disse Pax, da escadaria atrás dela —, tivemos uma fuga tranquila. Pode desativar o campo.

— Você sempre diz isso. E eu sempre respondo que preciso praticar a manipulação do campo em tempos mais curtos.

— Achei que você já teria pegado o jeito a essa altura.

Carregando as gemas, Rahara foi até o outro lado do compartimento, onde ficava a bancada do espectrômetro.

— E eu achei que você já teria aprendido a interagir com outros seres humanos, em vez de sugerir que todos na galáxia são idiotas, menos você. Parece que nós dois estamos decepcionados.

Ela colocou as pedras na bancada e começou a separá-las por tamanho e possível qualidade. Rahara começara a trabalhar com triagem de minérios quando tinha apenas nove anos de idade; para ela, aquela tarefa era quase automática.

— Rahara — chamou Pax, mais calmamente. — Desculpe se magoei você. Eu falei aquilo mais como uma piada.

Ele não a magoara, apenas a irritara, o que já era ruim o bastante. Às vezes, ela ficava cansada de ter como parceiro alguém que agia mais como um droide de protocolo do que como um ser humano, mesmo que ele *tivesse* uma boa desculpa.

— Tem alguém rindo aqui?

— Certamente não. A compreensão do humor, obviamente, exige refinamento.

Aquilo, claro, a fez rir. Pax era mais engraçado quando não tentava ser.

— Deveríamos conversar — disse ele, enquanto Rahara colocava seus óculos com lentes de aumento. — Sobre nosso próximo destino.

— Gamorr, certo? — Seria desagradável, mas ao menos os dois poderiam recorrer às lembranças recentes de Alderaan enquanto atravessassem semanas dragando pântanos fedorentos. — Estou *tãããão* animada!

— Você está sendo sarcástica. Deixe-me garantir que essa falta de entusiasmo é totalmente mútua. A questão é que estive pensando nisso. — Pax se inclinou para mais perto dela, olhando por cima do nariz comprido para o cascalho branco sobre a bancada. — Podemos coletar corais Gamorreanos a qualquer momento. Mas, e se formos atrás de algo mais raro? E um pouco mais valioso?

— Tipo o quê? Os diamantes de fogo de Mustafar? — Rahara nunca estivera em Mustafar, mas pelo que ouvira dizer, trabalhar em Gamorr faria o planeta vulcânico parecer um paraíso.

— Nada tão perigoso assim. — Ele se virou para encará-la, e depois continuou: — Cristais kyber.

— *Kyber*? Você está *doido*? — Rahara ergueu os óculos para a testa, de forma a olhá-lo melhor nos olhos. — Os Jedi fiscalizam o comércio de kyber de um jeito... bem... muito mais incisivo do que qualquer outra coisa que já negociamos. Ou qualquer outra coisa que *pudéssemos* negociar.

— E mesmo assim existe um mercado paralelo... bem como certas aplicações industriais. E se nenhuma indústria comprar de nós, e os mercados em questão forem paralelos demais para nossa segurança, bem... poderíamos avisar os Jedi sobre uma nova carga de kyber. Fazer alguns amigos. Poderia ser útil ter amizades entre os Jedi em algum momento.

Aquilo fazia mais sentido. Mesmo assim...

— Kyber não é encontrado em muitos lugares. Os Jedi controlam essas áreas. Você está mesmo sugerindo que tentemos roubá-los?

Pax zombou.

— Ora, faça-me um favor! Eu não sou suicida. Sou *ousado*. Também sou a pessoa que pode ter encontrado uma fonte de kyber completamente desconhecida... na lua de um planeta perfeitamente seguro. Sem guardas, sem riscos, com um clima agradável e, se minha análise estiver correta, com uma *grande* quantidade de cristais kyber.

Rahara já tinha visto Pax examinando diversas análises planetárias por horas a fio; todas informações públicas, mas muito densas e detalhadas para que a maioria das pessoas pesquisasse sem saber de antemão o que estavam procurando. Mas ele enxergava mais do que as outras pessoas.

— Sabia que tinha um bom motivo para aguentar você — disse ela.

Um sorriso tomou o rosto de Pax.

— Então vamos caçar alguns kyber.

A viagem de volta foi esquisita. Obi-Wan claramente esperava não falar sobre o que dera errado durante o conflito em Teth — o que não era de se admirar, para alguém tão jovem.

Obi-Wan era tão firme e maduro para alguém de sua idade, em tantos aspectos, que Qui-Gon às vezes se esquecia de que o jovem tinha apenas dezessete anos. Somente em momentos como aquele, sentados lado a lado na cabine do transporte espacial classe *Rainhawk*, Qui-Gon percebia como seu Padawan ainda era desajeitado, e como tanto a criança do passado quanto o homem do futuro podiam ser vislumbrados em seu rosto.

Como sempre, durante tais momentos, Qui-Gon sentiu uma pontada de culpa. Obi-Wan tinha muito potencial. Era tão promissor.

O jovem merecia um Mestre que pudesse despertar aquilo nele.

Os dois tiveram um começo difícil, com mal-entendidos e oscilações emocionais. Aquilo, por si só, não era algo incomum. Qui-Gon às vezes questionava por que os Padawans eram transferidos da creche para seus Mestres no meio da adolescência da maioria das espécies, bem no momento em que *cada* mudança tornava as coisas mais difíceis. (Da mesma forma que Dookan, Yoda e o antigo Mestre de Yoda, ele escolhera um Padawan mais jovem; Obi-Wan se tornara seu aprendiz aos treze anos. Aquilo não facilitou as coisas.) Qui-Gon conversara sobre o assunto com outros Mestres, como Mace Windu, Depa Billaba e até mesmo Yoda. Todos lhe garantiram que os primeiros meses eram quase sempre difíceis. “Se preocupar você deveria se conflitos não surgissem”, dissera Yoda. “Se assim for, crescendo o bastante seu Padawan não estará.” Os primeiros meses de Qui-Gon com Dookan tinham sido tão diferentes assim?

Mas ele forjara um vínculo poderoso com Dookan bem antes de os dois completarem um ano juntos. Era assim com a maioria dos Mestres e aprendizes. Sim, Rael ajudara no começo, mas ele e Dookan teriam se aproximado ainda assim. Foi Dookan quem guiara Qui-Gon entre as antigas profecias Jedi, despertando interesse na história e linguística ancestrais que sobreviveria por muito tempo à sua fervorosa crença na previsão dos místicos. Além disso, eles compartilhavam muitos traços de personalidade: autoconfiança, ceticismo e a relutância em considerar a palavra do Conselho como sagrada.

Suas características em comum com Dookan eram, quase totalmente, as mesmas pelas quais ele e Obi-Wan eram exatamente opostos. Qui-Gon acreditava em lidar com cada situação de acordo com suas próprias características; Obi-Wan queria procedimentos para seguir. Qui-Gon valorizava a flexibilidade, o que Obi-Wan parecia considerar desleixo. Qui-Gon aprendera a se dar melhor com o Conselho ao longo do tempo, mas sempre mantivera sua independência. Obi-Wan ainda achava que tinha que obedecer ao Conselho em todos os detalhes, em todos os momentos, e ficava horrorizado toda vez que Qui-Gon se desviava minimamente dos protocolos.

Nada daquilo fazia de Obi-Wan um mau candidato para o posto de Cavaleiro Jedi. Muitos Cavaleiros, alguns dos melhores, pensavam e agiam da mesma forma. Mas aquilo o tornava um par estranho para Qui-Gon. Após anos de parceria, os dois ainda continuavam fora de sintonia. Se a situação daquele dia tivesse sido mais terrível, se a ameaça no palácio Hutt tivesse sido mais séria, tal lacuna no entendimento entre os dois poderia muito bem tê-los levado à morte.

"Como faço para corrigir isso?", Qui-Gon se perguntou. "Sou capaz disso? Obi-Wan não merece menos."

— Sinto muito por antes, Mestre — desculpou-se Obi-Wan, finalmente. — Eu deveria ter entendido o que você quis dizer sobre a porta… E me deixar ser capturado roubando uma nave foi…

— Obi-Wan. A culpa foi minha. — Qui-Gon colocou a mão larga sobre o ombro do Padawan. — Para começar, eu lhe dei instruções pouco claras. — "E um Mestre melhor já teria sido capaz de ensinar seu Padawan a entender seus instintos de batalha a essa altura." — Além disso, eu sabia que você provavelmente não conseguiria pegar uma nave sozinho, mas valia a pena tentar. Só isso. Você não tem culpa.

A maioria dos Padawans ficaria aliviada por não estar encrencada. Obi-Wan simplesmente franziu a testa.

— Eu posso fazer melhor do que isso.

— Nós dois podemos. — Qui-Gon suspirou. — Agora vamos para casa.

No planeta Pijal, a corrida começou sob um pôr do sol escaldante.

— Vamos lá! — gritou Rael Averross, incitando sua montaria a avançar na direção de uma grande fenda no chão, profunda e pedregosa. O varactyl chilreou ao avançar, cruzando o grande abismo em um único salto. Averross riu alto quando os pesados pés com garras da criatura tocaram a grama. — Lá vamos nós! — gritou ele, com seu forte sotaque de Ringo Vindan. — É isso aí!

Varactyls tinham sido importados de Utapau há algumas décadas pelo clã Iltan, que buscava vantagem na Grande Caçada. Àquela altura, as tais criaturas já tinham dado origem a varactyls aerodinâmicos, rápidos e de plumagem vermelha, exclusivos de Pijal. Averross acreditava que, mais cedo ou mais tarde, o restante da galáxia descobriria os varactyls de Pijal e, depois disso, ninguém mais iria querer competir com fathiers novamente. No momento, porém, aquelas criaturas — assim como sua velocidade e a satisfação que causavam quando montadas — pertenciam somente a Pijal.

Averross avistou o sinal da chegada e conduziu seu varactyl silenciosamente na direção dele; a fera respondeu no mesmo instante, acelerando com toda sua força para alcançar o fim o mais rápido possível. Varactyls adoravam a velocidade, e Averross acreditava até que eles compreendiam a diferença entre a vitória e a derrota. Sua montaria deu seu grito de guerra ao passar correndo pela linha de chegada, derrapando tão rapidamente até conseguir parar que suas garras riscaram sulcos no solo argiloso. Com um sorriso, Averross colocou a mão na cesta de equipamentos e pegou um grande pedaço de carne seca de molusco, uma iguaria de Pijal que ele não suportava. O varactyl, no entanto, apreciava aquela coisa, e a mastigou com gosto.

Outros competidores alcançaram a linha, gritando parabéns e provocando uns aos outros de modo amigável. Averross saltou para o chão quando o grupo começou a conduzir os varactyls de volta aos estábulos do palácio. Ao pousar, balançou a cabeça tristemente.

— Algum problema? — perguntou o Capitão Deren, ao lado dele, com seu jeito estoico de sempre.

— Só estou me perguntando por que meus joelhos cometem a indelicadeza de envelhecer junto comigo.

— Você poderia arrumar umas próteses sintéticas…

— Não é para tanto. Sabe o que dizem sobre envelhecer, não? É a melhor alternativa. — Averross tentava se lembrar daquilo. Só a Força sabia quantas pessoas partiam antes da hora. Às vezes, pela manhã, ele se olhava no espelho e se perguntava quem era aquele velhote grisalho…

Bem, aquela era apenas uma prova de que ainda não estava morto. E ele pretendia viver ao máximo o restante de sua vida.

Ao chegarem aos estábulos, os criados tomaram as rédeas dos varactyls das mãos de seus ginetes e levaram os animais para os banhos de poeira e comedouros. Deren e alguns dos outros soldados voltaram para o quartel depois, mas Averross conduziu o grupo maior até a cantina mais próxima. Não era exatamente palaciana — uma pocilga lamacenta escavada em uma rocha suja, que tinha muito do cheiro do barman Wookiee —, mas aquela era uma das razões pela qual Averross gostava do lugar. Os clientes deram boas-vindas quando ele entrou, e Selbie, a recepcionista de cabelos loiros, sorriso atrevido e seios fartos, lhe dirigiu um sorriso caloroso enquanto pegava sua longa capa.

O ginete mais próximo de Averross se inclinou e perguntou:

— Então vocês dois estão juntos de novo?

— Talvez. — Averross não costumava ter companhia feminina. As pessoas ficavam perturbadas ao descobrirem aquilo. Faziam burburinho. Quase nunca valia a pena. Mas... já fazia algum tempo, e Selbie tinha quase a mesma idade dele e o senso de humor mais obsceno que ele já conhecera.

"Por que não?", pensou ele. Era melhor ver se ela estava disponível. Ele fez um gesto para Selbie, e ela se iluminou quando começou a caminhar em sua direção.

— Ei! — grunhiu um Chagriano gigante que claramente já estava bêbado. Ele agarrou o cotovelo de Selbie com a mão azul-acinzentada. — *Eu* estava falando com ela, e estava chegando a algum lugar.

— O raio que estava! — retrucou Selbie. — Vamos, dê o fora. Você já bebeu demais.

— Agora vai me expulsar? Em troca *disso*? — O homem apontou para Averross com a mão livre. — Botas enlameadas, barba por fazer, falta de educação... é *disso* que você gosta? Escute-me, eu poderia mantê-la no melhor estilo.

— Você deve ser novo por estas bandas. — Selbie se soltou. — Ninguém me *mantém*. Eu mesma faço isso.

— Me dê uma chance, garota. — O Chagriano tentou puxar Selbie para perto dele, mas ela se livrou do agarrão bêbado. Aquilo só o deixou mais irritado. — Quem você pensa que é? Recusando alguém como eu quando você mesma é uma *tranqueira*. Nada mais do que isso!

Estava claro que Selbie não se importava com os insultos que o homem proferia contra ela, mas aquilo não significava que Averross não deveria intervir.

Além do mais... Ele ia gostar de intervir.

— Ei, você aí — disse ele ao Chagriano. — Saia daqui antes que eu te coloque para fora.

O Chagriano inflou o peito. Se não podia ficar com a mulher, talvez achasse que arrumar uma briga seria a segunda melhor opção.

— Me colocar para fora, é? E como você acha que faria uma coisa dessas?

Num piscar de olhos, Averross levou a mão até o cinto e agarrou sua arma. O sabre de luz ganhou vida e seu brilho azul iluminou toda a sala. O Chagriano congelou quando a cantina inteira ficou em silêncio.

— Aposto que eu daria um jeito — afirmou Averross, sorrindo.

— Jedi — resmungou o bêbado, já indo em direção à porta, com a cabeça baixa. — Eu não sabia que... Você não parece um Jedi.

— Hum — disse Averross. — Sempre achei que os outros Jedi é que não se pareciam *comigo*.

— Vou denunciar você. — O Chagriano balançou os chifres, tentando parecer o mais ameaçador que conseguia naquela situação. — Jedi ou não, você é responsável perante a lei. As autoridades vão saber disso!

Selbie estava com as mãos na cintura e parecia nunca ter se divertido tanto na vida.

— Bem-vindo a Pijal! Até nossa princesa crescer, seremos governados por um regente. — Ela gesticulou de forma grandiosa para Averross. — Conheça nosso senhor regente.

O Chagriano saiu da cantina sob risos e vaias dos demais. A música recomeçou e Averross desativou o sabre de luz enquanto se voltava para Selbie com um sorriso.

Foi então que a tela holográfica atrás do bar se acendeu com as bordas vermelhas.

O sorriso sumiu do rosto de Averross antes mesmo de a imagem ganhar mais nitidez e revelar um armazém fora da capital, ardendo nos estágios finais de um incêndio. Se a Princesa Fanry estivesse assistindo àquilo — e certamente estaria —, ficaria aterrorizada. Ele precisava voltar para ela imediatamente. "Esses monstros ao menos pensam nas pessoas que machucaram?", pensou ele.

Enquanto os droides bombeiros giravam, extinguindo o incêndio, uma faixa azul surgiu no topo da tela holográfica com os seguintes dizeres: Suspeita de atividade da oposição.

— Halin Azucca — murmurou ele. — Vou mandá-la para o inferno.

CAPÍTULO TRÊS

"'Cuide daquela porta!'. Por que eu não entendi o que Qui-Gon queria dizer? *Os guardas* eram o problema de verdade, não os controles da porta. Se eu estivesse mais calmo, poderia ter entendido direito... mas bem que ele poderia ter dito exatamente o que queria que eu fizesse, e aí..."

"Preciso manter minha mente no presente. O futuro não existe; o passado deixou de existir. Apenas o presente é real."

Obi-Wan forçou sua atenção de volta aos controles da *Rainhawk*. Pelo menos ninguém poderia criticar seu modo de pilotar; as tarefas ali eram concretas, previsíveis e claras. Ao definir o rumo para Coruscant, ele arriscou:

— Conseguiu mais alguma informação de Thurible enquanto vocês conversavam?

Qui-Gon balançou a cabeça, com um sorriso triste nos lábios.

— Dificilmente. Aquele ali não revela quase nada enquanto insinua quase tudo. Uma bela maneira de ganhar a reputação de inescrutável.

"Ser inescrutável é com você mesmo", pensou Obi-Wan, antes de dizer:

— As táticas de Thurible não fazem sentido.

— Ah, tenho certeza de que fazem. — Qui-Gon levantou-se. Sua grande estatura e a largura de seus ombros faziam parecer que ele mal caberia na pequena cabine da *Rainhawk*. — A questão é que não podemos julgar as táticas de uma pessoa até conhecermos seu objetivo final, e o de Thurible permanece oculto.

— Mestre? Está indo para seus aposentos?

— Quero meditar — respondeu Qui-Gon. — Não se preocupe, Obi-Wan. Não vou deixar que pilote a nave o tempo todo. Sei o quanto não gosta disso.

Obi-Wan riu do sarcasmo de seu Mestre. Como Qui-Gon bem sabia, Obi-Wan *adorava* voar.

— Acho que eu aguento o tranco.

O riso baixinho de Qui-Gon foi sua única despedida enquanto andava na direção de sua pequena cabine, deixando Obi-Wan sozinho.

"Viu? Ele está até fazendo piadinhas. Não faria nada do tipo se estivesse realmente desapontado com seu desempenho em Teth."

No entanto, tinham existido muitas decepções. Muitos aspectos falhos. A culpa não poderia ser de Qui-Gon; ele era o Mestre, e Obi-Wan era apenas o aluno. Por mais que Qui-Gon pudesse ser contraditório, misterioso e vago. Apesar do fato de que às vezes ele fazia exatamente o oposto do que os líderes do Templo teriam aconselhado. Se Qui-Gon era *pouco ortodoxo*, por assim dizer, o trabalho de seu Padawan era entender aquilo e se ajustar de acordo.

Na teoria. Na prática, Obi-Wan ainda não conseguia prever quando e como seu Mestre ignoraria as regras. Ele raramente compreendia os motivos. E à medida que envelhecia, ficava cada vez mais frustrado com a natureza renegada de Qui-Gon.

"As regras existem por um motivo", pensou Obi-Wan enquanto observava a luminosidade azul elétrica e oscilante do hiperespaço. "Não são arbitrárias. As regras Jedi existem para nos orientar em direção ao bem maior e para reduzir a incerteza."

Melhor ainda, as regras podiam ser memorizadas. Podiam ser escritas, estudadas, confirmadas. Eram o oposto dos escritos místicos arcaicos que Qui-Gon parecia valorizar mais do que qualquer outro texto da Ordem. Quando possível, Obi-Wan sempre preferia a certeza.

O mais frustrante de tudo era: os métodos de Qui-Gon quase sempre *funcionavam*. Qualquer que fosse a loucura inconstante que o guiasse, o guiava bem.

O que significava que havia algo importante em ser um Jedi que Obi-Wan ainda não compreendia.

"Pela Força, eu sou um gênio."

De onde Pax viera, modéstia não era uma virtude, e esse poderia ser o motivo de ele nunca tê-la adquirido. Modéstia, para ele, soava como algo enfadonho.

"Claro que não sou o primeiro a estudar o potencial dos cristais kyber", refletiu Pax enquanto se preparava para tirar a *Meryx* do hiperespaço. "No entanto, quase todos os estudos foram conduzidos pelos Jedi. Quaisquer resultados que pudessem gerar uma maior procura por kyber no mercado certamente não seriam abertamente divulgados. Ainda que possuir esses cristais não seja ilegal em nenhum mundo, até onde sei."

Aquilo podia se dever ao simples fato de que Pax nunca se preocupava muito em saber o que era legal ou ilegal em cada um dos mundos, nem se ater aos detalhes e a todo o restante. Aquela era a função de Rahara. Ela era a preocupada da dupla. Mas, mais uma vez, quem poderia culpá-la?

— Estamos chegando? — perguntou Rahara de forma animada enquanto voltava para a cabine. Tinha o sedoso cabelo preto preso para trás do rosto, o que era esteticamente agradável.

— Você sabe muito bem que estamos chegando.

Ela recostou-se na cadeira e apoiou os pés no console, uma liberdade que Pax não teria dado a mais ninguém.

— E você sabe que uma conversa agradável muitas vezes começa com simples constatações do óbvio.

— Fui criado para acreditar que a franqueza é uma virtude.

Rahara suspirou.

— Você foi criado por *droides de protocolo*. Não são exatamente especialistas em comunicação humana normal. Mas, se praticasse, poderia pegar o jeito.

— Perda de tempo — disse Pax.

Os lábios dela franziram, mas Rahara não falou mais nada. No geral, Pax sentia que devia ficar aliviado.

Ele gostava mais de Rahara do que de qualquer outra forma de vida biológica que conhecesse. Quando a contratara, vários meses antes, sabia que ela seria perfeita para o trabalho, mas não tinha percebido como seria fácil conviver com ela. Nem como seria agradável conversar ou ouvi-la dando risada. Demorou um pouco para que ele percebesse que a energia entre eles tinha mudado de colegas de trabalho para amigos, depois de amigos para algo mais. Uma noite, enquanto partilhavam uma garrafa de vinho, parecia que as coisas poderiam... parecia que as coisas poderiam sair do controle.

Então, Pax aproveitou a oportunidade para explicar que, na verdade, as emoções humanas eram efêmeras e falíveis, e não serviam de base para a interação de pessoas racionais. A racionalidade era a coisa que mais importava, não era?

A julgar pela reação de Rahara, ela não concordara. Mas os dois continuaram como antes, embora com alguns novos silêncios estranhos. Pax sentia que devia ficar satisfeito com aquilo.

E mais cedo ou mais tarde ele ficaria, com certeza.

Ele sorriu ao colocar as mãos nos controles e dirigiu-se a ela:

— Agora, permita-me apresentar a você o mundo maravilhosamente obscuro de Pijal.

A *Meryx* desativou o hiperpropulsor na distância de aproximação padrão, revelando um planeta dominado por abundantes oceanos azuis rodeados por amplas ilhas verdes e douradas no equador e nos trópicos. Para sua surpresa, antigos geradores de escudo planetário orbitavam Pijal, o que significava que outras naves também estavam recuadas, aguardando autorização para pousar. Na opinião de Pax, um escudo planetário tão antigo provavelmente era fraco demais para impedir a entrada de qualquer nave maior que um transporte classe *Theta*; a espera pela autorização de desembarque provavelmente seria mera formalidade.

De qualquer forma, Pax não precisava ir até Pijal. Em vez disso, ele apontou para a lua escura e verdejante.

— Eis o que acredito ser a melhor fonte de kyber em toda a galáxia.

Rahara olhou para a cena diante deles com o rosto inexpressivo.

— Você poderia demonstrar algum entusiasmo — sugeriu Pax. — Ou, pelo menos, algum interesse.

Ela não falou nada, apenas se levantou sem olhar para Pax uma única vez.

Será que ele violara alguma regra de etiqueta que não conhecia? As unidades 3PO de protocolo que o criaram tinham ensinado a recitar regras de etiqueta para mil planetas diferentes… mas muito pouco sobre como colocá-las em prática. O comportamento dos sencientes raramente era muito claro, muitas vezes era complexo e, invariavelmente, *nunca* se parecia com as simulações. A principal resposta de Pax para aquilo era simplesmente ignorar a etiqueta. No entanto, ele também sabia que, ao desprezar as regras, poderia ferir os sentimentos de Rahara. E ela era a última pessoa na galáxia que ele desejaria ferir.

Ele arriscou:

— Ah, estou ciente, *muito* ciente, é claro, de que nunca poderia ter analisado os dados planetários se não fosse pelo seu trabalho preliminar com as tabelas mineralógicas... uma análise brilhante dos dados de...

— Você não me disse que as naves da Czerka estariam aqui. — A voz de Rahara soou fraca e monótona.

Como ele tinha deixado aquilo passar? Pax praguejou interiormente enquanto observava o cruzador *Alavancagem* da Corporação Czerka, longo e volumoso, provavelmente capaz de transportar dez mil almas. Outras naves da Czerka surgiram nas varreduras, indicando que a empresa desempenhava um trabalho considerável em Pijal e em sua lua.

— Eu não sabia. Desculpe.

— É claro que você não sabia — concordou ela. Seus olhos escuros fitavam a nave como se fosse um inimigo. Em certo sentido, supôs ele, realmente era. — Você não checou. Não poderia saber a menos que tivesse checado.

Pax não achava necessário verificar a presença da Corporação Czerka em *cada* sistema, independentemente do que Rahara tivesse passado em sua juventude. No entanto, aquele assunto deveria ser abordado em outro momento, de preferência em um em que ela não estivesse pálida e trêmula, e que a Czerka não fosse representada por uma nave grande o bastante para transportar uma porcentagem razoavelmente alta de um cinturão de asteroides inteiro em seu compartimento de carga. Fazendo o possível para falar de forma gentil, ele apenas disse:

— Podemos partir, se preferir. Há outras joias na galáxia.

— Não. Não vejo por que a Czerka deveria me impedir de ter um bom lucro. — Rahara arregaçou as mangas, um gesto que geralmente significava que estava fortalecendo sua determinação. Olhando de soslaio para ele, acrescentou: — Além disso, você não *aguentaria* voar para longe sem dar uma olhada no kyber.

— Saúdo sua coragem e sua compaixão por minha natureza. Vamos para a lua, então.

Pax guiou a *Meryx* naquela direção, fingindo não reparar em como Rahara encarava a nave Czerka até ela praticamente desaparecer na noite distante.

CAPÍTULO QUATRO

— Estranho o comportamento dos Hutts é. — Mestre Yoda coçou o queixo, a minúscula mão com garras acariciando os poucos fios de sua barba branca. — E mesmo assim, importante sinto que não é.

— Concordo. — Mace Windu recostou-se na cadeira. — São criminosos mesquinhos que tentam parecer mais poderosos do que são. Foi uma jogada perigosa atacar vocês, mas que se encaixa no padrão geral do comportamento deles.

Qui-Gon não sabia ao certo se concordava, mas deixou para lá. Se os Hutts criassem mais problemas, o restante da galáxia descobriria em breve. Além do mais, quando se tratava do Conselho Jedi, ele precisava saber escolher suas batalhas.

Ele escolhera muitas delas, embora menos do que antes, nos últimos anos.

Como sempre acontecia depois de uma missão, Qui-Gon fora convocado à Câmara do Conselho Jedi para fazer seu relatório. Era noite, mais tarde do que o Conselho normalmente se reunia, pelo menos para assuntos comuns, e a escuridão ao redor era iluminada pelo turbilhão de luzes do tráfego aéreo de Coruscant e pelas luzes das naves. No entanto, ali, naquela sala, uma sensação de serenidade prevalecia. Qui-Gon adorava o contraste.

Mestra Billaba se inclinou para a frente, examinando seu datapad com a testa franzida.

— Essa falta de entendimento entre você e seu Padawan me preocupa. Não é a primeira vez que você relata tais dificuldades.

Qui-Gon inclinou a cabeça ligeiramente.

— Isso também me preocupa. Obi-Wan é poderoso na Força e está ansioso para cumprir seu dever. O fracasso deve ser meu. Temo que, fundamentalmente, tenhamos uma incompatibilidade. Não consegui adaptar meus métodos de ensino às necessidades dele, apesar de me esforçar ao máximo.

Yoda inclinou a cabeça.

— Adaptar-se ele também deve. A cooperação aprendida não é por meio de esforço individual. Somente juntos progredir vocês podem.

Por mais que tal proposição fosse sensata, concordar com ela significava transferir parte da culpa para Obi-Wan, algo que Qui-Gon preferia não fazer. Ele apenas continuou em silêncio, o que o Conselho Jedi tinha por hábito tomar como concordância. Qui-Gon achava aquele hábito útil de tempos em tempos.

Independentemente daquilo, ele esperava que o Conselho, uma hora ou outra, lhe perguntasse se ele queria que transferissem o treinamento de Obi-Wan para outro Mestre. Ele soubera, antes daquela reunião começar, que a pergunta poderia ser feita ali mesmo, naquela noite, embora ainda não tivesse certeza do que diria. O suspense parecia pior do que ele esperara, talvez por ainda não conhecer a resposta…

… ou porque o silêncio na sala durou um período suspeitosamente longo.

Qui-Gon concentrou sua atenção novamente nos Mestres que o cercavam. Eles trocavam olhares no que parecia ser expectativa. Ele se aprumou.

— Vocês têm outra missão para nós? — indagou Qui-Gon. Talvez os Mestres pretendessem testá-los mais uma vez antes de tomarem qualquer decisão sobre a transferência.

— Sim, outra tarefa para vocês nós temos. — As orelhas de Yoda se abaixaram, um sinal de profunda atenção. — Considerar com cuidado você deve.

Mace Windu se endireitou e cruzou as mãos em um gesto formal de respeito.

— Você pode não ter ouvido falar que Mestre Dapatian pretende se aposentar do Conselho a partir do próximo mês.

Qui-Gon olhou para Poli Dapatian, um Mestre bastante renomado… tanto que Qui-Gon deixara de notar o quanto ele envelhecera nos últimos anos.

— Será uma grande perda para nós.

— E esperamos que também seja um ganho — respondeu Mace Windu. — Qui-Gon Jinn, oferecemos a você um assento no Conselho Jedi.

Ele tinha escutado errado? Não, não tinha. Qui-Gon olhou lentamente para o círculo ao redor, observando as expressões de cada membro do Conselho. Alguns pareciam entretidos, outros satisfeitos. Alguns, incluindo Yoda, mais pareciam pesarosos. Mas todos falavam sério.

— Admito, você me surpreendeu — disse Qui-Gon, por fim.

— Imagino que sim — respondeu Mace Windu secamente. — Poucos anos atrás, teríamos ficado surpresos ao saber que algum dia consideraríamos isso. Mas, desde então, todos nós mudamos. Amadurecemos. O que significa que as possibilidades também mudaram.

Qui-Gon levou um instante para se recompor. Um dos momentos decisivos de sua vida tinha chegado sem qualquer aviso. Tudo o que ele falasse ou fizesse nos dias seguintes teria grandes consequências.

— Vocês questionaram meus métodos diversas vezes, ou talvez vocês dissessem que eu questionei os seus.

— Verdade isso é — assentiu Yoda.

Depa Billaba lançou a Yoda um olhar que Qui-Gon não conseguiu decifrar.

— Também é verdade que o Conselho Jedi precisa de novas perspectivas.

“O Conselho está mesmo pensando direito?” Qui-Gon esperava que nenhum deles pudesse perceber aquele pensamento.

Mace assentiu.

— Sim, Qui-Gon. Discordamos muitas vezes. Até nos desentendemos. Mas você sempre agiu com respeito pela autoridade do Conselho, sem comprometer suas convicções interiores. Isso mostra um grande dom para…

— A diplomacia? — perguntou Qui-Gon.

— Eu ia dizer *o equilíbrio* — respondeu Mace.

Aquele era um caminho delicado de percorrer, no qual Qui-Gon tropeçara em diversas ocasiões. Mas essas ocasiões tinham se tornado cada vez mais raras com o passar dos anos. Ele aprendera a lidar bem com o Conselho. E ali, ao que parecia, o Conselho estava pronto para ouvi-lo.

Qui-Gon nunca imaginara fazer parte do Conselho Jedi, ao menos não desde quando era jovem. Dookan rira uma vez, no início de seu treinamento, quando mencionaram o Conselho. *"Você tem sua própria mente, meu Padawan"*, dissera ele. *"O Conselho nem sempre reage bem a isso."* Levando em conta o número de vezes em que Qui-Gon tinha entrado em conflito com o Conselho, desde seus primeiros dias como Cavaleiro até seis semanas antes do convite para fazer parte dele, ele sempre presumira que jamais ascenderia ao ápice da Ordem.

Mas aquilo poderia acontecer. *Iria* acontecer. Ele seria capaz de opinar sobre as decisões do Conselho e talvez criar algumas das mudanças que desejava ver. Era a maior oportunidade da sua vida.

— Vocês me honram — disse Qui-Gon. — Peço algum tempo para refletir sobre o assunto antes de aceitar. — Era claro que ele ocuparia o assento oferecido. Mas, ao fazê-lo, queria refletir mais plenamente sobre como aquilo o transformaria e sobre o tamanho do papel que assumiria.

— Muito sábio — elogiou Depa. — A maioria dos que foram convidados a aderir ao Conselho fizeram o mesmo, inclusive eu. Se alguém não age assim... bem, eu pensaria que a pessoa talvez não saiba no que está se metendo.

O riso tomou conta da sala. A máscara respiratória de Poli Dapatian borbulhou, divertida. O sorriso de Depa Billaba era contagiante, e Qui-Gon percebeu que sorria de volta para ela. Embora o Conselho nunca tivesse sido hostil com ele, aquela era a primeira vez que Qui-Gon percebia uma camaradagem mais profunda, uma amizade entre iguais. Teth e os Hutts já pareciam problema de um passado distante. O futuro brilhava com tanta ousadia que ameaçava eclipsar o presente.

"Calma", disse ele a si mesmo. "Mesmo um convite para integrar o Conselho não deve subir à sua cabeça."

— Pensar com cuidado você deve — orientou Yoda, o único membro do Conselho que permaneceu completamente sério. — Nenhuma resposta precipitada você deve dar.

— Claro — assentiu Qui-Gon. Ele não acabara de indicar que era exatamente o que pretendia fazer?

Antes que pudesse pensar mais sobre aquilo, Mace falou:

— Este convite chega em momento oportuno, de certa forma. Esta mudança poderia, potencialmente, resolver outros problemas.

Só então Qui-Gon se deu conta: se ocupasse um assento no Conselho, Obi-Wan seria transferido para outro Mestre.

Não era *proibido* a um Jedi do Conselho treinar um aprendiz; um dos colegas de creche de Qui-Gon se tornara Padawan do Mestre Dapatian, vários anos antes. Exceções também eram feitas, em tempos de crise, quando todos precisavam assumir tarefas extras. Mas tais exceções eram raras. Servir no Conselho exigia muito tempo, concentração e comprometimento. Equilibrar aquele compromisso com a tarefa igualmente sagrada de treinar um Padawan… bem, seria uma situação difícil, potencialmente injusta tanto para o Mestre quanto para o aluno. Apenas aqueles que serviram no Conselho durante muito tempo e se adaptaram às suas exigências contemplavam tal medida.

— Entendo o que quer dizer — disse Qui-Gon. — Talvez seja o melhor. Mas devo pensar no assunto.

— Claro — concordou Depa calorosamente. Yoda assentiu, segurando sua bengala gimer sem dizer nada.

Mace Windu levantou-se da cadeira e colocou a mão sobre o ombro de Qui-Gon.

— Manteremos este convite privado, é claro, ao menos até que você decida se juntar a nós. No momento, a única pessoa fora desta sala que sabe disso é a própria Chanceler Kaj. Mas se precisar discutir o assunto com o Padawan Kenobi ou com qualquer outro amigo, sinta-se à vontade para fazê-lo, desde que eles prometam manter o segredo.

— Entendido.

Qui-Gon saiu da Câmara do Conselho e entrou no Templo em um estranho estado de espírito. Não podia chamar aquela sensação de atordoamento porque, de certa forma, era exatamente oposta. Cada detalhe do ambiente o impressionava com uma vivacidade renovada, fossem os padrões coloridos no mármore incrustado sob seus pés ou o acabamento escarlate nas vestes de um jovem Cavaleiro Jedi. Era como se o convite para integrar o Conselho lhe tivesse dado novos olhos.

Uma nova forma de enxergar o mundo que ele, sem dúvida, passaria o resto da vida tentando compreender.

"O Conselho", disse consigo mesmo. "Pela Força, o Conselho."

Outro Jedi talvez pudesse ter cedido à euforia, ou mesmo à tentação do orgulho. Qui-Gon Jinn era feito de um material mais resistente. Além disso, não conseguia ficar totalmente feliz quando lembrava da questão de Obi-Wan.

Ele já acreditava que os dois eram incompatíveis como professor e aluno. A principal razão pela qual Qui-Gon não pedira uma transferência antes era porque sabia que Obi-Wan ficaria magoado com aquilo e se culparia. O convite do Conselho permitiria que a transferência fosse impessoal, apenas prática. Obi-Wan poderia, então, ser transferido para um professor que lhe serviria melhor.

Então, por que a ideia enchia Qui-Gon com um sentimento de perda tão profundo?

O planeta Pijal tinha um clima agradavelmente quente, que propiciava a visão de colinas verdejantes no verão, o cultivo de vinhedos com potencial para produzir vinhos da melhor categoria e o crescimento de coníferas altas e esbeltas, que ondulavam suavemente com a brisa. Era lindo. Todas as pessoas diziam aquilo. Sua Alteza Sereníssima, a Princesa Herdeira Fanry, não tinha nenhum motivo para duvidar delas.

Mas gostaria de poder comparar por conta própria.

— Falam por aí que Naboo é adorável — disse ela ao Regente Averross. Ela balançou os pés para a frente e para trás sob o trono; mesmo com quase quatorze anos, seus pés ainda não tocavam o chão. Seu cabelo ruivo estava preso sob um lenço cor de marfim, e apenas alguns cachos soltos exibiam o tom de fogo. — Toydaria não deve ser tão bonito, mas tenho curiosidade. E Alderaan, que deve ser o planeta mais belo dos Mundos do Núcleo. Naboo tem uma rainha mais ou menos da minha idade, e Toydaria, um rei apenas alguns anos mais velho. E há uma princesa herdeira em Alderaan, não há? Breha, acho. Poderíamos fazer uma espécie de encontro. Algo como "a próxima geração de líderes galácticos".

— Extraordinariamente bem colocado — disse Meritt Col, supervisora da Corporação Czerka no setor. A Czerka fazia negócios em Pijal há tantos séculos que seus supervisores inevitavelmente tinham lugares na corte. Col usava sua posição com mais facilidade do que a maioria. — É cativante como *slogan*, contundente e inspirador. Você poderia se sair bem em um dos planetas publicitários da Czerka... se abdicasse do trono, claro. — Col riu da própria piada.

Fanry conseguiu sorrir, mas nada além disso. Como se ela fosse abdicar do trono por algo ou alguém. Sem chance. Menos ainda para fazer propaganda para a Czerka.

O lorde regente, Averross, não deu atenção a Col. Em vez disso, olhou para Fanry e falou:

— Não temos tempo para férias. — Ele se sentou, não em uma das muitas cadeiras elegantes, mas na curva de pedra abaixo de uma das altas janelas rosadas da sala do trono, batendo com uma de suas botas nos arabescos esculpidos. Para Fanry, Averross sempre parecera um varactyl mantido em um recinto pequeno demais para ele: desconfortável, inquieto e ansioso para correr. — E você sabe disso.

— Eu não falei *férias*. Eu falei um *encontro*.

— E não *quis dizer* nem um, nem outro — retrucou ele. — Vamos, Fanry. Por que acha que está morrendo de vontade de viajar de repente?

Fanry reprimiu um gemido. Ter um Jedi como regente, mesmo um pouco ortodoxo, que parecia mais determinado a se comportar como um vagabundo do que como um nobre, significava embarcar em uma busca constante por autoconhecimento. Ela até sentia que se conhecia muito bem, obrigada. Mas também sabia que aquela série de perguntas não terminaria até que ela desse uma resposta.

— O tratado — disse ela. — Está tão perto. É uma grande responsabilidade.

— Exatamente. Claro que você quer escapar. — Ele sorriu para ela, de um jeito natural e sabido, enquanto acendia uma cigarrilha Chandrilana. — Mas, em todo esse tempo desde que a conheci, quando era pouco maior do que um bebê, você nunca fugiu de uma briga. Pode até ficar com medo, mas nunca foge por causa dele.

Ela assentiu, novamente avaliando o homem que governava seu planeta, e sua vida, desde que ela tinha seis anos de idade. "O rosto dele deve ter sido bonito um dia", pensou Fanry, "antes de ele ficar tão velho quanto as pedras." (Ela imaginava que ele tivesse uns *cinquenta* anos.) Embora o cabelo do homem, outrora preto, estivesse grisalho, e as rugas em seu rosto fossem sinal de antigos sorrisos, ele se comportava como alguém muito mais jovem. Como o guerreiro que tinha sido. Rael Averross vivera coisas que ela nunca experimentaria e dificilmente seria capaz de imaginar.

Mas nem ele conseguia compreender a total responsabilidade da coroa de Pijal.

Col limpou a garganta.

— Se me permite, Alteza Sereníssima, acabei de receber a notícia de que o grupo da sede chegou. Devemos ir recebê-los?

Fanry não conseguia pensar em nada que quisesse menos fazer do que cumprir as formalidades esperadas da corte com alguém da sede da Corporação Czerka, embora o poder da empresa fosse quase tão grande quanto o do Senado Galáctico. Mas aquilo precisava ser feito. Ela acenou com a cabeça na direção de Rael e permitiu que ele liderasse o caminho até o Grande Salão do palácio. A bainha de seu vestido farfalhava no chão ladrilhado enquanto avançavam. Cady, sua criada, queria encurtar a bainha, mas Fanry insistiu que não seria necessário. Quando ela ficaria mais alta?

Pouco antes de chegarem às gigantescas portas do salão, elas se abriram, empurradas com tanta força que se chocaram contra a parede, apesar de seu enorme peso. Um guarda ofegante e de olhos arregalados interrompeu o que claramente tinha sido uma corrida desesperada.

— O que foi? — Rael exigiu saber. Ele já tinha a mão no sabre de luz, pronto para defendê-la. Fanry se perguntou por que não se sentia mais segura.

— A lua — respondeu o guarda. — Halin Azucca. A Oposição. De novo. E desta vez é pior.

— Ah, droga. — Rael correu na direção da tela gigante dentro do salão, com Fanry apenas alguns passos atrás. O coração da garota batia intensamente enquanto ela agarrava as saias longas para conseguir correr direito.

Quando entraram no salão, Fanry nem se deu ao trabalho de procurar pelos representantes da Czerka, nem pelos outros guardas ou por qualquer outra pessoa. Só conseguia olhar para a cena ali projetada, sem dúvida um de seus satélites: uma das principais fábricas na lua, ou o que fora uma das principais fábricas da lua antes de explodir. Detritos jaziam ao redor dos restos fumegantes enquanto faíscas elétricas piscavam dentro do maquinário arruinado.

A ideia de que a Oposição era um grupo de terroristas perigosos tinha parecido tão *engraçada*, a princípio. Mas ninguém mais estava rindo.

O Capitão Deren, chefe da guarda, estava diante da tela com uma expressão grave.

— Essa fábrica tinha poucas defesas dignas de nota. Talvez devêssemos ter antecipado algo assim. Pelo menos ninguém foi morto.

— Aquela era uma fábrica de suplementos nutricionais. Talvez "devêssemos" ter esperado que Halin Azucca e seus capangas da Oposição fossem acabar com ela? — Rael cruzou os braços, claramente se acalmando. — Acho que não importa o quanto demos pouco crédito a ela, isso foi exagerado. Tem certeza de que ninguém morreu?

— A fábrica estava vazia no momento da explosão — confirmou Deren. Ele era uma cabeça mais alto do que Rael Averross, que não era um homem baixo, e sua voz profunda reverberava como um terremoto. — Até agora, nossos agressores tiveram o cuidado de poupar vidas.

— Pode ser que isso não dure por muito mais tempo — disse Fanry. Seus olhos azuis permaneceram focados na cena de destruição. Um arrepio percorreu sua pele.

— Esta situação parece mais grave do que nos fizeram acreditar — observou um dos membros do grupo de figurões da Czerka, com as mãos cruzadas no que deveria ser considerado um gesto respeitoso. — Se o tumulto em Pijal e em sua lua está aumentando, devemos nos questionar se é sábio realizar novos investimentos por parte da Corporação.

Fanry se assustou e olhou para Deren. Antes que qualquer um deles pudesse falar, Merrit Col interveio:

— O tumulto não vai durar. O novo tratado e a coroação mudarão tudo. Além do mais, a Czerka não deveria abrir mão de sua posição no centro do novo corredor hiperespacial.

— Claro que não — disse Fanry. Quantas pessoas na galáxia já tinham visto um funcionário do alto escalão da Czerka recuar?

— Entendemos — acrescentou Rael. — É assustador, mas a Czerka não vai se assustar tão facilmente, não é? Confie em mim. Vamos investigar isso a fundo.

— Com todo o respeito — duvidou Meritt Col. — Como podemos ter certeza disso, se você não conseguiu encontrar os perpetradores até agora? Acredito no nosso trabalho aqui em Pijal, mas precisamos de uma investigação muito mais completa do que a que tivemos até o momento.

— Teremos ajuda. — Rael se aprumou. Por um momento, Fanry achou que ele quase pareceu perturbado. Mas seu sorriso preguiçoso de sempre voltou quando ele se virou para um oficial de comunicações próximo e ordenou: — Abra um canal para Coruscant. Para o Conselho Jedi.

CAPÍTULO CINCO

Os deveres de um Padawan variavam muito. Certos tipos de instrução, como a meditação e o treinamento com sabres de luz, eram universais e estudados tanto em grupos no Templo quanto em particular com o Mestre. Mas esses Mestres também variavam muito em talentos e temperamentos, o que significava que os deveres que atribuíam também eram diversos.

A colega de creche de Obi-Wan, Prie, por exemplo, fizera parceria com um Mestre especialista em dois assuntos: formar vínculos com animais a partir da Força e combate desarmado. Dessa forma, Prie passava a maior parte do tempo em planetas pouco desenvolvidos, protegendo novos assentamentos tanto de animais selvagens quanto de possíveis saqueadores. Certa vez, ela até montara uma fera com chifres e mais de dois metros de altura.

Enquanto isso, seu amigo Jape estudava com um Mestre especialista em astrofísica. Quando não estava no Grande Observatório Orbital de Coruscant, voava pela galáxia para explorar fenômenos únicos e interessantes. Ele tinha enviado para Obi-Wan imagens de nebulosas incrivelmente multicoloridas e de um ponto próximo ao horizonte de eventos de um buraco negro.

E o que Obi-Wan tinha conseguido? Visitas aos Arquivos.

Ele estava sentado em um dos compartimentos mais altos, e seu trabalho era iluminado por lumidroides flutuantes. De onde estava, Obi-Wan tinha uma vista quase completa do nível inferior dos Arquivos Jedi. Jocasta Nu estava sentada à sua mesa, analisando um ou outro arquivo pacientemente, provavelmente para algum projeto de aula. Caso contrário, os Arquivos ficariam desertos. A maioria dos Jedi tinha coisas melhores para fazer em seu tempo livre, o que significava ter coisas melhores para que seus Padawans fizessem no tempo livre *deles*.

O interesse de Qui-Gon por línguas antigas não teria sido irritante por si só, pelo menos não tanto, mas o que realmente irritava Obi-Wan era o motivo daquele fascínio.

"Ninguém mais dá muita importância às antigas profecias", pensou Obi-Wan sombriamente enquanto examinava Alderaaniano Antigo mais a fundo. "Aquelas são coisas que podem nunca acontecer. Se um dia acontecerem, então foram realmente previstas e nenhuma de nossas atitudes poderá influenciá-las de forma alguma."

"Então, por que Qui-Gon insiste em estudá-las?"

Se Qui-Gon estivesse entre os estudiosos do Templo, como alguém cuja carreira inteira fora dedicada a pesquisar a antiguidade, seria uma coisa. Obi-Wan pelo menos saberia onde estava se metendo. Mas Qui-Gon Jinn era realista, franco e pragmático em praticamente todos os outros aspectos.

"De que servem os ideais se não podemos ajustá-los ao universo tal como o encontramos?", Qui-Gon perguntara a ele, certa vez. "Se nossas crenças nos dizem uma coisa e as necessidades das pessoas reais nos dizem outra, pode haver alguma dúvida sobre o que devemos ouvir?" Tudo aquilo parecera muito elevado quando Qui-Gon falou, mas, na verdade, se traduzia em coisas como: "Não tem problema pegar uma nave espacial 'emprestada' de criminosos se você realmente precisar dela" ou "Se eu conseguir conquistar a independência desta tribo em um jogo de azar, vale a pena vender minha melhor veste de Padawan para comprar fichas e entrar no jogo".

Não, os interesses de Qui-Gon eram tudo, menos acadêmicos. Ele tinha só aqueles dois hobbies: línguas antigas e profecias antigas. Dois hobbies *extremamente chatos*, que pareciam exigir muito apoio de pesquisa de um aprendiz.

Obi-Wan se conteve pouco antes de sua irritação se transformar em raiva. Não cabia a ele ditar os passatempos e interesses de seu Mestre. Seu trabalho era apoiá-lo, e se aquilo significasse desenterrar mais pergaminhos e holocrons antigos, que assim fosse.

Mais tarde, naquela noite, nos aposentos de Qui-Gon, Obi-Wan ousou dizer:

— Até onde posso dizer, Mestre, as profecias parecem… extremamente vagas.

Qui-Gon ergueu os olhos dos registros que o jovem levara para ele. Seus longos cabelos castanho-acinzentados caíam soltos pelas costas, sinal de que ele pretendia dormir logo. Mas ele nunca deixava de responder à curiosidade de Obi-Wan.

— Você aprendeu o Alderaaniano Antigo?

— Não exatamente, mas peguei o suficiente para entender o que estou coletando. — Obi-Wan puxou nervosamente sua trança Padawan, então se conteve quando percebeu. Era um mau hábito que esperava abandonar. — Uma dessas profecias diz algo sobre "Aquela que nascerá nas trevas e dará à luz as trevas". Não dá nenhuma pista sobre quem é, ou o tipo de escuridão, ou quando isso vai acontecer. Ou "Quando o kyber que não é kyber brilhar, o tempo da profecia estará próximo". Como pode haver uma profecia sobre a *época* da profecia? Depois tem essa… — Ele bateu na lateral do holocron da profecia, que Qui-Gon tirara dos Arquivos pelo menos pela décima vez desde que se tornara seu Mestre. — "Quando os justos perderem a luz, o mal, antes morto, retornará." Isso é tão vago que poderia se referir a qualquer coisa ou a qualquer pessoa! E aí tem toda aquela bobagem sobre "O Escolhido"…

— Suas dúvidas são compreensíveis, meu Padawan — disse Qui-Gon. Seu tom se tornou seco enquanto ele continuou: — Certamente seriam compartilhadas pela maioria dos Jedi hoje, incluindo o Conselho. Mas eu o alertaria para que não descartasse isso como mera "bobagem".

Obi-Wan cruzou os braços.

— E por que não deveria? — Ao perceber o brilho irritado nos olhos de Qui-Gon, ele acrescentou apressadamente: — Não quero ser sarcástico; realmente quero saber. Por que deveríamos dar ouvidos a essas profecias? Mestre Yoda sempre ensinou que olhar para o futuro é, na melhor das hipóteses, incerto.

Para a surpresa de Obi-Wan, Qui-Gon assentiu lentamente.

— A resposta para a sua pergunta é… complexa. Dê-me um momento para organizar meus pensamentos e lhe dar a resposta que você merece.

Ele estava satisfeito por pelo menos ter oferecido ao seu Mestre um bom desafio. Havia poucas coisas que Qui-Gon amava mais do que uma boa pergunta. Às vezes, Obi-Wan pensava que se nunca tivesse parado de fazer perguntas, todo seu aprendizado teria sido muito mais tranquilo.

Qui-Gon fechou os olhos, talvez entrando em um leve estado meditativo. Obi-Wan teria de esperar a hora certa.

Esperar nos aposentos de seu Mestre não era desagradável. Eram pequenos e simples, como todas as residências Jedi, e mesmo assim aquele quarto não poderia ser confundido com o de qualquer outra pessoa além de Qui-Gon Jinn. Era pessoal de uma forma que poucas coisas no Templo eram, refletindo a personalidade de seu habitante. Qui-Gon tinha o hábito de coletar bugigangas em muitos dos vários planetas que visitava — um pedaço de madeira flutuante aqui, um cobertor macio ali. Com o tempo, aquelas lembranças tinham formado uma coleção e tanto. Obi-Wan sabia que os sinos de vento eram de Gatalenta, as pedras polidas de meditação eram de Ryloth e o jogo de chá com suas delicadas xícaras verde-jade tinha sido dado a Qui-Gon por um certo Bivall como presente de agradecimento depois que ele ajudara a resgatar sua nave encalhada.

E aquelas eram apenas das aventuras que Obi-Wan vivera. Enquanto seus olhos percorriam a sala, escolhendo objetos nos cantos e nas prateleiras, ele percebeu novamente em quantos lugares Qui-Gon tinha estado, quantas coisas tinha feito. Não importava o quanto Qui-Gon fosse pouco ortodoxo, Obi-Wan sabia que tinha sorte de ter um Mestre daquele jeito. Só precisava encontrar uma forma de fazer Qui-Gon se sentir sortudo por tê-lo como aprendiz.

— Você acredita — perguntou Qui-Gon, finalmente — que estudar as profecias é uma forma de adivinhar o futuro?

Obi-Wan se perguntou se aquilo era uma pegadinha.

— Não é essa a definição de profecia? Uma previsão do que está por vir?

— Em alguns aspectos. Mas as profecias também dizem respeito ao presente. Os antigos místicos Jedi tentavam olhar para o futuro, mas estavam presos ao próprio tempo, assim como todos nós. — Qui-Gon recostou-se na cadeira e fez sinal para que Obi-Wan também se sentasse. — Eles só podiam prever o futuro através do prisma da sua própria existência. Assim, ao estudar suas palavras, seus avisos, aprendemos mais sobre seus costumes do que qualquer holo histórico poderia nos ensinar. E ao nos perguntarmos sobre como *nós interpretamos* essas profecias, descobrimos nossos próprios medos, esperanças e limitações.

Ser um Padawan era um lembrete suficiente de suas esperanças e limitações, na opinião de Obi-Wan, mas ele sabia que não deveria dizer aquilo.

— Quer dizer que você não interpreta as profecias literalmente.

— Uma vez, quando era mais jovem… — Qui-Gon encolheu os ombros. — Mas não. Não interpreto. No entanto, também não presumo que não tenham sentido, como a maioria dos Jedi pensa hoje em dia. Aprender o que os antigos místicos acreditavam nos liga à nossa história.

— Os Jedi não têm mais esses místicos — apontou Obi-Wan. — Devemos deixar de lado as visões do futuro, porque não podemos saber se elas se concretizaram. Mestre Yoda até diz que tais visões podem levar um Jedi à escuridão.

— Sim, buscar conhecer o futuro pode ser uma forma de controle, que pode levar ao lado sombrio — concordou Qui-Gon em sua voz profunda e ressonante. Pelo tom, Obi-Wan sabia que seu Mestre já tinha ouvido tudo aquilo de Yoda muitas vezes antes. — E estudar as formas de combate com sabre de luz é uma forma de se preparar para a violência. A violência também pode levar ao lado sombrio. Nos foi confiado um grande poder diplomático, o que significa que exercemos influência sobre sistemas inteiros…

— Entendi onde quer chegar — disse Obi-Wan. — Muitos caminhos podem levar ao lado sombrio.

— Como Jedi, possuímos um poder que os seres comuns não têm e nunca terão. Manter o poder sobre outros seres sempre exigirá que estejamos vigilantes contra a escuridão dentro de nós. Nossa capacidade de, às vezes, vislumbrar futuros potenciais não é nem mais nem menos perigosa do que qualquer um dos nossos outros talentos.

Obi-Wan decidiu continuar pressionando. Qui-Gon respeitava o desafio… até certo ponto.

— Os místicos de antigamente procuravam conhecer os acontecimentos dos séculos e milênios vindouros. Isso não é arrogância? Uma relutância em aceitar o fluxo natural da Força? Podemos ver seus escritos sob uma luz mais metafórica, mas eles não. Eles realmente pensavam que estavam adivinhando o que iria acontecer.

— Eu não me considero juiz dos antigos místicos, e você também não deveria. — Qui-Gon não compartilharia mais do que aquilo, pelo jeito. Já tinha voltado a prestar atenção aos registros que Obi-Wan levara. — Você fez um bom trabalho. Isso deve me proporcionar leitura por vários dias. — Um brilho divertido percorreu seus olhos azuis. — Em outras palavras, você estará livre dos Arquivos por um tempo. Vá passar um tempo com seus amigos.

Obi-Wan sorriu.

— Obrigado, Mestre. — Ele se levantou para sair, depois fez uma pausa. — Mas... quantas visitas ao Arquivo você acha que ainda terei de fazer? — Aquele projeto das profecias já estava em andamento havia dois anos; certamente nem mesmo Qui-Gon pretendia investigá-las indefinidamente.

Qui-Gon parou, com a xícara a meio caminho dos lábios. A expressão em seu rosto era difícil de ler... constatação, talvez, e consternação.

— Mestre? Não quis reclamar dos Arquivos.

— Não se preocupe com isso — tranquilizou Qui-Gon. Ele não cruzou o olhar com Obi-Wan. — Conversaremos depois. Sobre muitas coisas.

"Bastante enigmático", pensou Obi-Wan, mas aquilo não era novidade para Qui-Gon.

— Boa noite, então.

— Boa noite.

Obi-Wan correu na direção dos níveis mais baixos, esperando que ainda fosse cedo o suficiente para começar uma partida de dejarik. Algo o incomodou nos momentos finais de sua conversa com Qui-Gon. Seu Mestre claramente estava guardando algum tipo de segredo.

Mas não poderia ter nada a ver com ele. Se tivesse, seu Mestre teria lhe contado.

PASSADO

— Você está assustado — observou Mestre Dookan.

Qui-Gon Jinn, com doze anos de idade, ajoelhou-se diante de seu novo Mestre. Dookan o escolhera como Padawan no dia anterior. Ele passara a última noite na creche dos jovens alunos dando risada com os amigos, imaginando todas as aventuras que teria e praticando com seu sabre de luz na sala de treino até que Mestra Yaddle o mandou dormir.

Mas naquela manhã ele precisou empacotar seus poucos pertences em uma modesta trouxa e deixar a pequena creche onde morava desde que conseguia se lembrar. Recebeu o tradicional corte de cabelo dos Padawans humanos e deixou de se parecer com o garoto que sempre via em seu reflexo. Em vez disso, tinha se tornado um estranho desengonçado e desajeitado. E tinha ido até os aposentos de Mestre Dookan para se apresentar ao indivíduo que decidiria se ele era digno de se tornar um Cavaleiro Jedi ou não.

— E então? — Dookan ergueu uma sobrancelha. Ele parecia ter três metros de altura, erguendo-se sobre Qui-Gon como uma parede de obsidiana. — Tem alguma resposta à minha observação?

"Eu não tenho medo." A negação surgiu na mente de Qui-Gon. Era o que ele queria dizer, porque era o que ele queria que fosse verdade. Mas *não era*. E um Padawan certamente não deveria mentir para seu novo Mestre.

— Estou, Mestre — admitiu Qui-Gon.

— Por que você teria medo de mim? — perguntou Dookan com sua voz mais profunda e intimidadora, como se estivesse respondendo à sua própria pergunta.

"Pense", disse Qui-Gon a si mesmo. Seu medo era tão óbvio e tão absoluto que ele mal conseguia compreender sua origem. Mas precisava encontrar a verdade dentro daquele medo.

Por fim, ele falou:

— Tenho medo de não me tornar um Jedi, mas isso não me faz ter medo de você, Mestre. Tenho medo de falhar. De não ser digno.

— De não ser digno de você mesmo — observou Dookan. — De ter um futuro diferente daquele que deseja.

— Sim. — O medo de Qui-Gon se aprofundou. Mestre Dookan com certeza perceberia que cometera um erro ao escolher alguém tão covarde como Padawan.

Mas então Dookan falou:

— Muito sábio. — Quando Qui-Gon olhou para ele, surpreso, seu Mestre sorriu. Era um sorriso distante, mas verdadeiro. — A maioria dos jovens aprendizes negaria o medo. Se o admitissem, quase certamente não teriam o autoconhecimento que você demonstrou.

"Eu acertei?" O espanto de Qui-Gon devia estar estampado em seu rosto, porque Dookan balançou a cabeça em um divertimento tolerante.

— Hoje você provou ser sincero — disse Dookan, fazendo sinal para que Qui-Gon se levantasse. — Demonstrou perspicácia. E me convenceu de sua inteligência.

— Inteligência? — Qui-Gon se aprumou. Ficar de pé só ajudou a piorar a sensação de ser intimidado; sua cabeça alcançava o cotovelo de Dookan.

— Sim, meu Padawan. — A diversão de Dookan era quase felina: astuta e contida. — Qualquer um que comece a avançar no caminho da Força *deve* ter medo. Os perigos são muitos. A luta é eterna.

Qui-Gon não tinha muita certeza do que Mestre Dookan queria dizer com "a luta", mas imaginou que se tratava de sempre fazer o seu melhor. Era o tipo de coisa que os mestres da creche sempre repetiam.

Antes que pudesse perguntar, porém, Dookan fez um gesto para que o garoto o seguisse.

— Venha. Há muitas seções do nosso Templo que os jovens nunca visitam. Compreender o Templo de forma mais completa irá ajudá-lo a entender melhor a Ordem Jedi.

A promessa de finalmente ver o Templo inteiro fez com que todas as perguntas sumissem da cabeça de Qui-Gon. Ele sorriu para Dookan pela primeira vez.

— Sim, Mestre.

Juntos, os dois caminharam por todo o Templo. Não por todo ele, na verdade, porque era grande demais para alguém ver tudo em um só dia, mas pelas partes mais importantes, aquelas que Qui-Gon sempre tivera curiosidade de ver. Dookan mostrou a ele o dojô de treino dos Padawans e lhe permitiu dar uma olhada naquele dos Cavaleiros Jedi. Ele finalmente visitou a Grande Sala do Concílio, reservada para os raros momentos em que praticamente toda a Ordem se reunia. Várias câmaras de meditação que… bem, não eram muito empolgantes, mas pelo menos eram interessantes. A maioria dos outros Padawans provavelmente não teria achado o arboreto emocionante, mas Qui-Gon passou vários minutos vagando por entre as árvores, flores e samambaias de milhares de mundos diferentes enquanto Dookan observava pacientemente.

Ao término do dia, Mestre Dookan finalmente levou Qui-Gon à sua última parada, os Arquivos Jedi. A nova arquivista-chefe, uma mulher chamada Jocasta Nu, recebeu Dookan com uma familiaridade que sugeria que eram amigos. Enquanto os conduzia para dentro da vasta sala, ela falou:

— Já faz um tempo que não vejo você.

— Meus interesses mudam de tempos em tempos — respondeu Dookan. Qui-Gon se perguntou por que Jocasta franziu a testa ao ouvir aquilo.

Eles analisaram vários holocrons, de diversas épocas, não para estudá-los de verdade, mas simplesmente para Qui-Gon aprender a navegar entre eles. Seu olhar foi atraído por um particularmente antigo. Tão antigo que seu formato era diferente de qualquer outro. Ele caminhou em direção a ele e colocou uma das mãos em sua superfície dourada.

— Sobre o que ele fala? — perguntou. — Que séculos cobre?

Depois de falar, ele se voltou para Dookan em busca de resposta e ficou chocado com a expressão no rosto de seu Mestre. Dookan olhava para o holocron quase como se…

"Como se olhasse para um inimigo", pensou Qui-Gon. Mas aquilo não fazia sentido.

— Esse é um holocron de profecias Jedi — contou Dookan.

— Profecias? — Qui-Gon nunca tinha ouvido falar daquilo antes. — Existem profetas Jedi?

— Não existem mais. Os antigos místicos buscavam conhecimento indevido do futuro. Isso os levou por caminhos perigosos. Aqueles que se envolviam profundamente nisso eram frequentemente... tentados pelo lado sombrio.

Qui-Gon sussurrou:

— O lado sombrio? — Ele sabia que era algo que todos os seres carregavam dentro de si, uma parte de si mesmo contra a qual aprenderia a se proteger. Os mestres da creche tinham falado sobre tudo aquilo. Mas ainda parecia uma espécie de monstro ou de fantasma, uma coisa misteriosa que saltava das sombras para pegar aqueles que não estivessem prestando atenção.

— É por isso que não estudamos mais as profecias. — Dookan virou-se abruptamente e começou a se afastar, o que significava que Qui-Gon teria de segui-lo.

— Mestre? — arriscou ele enquanto se apressava para alcançá-lo. — Só querer saber o futuro pode levar alguém ao lado sombrio?

— É preciso mais do que isso — respondeu Dookan. Seus olhos escuros eram indecifráveis.

CAPÍTULO SEIS

Muitos Jedi faziam retiros para alcançarem estados de contemplação mais profundos, mas o Templo possuía seus próprios refúgios de tranquilidade. Câmaras nos andares mais altos com janelas translúcidas que permitiam a entrada da iluminação do sol, onde alguém poderia se banhar na luz, no calor e no profundo silêncio. Em um dos andares inferiores, um caminho de meditação serpenteava por um labirinto de pedras, convidando a mente a se concentrar. Cápsulas de privação sensorial adequadas para várias espécies podiam ser preenchidas e fechadas para aqueles que desejavam abandonar suas formas físicas e se tornar puro espírito.

Qui-Gon, no entanto, sentia-se mais certeiro quando ligado à vida. Por isso, foi até os jardins do Templo.

Ele se ajoelhou ao lado de uma samambaia de Felucia e passou dois dedos ao longo de suas delicadas folhas azul-esverdeadas. Elas saltaram ligeiramente para trás com seu toque, um sinal de sensibilidade e, portanto, de saúde. Inspirando profundamente, sentiu o suave aroma e imaginou o oxigênio fluindo por seu corpo.

Ele alcançou a planta através da Força. A presença dela era delicada, algo consciente apenas da paz.

(Não se podia dizer o mesmo de todas as plantas. Qui-Gon ainda se lembrava da primeira vez que encontrara uma árvore que era forte com o lado sombrio; o choque tinha sido grande. Mestre Dookan balançara a cabeça com tristeza, na ocasião, dizendo "A escuridão também faz parte da natureza, Qui-Gon. É tão fundamental quanto a luz. Lembre-se disso!".)

"Eu deveria ter sido um dos jardineiros do Templo", pensou Qui-Gon. Era uma ideia que já tinha lhe ocorrido antes, mas que geralmente surgia da frustração com o Conselho.

Seu comunicador tocou, e a voz de Mestra Billaba soou do aparelho:

— Mestre Jinn, estou incomodando?

— De forma alguma. — O Conselho falara com ele no dia anterior. Será que já estavam impacientes por uma resposta? — Como posso ajudar?

— Há uma missão para você e seu Padawan. — Qui-Gon franziu a testa, mas antes que pudesse responder, Billaba continuou: — Sei que o momento talvez não seja o mais propício, mas você foi solicitado.

— Agora fiquei curioso. Estou certo em presumir que você não me dará mais informações até que meu Padawan e eu nos apresentemos?

A voz de Billaba soou divertida em resposta:

— Já está pegando o jeito do Conselho, Mestre Jinn.

"Que a Força não permita", pensou ele, em uma reação automática nascida dos muitos conflitos que tivera com o Conselho Jedi no passado. Teria que mudar aquele tipo de pensamento.

— Estaremos na Câmara do Conselho o quanto antes.

— Na Câmara do Conselho, não — respondeu ela, num tom mais soturno. — No escritório da Chanceler Kaj.

A Chanceler Kirames Kaj tinha liderado o Senado durante muitos anos e, sem dúvida, poderia ter continuado por muitos mais. Seu jeito leve e comportamento agradável a tornaram popular entre os senadores e o público em geral. A natureza descontraída que tornava a chanceler Togruta tão querida também a tornava, muito provavelmente, o indivíduo com menos sede de poder a ocupar o cargo. Em vez de concorrer à reeleição, ela anunciara que retornaria a Shili no ano seguinte e fundaria uma academia de artes.

A julgar pelos arredores, a mente de Kaj já estava mais voltada para o futuro do que para o passado. Várias guirlandas, troféus e holos decoravam as prateleiras e paredes, cada uma exibindo um banquete ou recepção em sua homenagem. Nenhum planeta da República parecia querer deixar de homenageá-la em sua aposentadoria.

— Mestre Jinn — disse Kaj, sentando-se atrás de sua grande mesa. — É um prazer vê-lo novamente.

— O prazer é meu — respondeu ele, quase sincero. No que dizia respeito à classe política, Kirames Kaj era bastante tolerável.

— E seu Padawan aqui, o nome dele é... Kenobi, certo? — Kaj sorriu. — Fico feliz em conhecê-lo.

— Obrigado, Chanceler. — Obi-Wan hesitou, claramente querendo dizer mais alguma coisa, mas sem saber se seria apropriado.

Kaj acariciou um de seus lekku distraidamente enquanto um dos assessores droides ativava um holograma que preencheu a sala. O holograma retratava uma vasta paisagem espacial, que abrangia uma seção considerável da Orla Interior, assim como o principal inimigo do tráfego hiperespacial da região, o Byrnum Maw. Brilhando, no centro dela, e passando diretamente pela bocarra, havia uma linha azul espessa marcando uma rota com a qual Qui-Gon não estava familiarizado. A linha estava rotulada como CORREDOR HIPERESPACIAL DE PIJAL. Um pequeno símbolo de marca registrada abaixo do nome indicava que o corredor era protegido pelas naves e sensores da Corporação Czerka, assim como praticamente todas as outras rotas complicadas do hiperespaço.

— Eles encontraram um caminho através da bocarra — supôs Qui-Gon. — Esse foi o objetivo por, não sei... décadas?

— Está mais para séculos. — Kaj apontou ao longo do corredor do hiperespaço. — Desde que uma estrela virou nebulosa e interrompeu as antigas rotas. Mas os cientistas determinaram que duas âncoras no hiperespaço, uma no planeta Pijal e outra em sua lua, poderiam, em conjunto, gerar um campo capaz de estabilizar uma seção central da bocarra. Com ela estabilizada, diversas vias de tráfego tornam-se possíveis. Os mundos nessas rotas foram deixados para trás, excluídos do progresso por tempo demais. Agora tudo isso pode mudar.

Qui-Gon assentiu.

— Seu pedido por nossa ajuda sugere que algo ameaça o novo corredor.

— De fato.

O droide assessor da Chanceler rapidamente ampliou o holograma para mostrar o planeta ao redor do qual o dito corredor hiperespacial se curvava. Cubos de informação flutuando perto da imagem do planeta indicavam que Pijal tinha clima temperado, com numerosas cordilheiras e cavernas, uma população relativamente pequena para um clima relativamente benigno, e que sua lua era quase tão grande quanto ele próprio. Era para aquela lua que a Chanceler apontava.

— Pijal só está emergindo de centenas de anos de isolacionismo agora — disse Kaj. — Mas o terrorismo está ameaçando seu progresso. Um grupo dissidente conhecido como Oposição está sabotando os esforços de mineração e agricultura por lá, bombardeando as naves da Czerka, fazendo de tudo para minar a estabilidade local.

— Com que objetivo? — perguntou Obi-Wan. Então, seus olhos se arregalaram ao perceber que ousara questionar a Chanceler da República. Qui-Gon reprimiu um sorriso.

Kaj, que não era do tipo de pessoa que se importava com quem um Padawan falava, simplesmente deu de ombros.

— Vocês terão que descobrir isso, porque ninguém mais foi capaz. Veja, a Oposição não começou como um grupo terrorista. Aparentemente, eles eram, no começo, uma… trupe de artes performáticas.

Nem Qui-Gon nem Obi-Wan falaram nada por um longo tempo. Por fim, Qui-Gon conseguiu dizer:

— Você está falando sério.

— A galáxia é grande e estranha — disse Kaj, com um suspiro. — Seja como for, a Oposição encenava peças políticas ou erguia estátuas ligeiramente rudes da noite para o dia, esse tipo de coisa. Sua líder, uma mulher chamada Halin Azucca, aparentemente se especializou em dança interpretativa antes de entrar no mundo dos explosivos. Não havia nenhuma ideologia nas ações da Oposição, a não ser a vontade de mudar o *status quo* e algum papo vago sobre mais representação para os cidadãos da lua. Mas depois que o potencial do corredor hiperespacial se tornou claro, a Oposição ficou mais raivosa. Mais ousada. Eles começaram a bombardear lugares, a princípio puramente simbólicos. Conforme a inauguração do corredor hiperespacial se aproximava, a violência do grupo aumentou. No mês passado, eles atacaram edifícios governamentais importantes, estruturas da Czerka e até mesmo alguns templos. Nenhuma vida foi tirada, ainda, mas é apenas uma questão de tempo. E se a Oposição decidir atacar o próprio corredor, os danos podem ser tremendos!

— O que eles querem, exatamente? — perguntou Qui-Gon.

— Isso é um pouco misterioso, para ser sincera. Fizeram grandes pronunciamentos, no início, às vezes em versos. Mas quando os ataques se tornaram mais violentos, Halin Azucca levou o grupo à clandestinidade. Estão piorando cada vez mais, ameaçando a estabilidade do planeta e a própria cerimônia do tratado. A liderança de Pijal acha que um terceiro grupo deveria intervir, alguém neutro e com uma nova perspectiva, e ajudar a expulsar a Oposição.

— A liderança de Pijal... Acredito que eles tenham uma princesa herdeira, não? — perguntou Qui-Gon.

— Não exatamente — respondeu Kaj. — Há oito anos, o trono foi herdado pela Princesa Fanry, que na ocasião tinha apenas seis anos de idade. Seu regente governou desde então, e negociou o Tratado de Governança, que mudará o sistema de monarquia absoluta para constitucional, com um parlamento representativo que tratará da maior parte dos assuntos governamentais. O tratado também colocará fim ao isolacionismo de Pijal e permitirá acordos legais juridicamente com pessoas de fora do mundo, como os funcionários da República responsáveis pelo novo corredor. A Princesa Fanry deverá assinar o tratado em seu décimo quarto aniversário, daqui a apenas alguns dias. Eles têm todos os tipos de festividades planejadas: concertos, comícios e até um evento chamado de Grande Caçada. No entanto, os ataques dos dissidentes têm aumentado em frequência e gravidade conforme a assinatura se aproxima. Por isso, não sei quantas dessas festas eles vão poder curtir.

— Então, os dissidentes querem impedir a assinatura do tratado — disse Obi-Wan, finalmente ousando falar de novo. Infelizmente, ele também estava fazendo suposições.

— É possível — concordou Qui-Gon. — Mas há outras explicações. Eles podem simplesmente ver essa ocasião como um momento vulnerável do governo e, portanto, uma oportunidade para atacar.

— Tem potencial para virar uma grande confusão — admitiu Kaj. — A via hiperespacial não poderá ser aberta até que o tratado seja assinado e parece que esses dissidentes da Oposição podem tentar impedir que isso aconteça. Precisamos que vocês viajem até Pijal, ajudem a prevenir que qualquer vida seja perdida e garantam que o Tratado de Governança seja assinado no dia marcado. Se possível, também gostaríamos que levassem os membros da Oposição à Justiça. Se deixarmos isso para que o governo de Pijal resolva no futuro, tudo bem, que seja. Mas o corredor hiperespacial deve ser aberto, para o bem de Pijal e de diversos sistemas vizinhos. O Tratado de Governança deve ser assinado.

Importante. Desafiadora. O tipo de missão que Qui-Gon esperava receber a qualquer momento. A qualquer hora, claro, exceto aquela.

Mantendo a voz neutra, Qui-Gon perguntou:

— Chanceler, posso perguntar por que fomos escolhidos para esta missão?

— Você foi solicitado nominalmente, e é claro que achamos melhor que alguém familiarizado com um dos principais…

— Nunca estive em Pijal — Qui-Gon não se importava em interromper a Chanceler enquanto ela continuava a rodear o assunto e não ia direto ao ponto.

De forma consciente ou não, Kaj entendeu o sinal.

— Veja, quando a princesa herdou o trono, ainda criança, claramente foi necessário que um regente governasse por ela. No entanto, os conflitos internos nos tribunais de Pijal demonstraram que nenhum candidato interno seria um regente aceitável para todas as partes. Por isso, um Cavaleiro Jedi foi enviado para assumir a posição. Um conhecido seu, Rael Averross. — A Chanceler olhou de Qui-Gon para Obi-Wan, e vice-versa. — Sei que Averross é uma figura, digamos, controversa entre os Jedi. Mas é seu amigo, não é?

— Éramos bons amigos há muito tempo — respondeu Qui-Gon. Ele não tinha certeza do que tinham se tornado. "Controverso" era uma expressão muito branda.

— Bem, Averross pediu por você, especificamente. Sei que o momento não é o ideal, Mestre Jinn — disse Kaj —, uma vez que você acabou de ser convidado para integrar o Conselho Jedi. É um grande passo, e, sem dúvida, você preferiria se concentrar em…

"Droga, droga, droga." Qui-Gon fechou os olhos por um instante. Não adiantou de nada; o choque que emanava de Obi-Wan era tão grande que ele podia senti-lo através da Força. Qui-Gon não imaginara que Kirames Kaj mencionaria o convite do Conselho Jedi. Parecia possível que a quase aposentada Chanceler da República sequer tivesse prestado muita atenção às informações sobre um novo membro do Conselho.

Mas tinha prestado. E agora Obi-Wan não apenas sabia do convite, como também descobrira por outra pessoa. Qui-Gon realmente tinha estragado tudo.

"Como posso imaginar que vou servir bem ao Conselho, se estou falhando como Mestre?"

CAPÍTULO SETE

Obi-Wan sentia como se não pudesse falar nem ouvir. Não tinha consciência de nada além de sua própria respiração e de seu coração batendo. O choque que sentiu o entorpeceu para qualquer outra coisa além da sensação de vergonha.

Os olhos de Qui-Gon encontraram os dele por um instante, tempo suficiente para que Obi-Wan visse a dor nos olhos de seu Mestre. Ver que Qui-Gon sabia que tinha feito algo errado não ajudou em nada, só piorava as coisas.

Quando a Chanceler Kaj encerrou a reunião oficial, Obi-Wan levantou-se imediatamente e se dirigiu para a porta. Parou ali brevemente esperando para seguir seu Mestre, como era costume, mas Kaj, em vez disso, acenou para que Qui-Gon se aproximasse dela novamente.

— Escute, posso pedir um conselho? É uma coisa pessoal: quero dar algum tipo de presente ao Mestre Yoda quando partir, como sinal de agradecimento por todo o trabalho que realizamos juntos, mas é *tão difícil* comprar algo para ele…

Qui-Gon estava preso, o que significava que Obi-Wan estava livre para fazer o que mais desejava: ir embora.

Descobrir o que faria depois… era a parte difícil.

"Ele nem me contou que não seria mais meu Mestre? Eu não era nem digno de ser informado?"

Obi-Wan se conteve. Abriu os olhos, contemplando o interior tranquilo de uma das câmaras de meditação do Templo: paredes vítreas azuis em formato esférico, almofadas macias no chão para sentar ou deitar, o suave som de sinos ao fundo. Pacífico, calmo e absolutamente inútil para Obi-Wan no estado de espírito em que se encontrava. Se não fosse capaz de acalmar seus ânimos meditando ali, talvez não pudesse fazer aquilo em lugar nenhum.

Às vezes, a raiva se recusava a deixar a alma, exceto através do corpo.

Já era tarde da noite, depois do toque de recolher dos jovens alunos, depois de todas as reuniões oficiais, quando a maioria dos poucos Jedi que vagavam pelos salões pertenciam a espécies de hábitos noturnos. Os passos de Obi-Wan ecoaram pelos corredores abobadados, estranhamente altos no silêncio do Templo. Ele se perguntou se estava se sentindo em evidência por causa daquele som, ou porque não tinha ideia do quanto os outros sabiam. Teria ele sido o último a descobrir que seu Mestre o estava deixando sem sequer dizer uma palavra? Ou teria que explicar a todos por que era um Padawan de dezessete anos em busca de um novo Mestre? Nunca tinha ouvido falar de algo assim antes. Ele era o primeiro Padawan descartável nos dez mil anos de história dos Jedi?

Obi-Wan se conteve. Aquilo não poderia ser verdade. Bom, ao menos era *provável* que não fosse. Mas não fazia sentido imaginar a situação pior do que já estava. E ela já estava ruim o bastante.

Seu caminho o levou ao longo do túnel que conduzia através dos níveis aquáticos do Templo, onde Jedi e Padawans dos mundos aquáticos viviam e treinavam, pelo menos durante meio período. Linhas onduladas de luz azul iluminavam o teto arqueado e translúcido pelo qual ele podia distinguir a forma de duas crianças, uma Mon-Calamari e outra Selkath, nadando acima de sua cabeça. Elas tinham saído depois do toque de recolher ou os ciclos de dia e noite ocorriam de forma diferente nos níveis aquáticos?

Ainda havia muita coisa que Obi-Wan não descobrira sobre o Templo, sobre os Jedi. No momento, parecia que nem teria a chance de descobrir.

Obi-Wan finalmente chegou ao dojô dos Padawans. Ali, os Jedi mais jovens podiam treinar e praticar juntos, tanto para passar tempo com amigos quanto para aprender com seus colegas. "Capazes de ensinar muito uns aos outros os Padawans são", explicara Yoda. "E muito mais capazes são quando seus Mestres não assistindo estão."

Ele caminhou ao longo do chão hexagonal, concentrando-se o melhor que podia antes de finalmente tirar o sabre de luz do cinto.

O zumbido do sabre preencheu o silêncio, e o aperto de sua mão ao redor do cabo se fortaleceu instintivamente em resposta à sua leve vibração. Respirando profundamente, Obi-Wan assumiu a posição de batalha e iniciou as cadências.

As cadências básicas eram o ponto de partida para todos. Os movimentos primários, as principais defesas, os ataques potenciais. Obi-Wan tinha se tornado muito forte nas cadências iniciais ao longo dos anos; assim como a maioria dos Padawans, ele esperava conhecer outras formas de combate, escolher uma para praticar e começar a estabelecer sua própria experiência.

Qui-Gon ainda o mantinha praticando o básico.

"Por quê? Tivemos mal-entendidos em combate, mas ele não pode contestar minha técnica de luta." Obi-Wan cortou o ar, girando o sabre de luz e saboreando a forma como seu zumbido distorcia a cada movimento. "Eu nunca o decepcionei nisso, pelo menos."

Enquanto praticava, as lembranças de batalhas e sucessos passados dissipavam a névoa de ressentimento da mente de Obi-Wan. O futuro se intrometia pouco em seus pensamentos e, quando isso acontecia, ele imaginava Mestres em potencial o observando praticar, ficando impressionados e decidindo fazer melhor com aquele Padawan do que…

— Muito bom. — A voz de Qui-Gon ecoou pelo dojô. — Você é ainda mais rápido do que eu imaginava.

Obi-Wan conseguiu parar no lugar sem vacilar ou demonstrar surpresa. Manteve o sabre de luz posicionado horizontalmente sobre o peito, sua luz azul deixando tudo além dele, incluindo Qui-Gon, em preto e branco.

— Esse é o dojô dos Padawans — disse Obi-Wan.

— Sabe, eu já fui um Padawan. — Qui-Gon entrou mais fundo no dojô, olhando para o teto abobadado, onde várias marcas de mãos e pegadas eram sinais de Padawans que praticavam estilos mais atléticos de combate com sabres de luz.

— Não quis dizer que você não sabia onde estava.

Qui-Gon ergueu uma sobrancelha.

— Não, você quis saber o que estou fazendo aqui, onde não pertenço.

Ele parecia tão… calmo. Até entretido. Qualquer gentileza que Obi-Wan sentia por seu Mestre enfraqueceu.

— Não era uma pergunta, na verdade.

A repreensão silenciosa fluiu pelo rosto de Qui-Gon como água. Qui-Gon Jinn podia ser um Jedi imperfeito e pouco ortodoxo em muitos aspectos, mas Obi-Wan tinha de invejar a facilidade com que seu Mestre lidava com aquilo. Em vez de discutir com Obi-Wan sobre seu direito de estar lá ou simplesmente ir embora, Qui-Gon falou:

— Eu queria me desculpar por esta manhã. Não era daquela forma que você deveria ter ficado sabendo sobre meu convite para o Conselho. Pensei em contar a você, mas achei que deveria esperar até tomar minha decisão final.

Obi-Wan conteve uma risada amarga.

— Você está mesmo pensando em recusar? Já pensou nisso alguma vez? Duvido.

Qui-Gon suspirou.

— É justo. Sua reação é compreensível. Mas tenho reservas. Preocupações que devo resolver dentro de mim antes de poder me comprometer com uma posição de tamanha responsabilidade.

— Preocupações que você nem sonharia em dividir comigo.

Aquele comentário finalmente perturbou a maldita calma de Qui-Gon. Havia um tom de tensão em sua voz quando falou:

— Suspeitei que ficaria chateado demais para discutir isso de forma racional. Parece que eu estava certo.

— Achei que tivesse dito que minha reação era compreensível — rebateu Obi-Wan. — Então, por que isso me desqualifica para ouvir a verdade?

Qui-Gon colocou as mãos no cinto largo, como fazia quando começava a se fechar em si mesmo.

— Deveríamos discutir isso em outro momento. Nenhum de nós está na melhor forma agora.

Mesmo com seu mau humor, Obi-Wan sabia que seu Mestre estava certo sobre aquilo. Mas não aguentava a ideia de deixá-lo se safar tão facilmente.

— Tenho me perguntado por que você nunca me treinou além das cadências básicas. — Ele girou o sabre de luz e o abaixou. — Não pode ter achado que minha habilidade era inadequada. Então, por que não me deixou seguir em frente? Mas agora acho que sei a resposta.

— Esclareça-me — respondeu Qui-Gon, secamente.

— Porque já decidiu há muito tempo que se livraria de mim, de um jeito ou de outro. Se não trabalharíamos como Mestre e Padawan, por que se preocupar com planejamento? Por que tentar? Você sabia que seria função de outra pessoa concluir meu treinamento. — Obi-Wan desligou o sabre de luz. — No fim das contas, você acabou sendo um profeta, Mestre.

Qui-Gon ficou em silêncio por tanto tempo que Obi-Wan chegou a pensar que tinha vencido o debate. Por fim, o Jedi mais velho respondeu:

— Mantive você no básico por uma razão, Obi-Wan. E se algum dia entendesse o porquê, poderia ter me compreendido bem o bastante para nos destacarmos como mestre e aprendiz. Do jeito que está... suponho que a Força às vezes garante que as coisas aconteçam da melhor maneira.

Seu Mestre saiu. Obi-Wan permaneceu no dojô por muito tempo, lutando contra suas emoções mais sombrias e se perguntando mais uma vez por que Qui-Gon Jinn era tão misterioso.

Ele falou a si mesmo, estupidamente: "É como Qui-Gon disse. Talvez seja a melhor maneira".

Mas não parecia ser.

Havia em Pijal algumas coisas que Averross nunca gostara, mesmo depois de passar oito anos naquele planeta. Por sorte, a comida não era uma delas. Aquelas pessoas sabiam comer.

— Você convidou os Jedi? — A supervisora de setor da Czerka, Meritt Col, ergueu uma sobrancelha enquanto fazia sinal para que o garçom lhe trouxesse outra porção de shaak. O contorno em relevo do chip de rastreamento do servo era pouco visível no topo de sua mão esquerda, apenas alguns milímetros de metal que marcavam sua condição de escravizado. O jantar no palácio era em grande estilo. — É claro que ajuda é necessária, mas empresas de segurança privada poderiam ser chamadas.

— Pistoleiros contratados não se importam com nada além do pagamento — disse Rael Averross, segurando a coxa de shaak pelo osso. O molho escorria por seus dedos. — Não verão nada que seus protocolos não os tenham treinado para ver. Mas um Cavaleiro Jedi? Um Jedi poderia resolver isso em um quinto do tempo que um mercenário levaria.

Averross estava sentado em uma das cabeceiras da mesa de madeira escura com incrustações douradas; a Princesa Fanry estava sentada do outro lado, com a luz do lumidroide tornando iridescentes os fios do lenço enrolado em seu cabelo. A Supervisora Col estava sentada à direita dela, com seu habitual uniforme branco engomado. A etiqueta do palácio determinava que o assento ao lado de Fanry era o de maior honra, mas Averross nunca se importara com a etiqueta. Além do mais, aquela refeição era mais do que um banquete formal. Era uma reunião de negócios, apenas mais uma das intermináveis tarefas que Averross empreendia para que Fanry não precisasse fazê-lo.

Mas Fanry, embora permanecesse equilibrada e encantadora como se esperava de uma princesa, claramente os escutava com muita atenção. Ela estava agindo como ele sempre a ensinara: sempre escutando. Sempre aprendendo. Sempre descobrindo mais camadas abaixo do protocolo formal.

Ele sorriu consigo mesmo e pensou: "Essa é a minha garota".

A Supervisora Col também estava sorrindo, mas continuava sem se impressionar.

— Isso levanta a questão, Lorde Regente: se um Jedi pode resolver este problema de forma tão simples, por que *você* não resolveu isso?

— Porque a situação precisa de… novos olhos. — Averross bebeu outro grande gole de vinho lunar, na esperança de que o ato atenuasse o que ele tinha a dizer. Não gostava de admitir suas fraquezas em nenhum momento, muito menos quando se tratava de proteger Fanry. — Moro em Pijal há oito anos, supervisora. Não só isso: morei no *palácio real*. Os problemas da princesa têm sido os meus problemas. O mundo dela tem sido o meu mundo. Minha visão é a vista da janela de um castelo, e você sabe tão bem quanto eu: essa visão não mostra tudo. Alguém novo vai perceber coisas que eu não vou.

Mas havia tanta coisa sobre Pijal que alguém de fora nunca poderia entender completamente. Por mais que Averross ansiasse pela coroação de Fanry, ele dificilmente conseguia imaginar sua vida depois daquilo. Ele imaginava que Fanry o pediria para continuar como conselheiro e queria muito aceitar. Mas também sabia que o Conselho insistiria para que ele fizesse algo novo, de forma a provar que não estava excessivamente ligado a nenhum lugar, a nenhuma missão. Averross concordava com aquele princípio, em geral, mas seu trabalho ali em Pijal fora diferente. Ele sentia que estava indo muito bem. Como se fosse importante. E que seu conhecimento do planeta significava que ele tinha mais a oferecer ali do que em qualquer outro lugar.

Era claro que o Conselho jamais admitiria aquilo, pois era um bando de burocratas.

Se ficar em Pijal significasse deixar os Jedi… Averross não tinha a menor ideia do que escolheria.

A Supervisora Col assentiu, pensativa, embora seus olhos escuros ainda revelassem desconfiança. Averross sabia que ela era a supervisora há mais de duas décadas, ganhando autoridade sobre o comércio em cada vez mais sistemas ao longo dos anos. Era cuidadosa, astuta, controlada.

— Entendo o que quer dizer, Lorde Regente. No entanto, nós, da Czerka, estamos preocupados que um novo Jedi não compreenda os nossos arranjos aqui neste planeta. Até você demorou um pouco para perceber a… retidão do que fazemos aqui.

— Quando eu era jovem e ingênuo — lembrou Averross com um sorriso. — Bem, talvez não tão ingênuo assim.

Ele também sentia o tipo de dor que distorcia a mente, do tipo que alguém nunca poderia superar, por mais que tentasse. Mas aquilo não era algo que Meritt Col precisava saber.

Col sorriu educadamente, mas insistiu em seu argumento:

— E se a Ordem enviar alguém jovem e ingênuo?

— Eu pedi por alguém específico. O Jedi mais astuto com quem já trabalhei. Ele nunca nos decepcionaria. — "Foi tão bom", pensou Averross, "saber realmente em quem confiar." — Tenho mais confiança em Qui-Gon Jinn do que em qualquer outra pessoa que conheço.

Tarde da noite, Qui-Gon permanecia acordado em seus aposentos, com um datapad sendo a única fonte de luz.

Ele já tinha revisado aquele registro antes. Logo depois que aconteceu, Qui-Gon o assistiu repetidamente, assim como outros membros da Ordem Jedi. Em última análise, o Conselho retirara as acusações contra Rael Averross.

Qui-Gon nunca teve certeza de que tinha sido a decisão correta.

A nave de carga *Advento*, sob a supervisão de Rael Averross e seu Padawan, transportava alimentos para um sistema que sofria desesperadamente com a fome. As preocupações com atividades piratas naquele setor faziam com que todos os sensores externos fossem verificados constantemente.

Aquilo desviou a atenção dos problemas internos e impediu que alguém reconhecesse o verdadeiro perigo: um motim violento e sangrento.

Os procedimentos padrão para um motim a bordo de um cargueiro como aquele exigiriam que os Jedi a bordo priorizassem a retomada da ponte de comando. De lá, todas as outras funções da nave poderiam ser controladas, e outras naves da República poderiam ter sido convocadas para ajudar.

Rael tinha outras ideias. De acordo com os relatórios da audiência oficial, ele suspeitava que os amotinados poderiam fazer um acordo com os piratas — armas e assistência em troca de suprimentos e comida. Os amotinados teriam sido muito mais difíceis de derrotar se contassem com a ajuda dos piratas, e seriam uma ameaça para qualquer nave da República que viesse em seu socorro. Por isso, Rael levou seu Padawan para o compartimento de carga principal, para tomar aquela área primeiro.

Os Jedi poderiam anular os protocolos a seu critério, desde que permanecessem dentro de seu mandato para tal missão. A decisão de Rael poderia não ter chamado a atenção, se não fosse pela tragédia que se seguiu.

Qui-Gon assistiu à filmagem da *Advento* do momento em que os amotinados invadiram o compartimento de carga principal, massacrando membros leais da tripulação a torto e a direito com o auxílio de droides reprogramados. Mesmo os gritos dos moribundos não os impediram, mas a visão de dois sabres de luz, sim.

Averross entrou na briga junto de sua Padawan, uma Tholothiana no primeiro ano de treinamento. ("Nim Pianna", Qui-Gon lembrou a si mesmo. "O nome dela era Nim Pianna. Ela era mais do que simplesmente sua Padawan.") Apesar de sua juventude, ela se preparou para o combate acendendo o sabre de luz verde simultaneamente ao sabre azul de Rael. Juntos, os dois lutavam tão harmoniosamente como se fossem duas partes de um só ser, demonstrando o tipo de unidade que um Mestre e um Padawan deveriam ter. O tipo que Qui-Gon nunca conseguira construir com Obi-Wan…

Os arrependimentos de Qui-Gon foram empurrados de lado quando o verdadeiro horror começou a se desenrolar na tela. Rael e Pianna abriam caminho através de uma plataforma elevada cerca de vinte metros acima do chão do convés. Pianna saltou na direção de um dos droides, sem perceber que ele estava equipado com um dardo dominador. O dardo prateado acertou sua têmpora num golpe perfeito, e Pianna cambaleou para o lado. Seus olhos ficaram turvos, o estranho sinal de um cérebro e um corpo temporariamente escravizados pela nanotecnologia.

Os eventos que se seguiram aconteceram em poucos segundos, mas pareciam se estender em câmera lenta para Qui-Gon. Sempre pareciam, não importava quantas vezes ele os tivesse assistido. Não importava o fato de que ele sabia muito bem o que aconteceria a seguir.

Rael vislumbrou sua Padawan.

Pianna ergueu o sabre de luz e o atacou.

Rael hesitou brevemente.

Uma decisão foi tomada.

— Mestre Averross teve que priorizar salvar os reféns em vez de salvar sua Padawan — declarou Mace Windu no pronunciamento oficial do Conselho. — Os duelos de sabre de luz, embora muito raros, também são mortais. Ele não poderia salvá-la e ainda ter tempo de salvar a *Advento*. Averross optou por priorizar a segurança da nave acima da de sua aprendiz. Essa é a escolha que ela gostaria que ele fizesse. Qualquer Jedi prefere aceitar o risco a colocar os outros em perigo.

Tudo muito verdadeiro. Mas Qui-Gon nunca se esquecera da expressão de puro terror e resignação no rosto de Pianna quando ela caiu. Sim, sua mente tinha sido dominada, mas ela ainda conhecia seu Mestre. Ela estava incapaz de controlar suas ações, mas continuava no domínio de suas emoções. Seu Mestre, a pessoa em quem ela deveria confiar acima de todas as outras na galáxia, a matara. Aquela era a última coisa que ela soube antes de morrer.

Se Rael tivesse obedecido aos protocolos, ela nunca teria sido exposta a um ataque de dardo dominador.

Um Cavaleiro Jedi com uma formação mais convencional talvez não tivesse sido perdoado tão facilmente. Mas Rael chegara ao Templo extremamente tarde. Tinha cinco anos completos antes de ser identificado em Ringo Vinda, a criança mais velha a ser trazida ao Templo, até onde Qui-Gon sabia. Aqueles anos fizeram uma diferença profunda. Rael nunca dominara completamente os controles subconscientes que eram incutidos na maioria dos Jedi por meio do treinamento desde a infância. Os membros da família Averross eram pessoas de quem ele sentia muita falta. A grande maioria dos Jedi não conhecia suas famílias biológicas; as poucas exceções não passavam de falar, em raras ocasiões, com parentes que eram pouco mais do que estranhos. Os modos de Rael eram rudes, como os do rato de estação orbital que ele tinha sido, e não como os do Jedi que ele esperava se tornar. Ele nunca perdeu o sotaque de Ringo Vinda.

Algumas crianças teriam vergonha daquilo; outras teriam se esforçado o máximo possível para se adaptarem aos hábitos de seus companheiros. Rael, não. Ele fora na direção oposta, usando as gírias de rato de estação, agindo de maneira informal em todas as ocasiões e usando roupas que um trabalhador jogaria fora como trapo. Era a forma como ele tentava curar a ferida de sua infância perdida, mas era uma ferida que nunca cicatrizaria.

Ninguém no Templo se deixava enganar pela atitude desafiadora de Rael, nem ele mesmo.

Por isso, ele foi tratado com compaixão. Até mesmo Dookan, que era um Mestre rigoroso em muitos aspectos, fazia concessões a Rael. Como resultado, Rael floresceu tanto como Jedi quanto como iconoclasta. Tornou-se um piloto brilhante, um mestre no manejo do sabre de luz e serviu nobremente a Ordem por muitos anos. Então, depois do incidente da *Advento*, os Jedi fizeram concessões mais uma vez. E pela primeira vez Qui-Gon achava que essas concessões tinham ido longe demais.

Ele conhecia Rael melhor do que a maioria da Ordem, e era por isso que duvidava da explicação oficial sobre o motivo pelo qual a retomada do compartimento de carga tinha sido colocada à frente da ponte. Na opinião de Qui-Gon, a vida de Nim Pianna tinha sido colocada em risco e perdida principalmente porque Rael queria uma luta direta em vez do trabalho tedioso de contornar a segurança nos controles da ponte.

Aquilo não significava que Rael tivesse sido completamente imprudente. Depois de quatro anos ensinando Obi-Wan, Qui-Gon conseguia entender que perder um Padawan seria uma das experiências mais dolorosas que um Mestre poderia suportar. Portanto, não contestara os desdobramentos. Quando soube que o Conselho dera a Rael uma missão de longo prazo em um lugar distante, Qui-Gon gostou da ideia de que seu velho amigo estaria em um lugar onde teria tempo para meditar e onde pudesse fazer algum pequeno bem como forma de penitência. Daquela forma, ele poderia encontrar a paz.

Mas não. Rael Averross vivera num palácio nos últimos oito anos. Governando um mundo.

Obi-Wan era apenas uma criança quando aquilo aconteceu. Provavelmente nunca teria ouvido falar da tragédia a bordo da *Advento*. No gabinete da Chanceler Kaj, Obi-Wan não mostrou reconhecer o nome de Rael Averross.

Parecia o pior momento possível para conversar com Obi-Wan sobre um Mestre matando sua Padawan. Mas ele contaria a história inteira ao jovem o quanto antes.

Qui-Gon talvez não continuasse como o Mestre de Obi-Wan por muito mais tempo, mas durante esse tempo não daria a seu Padawan nada menos do que a honestidade. Era o mínimo que ele merecia.

Qui-Gon recebeu uma mensagem. Deixando os registros de lado, voltou-se para o comunicador e ergueu as sobrancelhas, surpreso. Quando o acionou, um holograma tomou forma em seus aposentos.

— Mestre Yoda. Em que posso ajudar?

— Falar com você eu queria.

— Sobre a missão em Pijal?

— Entre outras coisas. — Yoda estudou Qui-Gon cuidadosamente. — Fortemente ligado a Averross você é, hmm? No entanto, nem sempre o melhor para vocês dois essa conexão foi, hmm?

— Rael sempre foi um amigo para mim. — A defesa foi quase automática. — Não acho que ele parecer um forasteiro seja algo ruim.

As orelhas de Yoda se abaixaram em claro sinal de irritação.

— Acha que julgamos coisas tão triviais?

— Claro que não — admitiu Qui-Gon. — Se fizessem isso, vocês não teriam me escolhido para o Conselho, não é?

— Você para o Conselho eu não escolhi. Inadequado você é, em muitos aspectos. No entanto, o Conselho falou, e essa decisão eu apoiarei.

Qui-Gon levou um momento para processar o que tinha ouvido. Yoda não o queria para o Conselho? Aquilo talvez não devesse ter importância, já que Yoda não se opunha mais ao convite, mas foi como um soco no estômago.

— Ligou só para me lisonjear?

Ele não ficou surpreso por Yoda não se abalar com a provocação.

— Dookan é o elo entre você e Averross. Falar sobre Dookan você deve. Sinistra é sua ausência entre os Jedi. De mais compreensão sobre os motivos de sua saída nós precisamos.

Naquele momento, era fácil para Qui-Gon imaginar motivos para não querer lidar com Yoda.

— Vou perguntar — prometeu ele. — Vou descobrir o que puder.

Yoda assentiu, e o holograma desapareceu, deixando Qui-Gon se perguntando por que, quando o restante do Conselho o acolhia, Yoda não.

CAPÍTULO OITO

Obi-Wan tinha muitas funções a bordo do transporte para Pijal. Primeiro, ele se ofereceu para ajudar a tripulação a verificar novamente os manifestos de carga — um trabalho tedioso, mas importante, uma vez que esses materiais ajudariam a construir os modernos espaçoportos necessários para o novo corredor hiperespacial. Depois, ele sentiu que deveria discutir os detalhes do manejo de um cruzador classe *Consular* com o piloto; afinal de contas, Obi-Wan adorava voar e queria se aprimorar ainda mais como piloto, por isso deveria aprender sobre o maior número possível de naves. Tão logo estavam a caminho, ele acompanhou os engenheiros na verificação do prato do sensor da nave, para o caso de necessitarem de assistência ou reparos.

Entre uma atividade e outra, ele conseguiu evitar Qui-Gon até a última hora de sua viagem para Pijal.

— Padawan — disse Qui-Gon enquanto entrava no túnel de serviço onde Obi-Wan verificava algumas leituras pela terceira vez sem ninguém ter solicitado. — Acho que a tripulação tem a nave sob controle.

— Eu só queria ajudar — protestou Obi-Wan, antes de se conter. Qui-Gon talvez não tivesse sido honesto com ele, mas não era motivo para que ele fosse desonesto em troca. — Eu não sei o que dizer, por isso estava evitando você. Não foi muito maduro da minha parte.

— Você é extremamente maduro para um garoto de dezessete anos, considerando que eu tenho quarenta e deixo você escapar impune por horas.

Qui-Gon sempre era rápido em admitir suas próprias falhas e erros, um tipo de humildade mais rara entre os Jedi do que deveria ser. Obi-Wan sempre respeitara aquela característica de seu Mestre.

— Eu deveria ter dito antes: parabéns por ter sido convidado para ingressar no Conselho. É uma honra muito grande. Eles terão sorte de ter você ao lado deles.

— Você realmente acha isso? — Aquilo fez Qui-Gon rir. — Obrigado, Obi-Wan. Achei que você provavelmente ficaria com pena deles.

— Claro que não. — Por mais que a parceria às vezes fosse difícil, Obi-Wan percebeu que sentiria falta dela. O que quer que tivesse dado errado entre os dois não tinha sido culpa de Qui-Gon, e havia mais a se aprender com aquele homem, coisas que Obi-Wan nunca mais aprenderia...

— Queria falar com você sobre Rael Averross — disse Qui-Gon, ficando sério. — Você deve ter algumas perguntas.

— Na verdade, depois que a Chanceler Kaj o descreveu como "controverso", comecei a procurar as respostas por conta própria. — O humor de Obi-Wan piorou quando ele se lembrou da antiga filmagem que vira do motim na *Advento*. — O que você pensou depois... depois da morte de Nim Pianna?

Qui-Gon não falou nada a princípio. Simplesmente fez um sinal para que Obi-Wan saísse da estreita área de serviço e entrasse em um dos corredores principais da nave. Eles eram os únicos passageiros além da tripulação, por isso o corredor estava vazio, exceto por um droide astromecânico que estava ocupado trabalhando em um painel distante. Obi-Wan se perguntou se seu Mestre estava procurando um lugar reservado para conversarem, ou se talvez suas perguntas tivessem ido longe demais.

Então, Qui-Gon encostou-se na parede para observar a luz azul elétrica do hiperespaço, visível através de uma longa janela de visualização ovalada. Sua voz soou pesada quando disse:

— Rael foi imprudente. Já é ruim o bastante ser imprudente com a própria vida, mas é criminoso ser imprudente com a vida de outra pessoa. E pior ainda ser imprudente com a vida de seu Padawan.

— O quê? — Obi-Wan se conteve. — Quero dizer, você não aceitou o motivo dele ter ido até o compartimento de carga?

— Creio que Rael provavelmente acreditava em seu próprio raciocínio. Mas acreditou no que *queria* acreditar. Todos nós fazemos isso de vez em quando. — O olhar de Qui-Gon ficou distante por um momento, como se estivesse pensando em outra coisa, mas ele logo voltou ao assunto. — Rael Averross nunca teve paciência para tarefas complicadas, como contornar os níveis de segurança de um computador para *obter acesso* a uma ponte de comando. Ele violou os protocolos para casos de motim para poder agir da forma que gostava mais, quer tenha percebido de forma consciente ou não. E sua Padawan pagou o preço.

Aquilo colocava os problemas de Obi-Wan com Qui-Gon em perspectiva.

— A Chanceler Kaj falou que você era a melhor pessoa para lidar com Rael Averross. Que vocês já se conheciam. Vocês dois eram amigos?

— De certa forma. — Qui-Gon começou a caminhar de volta para a ponte, e Obi-Wan o acompanhou. — Compartilhamos o mesmo Mestre. Rael foi aprendiz de Dookan antes de mim. O destino quis que estivéssemos juntos em diversas missões naqueles primeiros anos. Então, nos conhecemos muito bem. Ele me ajudou a ver que tipo de homem Dookan era e qual a melhor forma de servi-lo. Ele me ajudou a aprender... na verdade, ele até mesmo me apresentou as profecias. Não éramos íntimos, mas... criamos um vínculo de confiança que acredito que ainda persiste.

Se ao menos houvesse alguém para dizer a Obi-Wan como lidar com seu Mestre.

— Como você pode pensar nele como um amigo quando julga suas ações de forma tão severa?

Aquilo rendeu uma boa olhada em Obi-Wan.

— Nós *éramos* amigos, meu Padawan. Acredito que ainda somos, em algum nível. Mas isso não muda nada. Nunca presuma que seus amigos estão acima de qualquer transgressão. Mesmo pessoas boas podem cometer erros terríveis. Mas acredito que essas pessoas deveriam ser ajudadas a entender e a se responsabilizar por seus erros, um ponto de vista que o Conselho não compartilha. Pelo menos, não quando se trata de Rael Averross.

A curiosidade de Obi-Wan aumentou.

— Por quê? Existe algum motivo específico para o Conselho não responsabilizá-lo?

— Rael foi... um caso incomum. Os Jedi Buscadores não o encontraram tão cedo, como fazem com a maioria das crianças sensíveis à Força. Ele só foi identificado aos cinco anos de idade.

— *Cinco?* — Obi-Wan pensou, a princípio, que deveria ter escutado mal. — Fui trazido tarde e tinha apenas três anos.

Qui-Gon assentiu.

— Duvido que o Conselho aceite novamente um Padawan tão velho. Aqueles anos fizeram com que Rael pensasse em Ringo Vinda como seu lar, em vez do Templo. Isso moldou suas atitudes, seu progresso, e até mesmo seu modo de falar, como você mesmo poderá notar. Dessa forma, Rael Averross sempre foi um estranho. Raras concessões foram feitas a ele, desde a infância até as audiências sobre o destino de Nim Pianna. É sempre melhor errar para o lado da misericórdia, mas... imagino que sempre me questionarei.

— Suponho que isso seja algo com que você terá de lidar quando estiver no Conselho — disse Obi-Wan. O Conselho devia ter entendido que algumas das críticas de Qui-Gon eram válidas. Talvez Obi-Wan devesse ter procurado mais por aquela validade muito tempo antes.

Qui-Gon não respondeu diretamente à pergunta.

— Meu convite ao Conselho não importa no momento. E o que Rael Averross fez no passado não deve ofuscar nossa missão. Nossa atenção deve estar voltada para Pijal e a princesa. Não perca o presente de vista.

— Não vou — prometeu Obi-Wan. Era uma daquelas promessas que ele não tinha certeza de como cumprir, mas a fez mesmo assim.

Segundo as lendas locais, Pijal fora um dos primeiros mundos a adotar a tecnologia de escudo planetário, milênios antes. Qui-Gon suspeitava que o equipamento não tivesse sido atualizado desde então.

Ele e seu aprendiz estavam no pequeno convés de observação do cruzador Corelliano, observando a vasta paisagem espacial diante deles: tanto o próprio planeta (com vastos oceanos azuis e pequenos continentes em verde e dourado) quanto sua lua (de um verde mais escuro, densamente arborizada). Nem Pijal nem sua lua pareciam especialmente dignos de nota, mas a tecnologia do escudo era outra questão. Os antigos geradores de escudo cor de argila, uma dúzia deles, orbitavam Pijal lentamente, projetando raios dourados cintilantes quase invisíveis que se desenrolavam para formar o escudo.

— Esse não pode ser um escudo totalmente operacional — protestou Obi-Wan. — Geradores antigos como esses não são capazes de produzir energia o bastante.

Qui-Gon inclinou a cabeça.

— Isso depende da sua definição de *totalmente operacional.* O escudo de Pijal não impede que naves entrem ou saiam do planeta, mas isso nunca aconteceu e ele nem foi projetado para isso. Ele existe para proteger o mundo das explosões solares extremas que acontecem mais ou menos a cada década.

— Entendo, Mestre — assentiu Obi-Wan. — Mas com certeza geradores mais novos e mais eficientes seriam mais seguros. Parece que tudo pode desmoronar ao toque de um microasteroide.

— Substituir a tecnologia é caro, e a prosperidade de Pijal acabou há muito tempo. — Qui-Gon cruzou as mãos dentro das mangas largas de seu manto. — Mas parece que a Corporação Czerka planeja intervir.

Uma enorme nave da Czerka estava ao longe, um veículo classe Branch que serviria como centro de produção, transporte de pessoal e complexo de escritórios. A tela de informações da ponte do cruzador a identificava como *Alavancagem*, sob o comando da Supervisora Meritt Col.

— A Czerka está por toda parte, ao que parece — disse Obi-Wan.

— E tem sido assim há milhares de anos. — A Corporação era tão antiga que alguns acreditavam que poderia até ser anterior à República; os fatos há muito tinham se perdido no tempo. — Se o corredor do hiperespaço for aberto em breve, talvez Pijal não seja tão dependente da Czerka. Eles poderiam fazer seus próprios reparos.

— E parece que será bem a tempo. — Obi-Wan balançou a cabeça, incrédulo. — É difícil acreditar que alguém no planeta consiga dormir à noite com um escudo solar tão frágil.

"Ele ainda vive numa bolha", pensou Qui-Gon. Algumas de suas missões os tinham levado a mundos menos desenvolvidos, mas Obi-Wan continuava considerando-os como exceções, e não como a norma. Para ele, "normal" era sinônimo de Coruscant.

Por que os Jedi deveriam criar tantos de seus jovens no planeta mais rico e movimentado da galáxia? O Conselho Jedi estar ali, no centro do governo, fazia sentido. Mas os membros do Conselho não precisavam estar em contato constante com os jovens.

"Talvez devêssemos mudar mais escolas, ou ao menos as creches", pensou Qui-Gon. "Existem diversos mundos seguros o bastante para abrigarmos os jovens, onde a vida é levada de formas mais simples e familiares em toda a galáxia. Lugares onde as crianças possam estar cercadas por terras agrícolas ou por pescadores. Lugares onde poderíamos interagir mais com as comunidades ao nosso redor e treinarmos novos Jedi tanto para fazerem parte do mundo quanto para serem desapegados..."

Ele se conteve. Estava se concentrando mais no futuro do que no presente. A lição que passara a Obi-Wan poderia muito bem ter sido dirigida a ele mesmo.

— Mas que raios é aquilo? — Obi-Wan apontou para uma pequena nave esférica subindo lentamente do planeta em direção ao gerador de escudo mais próximo. Sua fuselagem provavelmente fora de um branco cristalino, muito tempo antes, mas as incontáveis reentradas atmosféricas tinham deixado marcas cinzentas em torno das emendas e dobras.

— Você não revisou o relatório planetário? — Aquilo era incomum para Obi-Wan, pensou Qui-Gon. — Essas são as almanaves. Veículos que remontam aos primeiros colonizadores deste planeta, milhares de anos atrás. Em dado momento, aparentemente, a forma local de adoração da Força começou a incitar os peregrinos a viajarem periodicamente para o espaço, para experimentarem por si próprios a escuridão e a gravidade zero, de modo que se tornassem verdadeiramente gratos pelo belo planeta que possuíam. Esferas e círculos, por alguma razão, tendem a ser formas sagradas em Pijal.

— *Aquela* é uma almanave? — Obi-Wan estava praticamente exasperado. — Mas... é claro que li o relatório, Mestre. Eu só... eu só não acredito que eles continuam usando naves antigas assim.

— Acredito que, com o tempo, as almanaves tenham adquirido certo valor simbólico próprio. Elas são valorizadas por serem antigas, não apesar disso — respondeu Qui-Gon, imaginando por quanto tempo tal crença persistiria *quando*, e não *se*, uma daquelas naves falhasse.

Como se pela força de seu pensamento, um lampejo de plasma azul irrompeu da lateral do antigo veículo.

— Droga! — Qui-Gon foi até o terminal de informações. Os níveis de radiação estavam terrivelmente altos. O plasma vazava para o espaço, não para o interior da nave, pelo menos naquele momento...

— Está explodindo. — Obi-Wan correu para a cadeira do navegador. — A nave finalmente falhou?

— A explosão é externa — respondeu o navegador do cruzador, apontando para a névoa azul-gelo de energia que ondulava no espaço ao redor da almanave. — Aquilo é um dispositivo incendiário.

"Uma bomba de plasma?" Qui-Gon respirou fundo. Eram armas rudimentares, mas poderosas, utilizadas por agressores com poucos recursos e de crueldade sem limites. Se o plasma penetrasse no interior da almanave, aqueles que estavam dentro dela morreriam de forma...

— A explosão de plasma ainda é externa? — perguntou Qui-Gon. Quando a resposta foi um aceno de cabeça confirmando, ele apontou para o antigo veículo. — Leve-nos para um raio de dez quilômetros, agora mesmo.

— Você não pode se aproximar mais daquela coisa — protestou o navegador, querendo dizer "eu não posso". — Vai acabar fritando a si mesmo e a todos nesta nave!

— Não se agirmos rapidamente. — Qui-Gon removeu o manto, preparando-se para o que estava por vir. Quando seu manto caiu no chão, o de Obi-Wan caiu ao lado. Alguns Padawans poderiam ter hesitado, mas não o dele.

— Você ouviu meu Mestre — disse Obi-Wan para o navegador. — Leve-nos para lá.

PASSADO

"Sou um Padawan dos Jedi", Qui-Gon lembrou a si mesmo enquanto a nave se aproximava da ameaçadora superfície escura de Shurrupak. "Sou bom com meu sabre de luz. Sou aprendiz de Dookan há quatro meses. Estou pronto para a batalha."

O Conselho certamente concordava, ou não o teria enviado para aquele lugar com seu Mestre.

Mas ele agarrou o cabo do sabre de luz com mais firmeza quando a nave estremeceu novamente. Estavam sob o fogo de armas pesadas há pouco mais de quatro minutos, de acordo com o crono da nave. Qui-Gon suspeitava que o aparelho estava quebrado, porque parecia muito, muito mais tempo.

— Estamos quase pousando! — gritou Mestre Elio quando a nave iniciou o movimento característico que indicava o contato com a atmosfera. — Estaremos na Base Primus em cinco minutos!

Pela reunião que antecedeu a missão, Qui-Gon sabia que a Base Primus não estava na linha de frente da batalha. Ficava a trezentos quilômetros de distância. Mas trezentos quilômetros pareciam uma distância muito maior durante a reunião do que naquele momento.

Ao seu lado, Mestre Dookan permanecia imponente e estoico como uma árvore. Ele era realmente destemido de um jeito que a maioria dos Jedi só poderia parecer. Em vez de oferecer apoio explícito a Qui-Gon, estava oferecendo um exemplo ao qual aspirar. Qui-Gon resolveu que seguiria aquele exemplo, se pudesse.

Supondo que eles não fossem explodidos em pleno voo.

A nave foi alvo de mais uma saraivada de disparos ao se aproximar do chão, que a sacudiu de um lado para o outro de modo que até o Jedi mais experiente cambaleasse. Qui-Gon conseguiu, por pouco, não cair, mas sentiu como se tivesse acabado de recuperar o equilíbrio antes que o veículo sacudisse mais uma vez. Aquela foi a sensação do pouso.

Todos correram para a frente quando a porta se abriu, chapinhando na praia ainda encharcada pela maré baixa. A areia molhada agarrava as botas de Qui-Gon, mas ele se apressou para acompanhar os passos largos de seu Mestre. Os sons da batalha ecoavam e o horizonte se iluminava a cada poucos segundos, mas ele se esforçava muito para não ver ou ouvir.

Ele alcançou o portão da Base Primus junto de Dookan. Seu Mestre era um veterano de muitas campanhas militares, por isso Qui--Gon esperava que ele parecesse calmo. Para sua surpresa, quando ergueu os olhos, Dookan estava… sorrindo?

— Rael! — chamou Dookan com sua voz potente. Ele marchou para a frente, com a capa verde-escura ondulando ao forte vento de Shurrupak, para cumprimentar o jovem que estava diante deles: baixo para um adulto, de cabelo desgrenhado em várias direções e vestindo uma capa esfarrapada que parecia mais velha do que o próprio Dookan. Claro que Qui-Gon conhecia o nome Rael Averross, um famoso duelista de sabre de luz e o primeiro Padawan de Dookan, mas não poderia ser o mesmo Rael. Aquela pessoa tinha de ser um refugiado.

Mas Rael gritou alegremente:

— Mestre! Já era hora de você chegar aqui. Estava prestes a perder toda a diversão!

— Você sempre gostou mais do combate do que deveria. — A diversão de Dookan ofuscou sua desaprovação.

Quando o alcançaram, Rael rapidamente deu um abraço em Dookan, em um gesto que surpreendeu Qui-Gon quase com a mesma intensidade quanto o fato de seu Mestre ter permitido.

— Parece que já faz mais de cinco meses que não nos vemos — disse Rael.

— Você passou dez anos me vendo quase todos os dias. Achei que isso teria sido o suficiente. — Aquela era a ideia que Dookan tinha de humor. — Enquanto isso, adquiri um novo aprendiz: Qui-Gon Jinn.

Qui-Gon acenou com a cabeça em saudação. O sorriso de Rael se alargou quando ele se abaixou para inspecionar seu sucessor.

— Finalmente sou mais alto do que alguém! Já estava na hora. — Antes que Qui-Gon pudesse se sentir envergonhado, Rael colocou o pé próximo dele. — Ah, estou vendo. Você vai me superar logo, logo. Quando o resto do seu corpo crescer tanto quanto o seu pé, você terá a mesma altura de nosso Mestre. Talvez até mais. Dookan, uma hora ou outra você terá que se acostumar a não ser a pessoa mais alta na sala.

Dookan balançou a cabeça, tolerando as provocações de Rael a um nível que Qui-Gon teria considerado impossível. Ou talvez seu Mestre estivesse apenas se concentrando na batalha que se aproximava, porque se afastou pela areia verde-escura de Shurrupak para conversar com os generais próximos. À distância, através da neblina, Qui-Gon pôde avistar tanques com canhões de atordoamento e transportes de tropas. O horizonte iluminou-se novamente com o disparo das armas, e o Padawan estremeceu.

Rael colocou a mão em seu ombro. Se consolasse Qui-Gon, o constrangimento poderia ser pior do que o medo.

Em vez disso, Rael falou:

— Mestre Dookan pode parecer rígido às vezes. Sabe por que isso acontece? — Qui-Gon balançou a cabeça negativamente, e o sorriso de Rael aumentou lentamente. — É porque ele *é* rígido. Como uma tábua. Até mesmo enquanto dorme. Como ele faz aquilo?

Qui-Gon não pôde deixar de rir.

— Não sei.

— Também nunca descobri. — Rael se ajeitou, agora se dirigindo a Qui-Gon de igual para igual. — Dookan é um cara difícil de conhecer. Uma hora dessas você vai sentir que pode contar qualquer coisa a ele... mas vai demorar um pouco, certo? Bem, ouça. Às vezes, os Padawans anteriores de um Mestre ajudam os mais novos, se tiverem oportunidade. Parece que sim. Por isso, se tiver qualquer pergunta que ainda não esteja confortável para fazer a Dookan, traga-a para mim. Também podemos treinar, se você quiser.

A perspectiva de lutar contra um especialista em duelos como Rael Averross teria parecido intimidadora em qualquer outra ocasião. Ali, com sua primeira batalha se aproximando, Qui-Gon não podia se preocupar com muito mais.

— Eu gostaria, sim.

— Ótimo. Então, vamos. Vamos conversar com os generais. — Rael fez com que parecesse algo natural para uma criança de doze anos fazer.

Qui-Gon sentiu como se Rael Averross fosse a ponte, o elo entre o Padawan que ele era e o Cavaleiro Jedi que desejava tão desesperadamente ser. O trajeto seria mais fácil, uma vez que tinha um amigo para lhe mostrar o caminho.

CAPÍTULO NOVE

A Princesa Fanry sentia-se congelada em seu trono. Não suportava assistir ao horror que se desenrolava na tela diante dela, mas também não conseguia desviar o olhar. Ela não merecia poder desviar o olhar enquanto seu povo sofria.

Enquanto seu povo morria.

— Isso está se transformando em um pesadelo — disse ela, com a voz embargada pelas lágrimas. — Nunca pensei que chegaria a tal ponto.

— Por que não? — retrucou a Ministra Orth, uma mulher alta e esguia cujos cachos grisalhos estavam presos de maneira aleatória sobre a cabeça. Aquele era o único detalhe casual em Orth, cujo vestido de brocado escuro era de boa costura, de cima a baixo. — Por que Halin Azucca não seguiria as coisas até seu fim natural? Isso era inevitável. Não há nada baixo demais para a Oposição fazer.

Fanry se recompôs. "Você será a rainha", pensou ela. "Não deve demonstrar fraqueza. Pijal não precisa de uma rainha fraca."

Em vez disso, ela olhou para o alto e sério Capitão Deren, que não saíra de seu lado desde o último relatório. Sua expressão permanecia calma; apenas seus olhos revelavam tristeza. Para ela, ele falou:

— A *Alavancagem* informa que estarão no local em breve. A Supervisora Col assumiu o comando pessoalmente. Ainda podemos evitar qualquer perda de vidas.

"A Czerka é quem vai salvar o dia?", Fanry se perguntou. "Eu devia ter destacado mais patrulhas, assim minhas próprias forças poderiam resgatar essa gente…"

— Veja, Vossa Alteza Sereníssima. — Um dos técnicos apontava timidamente para um borrão na extremidade da tela. — Parece que uma ou duas outras naves já estão vindo para ajudar. Há um transporte... um grande, um cruzador classe *Consular*...

Fanry soube na mesma hora o que aquilo significava. Sua pulsação acelerou quando ela se virou para Deren e sussurrou:

— Os Jedi!

— Não tenha medo. — A voz de Dookan ecoava até mesmo nos ventos uivantes de Shurrupak. Qui-Gon agarrava-se ao cordame de fibra de carbono do navio Shurrupakano, sentindo a salinidade da névoa fazer seu rosto e suas mãos arderem enquanto eles contornavam o cabo para chegar à batalha em um ângulo que o inimigo não esperaria. — Eles estão protegidos contra aeronaves e armas de energia. Não contra embarcações marítimas!

Ele fazia aquilo parecer corajoso, majestoso e brilhante, bem diferente da tentativa improvisada na última hora que realmente era. Qui-Gon respirou fundo e olhou para as estrelas. Grande erro. As estrelas não se moviam, e seu estômago, sim. O mal-estar que o invadia o fazia sentir-se fraco. Era como se o medo de se agarrar ao cordame estivesse fazendo o trabalho por ele, mais do que a sua vontade.

— Vamos, aguente firme — gritou Rael, que se agarrava ao cordame logo atrás dele. — Você vai ficar bem, garoto. A primeira batalha é sempre a pior.

— Não é da batalha que tenho medo! — protestou Qui-Gon. — É da água.

— Da água?

Apesar da água fria do mar que encharcava seus cabelos e roupas, o rosto de Qui-Gon ficou vermelho de vergonha.

— Eu não sei nadar! — disse ele, esperando que Rael Averross, o Padawan anterior, melhor e mais forte, risse dele, e nenhuma bravura em combate jamais apagaria a vergonha de Qui-Gon.

Rael não riu.

— Não se preocupe — gritou ele, por cima do barulho das ondas. — Se você cair, eu levito você para fora d'água. E amanhã, depois que vencermos essa coisa, vou ensinar você a nadar.

Ele fazia a vitória parecer inevitável. Aquela noite, a batalha. Depois, o amanhã. Aquilo apagou o medo de Qui-Gon mais rápido do que qualquer outra coisa poderia conseguir.

— Eu nunca lhe ensinei a nadar, não é, Obi-Wan?

Obi-Wan ergueu os olhos dos ajustes do traje espacial, confuso.

— Não, Mestre. Mas eu sei como... bem, mais ou menos.

— Vamos praticar — insistiu Qui-Gon enquanto ajustava o próprio traje espacial. — Todo Jedi deveria ser capaz de nadar como um Mon Calamari.

Obi-Wan ficou em silêncio por um tempo, e Qui-Gon pôde praticamente ouvir os pensamentos de seu Padawan: "Então, por que não me ensinou antes? Quando exatamente vamos praticar? Depois de você ingressar no Conselho?". Aquelas eram excelentes perguntas, mas o jovem era bom demais para fazê-las em voz alta. Em vez disso, apenas falou:

— Estamos nos aproximando da almanave, Mestre.

"Ele está se adaptando para não pensar mais em mim como Mestre", disse Qui-Gon a si mesmo. "É melhor você se ajustar também antes de entrar no Conselho."

— Certo. Sele o traje.

Assim que os dois estavam fechados em seus trajes espaciais, Qui-Gon tocou o painel que ativava a eclusa de ar. Conforme a sala era despressurizada, checou novamente o escudo de energia e os propulsores pessoais em seu cinto: totalmente carregados. Ele e Obi-Wan trocaram olhares como se dizendo *"tudo certo"* antes que o escudo da nave fosse baixado, expondo os dois ao espaço profundo. Qui-Gon partiu para o vazio e, assim que saiu do transporte, acionou a propulsão.

O escudo de energia brilhava esverdeado ao seu redor enquanto ele era impulsionado para a frente através do espaço, parecendo mais uma nave ou míssil do que um homem. A maioria dos seres sencientes não tinha o domínio muscular necessário para permanecer funcional dentro de um escudo propulsor-acelerador; muitos dos Jedi também achavam aquilo difícil. Mas Qui-Gon adquirira o talento depois de muitos anos.

(Obi-Wan tinha conseguido o feito em apenas algumas semanas. Havia habilidades que não poderiam ser ensinadas a alguém facilmente. Ou a pessoa a tinha, ou não. Obi-Wan a tinha.)

Um escudo propulsor basicamente envolvia seu usuário com uma camada de energia. A parte mais difícil, geralmente, era desativar a aceleração a tempo de evitar uma colisão que seria tão destrutiva para o usuário quanto para seu alvo. No entanto, o fogo de plasma interagia com os escudos propulsores de maneiras incomuns, que naquele momento eram muito úteis para Qui-Gon.

A interação também seria muito dolorosa, mas não por muito tempo. Não importava. Ele precisava apenas se preparar mentalmente para ela.

A almanave parecia se expandir na visão de Qui-Gon, conforme se aproximava, até quase cobrir todo o espaço ao redor. No instante em que a escuridão circundante desapareceu, ele se preparou para o impacto, convocando a Força.

Aquilo o atingiu. O *dominou.* Cada osso, cada célula, cada átomo de seu ser parecia ressoar em uma frequência diferente de todos os outros, uma frequência dolorosa e estranha. Mas durou apenas um momento. Logo ele foi capaz de se firmar contra o casco da nave. Qui-Gon ergueu os olhos para ver que Obi-Wan também estava em posição. O fogo de plasma ondulava ao redor deles como uma névoa luminosa verde e doentia que parecia se contorcer. Por pior que parecesse, as contorções eram um bom sinal. Os escudos propulsores tinham desencadeado uma reação em cadeia que acabaria por reduzir o plasma a nada.

Enquanto isso, ele e Obi-Wan poderiam ajudar no processo. O jovem já tinha seu laser de campo na mão, um fino feixe branco cortando o plasma como se fosse gelatina, enviando-o para o espaço em pequenas bolhas espalhadas que se dissipariam de modo inofensivo. Qui-Gon também começou a trabalhar, eliminando aquilo o mais rápido possível. A almanave havia iniciado uma descida de emergência na direção de Pijal, mas naquele ritmo os dois terminaram o trabalho muito antes de o veículo atingir a resistência escaldante da atmosfera.

"Se estamos tão longe da atmosfera, por que a fuselagem da almanave já está contornada de luz?"

O brilho fraco ao redor do contorno esférico da almanave fez o horror percorrer seu corpo. "Mais fogo de plasma", pensou Qui-Gon, ficando com o cabelo arrepiado enquanto a pele formigava. "Um segundo dispositivo incendiário. Independente do primeiro e ainda completamente ativo."

Será que seu laser de campo seria eficiente contra aquilo? Não importava. Qui-Gon teria de resolver aquilo sozinho, se possível; o risco era grande demais para permitir que Obi-Wan se expusesse a ele. Primeiro, ele tentou usar a Força, mas o plasma respondia mal àquele tipo de comando. Em seguida, pegou as amarras magnéticas que lhe permitiriam se mover pelo casco na direção do segundo foco de fogo de plasma.

Mas, enquanto ele avançava, uma forma pequena e distante se aproximou e disparou uma única carga antiplasma contra o casco da almanave. A carga atingiu o plasma e o extinguiu na escuridão. O impacto fez o casco do veículo vibrar, mas as amarras magnéticas o mantiveram no lugar. O alívio de Qui-Gon se transformou em curiosidade quando a nave desconhecida, que ele pensou ser um cargueiro leve, partiu rapidamente.

Quem poderiam ser os salvadores misteriosos? Por que não queriam crédito pelo que tinham feito? Talvez os salvadores misteriosos quisessem apenas o mesmo que ele e Obi-Wan: a segurança das pessoas que estavam lá dentro.

A voz de Pax Maripher soou tão afiada que poderia cortar a armadura de um Mandaloriano.

— Pelo fogo ardente de Lola Sayu, o que foi *aquilo*?

— Foi uma carga antiplasma. — De seu posto, no assento do piloto, Rahara Wick acionou os motores ao máximo, certificando-se de que estariam escondidos em segurança atrás da lua muito antes que qualquer outra nave percebesse. — Achei que você fosse capaz de reconhecer uma carga antiplasma quando visse uma.

— Eu não estou *confuso*. Claro que sou capaz de reconhecer uma carga antiplasma. O que não entendo é porque você insiste em nosso anonimato, para se proteger da Corporação Czerka, e depois toma uma atitude que quase certamente atrairia a atenção. Uma atitude arriscada. Uma atitude *totalmente* desnecessária.

Rahara respirou fundo. Lembrou a si mesma que a *Meryx* era a nave de Pax, não dela. Por isso, enquanto estivesse a bordo, teria que tentar se dar bem com ele.

Mas aquilo não significava nunca fazer a coisa certa.

— Veja. — Ela bateu na tela com um dedo. — O manifesto deles não estava bloqueado. Estava ali para que todos pudessem ver.

A tela dizia: *15 passageiros, 37 itens de propriedade senciente.*

— Isso significa propriedade da Czerka. — Rahara sentiu a garganta começar a apertar. Não, ela não poderia contar tudo aquilo de novo para Pax e torcer para que daquela vez ele entendesse. Ela simplesmente acabaria chorando, e demonstrações de emoção não eram a melhor maneira de se conectar com ele. — Vamos deixar isso claro. Se eu vejo pessoas assim, com esse tipo de problema, e tem algo que eu possa fazer para ajudá-las, eu farei. Se não pode lidar com isso, encontre outra pessoa para pilotar a nave.

— Por Elath. Quanto *drama*. — Pax ergueu as mãos em um tom alarmado sarcástico. — Não é como se eu fosse jogar você para fora na eclusa de ar mais próxima. Só queria saber por que você fez aquilo. Você me falou. Portanto, nossa conversa chegou a uma conclusão satisfatória.

Rahara sabia que Pax era capaz de profunda bondade e compaixão, mesmo que fosse difícil para ele expressar melhor aquele lado. Às vezes, no entanto, ele simplesmente não tinha o repertório emocional para ignorar os aspectos práticos de uma situação. Então, ele era realmente solidário com o que ela tinha feito, ou simplesmente não se importava, desde que ambos estivessem bem?

De qualquer forma, aquilo não importava para ela. Não *deveria*, pelo menos. Ela salvara a vida de quinze pessoas livres e de trinta e sete "itens de propriedade senciente". Já era o bastante para um dia.

Obi-Wan imaginava que seria um alívio passar pela eclusa de ar e entrar na almanave. Naquele ponto, parecia que a nave da Corporação Czerka chegaria para resgatá-los antes que o veículo menor tivesse que testar seu casco danificado na reentrada. Mesmo assim, ele não gostava da ideia de ficar isolado no espaço profundo sem uma nave por perto.

Mas então ele entrou na almanave e percebeu, pela primeira vez, como era estar com dezenas de pessoas e *sem* gravidade.

— Desculpe! — disse uma mulher ao trombar com as pernas de Obi-Wan. — Vou tentar ir até ali e… — Mas assim que ela se foi, um homem ainda maior que Qui-Gon esbarrou nele e bateu seu capacete contra a parede.

Qui-Gon e ele estavam amarrados ao interior do casco com cabos curtos, mas os peregrinos lá dentro flutuavam livremente. Usavam macacões brancos simples, ou macacões cinza que pareciam ter sido desenhados para aquele fim, e aqueles com cabelos mais longos tomavam o cuidado de trançá-los ou amarrá-los para trás, ou ainda usarem toucas mais justas. Mas, aparentemente, parte do elemento religioso da peregrinação os impedia de se sentarem nos assentos em qualquer momento que não fosse o pouso ou a decolagem. No restante do tempo, independentemente de qualquer crise ou equipes de resgate inesperadas entrando pela eclusa de ar, eles tinham a ordem espiritual de voar livremente.

Obi-Wan nunca se sentira enjoado em gravidade zero antes, mas suas experiências sempre tinham sido na escuridão do espaço, quando quase sempre estava olhando para naves distantes ou planetas e estrelas estacionárias. Ali, com corpos balançando e rodopiando em todas as direções ao seu redor, seu estômago embrulhou.

Um tremor percorreu a nave, seguido pelo baque surdo e metálico dos motores sendo desligados. Ele relaxou ao reconhecer a força de um raio-trator, sem dúvida os puxando na direção da nave Czerka *Alavancagem*. Que teria gravidade. Uma gravidade maravilhosa, calma e subestimada...

— Respire com calma — aconselhou Qui-Gon. Ele parecia ligeiramente divertido e nem um pouco enjoado. Talvez, quando alguém se tornasse um Mestre Jedi, coisas pequenas como "falta de gravidade" não pudessem mais incomodar. Obi-Wan esperava alcançar tal estágio rapidamente.

Aos poucos, a gravidade começou a tomar conta da nave. Conforme as pessoas se acomodavam na esfera, os dois Jedi soltaram os cabos e desceram ao chão junto com elas. Alguns Pijalianos pereciam tão aliviados quanto Obi-Wan, embora a maioria deles parecesse estranhamente... decepcionada. Triste, até. Talvez não tivessem tido a experiência religiosa completa que esperavam.

Foi quando ele percebeu que todas as pessoas mais caladas usavam macacões cinza em vez de brancos. Também tinham estranhas protuberâncias no topo da mão esquerda. Parecia que algo plano e retangular tinha sido inserido entre a pele e o músculo. Obi-Wan virou-se para Qui-Gon e murmurou:

— As mãos deles...

— É para a leitura como parte de manifestos de carga — disse Qui-Gon, calmamente.

Ah. Aquelas pessoas tinham sido escravizadas.

Obi-Wan, claro, já tinha visto pessoas escravizadas antes. A prática, embora abolida pela República, ainda era difundida por toda a galáxia. Mas a maioria das pessoas que ele vira nessas condições fazia parte de grupos menores: empregados domésticos, funcionários de uma fazenda, estivadores extras. Nunca tinha visto nenhuma delas equipada com etiquetas como parte de uma enorme organização corporativa… ou simplesmente não tinha notado.

Talvez Qui-Gon também não. Seu Mestre estudava os rostos abatidos ao redor deles, com um olhar quase tão triste quanto o das pessoas.

Com um baque surdo, a almanave pousou em uma superfície sólida: o chão do convés da nave Czerka. A eclusa de ar se abriu e uma coluna de luz forte e clara fluiu pelo espaço sombrio.

— Tudo bem, então — resmungou um funcionário da Czerka. — Todo mundo para fora. Vamos organizar vocês. — Como Qui-Gon e Obi-Wan estavam mais próximos da eclusa de ar, o funcionário se dirigiu a eles primeiro. — Não reconheço *esse* traje. Escravo ou livre?

— Livre — respondeu Qui-Gon em sua voz retumbante. — Sou um Jedi livre, na verdade. Convocado a Pijal pelo Lorde Regente.

O funcionário da Czerka se endireitou tão rapidamente que bateu a cabeça na borda da eclusa. Obi-Wan viu alguns dos escravizados segurando o riso.

— Senhor! Sim, claro! O Lorde Regente está a bordo. Levaremos você até ele imediatamente.

— Certifique-se de que todos aqui sejam examinados por um droide médico — orientou Qui-Gon. — O fogo de plasma pode ter causado danos pulmonares invisíveis.

— Sim, senhor! Com certeza, senhor. Agora mesmo.

Depois que Qui-Gon e Obi-Wan tiraram seus trajes espaciais e vestiram ternos simples de forro cinza, um droide de protocolo prateado os conduziu pelos corredores do veículo Czerka. Cada painel indicava que aquela nave possuía o melhor equipamento; todas as superfícies brilhavam. A sensação passada pelo lugar era de muita eficiência e frieza. Não era o tipo de lugar onde Obi-Wan poderia se sentir confortável usando um terno fino e justo.

Para se distrair, ele perguntou a Qui-Gon:

— Que danos pulmonares os passageiros poderiam ter sofrido com o fogo de plasma? Tenho certeza de que nenhuma fumaça entrou.

— Eles não podem ter sofrido qualquer dano. — Qui-Gon lançou a ele um olhar malicioso. — Mas um exame médico garante que os escravizados tenham algum tempo para se recompor antes de serem colocados de volta para trabalhar.

— Ah, sim.

Aquela era outra coisa que Obi-Wan sempre respeitara em seu Mestre: a compaixão. Obi-Wan não era indiferente, ao menos esperava que não, mas às vezes levava tempo demais para perceber quando alguém estava sofrendo ou o que realmente precisava. Qui-Gon parecia entender aquelas coisas de forma instintiva.

"Bem, não acho que é o tipo de coisa que ele poderia ter me ensinado", Obi-Wan lembrou a si mesmo. Aquela era uma qualidade que ele teria de cultivar sozinho.

O droide de protocolo os conduziu através de um arco dourado, mais ornamentado do que qualquer outra coisa que Obi-Wan já tinha visto a bordo. As portas se abriram para revelar um espaço luxuoso, uma plataforma de observação decorada com longos sofás de tecidos ricos. As mais belas plantas com flores de uma dezena de mundos floresciam em vasos de cerâmica requintada. Um leve aroma de incenso pairava no ar, enquanto uma banda Cereana tocava uma balada alegre. No centro da sala, sentado na cadeira mais macia, estava um homem bebendo vinho Toniray em uma bela taça de cristal, vestindo... basicamente trapos. Roupas tão surradas que dificilmente mereciam ser chamadas de roupas. Suas botas sujas estavam apoiadas em outra cadeira e já tinham estragado o revestimento. A barba por fazer no rosto do homem se alargou em um sorriso quando ele avistou seus visitantes.

"Deve ser um oficial da Czerka", pensou Obi-Wan. "Mas não achei que um executivo corporativo seria tão casual e extravagante..."

— Rael Averross — disse Qui-Gon àquele homem que não poderia ser um Jedi, mas... mas era. — Bom ver você de novo.

CAPÍTULO DEZ

Antes que pudesse evitar, Qui-Gon estava sorrindo. O que quer que tivesse acontecido, por mais que os dois pudessem ter mudado, aquele ainda era o mesmo *Rael.*

Ele não tinha percebido o quanto o reencontro o comoveria, não até aquele instante, quando ficou cara a cara com seu amigo novamente.

— Qui-Gon Jinn! — disse Rael, estendendo as mãos enquanto avançava. Seu velho manto marrom era forrado com tecido de seda de um azul-claro brilhante no estilo Pijaliano, embora, com o tempo, tenha ficado tão gasto e surrado quanto a maioria de suas roupas. — Já faz muito tempo, garoto.

— Faz mesmo. — Qui-Gon permitiu um rápido abraço acolhedor antes de recuar para olhar melhor. — Acho que a vida no palácio combina com você.

Rael riu.

— Ela tende a combinar com a maioria das pessoas. Quero dizer, o que há nela para não gostar? Agora, deixe-me adivinhar: este é o seu Padawan, certo? Não consigo acreditar que confiaram em você. A Ordem está mesmo em decadência. — Seu sorriso se tornou lupino. — Esse declínio começou na época em que me aceitaram. Não é coincidência.

— Obi-Wan Kenobi, Rael Averross — apresentou Qui-Gon, gesticulando entre os dois. Obi-Wan fez uma breve e educada reverência. Seu aluno podia ser difícil de interpretar, às vezes, mas, no geral, parecia tão perplexo com Rael quanto… praticamente todos ficavam logo que o conheciam.

Rael Averross não era um homem alto; mal chegava ao ombro de Qui-Gon. O tempo pintara o cabelo preto e grosso de Rael com alguns toques de cinza, mas aquilo apenas realçava o profundo bronzeado de sua pele e os fortes traços de seu rosto. A compleição de Rael continuava forte e musculosa, apesar da idade avançada. Nada daquilo era tão impressionante quanto o calor — e o carisma — que ainda emanava do Jedi como uma luz. E ele claramente não se importava mais com a conformidade ali do que em qualquer outro momento.

— Eu faria um comentário sobre sua versão de vestes reais — disse Qui-Gon —, mas, no meu estado atual, dificilmente posso comentar sobre as roupas de outra pessoa.

— Pelo menos eu *tenho* roupas. — Os olhos escuros de Rael brilharam com humor quando ele olhou atentamente para o forro dos ternos. — Por mais divertido que pudesse ser ter vocês aparecendo em Pijal apenas nas roupas de baixo, eu não faria isso com Fanry. Você aí... Cady, não é?

Uma jovem que estava fazendo a limpeza em um dos cantos se aproximou correndo e fez uma rápida reverência.

— Sim, Lorde Regente.

— Vá para as lojas da nave, por favor. Calças simples e túnicas servirão, por enquanto... As coisas deles serão enviadas do cruzador Corelliano para o palácio. — Rael dispensou a garota com um aceno rápido.

Qui-Gon estudou Cady enquanto ela saía correndo. Era provavelmente um ou dois anos mais nova do que Obi-Wan, mas já fazia o trabalho de uma pessoa adulta. Tinha o cabelo escuro amarrado para trás com um pano liso. Um emblema real em seu macacão cinza. A reveladora forma retangular nas costas da mão.

— E aquela proeza com a almanave? — perguntou Rael, enquanto conduzia os dois até o sofá mais próximo. — Valeu a pena assistir. Quero dizer, não chegou aos pés do que fizemos em Riosa daquela vez! Mas ainda assim, nada mal!

— Precisaríamos de um esquadrão inteiro para igualar nossa aventura em Riosa. — Qui-Gon reparou que o interesse de Obi-Wan fora despertado. Talvez devesse compartilhar mais algumas de suas antigas histórias de guerra. Os Jedi adultos podiam saber que havia pouco valor na guerra, mas os jovens sempre ficavam fascinados, apesar de tudo.

— Dookan ficaria orgulhoso. — O sorriso de Rael diminuiu ligeiramente. Qui-Gon sempre se lembrava dele sorrindo, mas, de alguma forma, Rael parecia mais ele mesmo daquele jeito, com aquele toque de melancolia. — Ouvi dizer que ele deixou a Ordem. Você acredita nisso? Tentei contatá-lo em Serenno, mas não tive sorte.

Qui-Gon ficou surpreso.

— Ele não lhe respondeu?

Rael encolheu os ombros e falou:

— Ah, agora ele é um governante. Provavelmente cercado por cortesãos, burocracia e por toda a titica de bantha com a qual eu tive que lidar por aqui nos últimos oito anos. Aposto que um de seus novos lacaios jogou minha mensagem fora com o resto do lixo que as pessoas enviam para o Conde de Serenno. Parece que ele falou com você, no entanto…

— Não. Não entrei em contato com ele. — Qui-Gon suspirou profundamente. — Acho que ele saiu em parte por causa de Serenno, depois de herdar o título de conde, mas em parte porque não concorda mais com o trabalho dos Jedi. É uma discussão que não estou pronto para ter.

Rael lançou um olhar astuto ao amigo.

— Uma discussão que você não quer perder, é o que quer dizer. Você sempre foi um rebelde, Qui-Gon. Se Dookan falasse com você por tempo o suficiente, provavelmente teria saído logo atrás dele.

— Não mais — arriscou Obi-Wan. — Quero dizer, Mestre Jinn não é um rebelde, não mesmo. Não pode ser, agora que está se juntando ao Conselho Jedi.

Qui-Gon teve vontade de se encolher, embora fosse difícil dizer o motivo. Os olhos de Rael se arregalaram quando ele afundou nas almofadas com um espanto que não parecia exagerado.

— Ele está brincando? Ou o Conselho Jedi ficou mais interessante de uma hora para outra?

— Obi-Wan não está brincando. Quanto ao Conselho… bem, eles finalmente parecem estar dispostos a ouvir outros pontos de vista. — Qui-Gon balançou a cabeça, incrédulo. — Eu estou ainda mais surpreso do que você.

— *Precisamos* entrar em contato com Dookan novamente — disse Rael, rindo. — Se ele ouvir a notícia sozinho, desprevenido, vai cair morto na hora. Um planeta vai ficar sem governante. A política galáctica está em jogo, não é mesmo?

Obi-Wan também riu. O charme de Rael tinha se espalhado pela sala como veludo, macio e quente, abafando qualquer incômodo, qualquer som.

Mas uma vaga sensação de desconforto permanecia dentro de Qui-Gon, e continuaria ali até que ele tivesse a chance de conversar a sós com Rael.

Depois que o Padawan saiu para observar os pilotos iniciarem os procedimentos de pouso, Averross pôde falar livremente. Talvez pudesse até fazer Qui-Gon sair da defensiva.

— Você ficou pelo menos sete centímetros mais alto do que eu. Acho que até mais. Como se *atreve*? — Averross sacudiu a cabeça, fingindo estar consternado. — Passei dez anos com Dookan fazendo sombra sobre mim. Daí você apareceu e eu finalmente tinha alguém para ficar na minha sombra. Agora minha sorte acabou.

— Não foi de propósito — disse Qui-Gon. Ele parecia estar se divertindo, mas não riu. Mesmo quando era criança, nunca foi do tipo que brincava livremente. A princípio, Averross se perguntou se o garoto estava perturbado de alguma forma que Dookan não percebera. Sim, Dookan era um bom homem, mas era alto, misterioso, imponente e rígido. Averross podia apostar que as estrelas ainda não tinham esfriado quando seu antigo Mestre riu pela última vez. Aquilo o tornava uma figura imponente, especialmente para uma criança. Não era bem o tipo de pessoa com quem um garoto relaxaria ou a quem contaria todos os seus segredos.

Mas Averross passou a entender que Qui-Gon tinha uma espécie de firmeza natural, que era parte dele da mesma forma que sua carne e seus ossos. Não era alguém dado a extremos, onde Averross preferia passar a maior parte do tempo.

Mesmo assim, os dois se entendiam. Averross tinha certeza de que o vínculo entre eles ainda existia.

— Deveríamos falar sobre a Oposição e sua líder, Halin Azucca — sugeriu Qui-Gon. — Artistas performáticos terroristas… Agora eu vi de tudo.

Averross ergueu a mão.

— Não fale uma coisa dessas até ir a uma despedida de solteiro em Kashyyyk.

— Espere aí. Você realmente foi…

— Talvez um dia você descubra, mas não agora. — Averross sorriu. — E vamos adiar o interrogatório até que Fanry também possa participar dele. Ela precisa começar a lidar com essas coisas sozinha em breve.

Qui-Gon assentiu.

— Muito sábio.

Certo, ele não estava sendo hostil, mas estava distante. Mas que raios havia de errado com Qui-Gon?

"É por causa de Nim."

"Não é por causa de Nim. Qui-Gon entenderia, mais do que ninguém. Ele não me culpa."

Por um momento, Averross pôde ver o rosto de Nim, do mesmo jeito que o vira da última vez: seus olhos arregalados, nebulosos pelo efeito do dardo dominador, marejados…

"Supere."

— Como estava dizendo, você agora conseguiria chegar até Dookan — disse Averross, enquanto caminhava diante da longa janela de visualização do convés, que tinha vista para o planeta brilhante e azul de Pijal contra a escuridão do espaço.

— Gostaria de ter toda essa certeza. — Qui-Gon balançou a cabeça. — Yoda está preocupado com a saída de Dookan da Ordem. Ele acha que pode haver mais do que se sabe.

Averross deu de ombros.

— Aquele cara se preocupa com todo o tipo de coisa ridícula. — Ele mudou sua voz para uma imitação da de Yoda. — *Calar a boca ele deveria.* — Qui-Gon tentou não rir, mas não conseguiu, o que só fez Averross sorrir ainda mais. — É sério. Essa é a isca do século. Quando você contar a Dookan que foi convidado para o Conselho Jedi, ele vai querer falar sobre como isso *realmente* é.

— Você acha que eu deveria ser cauteloso? — Qui-Gon segurava a taça de Toniray, mas ainda não tinha dado nenhum gole. — Acha que eu deveria ouvir Dookan antes de tomar uma decisão?

— Que decisão? Vamos lá, você não está mesmo pensando em *não* aceitar o convite, está?

Qui-Gon encolheu os ombros.

— Pretendo aceitar. Mas sei que isso significa... mudança. Para mim, para o Conselho, até para Obi-Wan. Não é uma decisão para se tomar levianamente.

— Responsabilidade pode ser algo pesado — admitiu Averross. — Meu trabalho aqui em Pijal não é tão importante quanto servir no Conselho e, ainda assim, às vezes parece... digamos, assustador.

Aquilo rendeu a ele um olhar penetrante.

— Não parece assustador daqui.

Averross se virou, como se acabasse de notar suas vestes esfarrapadas.

— O que foi? Você acha que eu deveria estar andando coberto de seda brilhante e cetim? Usando medalhões polidos e coisas do tipo?

— Como se tivesse feito isso alguma vez. Estava me referindo ao seu conforto com a Corporação Czerka — disse Qui-Gon, apontando para o luxuoso interior do convés de observação. — Eles certamente parecem estar confortáveis com você.

Averross balançou a cabeça com tristeza.

— Escute, há um momento para negociações diretas, e um momento para jogar o jogo. Estou jogando com a Czerka porque eles podem ajudar Fanry. Podem ajudar o planeta inteiro, se eu lidar bem com isso.

Qui-Gon, enfim, relaxou.

— Eu também uso... métodos menos diretos, por assim dizer.

— É, eu sei. Ou achou que eu tivesse esquecido de Riosa?

— *Eu gostaria* de esquecer de Riosa. — Qui-Gon finalmente deu um gole no vinho, aproveitando o momento.

Averross sentiu-se aliviado. Eles finalmente poderiam se divertir um pouco, pelo menos até o momento de enfrentar a Oposição.

— Rapaz, isso me faz pensar... Você se lembra das antigas profecias? — perguntou ele, enquanto se servia de mais vinho.

Qui-Gon olhou para ele, surpreso.

— Eu... é claro. Na verdade, comecei a estudá-las novamente nos últimos dois anos.

— Por quê? — Os dois tinham estudado com Dookan, que considerava as profecias um elemento importante da história dos Jedi. Averross as considerava uma curiosidade divertida, mas lembrava-se de Qui-Gon ter ficado encantado e preocupado com elas de uma forma que nunca tinha compreendido.

— Ocorreu-me que eu teria uma maior compreensão das profecias quando tivesse uma maior compreensão de mim mesmo — observou Qui-Gon. — Mas por que pergunta?

— Porque não havia uma que dizia… — Averross estalou os dedos. — Era "Alguém ascendeu ao mais alto posto dos Jedi, apesar do pressentimento daqueles que serviriam com ele". Era isso, não era?

— Mais ou menos. — Qui-Gon balançou a cabeça. — Você acha que essa profecia se refere a mim? Que o Conselho desconfia de mim?

— Bom, eles desconfiavam, não? — questionou Averross. — Mas claramente já superaram.

— Profecias não devem ser interpretadas literalmente.

— É o que eu *sempre* falei. Você não se lembra que fui eu quem teve que dissuadi-lo, naquela época? Você estava quase se tornando um adivinho de espaçoporto, oferecendo-se para ver o futuro por um ou dois créditos. Mesmo assim, é estranho, não? Você ficou obcecado com aquelas coisas quando era adolescente e está quase cumprindo uma delas.

— Suponho que *seja* estranho — disse Qui-Gon.

— Um tanto estranho — concordou Averross. Seu amigo parecia distraído novamente, mas daquela vez ele percebeu que os pensamentos de Qui-Gon não tinham nada a ver com ele e, portanto, poderiam ser ignorados com segurança.

CAPÍTULO ONZE

Da *Alavancagem*, tanto a almanave quanto os Jedi foram levados até o planeta em uma nave de carga menor, que poderia pousar mais facilmente na superfície. Ao se aproximarem da capital, o cargueiro passou por cima de coníferas altas e finas que cobriam de listras as colinas escarpadas abaixo. A luz do pôr do sol brilhava sobre o amplo oceano enquanto a nave se aproximava da costa. Gigantescos penhascos projetavam-se na água, suas pedras brancas impondo-se à paisagem marítima.

Qui-Gon ficou ao lado de Obi-Wan quando a nave iniciou a aproximação final.

— Aprendeu a pilotar outro tipo de nave? Logo menos será capaz de voar em qualquer coisa na galáxia.

A atenção de Obi-Wan, no entanto, estava em outro lugar.

— Mestre, a capital está próxima, mas ainda estamos nos ermos. Não há nada por aqui em um raio de quilômetros, mas as leituras indicam que estamos praticamente no topo do palácio real.

Qui-Gon riu.

— Olhe com mais atenção.

Ele viu os olhos de Obi-Wan se arregalarem quando o jovem percebeu que os penhascos eram escavados. Janelas de várias formas geométricas tinham sido cavadas na rocha, e o pôr do sol já revelava que as transparências ali eram de várias cores. O que estava diante deles era não apenas o palácio, mas todo um complexo real. As únicas pistas acima da superfície eram o templo redondo conhecido como Cálice Celestial, e áreas tão densamente arborizadas que era fácil não perceber os gramados bem cuidados e as antigas cercas de ferro.

— À noite, o complexo do palácio brilha como uma lamparina — disse Qui-Gon.

— Extraordinário. Por que fizeram dessa forma? Para se proteger das explosões solares?

Qui-Gon balançou a cabeça.

— Não. A cultura Pijaliana acredita em olhar mais para o lado de dentro do que para o lado de fora.

— Incrível — admirou-se Obi-Wan. — Sem mencionar que é incomum para uma corte real.

— Verdade. — Qui-Gon não conseguiu reprimir um sorriso ao pensar em algumas das pompas reais que os dois tinham sido forçados a suportar no passado.

Enquanto desciam a passarela, cercados pelo silvo do vapor, um destacamento de honra da guarda marchou na direção deles. Os guardas tinham capas marrom-claras, de tecido visivelmente áspero, mas, conforme andavam, o movimento das vestes revelava forros brilhantes de seda verde.

Os guardas pararam e viraram-se para ficar de frente uns para os outros através de um caminho de pedra lisa que levava até uma porta alta em arco. Ao fazerem isso, Rael saiu de dentro da nave, pronto para escoltá-los pelo restante do caminho.

— Então, aqui estamos — disse ele, colocando-se à frente do grupo no caminho e apontando para a frente. Um estranho tipo de felicidade brilhava nele, algo que Qui-Gon levou um tempo para reconhecer como orgulho. Rael limpou a garganta. — Permitam-me apresentar Sua Alteza Sereníssima, a Princesa Herdeira Fanry, de Pijal.

Saindo da porta em arco do palácio estava uma jovem de pele pálida. Seu vestido e seu turbante eram brancos, mas com cortes nas mangas e na saia que revelavam a rica seda brilhante e dourada de suas vestes.

— Estamos muito honrados em receber mais Cavaleiros Jedi em nosso reino — disse Fanry, de modo frio e apropriado, antes de fazer uma careta. — Devo referir-me a mim mesma no plural quando falo oficialmente. Não faço ideia do motivo. Me dá vontade de sair por aí procurando meu clone.

Aquilo fez Qui-Gon rir, e Obi-Wan também sorriu.

— Quando for coroada rainha, poderá mudar isso? — perguntou Obi-Wan.

— Não serei uma governante absoluta, por isso, não. — Fanry deu um suspiro exagerado, claramente com a intenção de divertir. — Mas talvez a nova Assembleia tenha misericórdia e promulgue mudanças em meu nome. Quero dizer... em *nosso* nome.

"Esperta", pensou Qui-Gon. "Rápida. Muito independente. Exatamente o tipo de aprendiz que Rael deveria ter."

"Diferente de Nim."

Nim tinha morrido com uma idade muito próxima à que Fanry tinha naquele momento.

Durante seu tempo como Padawan, Obi-Wan visitara dezenas de palácios reais, desde a mais simples fortaleza de um chefe em Lah'mu até o amplo e espetacular complexo da rainha em Alderaan. Ele considerava muito mundano ficar impressionado, ou até mesmo surpreso, com aqueles lugares.

No entanto, a estética voltada para o interior de Pijal o impressionou. Todas as mesas tinham a parte de baixo, e não a de cima, dourada; todas as cadeiras eram simples, exceto pelas almofadas ricamente bordadas que ficavam escondidas quando alguém se sentava. Até as lanternas penduradas nos tetos altos eram feitas de metal preto liso, mas revestidas com ladrilhos brilhantes que projetavam fagulhas ao redor.

"Havia algo de fascinante na ideia de ter tamanha grandeza e ocultá-la", concluiu Obi-Wan, "tornando-a conhecida apenas por aqueles que estivessem dispostos a descobrir o que havia em seu interior."

— Você está começando a gostar do lugar — observou Averross, apertando o passo para ultrapassar as pernas compridas de Obi-Wan. — Sabia que ia gostar. É o melhor palácio da galáxia, se quiser minha opinião.

— É claro que você pensa assim — interrompeu Qui-Gon, que estava alguns passos atrás dos outros dois, sem se preocupar em acompanhar Averross. — Este tem sido seu lar há quase uma década. É natural que goste do lugar.

Aquilo não era o mesmo que Qui-Gon dizer que não gostava do palácio. Ele até o elogiara antes. Mas Obi-Wan sentiu que seu Mestre estava... diminuindo o orgulho de Averross. Recusando-se a se deixar levar pelo seu ponto de vista.

"Imagino que deveria estar satisfeito por Qui-Gon não estar muito impressionado com um Mestre responsável pela morte de sua Padawan", pensou Obi-Wan. A piada sombria passou perto demais para que ele sorrisse.

O grupo alcançou a câmara central, onde Fanry avançou apressadamente e tomou seu lugar no trono. Obi-Wan notou, divertido, que os pés da princesa não tocavam o chão. Ela gesticulou para os guardas e cortesãos que estavam ao redor.

— Nossos convidados Jedi chegaram — proclamou ela, erguendo o queixo. — Este é o Mestre Jedi Qui-Gon Jinn e seu Padawan, Obi-Wan Kenobi. Aproximem-se para as apresentações.

Uma mulher alta e magra, com cachos grisalhos presos no topo da cabeça, trajando um vestido marrom de corte estreito, com o rosto marcado por lábios claros que formavam uma linha fina avançou.

— Sou a Ministra Orth. — Seu tom imperioso sugeria que ela esperava que os convidados tivessem ouvido falar dela. — Eu aconselho Sua Alteza Sereníssima e, é claro, nosso senhor regente, sobre os assuntos internos do planeta.

Aquele "é claro" nem devia estar ali. Obi-Wan tinha certeza de que a maioria das figuras políticas não deixaria de mencionar o título de um funcionário importante ao qual se reportavam há quase uma década.

"Ela se ressente de Averross", observou ele. Aquilo talvez nem importasse para a missão deles, mas ele mencionaria o fato a Qui-Gon. Pelo menos para que seu Mestre soubesse o quanto ele era esperto o bastante para perceber.

Outra apresentação também o impressionou: a do capitão da guarda de Fanry, um homem esguio de pele escura, maçãs do rosto notavelmente salientes e uma careca brilhante.

— Eu sou o Capitão Deren — disse o homem em uma voz tão grave e ressonante que fazia Qui-Gon parecer uma criança. — Minha lealdade foi jurada à princesa, agora e para sempre. — Era uma frase formal que qualquer guarda poderia ter proferido, mas Obi-Wan pôde sentir o quanto Deren estava sendo sincero ao dizê-la.

— Com a ajuda desses camaradas, finalmente vamos colocar a Oposição onde ela pertence. Na cadeia. — Averross tomou seu lugar ao lado de Fanry, de pé, à direita, e ligeiramente atrás do ombro dela.

A posição, sem dúvida, pretendia indicar sua deferência para com a princesa, mas sua aparência esfarrapada e seu rosto com a barba por fazer sugeriam que Rael Averross não se submetia a ninguém.

"Ele se acostumou demais ao poder?", Obi-Wan se perguntou. "Nenhum Jedi deveria cair nessa armadilha. Ele não parece se importar muito com a autoridade, mas definitivamente gosta do fato de que ninguém pode lhe dar ordens." O brilho no olhar da Ministra Orth sugeria que ela gostaria de dar uma ou outra ordem a Averross.

Qui-Gon perguntou:

— Quanto vocês podem nos contar sobre a Oposição?

— Eles eram uma espécie de trupe de atores antes de se voltarem para o terrorismo. — Fanry estendeu as mãos, como se estivesse indefesa. — Artistas performáticos, seja lá de qual tipo.

Orth interrompeu:

— Halin Azucca fez um show em que vestia uma enorme coisa branca e felpuda, com cerca de quatro metros de diâmetro, e convidou o público a cortar pedaços de suas vestes para serem nuvens no céu que ela estava pintando. Aparentemente, isso conta como arte.

— Tratava-se do paradoxo de encontrar serenidade por meio da destruição — resmungou Averross. — *Pense* nisso.

A Ministra Orth parecia preferir lamber um sapo do brejo. O entusiasmo de Averross por arte performática provavelmente existia para irritar Orth. Por outro lado, Obi-Wan certa vez ouvira falar de um Hutt que colecionava finas porcelanas. Nunca dava para adivinhar o que as pessoas carregavam em seu âmago.

Fanry prosseguiu como se nem seu regente nem sua ministra tivessem falado.

— Nossas audiências reais estão abertas para todos. Pedimos repetidas vezes para nos reunirmos com Halin Azucca ou outros líderes da Oposição sob a promessa de imunidade absoluta. Mas ninguém comparece. Ninguém se pronuncia. Em vez disso, recebemos pegadinhas e peripécias seguidas de ataques violentos. — A holotela próxima mostrava uma estátua se despedaçando para revelar pequenos droides voadores, que se organizavam para formar várias palavras no ar, e depois uma explosão destruindo um armazém da Czerka. O contraste fora ainda mais chocante do que Obi-Wan esperava.

— Os terroristas estão sempre procurando motivos para ferir outras pessoas — disse Averross. — Eles não gostam do tratado. Sim, eles dão todos esses motivos diferentes, e nenhum deles justifica suas atitudes. Mesmo que a lua esteja finalmente conseguindo alguma representação na Assembleia! Eles nunca tiveram isso antes.

— Parece misterioso — observou Qui-Gon. Obi-Wan se perguntou se mais alguém tinha percebido que aquilo não era o mesmo que concordar com algo que tivesse sido dito.

— Bem, é por isso que trouxemos você, Qui-Gon — disse Averross. — Você é melhor do que qualquer outra pessoa para avaliar uma situação, e precisávamos de alguém em quem eu pudesse confiar. Você não é do tipo que toma as coisas como certas, como muitos da Ordem. Você pode chegar a fundo nisso.

Qui-Gon respondeu suavemente:

— Já fui enganado uma ou outra vez.

— Mas não com frequência e nem por muito tempo. — O orgulho de Averross por Qui-Gon parecia quase tão grande, e paternal, quanto seu orgulho pela Princesa Fanry.

— Se me permitem... — O Capitão Deren esperou até que os Jedi assentissem antes de continuar. — Na minha opinião, "chegar a fundo nisso" é irrelevante em comparação com a importância de proteger a cerimônia do tratado. Depois da cerimônia, teremos todo o tempo necessário para as investigações.

— *Você* pode pensar que podemos proteger o tratado e a princesa sem obter essas respostas — cuspiu a Ministra Orth —, mas eu *não*. Só espero que os novos Jedi em nosso planeta sejam capazes de obter informações mais rapidamente do que os que já estão aqui.

— Proteger a princesa? — perguntou Qui-Gon. — Existe algum motivo específico para você achar que ela estaria em perigo? Houve atentados contra a vida dela?

Fanry mordeu o lábio inferior e olhou para o chão. Averross interveio:

— Nada aconteceu com Fanry. Não comigo aqui, e nem com Deren. O homem sabe o que faz. Mas no fim das contas, se a Oposição estiver decidida a impedir que o tratado seja assinado, poderá ir atrás da única pessoa com poder para assiná-lo.

Embora concordar com Averross claramente fosse difícil para Orth, ela assentiu.

— E os próximos grandes eventos irão expô-la a um perigo maior. Aparições públicas, a Grande Caçada...

— Talvez a caçada possa ser adiada — propôs Obi-Wan.

Todos os cidadãos de Pijal na sala olharam para ele como se o jovem tivesse acabado de tirar as calças. Ele já estava corando quando o Capitão Deren respondeu:

— A Grande Caçada é um rito tradicional em Pijal. Todo futuro monarca deve provar seu valor nas áreas de caça.

Averross assentiu.

— É como se o governante tivesse que demonstrar que pode sustentar o planeta.

— Se Sua Alteza Sereníssima não caçasse — explicou Deren —, muitos Pijalianos considerariam sua coroação nula e sem efeito. Então, a assinatura do tratado provocaria uma crise muito mais séria do que os ataques da Oposição.

— É impossível convencê-los, pessoal — reforçou Averross. — Acreditem em mim, eu tentei.

Os olhos de Orth se estreitaram.

— Talvez você devesse ter passado menos tempo tentando destruir nossas tradições e mais tempo tentando encontrar a Oposição.

— Rael Averross é um servo tão inteligente e dedicado quanto Sua Alteza Sereníssima poderia desejar — disse Qui-Gon. Ele estava com as mãos entrelaçadas dentro das mangas do manto. — Mas tudo o que eu puder acrescentar por meio de uma nova perspectiva está à disposição da corte.

Obi-Wan observou que, como costumava acontecer, Qui-Gon conseguiu parecer muito tranquilizador, embora, na verdade, isso dissesse muito pouco.

Mais tarde, naquela noite, depois de um jantar suntuoso e um pouco de música da corte, os Jedi foram levados até a suíte de hóspedes. Era um espaço amplo, com quartos para cada um e uma sala central com janelas que tinham vista para o mar. A problemática lua de Pijal iluminava a água, ressaltando cada onda e cada torvelinho de espuma. Olhando para a maré, Obi-Wan arriscou:

— Deren é o único que me passa confiança.

— Geralmente é ele quem causa problemas. — O sorriso de Qui--Gon foi do tipo triste. — Então, *não* está muito certo sobre Rael Averross?

Uma coisa que Obi-Wan aprendera com seu Mestre: em caso de dúvidas, responda uma pergunta com outra pergunta.

— Você está?

Qui-Gon encolheu os ombros, fazendo um gesto para se livrar do manto pesado.

— Tenho certeza de que ele se preocupa com a Princesa Fanry e está comprometido com o tratado. Por enquanto, isso basta.

Seu Mestre estava sendo enigmático novamente. Àquela altura, Obi-Wan já deveria estar acostumado. Ele *estivera* acostumado, mas o fim abrupto e não anunciado de seu aprendizado tinha expurgado seus sentimentos. Ele queria gritar: "Só me diga o que está pensando! Você não poderia dizer, ao menos uma vez...?".

— Por onde devemos começar? — perguntou Obi-Wan o mais firmemente que conseguiu. — Visitando a lua?

— Sim. — Qui-Gon tirou as botas. Normalmente, ele as deixava no centro do chão; era trabalho de Obi-Wan cuidar das coisas dele. Aquela noite, porém, ele as recolheu debaixo do braço. Pelo jeito, os deveres de Padawan estavam sendo lentamente retirados. — Voaremos até a lua amanhã em uma nave pequena e de baixo alcance, de preferência sem qualquer escolta militar. Menos formalidade e muito mais liberdade para bisbilhotar.

Apesar de estar de mau humor, Obi-Wan sorriu levemente ao ouvir a palavra *bisbilhotar*. O tom de Qui-Gon deixava claro o quanto ele estava ansioso por aquilo. Mesmo assim, ele precisou perguntar:

— Você realmente espera que sejamos capazes de atrair a Oposição apenas voando ao redor da lua? Mesmo que nunca tenhamos estado lá antes e mal saibamos o que estamos procurando?

— Claro que não. — Qui-Gon tirou a presilha de couro do cabelo, deixando-o solto na altura dos ombros. — Isso seria um absurdo.

— Então, por que estamos fazendo isso?

— Não é a Oposição que estamos procurando — disse Qui-Gon. Com isso, ele entrou em seu próprio quarto.

Enigmático. De propósito. De novo. Às vezes, Obi-Wan achava aquela característica de seu Mestre cativante. Não naquela noite.

Mas ele não pôde deixar de ficar curioso com o que Qui-Gon estava planejando.

CAPÍTULO DOZE

Naves de diferentes tamanhos e grandezas foram colocadas à disposição dos Cavaleiros Jedi, assim como os melhores pilotos da frota estelar real. Qui-Gon recusou tudo, exceto uma pequena nave que Obi-Wan poderia pilotar sozinho. Nada maior seria necessário. Obi-Wan iria gostar da experiência e, além disso, era péssimo pedir muitos favores no início de uma missão. O melhor a se fazer era mantê-los na reserva. Ainda era muito cedo para testar a hospitalidade de Rael.

"Rael, não", disse Qui-Gon a si mesmo enquanto Obi-Wan tirava a nave da atmosfera de Pijal. "Aqui, Rael Averross é o *Lorde Regente*."

Não era de se admirar que o Conselho Jedi tivesse escolhido Rael para aquela missão. De todas as pessoas que Qui-Gon já conhecera, ele era o que menos se deixava impressionar pela riqueza, elegância e grandeza. Oito anos vivendo em um palácio e o homem ainda se vestia como um granadeiro Drexeliano.

Mas as tentações do poder eram sutilmente diferentes e muito mais perigosas. Rael teria sido vítima delas? O tempo diria.

— A gravidade lunar está entrando em ação — observou Obi-Wan. Enquanto ele falava, Qui-Gon sentiu a leve força sendo exercida sobre eles e a nave. — Se quiser me falar sobre o nosso destino específico, esta pode ser uma boa hora para isso.

— Coloque-nos em órbita baixa enquanto executo algumas varreduras. Pousaremos assim que encontrarmos o que estou procurando.

— *Assim* que encontrarmos? — Obi-Wan lançou-lhe um olhar curioso. — E não *se* encontrarmos?

— Eles estão aqui — murmurou Qui-Gon. — Só precisamos encontrá-los, onde quer que estejam.

Obi-Wan abriu a boca, obviamente para perguntar sobre a quem "eles" se referia, e depois a fechou novamente. "Ele estava aprendendo a ter paciência", pensou Qui-Gon, descobrindo quando esperar e deixar que um mistério se revelasse sozinho.

(Aquilo, ou o jovem estava completamente cansado de lidar com um Mestre deliberadamente obtuso. Se fosse o caso, Qui-Gon não poderia culpá-lo.)

Qui-Gon inseriu um cartão de dados que solicitara à nave Czerka no dia anterior. Um holovídeo começou a ser reproduzido, mostrando o ataque com fogo de plasma contra a almanave. Ele ignorou as imagens, olhando apenas para os resultados da análise na parte inferior.

— Estamos revivendo nossos triunfos passados? — perguntou o Padawan. Ele estava brincando, tentando melhorar o clima entre os dois. — Se for assim, gostaria de pedir que o palácio Hutt em Teth fosse retirado dos registros.

Qui-Gon simplesmente apontou para as leituras enquanto elas surgiam.

— Não são nossos triunfos que estamos revivendo. Ah… *ali*.

A nave obscura e misteriosa apareceu na borda do holograma, quase invisível, disparando a carga antiplasma. O Jedi mais velho pausou a reprodução do holovídeo para estudar as informações projetadas na parte de baixo.

— Fizemos alguns amigos ontem. Sugiro que os procuremos.

Obi-Wan franziu a testa e falou:

— Essas são literalmente as únicas pessoas nesta lua que podemos presumir com segurança *que não fazem* parte da Oposição.

— Exato. Este é um dos motivos pelos quais eles podem nos ser úteis. — Qui-Gon apontou para um conjunto específico de leituras pairando na extremidade inferior do holograma. — E este é outro.

— Isso é… um campo de bloqueio de varreduras. Bastante poderoso, mas pequeno. — Obi-Wan falava mais rápido conforme ficava mais intrigado. — O campo está limitado a apenas parte da nave, que já não é muito grande. No entanto, talvez pudesse ser estendido para cobri-la inteira, do jeito que é poderoso. Mestre, não achei que naves pequenas pudessem projetar campos de bloqueio de varredura, ainda mais um forte desse jeito.

— Estamos lidando com alguém bastante engenhoso. — Qui-Gon removeu dos dispositivos de varredura da nave a maioria das frequências, configurando-os para buscar apenas os resquícios energéticos daquele estranho campo de bloqueio.

— E muito discretos — apontou Obi-Wan. — Tem certeza de que pode fazer com que nos ajudem?

Qui-Gon sorriu quando o primeiro sinal fraco apareceu nas leituras.

— Vamos descobrir.

Obi-Wan desceu com a nave, deslizando com ela sobre densas florestas de árvores com troncos nodosos e retorcidos. O terreno era irregular, repleto de penhascos e cavernas. De acordo com as varreduras, o campo de bloqueio parecia funcionar dentro de uma dessas cavernas.

"Um esconderijo dentro de outro esconderijo", pensou Obi-Wan enquanto ele e Qui-Gon iam para a superfície da lua. "Não sei bem ao certo se essas pessoas estarão muito ansiosas para trabalhar conosco."

Mas ele seguiu Qui-Gon na direção da caverna. Ficar atento era importante, porque a beleza do ambiente poderia facilmente deixá-lo calmo e desprevenido. As folhas lá no alto filtravam a luz suave. Vinhas sinuosas se entrelaçavam ao redor de arbustos baixos e dos troncos das árvores; frutas brilhavam em vários tons de roxo profundo e de um verde tão pálido que era quase dourado; brisas temperadas acariciavam sua pele e despenteavam o cabelo de Qui-Gon. Invocar a Força ali seria fácil, apenas alguns momentos de serenidade certamente fariam com que qualquer Jedi se conectasse à vida abundante daquela lua.

"Pijal esculpe sua beleza na rocha", pensou Obi-Wan. "Nenhum esforço desse tipo é necessário aqui."

O terreno irregular desceu ainda mais, revelando encostas rochosas e a entrada de uma caverna, quase completamente oculta por vinhas. Os olhos atentos de Obi-Wan identificaram folhas partidas em um canto, uma vinha retorcida de forma estranha em outro, o que revelava que a vegetação ali fora danificada recentemente, e depois recolocada no lugar pelo outro lado.

Qui-Gon olhou para o jovem, que acenou com a cabeça. Os dois sacaram seus sabres de luz, sem acioná-los. Deslizaram por entre as vinhas e começaram a entrar silenciosamente na caverna.

Conforme avançavam, a luz do sol se tornava mais fraca. Justamente quando pensava que logo estariam em completa escuridão, Obi-Wan avistou um brilho fraco à frente, delineando uma pequena nave de modelo desconhecido. Os dois continuaram, tomando o cuidado de pisar da maneira mais silenciosa possível na superfície de cascalho à medida que novos sons se tornavam audíveis.

— *Não consigo* acreditar numa coisa dessas — disse uma voz humana esganiçada com um sotaque de Coruscant mais acentuado do que a maioria dos habitantes da capital. — Todos eles? Isso é ultrajante.

A voz feminina que respondeu soou mais divertida do que irritada:

— Você vai ficar *indignado* porque algumas pedras não estão fazendo o que você queria que fizessem?

— É mais por elas terem a ousadia de serem tão diferentes do que aparentam. — Obi-Wan distinguiu a silhueta de um homem contra o brilho pálido e rosado das luminárias pairando por perto. — Nunca na história da mineralogia alguém foi tão traído.

A mulher desconhecida riu:

— Podemos rogar pragas sobre elas mais tarde, está bem? Por enquanto, deveríamos... Espere. Você ouviu isso?

A mulher tinha ouvidos aguçados; Obi-Wan não tinha escutado nada ainda. Pela primeira vez, sua reação e a de Qui-Gon estavam em perfeita sintonia; ambos saltaram para a frente a acionaram seus sabres de luz instantaneamente. As duas pessoas no interior da caverna pularam para trás da nave, talvez em busca de armas...

... mas o que era aquilo que brilhava em toda a superfície das paredes da caverna?

— Não queremos fazer mal a vocês — garantiu Qui-Gon, em seu tom de voz mais gentil. — Só queremos fazer algumas perguntas.

— Danem-se suas perguntas. — O homem surgiu na borda da nave, segurando algo longo e preto em uma das mãos.

A mulher murmurou:

— Pax, são *Jedi*. Eles não vão...

— Eles não vão nos impedir — disse o homem que evidentemente se chamava Pax. — Vão dar meia-volta e sair daqui se souberem o que é bom para eles. E se não saírem... bem, estou pronto para lutar.

Qui-Gon suspirou.

— Abaixe isso.

— Quer que eu me renda? — perguntou Pax. — Que eu desista antes mesmo de a batalha começar? Por que eu faria uma coisa dessas?

— Porque você não está com um blaster na mão, é só uma pá — respondeu Qui-Gon, com paciência. — Além disso, temos sabres de luz.

Uma breve pausa se seguiu antes que Pax falasse:

— Seu argumento é muito válido. Permita-me parabenizá-lo por sua retórica persuasiva.

— Não acredito que tentou usar uma *pá* para blefar contra dois Cavaleiros Jedi. — A mulher apareceu com as duas mãos erguidas. — Nós nos rendemos.

— Não precisam se render — disse Qui-Gon. — Mas precisamos conversar.

"*Só quer conversar*. Bem capaz."

Pax Maripher ficou onde estava, com os braços cruzados diante do peito, olhando para o Cavaleiro Jedi e seu aluno que tinham ousado interromper seu trabalho. Era verdade que tal trabalho tinha se revelado totalmente infrutífero, uma perda de tempo, mas aquilo não dava aos Jedi o direito de chegar do nada brandindo seus sabres de luz.

Rahara, no entanto, tinha se apresentado e estava conversando com os dois como se fossem velhos amigos.

— Você acredita nisso? — questionou ela, apontando para o cristal laranja e brilhante que o sujeito alto chamado Qui-Gon segurava na mão.

— É muito parecido com o kyber — respondeu Qui-Gon, girando o cristal para um lado e para o outro. — Tem o mesmo peso, e até mesmo alguma ressonância com a Força. As diferenças são incrivelmente sutis. Entendo por que vocês foram enganados.

O jovem com aquele corte de cabelo ridículo, qualquer que fosse seu nome, balançou a cabeça incrédulo.

— Tem certeza de que não é kyber? Digo... alguma nova forma ou um tipo diferente de cristalização?

Aquilo era demais para suportar.

— *Sim*, tenho certeza — respondeu Pax, num tom de voz que ele esperava que pudesse ser descrito como "fulminante". Ele estendeu seu leitor como prova. — Em nível macro, esse material é idêntico ao kyber.

Mas se for ao nível microscópico, eles têm tanto em comum quanto Coruscant e Ceiran.

— Aparentemente são chamados de cristais kohlen — explicou Rahara. — Nós procuramos sobre eles. Acontece que não são desconhecidos, apenas raros. Até mais raros do que o kyber de verdade. Mas não são bons em sabres de luz e são tão incomuns que nem existe um mercado de pedras preciosas para eles. O que significa que toda essa viagem não passou de uma empreitada inútil. — Ela encolheu os ombros de uma forma que fez seu cabelo sedoso cair sobre um dos ombros. Pax se perguntou se ela estava fazendo aquilo de propósito, sem lembrar que os Jedi eram supostamente celibatários.

Então ele se perguntou se estava simplesmente reparando no cabelo de Rahara com muita frequência.

— Não foi *só* isso — disse Qui-Gon, sorrindo para Rahara enquanto continuava a fingir que Pax era o indivíduo menos importante ali. — Também lhe deu a oportunidade de salvar muitas vidas.

Os olhos de Pax encontraram os de Rahara. Pareceu-lhe que deveria ficar indignado com o fato de a façanha dela ter atraído exatamente o tipo de atenção que esperavam evitar. Em vez disso, ele viu a dor que ela tanto tentava esconder, e conseguia muito bem na maioria das vezes. Ela calmamente falou:

— Não havia motivo para não ajudar.

— Também não havia motivo para fugir depois — disse o jovem de cabelo esquisito, Obbie-Alguma-Coisa. — Por que vocês fugiram?

Pax estava pronto para dar uma das muitas justificativas possíveis, em sua opinião, cada uma mais enganosa do que a outra, mas Rahara, depois de muitos anos sem nunca falar sobre o assunto, simplesmente estendeu a mão esquerda.

— Aqui — mostrou ela. — Por causa disso.

Era visível, nas costas de sua mão, a leve cicatriz do implante da Czerka, há muito removido.

— Essa cicatriz nunca desaparece — disse ela, calmamente. — Eles tratam os implantes com uma substância química que queima de uma forma que o bacta não é capaz de consertar. Por isso você precisa carregá-la para sempre, como uma prova de que é um escravizado, ou que era antes de ser libertado.

— Seu último dono libertou você? — perguntou Qui-Gon.

A expressão de Rahara ficou rígida.

— Eu me libertei.

Aquilo era mais do que Pax podia aguentar.

— Se pensam por um instante que podem devolvê-la para a Czerka, deixem-me esclarecer que esses seus sabres de luz não vão me impedir de detê-los.

Qui-Gon ergueu uma das mãos.

— Não tenho a intenção de devolver a senhorita Wick para a Czerka. — Algo na voz do Jedi alto fazia Pax querer confiar nele, o que era bastante incomum, já que ele não confiava em quase ninguém. — Só preciso da ajuda de vocês.

— Eu sabia. Pax tinha razão. — Rahara se abraçou, num gesto de medo que não combinava nem um pouco com a pura raiva em sua voz. — Você vai me obrigar a… fazer alguma coisa, ou então vai me entregar para a Czerka por…

— Senhorita Wick — insistiu Qui-Gon novamente. — Repito, não tenho a intenção de devolvê-la a Czerka, você cooperando ou não. No entanto, sou mais solidário com aqueles que escaparam da escravidão do que com ladrões de pedras preciosas.

— Quem disse que somos ladrões de pedras preciosas? — Pax exigiu saber. — Você não pode provar nada disso.

Obi-Cabelo-Feio mostrou um datapad com seus estoques anteriores e registros de vendas, que claramente não estavam trancados em segurança.

— Acho que podemos.

Rahara ergueu os olhos para o teto.

— Pax, o que estamos fazendo aqui é óbvio, então não vamos perder tempo tentando negar. — Em seguida, o olhar dela se concentrou em Qui-Gon. — Que favor vocês querem da gente, afinal?

Pax pensou que estava preparado para qualquer resposta, até que Qui-Gon deu um sorriso e falou:

— Precisamos que nos ajudem a encontrar alguns terroristas.

CAPÍTULO TREZE

— Você falou a *Meryx*? — Qui-Gon sentou-se na nave, estudando seus mecanismos internos, que eram uma colcha de retalhos de tecnologia de ponta e materiais tão antigos que poderiam ser anteriores à República. — Um homônimo interessante. Já encontraram alguma?

— Não, infelizmente — respondeu o homem magro de cabelos rebeldes chamado Pax Maripher. Seu ressentimento com os Jedi era claro, mas não tão intenso quanto o orgulho que tinha de sua nave. Ele passou a mão ao longo de uma parede brilhante antes de acrescentar: — Ah, as atualizações que farei nela se encontrarmos um pouco de meryx um dia...

De onde estava, próximo do campo de bloqueio de varredura, Obi-Wan se virou com a testa franzida.

— O que é meryx?

— Provavelmente a pedra preciosa mais rara da galáxia — respondeu Rahara Wick, que estava colocando cristais kohlen em um cilindro de análise. — É uma espécie de âmbar. O âmbar fossilizado das árvores wroshyr brancas de Kashyyyk, que estão extintas há milênios.

— Uma pedra de meryx parece turva e branca até ser *diretamente* atingida pela luz. — O rosto de Pax podia parecer realmente bonito quando ele sorria. Qui-Gon suspeitava que poucas pessoas tinham descoberto aquilo. — Quando isso acontece, ele reluz como o ouro mais brilhante que você pode imaginar.

Obi-Wan tinha tanto interesse em joias quanto qualquer Padawan de dezessete anos, o que significava que não tinha qualquer interesse.

— Por que deu à sua nave o nome de uma pedra que nunca encontrou?

— É uma questão de esperança — respondeu Rahara. Pax olhou para ela. Qui-Gon percebeu que aquela não era a resposta que ele teria dado, mas o homem também não a contradisse.

"Ele tem alma", pensou Qui-Gon. "Mas faz com que ela a carregue."

— A nave carrega o nome do maior objetivo deles — disse Qui-Gon a Obi-Wan. — É uma aspiração, um lembrete para se buscar coisas grandes. Algo com que qualquer Padawan é capaz de se identificar, certamente.

Obi-Wan assentiu e olhou para o chão.

— Talvez você deva explicar aos nossos novos amigos...

Pax resmungou.

— Estamos mais para reféns. — Isso fez com que Rahara lhe desse uma cotovelada nas costelas.

— ... o que exatamente nós precisamos da *Meryx* — concluiu Obi-Wan. Aquilo mostrava que o Padawan ainda não tinha ligado todos os pontos sozinho. Ele tinha passado os últimos dias distraído, ainda magoado pela falha de Qui-Gon em lhe contar sobre o convite do Conselho. O Jedi mais velho se perguntou como as coisas podiam ter ficado tão ruins tão rapidamente.

A resposta mais provável é que elas já estavam ruins há algum tempo, mas ele falhara em perceber. Tinha estado tão ocupado julgando Obi-Wan que não conseguira julgar a si mesmo.

Sem perder o ritmo, Qui-Gon respondeu:

— Precisamos vasculhar essa lua muito minuciosamente, sem dar sinais a ninguém de que essa busca está sendo realizada. O uso de naves de Pijal chamaria a atenção e causaria alarde. A *Meryx*, no entanto, foi habilmente adaptada para evitar a detecção.

A palavra "habilmente" apaziguou os ânimos de Pax, como planejado. O tom do homem foi um pouco menos ácido quando ele perguntou:

— Em outras palavras, você quer que nós os acompanhemos enquanto vasculham a lua inteira atrás do que, exatamente?

Qui-Gon apontou para cima, na direção do espaço entre Pijal e a lua, onde tinham se encontrado pela primeira vez.

— Estamos atrás de quem sabotou aquela almanave, quase matando todos lá dentro.

— A Oposição, certo? Li sobre isso nos canais de notícia. — Rahara encostou-se na parede. A estática do campo de bloqueio de varredura moveu seus fios de cabelo, quase como se estivesse exposta ao vento. — Veja dessa forma, Pax. Estaremos voando por esta lua tão protegidos quanto a própria princesa, com dois Jedi ao nosso lado. E não vamos para a cadeia. Não vejo nenhuma desvantagem aqui.

— A desvantagem é que eu não gosto disso. Mas estamos presos, devo admitir. — Pax virou-se para Qui-Gon como se fizesse uma grande concessão. — Muito bem. Dê-nos o padrão de pesquisa desejado e podemos começar.

Qui-Gon ergueu um dedo.

— Começaremos amanhã. Sentinelas podem ter visto nossa nave hoje e ficado em alerta. Se tiverem informantes dentro do palácio, definitivamente saberão. Amanhã de manhã, quando vocês nos buscarem em Pijal, ninguém ficará sabendo.

Pax revirou os olhos ao pensar em precisar ir até Pijal para buscá-los, mas não fez mais objeções. Quando ele se afastou, Qui-Gon suavemente falou:

— Seu parceiro é uma pessoa interessante.

— Não precisa pegar leve. Pax é um cara difícil. Mas vocês precisam entender de onde ele vem. — Rahara olhou de Qui-Gon para Obi-Wan, e depois de volta. — Quando Pax era uma criança, de quatro ou cinco anos, estava na fronteira com o Espaço Selvagem em uma nave que foi atacada por piratas Delphidianos. Ele se escondeu em uma escotilha de equipamentos, porque ainda era pequeno o bastante para caber. Só ele, e ninguém mais. O que significa que todos os outros sencientes a bordo foram mortos, incluindo os pais dele. Pax foi deixado para trás.

— Que terrível — disse Obi-Wan.

Rahara assentiu.

— Sim, mas não acho que esse seja o principal motivo para ele ser do jeito que é. Tem muito mais a ver com o fato de a nave ter ficado à deriva. Ela não foi encontrada durante muito tempo, e embora tivesse toneladas de rações de emergência armazenadas, não tinha combustível para chegar a nenhum lugar por conta própria. Vejam, a única coisa que os piratas deixaram para trás foi um lote de droides de protocolo. Unidades 3PO, em sua maioria. Esses droides de protocolo criaram Pax durante quinze anos, até que a nave finalmente foi encontrada, e o ensinaram a se comportar exatamente como eles.

Qui-Gon pensou nas unidades 3PO que conhecia.

— Isso deve ser... desafiador.

— Dá para dizer que sim — concordou ela, rindo. — Mas assim que você descobre como lidar com ele, Pax é ótimo.

Obi-Wan lançou um olhar a Qui-Gon que significava claramente: "Vamos ter que acreditar na palavra dela".

Mas eles tinham mais do que a palavra de Rahara Wick. Qui-Gon podia sentir o sutil fluxo da Força em torno daqueles dois, a sensação de que eram pessoas atraídas por coisas maiores. Apesar dos traumas passados de Rahara e do comportamento estranho de Pax, havia pouca escuridão ali.

"Algumas pessoas", pensou ele, "são atraídas pela luz quase da mesma forma que as flores se inclinam na direção do sol."

Pax retornou no instante em que Qui-Gon começava a inserir uma matriz de busca inicial. Rahara acenou para o companheiro, chamando-o até sua mesa de equipamentos e sussurrou, bem baixo:

— Parece que há algumas opalas redemoinho nesta lua.

— Semipreciosas, na melhor das hipóteses — resmungou Pax.

— Certo, talvez as pessoas não paguem tanto por elas, mas pagarão *alguma coisa*. Bem que poderíamos pegar o quanto conseguirmos. Então esta viagem ainda poderá nos render alguma coisa ou, pelo menos, podemos cobrir os custos.

— Supondo que não sejamos pulverizados — disse Pax.

— Sim, isso ajudaria.

Sufocando um sorriso, Qui-Gon se pôs a trabalhar.

Embora não houvesse referências específicas nas antigas cartas reais, a maioria dos cortesãos de Pijal acreditava que, pelo menos durante as últimas cem coroações, a Corporação Czerka organizara uma celebração preliminar para o herdeiro do trono. Não como um dos comícios que a Czerka promovia, nem como as apresentações de orquestra que patrocinava, mas uma pequena festa privada. Algo pessoal para o herdeiro do trono e o supervisor do setor no momento.

Era por isso que Fanry estava passando a tarde em um iate com Meritt Col.

— Vossa Alteza Sereníssima — disse Col, acomodando-se na cadeira almofadada flutuante ao lado de Fanry, perto da proa do navio. — Quando você assumir o cargo, teremos muitos assuntos importantes para discutir. Mas hoje é apenas para puro...

— O que foi? — perguntou Fanry, inocentemente.

Meritt Col fez uma pausa. Embora usasse um roupão prateado e esvoaçante, o tipo de coisa que alguém usaria em um iate, parecia tão desconfortável para ela quanto seu rígido uniforme Czerka teria parecido para qualquer outra pessoa. Seus cabelos claros balançavam com a maresia.

— Bem, claro que desejaremos negociar vários termos e permissões. Precisaremos, por exemplo, de maior autoridade na lua, porque é claro que deveremos ter âncoras lá e no planeta para que o corredor do hiperespaço permaneça intacto. E quanto às docas reservadas para as almanaves, algumas delas poderiam ser utilizadas para maior uso comercial. Mas, como falei, teremos tempo para tudo isso mais tarde.

Rael Averross ensinara a princesa sobre a estrutura corporativa da Czerka (o que não era pouca coisa, já que toda aquela estrutura era tão labiríntica quanto o governo de qualquer planeta que ela já tivesse estudado). Ela conseguia imaginar alguns dos pedidos que Col teria. Aquilo, no entanto, não vinha ao caso.

— Mas você não vai precisar realmente de mim. — Fanry tomou um gole de ponche de frutas em seu copo rosa. — Porque não serei uma governante absoluta. Apenas constitucional.

— Isso não significa que você não terá poder! — Col riu. — As pessoas ainda olham para você, se importam com você. Não pediram que abençoasse a almanave semana que vem? Sua autoridade simbólica é maior do que qualquer autoridade real jamais poderia ser.

"Autoridade simbólica", pensou Fanry. Aquilo soava bem. Parecia, bem... no mínimo mais amigável que algo como *monarca absoluta*, não parecia? Mais gentil. Mais próximo da galáxia atual, e não preso às tradições do passado. Era algo totalmente novo.

Ela sorriu para Col e disse:

— Então acho que teremos *muito* o que conversar depois da cerimônia.

— Muito mesmo! — Col estendeu o copo para que elas brindassem, como se brindassem ao futuro melhor que estava por vir.

Enquanto trabalhava com a tripulação da *Meryx*, Qui-Gon notou que Obi-Wan passava a maior parte do tempo em silêncio. Não era um comportamento peculiar para um Padawan, mas era incomum para Obi-Wan, que geralmente avaliava quer fosse apropriado ou não. Qui--Gon só percebeu aquilo muito mais tarde, depois de terem se despedido de Pax e Rahara naquela noite e pegarem a nave de volta para o planeta.

— O que incomoda você? — perguntou o Jedi mais velho.

Às vezes, o jovem tentava fingir que não estava incomodado, mas naquele dia ele nem se deu ao trabalho.

— Fizemos um acordo com ladrões.

— Ladrões de pedras preciosas — acrescentou Qui-Gon. — Fica um pouco mais elegante quando se coloca dessa maneira, não acha?

— *Elegante?* — Ah, como as bochechas do garoto eram capazes de ficar coradas quando ele estava à beira de uma grande indignação moral. — Aquelas pessoas ganham a vida roubando. E concordamos em deixá-las escapar impunes! E... você está rindo de mim.

— Estou rindo da noção absoluta de moralidade. É o que você está demonstrando no momento.

Obi-Wan continuou sem graça.

— Fizemos um acordo com os Hutts porque era necessário se quiséssemos sair vivos de Teth. Mas isso? Não conseguimos encontrar uma maneira melhor de encobrir nossa investigação? Com certeza existe algo mais clandestino do que uma nave espalhafatosa de ladrões... desculpe, de ladrões de *pedras preciosas*.

— Certamente existe — respondeu Qui-Gon, recostando-se na cadeira enquanto a atração gravitacional da lua os liberava com um ligeiro estremecimento. A rebocadora de Pijal os levaria em breve. — Mas estava curioso quanto a eles. Os dois correram um grande risco, expondo-se para ajudar a salvar as pessoas a bordo da almanave.

Quando a expressão de Obi-Wan mudou, foi como se ele estivesse murchando.

— Eles são mais do que apenas ladrões. Eu deveria ter me lembrado disso.

— Acho que no momento você está um pouco cansado de mim — observou Qui-Gon gentilmente. — Dadas as circunstâncias, ninguém poderia culpá-lo. Não é com Pax e Rahara que você está chateado.

Obi-Wan não confirmou aquilo em voz alta, mas seu humor melhorou um pouco.

— Então nós fomos investigá-los. Isso não significa que deveríamos ter feito parceria com eles. Também estava curioso sobre isso?

— Em parte, sim. Porque é realmente um excelente disfarce para vasculharmos a lua sem ficarmos expostos. E em parte porque eu queria dar a eles uma chance de serem... melhores. De terem mais grandeza de espírito. Aquele resgate indica que isso existe dentro deles.

— As pessoas são mais do que seus piores atos — recitou Obi-Wan. Era algo que Qui-Gon lhe dissera muitas vezes, mas que finalmente parecia estar sendo absorvido. — Pelo menos a maioria delas. E também são mais do que a pior coisa que já lhes foi feita.

A cicatriz escura na mão esquerda de Rahara Wick veio à mente de Qui-Gon.

— Nós dois também poderíamos manter isso em mente ao lidar com Rael Averross.

Obi-Wan não desviou o olhar dos controles da nave, apesar de não haver praticamente nada que ele precisasse fazer até se aproximarem mais de Pijal.

— Você ainda tem dúvidas sobre ele?

"Sim", Qui-Gon quis dizer, mas não conseguiu.

— Apesar de tudo o que aconteceu, Rael continua sendo um Cavaleiro Jedi. Um homem comprometido com seu dever. Você deve ter reparado na devoção dele pela princesa.

— Sim, reparei — confirmou Obi-Wan calmamente. — Mas talvez devêssemos avaliar os Jedi por outros critérios além da dedicação aos jovens que eles protegem.

Aquele golpe atingiu Qui-Gon em cheio, de forma ainda mais dolorosa devido ao elemento surpresa. Não que Obi-Wan nunca tivesse tentado dizer algo ofensivo antes; ele simplesmente nunca tinha sido tão preciso. O pior era que Qui-Gon nem tinha certeza se o jovem pretendia tê-lo ferido. Ele apenas tinha dito aquilo, e foi o que *realmente* o machucou.

— Você é muito dedicado aos ideais e não à realidade, Obi-Wan — disse Qui-Gon, detestando a aspereza em seu tom de voz, mas sem conseguir resistir. — A ponto de sacrificar seus princípios.

De forma monótona, Obi-Wan respondeu:

— Achei que os membros do Conselho Jedi deveriam representar o ideal.

— O Conselho lida com os aspectos mais confusos da realidade o tempo todo. — Aquela conversa já tinha ido longe o bastante. — Obi--Wan, por que você não verifica os amortecedores aluviais? As leituras deles estão um pouco estranhas. — Elas estavam a meras frações do marco ideal, mas foi a primeira distração que ele conseguiu pensar.

Ele raramente era tão transparente. Obi-Wan fez-lhe a cortesia de não se vangloriar e, em vez disso, foi verificar os amortecedores aluviais que obviamente estavam completamente funcionais. Ele parou sob a porta da cabine e falou:

— Acho que este é outro ponto a favor das antigas profecias.

— O que você quer dizer?

— Se bem me lembro... não houve alguém que falou sobre o kyber que não é kyber? — Obi-Wan franziu a testa. — Era algo do tipo, de qualquer forma.

— Você tem razão. — A curiosidade de Qui-Gon superou qualquer sentimento estranho. — Vou pesquisar.

Quando Obi-Wan começou a trabalhar, Qui-Gon também o fez, usando seu datapad para pesquisar os textos traduzidos que estava estudando. Lá estava: *Quando o kyber que não é kyber brilhar, o tempo da profecia estará próximo.*

"É apenas uma metáfora", pensou ele, como sempre fazia. "Mesmo os antigos místicos provavelmente nunca pretenderam que isso fosse interpretado de forma literal. Não é como se algum *tempo da profecia* estivesse destinado a acontecer e fazer com que todas as suas previsões simbólicas se tornassem reais."

Era o que Qui-Gon acreditava, pelo menos desde os treze anos de idade. Era o que ele teria dito a qualquer um que perguntasse, e o que diria a Obi-Wan se seu Padawan tocasse no assunto novamente.

No entanto, não podia negar a estranha emoção que o invadira. O brilho laranja dos cristais kohlen. O kyber que não era kyber. "*O tempo da profecia estará próximo.*"

CAPÍTULO QUATORZE

Qui-Gon está de pé no meio da caverna. Os cristais laranja brilham ao seu redor, refletindo uma fonte de luz que ele não consegue enxergar.

Então, os cristais escurecem, ficando vermelhos como o fogo dos Sith.

Ele escuta um grito. Não, vários gritos. Não consegue mais ver os cristais porque a caverna ficou branca. O cenário se tornou glorioso, com paredes douradas e um teto de vidro com vista para o céu. Sob seus pés estão azulejos azul-escuros.

À sua frente, ele vislumbra a imagem incolor de um sabre de luz resplandecente sobreposto ao rosto da Princesa Fanry.

— O Guardião Celeste — grita alguém.

Qui-Gon procura quem quer que tenha falado, procura qualquer coisa que consiga reconhecer ou compreender, mas é em vão.

Outra voz grita de terror enquanto o sabre de luz desce. Ele escuta alguém dizer muito calmamente, ao longe:

— Até os Jedi podem cair...

Qui-Gon acordou assustado. Usando as práticas tradicionais, desacelerou a respiração e os batimentos cardíacos, acalmando novamente seu corpo físico. A maioria dos sonhos desaparecia rapidamente ao despertar, mas aquele só ficava mais vívido.

Não havia razão para que ele sonhasse com os Sith. Não havia razão para temer que alguém com um sabre de luz interferisse na cerimônia do tratado, e a lâmina de Rael certamente sempre protegeria Fanry. Não havia nenhuma razão para pensar que a Ordem Jedi cairia algum dia.

E mesmo assim, o sonho o tinha deixado abalado de um jeito que poucas coisas seriam capazes. Ele parecia... mais do que real.

Parecia *certo*.

Os antigos místicos buscavam visões do futuro. Em troca, eram visitados por sonhos como aquele, que transformaram em *previsões* enigmáticas que, na verdade, não eram nada daquilo. Era o que Rael sempre acreditara. O que Dookan tinha determinado. O que Qui-Gon dissera a si mesmo durante um quarto de século.

Mas ali, sentado naquela cama larga, ele não conseguia crer naquela interpretação conveniente e racional. Em vez disso, sentia que tinha vislumbrado algo que poderia realmente acontecer.

Mas o quê?

Averross estava deitado na cama, olhando para o teto ricamente ornamentado. O restante em seu quarto tinha ficado mais confortável com o tempo... cadeiras velhas e normais, suas coisas organizadas em pilhas, esse tipo de coisa. Mas ele não podia fazer nada quanto ao teto. Aquela parte do quarto sempre o lembrava de que estava em um palácio.

Ele deveria ter pedido uma garrafa de algo bom para colocar em seu quarto, como cerveja Corelliana ou Porto em Tempestade, talvez. Mas não podia pedir aquilo naquele momento, por mais que quisesse entornar um ou dois copos. Bem, não era como se ele não tivesse tido uma boa noite, de qualquer maneira...

— Rael? — A voz de Qui-Gon Jinn veio da porta. — Posso falar com você?

— Qui-Gon? — Averross saiu da cama, agarrando seu roupão. — Já vou!

Mas para aqueles que viviam no Templo Jedi, um espaço comunitário, a privacidade era mais um conceito do que uma realidade. Averross também se lembrava de quando era assim com ele. Por isso, não poderia ficar com raiva por Qui-Gon ter entrado direto. Apenas envergonhado.

— Ah — disse Qui-Gon, olhando para a mulher na cama de Averross. — Perdoe minha intrusão.

— Selbie já estava de saída — assegurou Averross. E era verdade: ela já tinha vestido a roupa de baixo, apesar das suas tentativas de impedi-la. Mas aquilo ainda lhe rendeu um olhar furioso de Selbie, que poderia ter sido apresentada de forma mais calorosa.

"Ela sabe porque isso é tão estranho", lembrou ele a si mesmo enquanto a cobria com a capa e a acompanhava até a porta. "Vai superar isso logo."

Se Selbie não superasse... bem, não seria mais do que uma pequena inconveniência para os dois. Haveria outros para ela, e outras para ele.

Depois que a mulher saiu com a cabeça erguida, Averross não tinha mais desculpas para evitar o contato visual com Qui-Gon. O rosto do homem estava tão inescrutável quanto sempre, mas no momento em que a porta se fechou atrás de Selbie, Qui-Gon falou:

— Você se esqueceu completamente?

Averross riu.

— Ora, por favor. Como se você não...

— Não estou falando do que aconteceu no meu passado — disse Qui-Gon.

— Ah, não? Está falando de hipocrisia, então?

— Há uma diferença — insistiu Qui-Gon, virtuoso como sempre — entre se apaixonar e simplesmente se permitir fazer o que quiser.

— Sim, existe. — Droga, como Averross queria ter aquela cerveja ali por perto. — Apaixonar-se é algo que o Código Jedi proíbe. Transar? Nem tanto, não se for casual, como é para mim e Selbie. Posso ter quebrado a letra da lei, mas não o espírito. Você quebrou o espírito dessa lei em vários caquinhos, lá em Felucia.

Qui-Gon ficou tenso. Aquelas palavras o atingiram profundamente, ou talvez tenham sido as lembranças. Averross apostava nas últimas. Não se arrependia de ter resistido ao sermão moralizador vazio de Qui-Gon, mas não era como se quisesse ver o amigo sofrer. Por isso, em vez de trazer à tona histórias antigas ou citar nomes há muito não ditos, Averross continuou.

— Imagino que não tenha vindo aqui para flagrar a dona da cantina local na minha cama.

— A dona da cantina local — murmurou Qui-Gon. Mas ele também já estava seguindo adiante. — Vim falar sobre... sobre um sonho que tive.

Averross zombou enquanto acendia uma cigarrilha:

— Sério? Veio aqui correndo porque teve um pesadelo?

Qui-Gon lançou um olhar sombrio a ele.

— Não foi um mero pesadelo, Rael. Foi perturbador, mas mais do que isso, foi vívido. Surpreendentemente vívido. E pareceu se passar durante a coroação da princesa.

— Certo, vá em frente. — Averross esperava que valesse a pena ouvir aquela história. Claro que não valeria tanto quanto passar mais alguns minutos com Selbie, mas ele esperava encontrar um pouco de diversão onde pudesse.

— A sequência dos eventos não está clara. Mas foi tão forte... tão urgente...

— Espere um pouco. Você está prestes a me dizer que se tornou um *profeta*?

Qui-Gon resmungou.

— Parece ridículo quando você coloca dessa forma.

— Parece ridículo porque é — ressaltou Averross, antes de dar outra longa tragada em sua cigarrilha.

— Mas você estudou as profecias. Sabe que os místicos realmente viram aquelas coisas, que a Força agiu através deles.

— Sim, mas isso não é o mesmo que descobrir todo o futuro. Uma visão está muito aquém de uma *profecia* de verdade. E aqueles caras passaram a vida inteira apenas procurando por visões. Você realmente acha que conseguiria descobrir mais sobre o futuro do que eles? — Averross suspirou.

Qui-Gon permaneceu inquieto, perturbado.

"Deve ter sido um sonho e tanto", pensou Averross. Falando mais gentilmente, ele acrescentou:

— Recomponha-se, cara. Provavelmente você só está preocupado com a missão.

Averross acreditava plenamente que reprimir preocupações nublava o espírito. Era por isso que ele agia de acordo com seus impulsos, de forma imediata e inofensiva, antes que eles pudessem se enraizar profundamente e apodrecer. Pena que Qui-Gon não fazia o mesmo.

— A missão me preocupa, é claro, mas estou mais preocupado com Obi-Wan, na verdade.

— Certo. — Averross afastou algumas roupas sujas para sentar-se na cadeira próxima ao fogo. — Qual é o problema?

— Ele desaprova os meus métodos. Sempre o fez, mas agora está pior. — Qui-Gon passou a mão pelos longos cabelos enquanto admitiu:

— Ele ficou sabendo que fui convidado para o Conselho por outra pessoa. Está magoado, e dá para entender. Mas agora está se tornando mais inflexível, menos compreensivo.

— A Força tira sarro da nossa cara, não é? — Averross balançou a cabeça. — A história se repete. Você era uma criança que queria fazer tudo de acordo com as regras, até ir parar sob a tutela de um Mestre que pensava por conta própria. Parece que Obi-Wan está indo pelo mesmo caminho.

— Nunca fui tão rígido quanto Obi-Wan. Pelo menos, acho que não. — Qui-Gon se inclinou para a frente, apoiando os antebraços nos joelhos. A luz do fogo iluminou seus cabelos, revelando os primeiros reflexos grisalhos. Quanto aquilo o fazia parecer ser velho?

— O que está acontecendo, exatamente? — perguntou Rael. — Imagino que *você* não tenha um acordo com a dona da cantina local, a menos que Selbie seja melhor em gerenciamento de tempo do que eu pensava.

O olhar sério de Qui-Gon queria dizer: "Isso não foi engraçado". Averross não concordava, mas não importava.

— Os detalhes não importam muito — disse Qui-Gon. — Eu queria saber como fazê-lo relaxar. Para que pensasse mais por conta própria.

— Enquanto me inferniza por eu não seguir as regras? — Averross balançou a cabeça. — Veja, isso — ele apontou para a cama desarrumada —, isso não importa. Não mesmo. Ser o Lorde Regente não me deixa ter muito tempo para relaxar. Nem cuidar de Fanry, tentar ajudá-la a se tornar uma líder, como Nim teria sido…

Averross parou. Ele tinha jurado a si mesmo que não falaria sobre Nim com Qui-Gon, nem com qualquer outra pessoa, na verdade. Ele tinha falado sobre ela com Fanry muitas vezes, mas ali, naquele momento, Averross já tinha passado mais tempo com a princesa do que com qualquer outro ser vivo, exceto seu antigo Mestre, Dookan.

No entanto, sempre houve algo em Qui-Gon, mesmo quando ele era pouco mais do que uma criança, que fazia com que as pessoas quisessem dizer a verdade.

— Você acha que se tiver sucesso com Fanry — murmurou Qui-Gon — vai compensar o que aconteceu com Nim?

— Nada pode compensar aquilo. — A voz de Averross já estava rouca. — Nada, nada. Mas, pelo menos, não vai me fazer sentir como se eu fosse como veneno para as pessoas de quem eu me aproximo.

Aquilo fez o rosto de Qui-Gon se distorcer em uma careta.

— Tenho me sentido mais ou menos assim com Obi-Wan, não como se fosse venenoso, mas como se fosse completamente incapaz de ajudá-lo.

— Não vejo desse modo. Vocês dois não estariam juntos por tanto tempo se você não pudesse guiá-lo.

— Eu já pensei algumas vezes em encerrar essa parceria — confessou Qui-Gon. — Apenas o convite para integrar o Conselho me impediu de agir tão diretamente nesse sentido.

— E aí? Agora vocês dois têm essa saída garantida. Sem ressentimentos.

— É um pouco tarde para isso. — Qui-Gon não deu mais detalhes, o que foi um alívio para Averross. Era difícil ouvir o homem fingindo estar tão preocupado com um Padawan claramente esperto e capaz, destinado a um futuro brilhante, não importando o quanto Qui-Gon pudesse estar certo ou errado.

Ele continuava tendo que conter as palavras: "Pelo menos Obi-Wan sairá vivo. Nim não teve tanta sorte".

"Porque teve a mim como Mestre."

— Olha — disse Averross, deixando seus pensamentos mais sombrios de lado. — O que seu Padawan está fazendo é totalmente normal. Os adolescentes seguem um de dois caminhos: ou são rebeldes até o osso ou se tornam até mais rígidos do que os mais velhos. Obi-Wan é do segundo tipo. Ele vai relaxar depois de algum tempo. E quer saber? Se o novo Mestre dele for mais rígido do que você, aposto que ele vai se soltar imediatamente, só para ser do contra.

Qui-Gon pareceu pensativo.

— Interessante.

— Certo, já dei meus conselhos à meia-noite e agora vou voltar para a cama. — Averross levantou-se, o que levou Qui-Gon a fazer o mesmo. — Embora voltar para a cama agora seja muito menos divertido do que tinha planejado, já que Selbie foi embora mais cedo.

Aquela piada não tirou risadas de Qui-Gon, apenas um sorriso torto. Talvez ele tivesse se tornado um pouco pedante, afinal. Dookan ficaria muito desapontado se e quando conversassem sobre aquilo.

Já fazia muito tempo que Rael Averross não sentia necessidade de se justificar para alguém em Pijal, mas enquanto acompanhava Qui-Gon até a porta, ele se viu dizendo:

— Sabe, sempre existiram alguns Jedi, mais do que alguns, pra ser sincero, que enxergam o celibato como um ideal, não como uma regra.

— Estou começando a acreditar que todos devemos interpretar o Código por conta própria — destacou Qui-Gon — ou ele deixa de ser um pacto vivo e se torna nada mais do que uma cela de prisão. — Aquilo soava bem e tudo mais, mas estava longe de deixar Averross ileso.

— Durma um pouco — resmungou Averross. — E se tiver mais pesadelos, não…

Um grito cortou o silêncio da noite, e ele reconheceu a voz.

Fanry.

Quando ouviu os gritos pela primeira vez, Qui-Gon pensou: "Já está se tornando realidade. Está acontecendo agora mesmo".

Então, o dever assumiu, impulsionando-o através da porta da câmara. Rael saíra correndo ao primeiro grito, sem sequer olhar para trás em busca de Qui-Gon.

Ele ficou igualmente orgulhoso e decepcionado ao ver que Obi-Wan estava à sua frente no corredor; quando chegaram à entrada da câmara real, Qui-Gon já os tinha alcançado. Juntos, os três viram a Princesa Fanry aparecer na porta, respirando com dificuldade, seu corpo miúdo tremendo tanto que ela parecia prestes a cair. Sua touca de dormir estava torta, revelando algumas mechas de cabelo ruivo brilhante.

— Fanry? — Rael colocou as mãos nos ombros da princesa. Toda a indiferença que o homem demonstrara no início da noite fora esquecida, percebeu Qui-Gon. O terror do homem por sua responsabilidade era muito real. — Fanry, o que houve?

— O alarme disparou… eu me virei para a janela e vi alguém lá… — Fanry se virou para encarar Cady, a jovem criada que parecia ser a principal assistente real, apesar de ser propriedade da Czerka. — Você viu alguma coisa?

— Não, Vossa Alteza Sereníssima. — Cady abaixou a cabeça de forma que seus longos cabelos castanhos escuros caíssem sobre seus ombros. Isso escondia sua expressão, mas não seus olhos arregalados e cautelosos. — Mas encontrei isso alojado no parapeito da janela.

Cady ergueu um pequeno dispositivo prateado e pontudo. Qui-Gon não reconheceu o objeto a princípio, não até que Rael respirou fundo com tanta força que parecia sentir dor.

— Um dardo dominador — murmurou Qui-Gon.

Obi-Wan olhou instantaneamente para Rael — um gesto insensível, mas compreensível —, mas Rael não percebeu. O homem estava tão pálido que corria o risco de cair.

Dardos dominadores eram usados raramente. As pessoas que cumpriam a lei não tinham oportunidade de usá-los, porque eram itens proibidos em quase todos os mundos civilizados; os criminosos raramente tentavam, porque os resultados eram muito imprevisíveis. Quem usava dardos dominadores normalmente os empregava em atos de crueldade deliberada. Qui-Gon não tinha dúvidas que era o caso ali.

— O que queriam fazer? — gritou Fanry, recuando diante da lâmina, enquanto Rael a afastava da jovem. — Me deixar louca pouco antes da cerimônia?

— Poderiam estar mirando em mim, Vossa Alteza Sereníssima — disse Cady, calmamente. — Esperando que eu a matasse. — Fanry cobriu a boca só de imaginar.

Mas Qui-Gon sabia o que o agressor desconhecido pretendia: ferir Rael Averross. Assustá-lo. Avisar-lhe que a Princesa Fanry estava em perigo e que ele não poderia protegê-la, da mesma forma que não protegera Nim todos aqueles anos antes.

E Rael certamente também sabia daquilo.

CAPÍTULO QUINZE

A sensibilidade à Força de alguns Cavaleiros Jedi lhes permitia sondar habilmente as emoções de todos ao seu redor, examinando e avaliando os sentimentos e respostas a tudo. Aquele era um talento que Qui-Gon não tinha. Ele geralmente precisava avaliar o humor e o temperamento das pessoas, como qualquer não usuário da Força, observando o tom de voz, a expressão e as coisas ditas e não ditas.

Mas a vergonha e a tristeza do Capitão Deren eram tão grandes que Qui-Gon não apenas as sentia, mas as compartilhava como se a dor fosse sua.

— Verifiquei pessoalmente o perímetro do complexo palaciano — afirmou Deren. Por mais que falasse baixo, sua voz profunda ainda dominava a sala, mais especificamente, a câmara de audiências do regente, uma suíte ricamente decorada. Era um lugar suntuoso e imaculadamente limpo, o que levou Qui-Gon a suspeitar que Rael raramente ia até lá. Ninguém dormira desde o incidente com o dardo dominador, algumas horas antes, e até a lua já tinha se posto. Apesar disso, Rael e Qui-Gon concordaram que os interrogatórios deveriam começar imediatamente; as lembranças das possíveis testemunhas desapareceriam com o tempo e com o sono. Eles precisavam de todas as informações que pudessem obter. Mas poucos tinham sido capazes de compartilhar algo útil, incluindo Deren.

— Eu mesmo fiz uma varredura completa nos quartos da Princesa Fanry. Minha unidade astromecânica analisou os dados da vigilância e eu chequei as leituras novamente. No entanto, a responsabilidade deve ser minha — assumiu o capitão.

— Estamos lidando com pessoas perigosas aqui — disse Rael. — Alguns de vocês ficavam me dizendo que essa Halin não era tão ruim assim. Que os ataques graves talvez tivessem saído do controle. Mas agora eles se revelaram. São assassinos. Assassinos. E estão atrás de Fanry. Por isso, não quero nunca mais ver a segurança falhar de novo. Entendido?

Deren baixou a cabeça, como se tivesse sido condenado.

— Sim, Lorde Regente.

Outra pessoa interrogada por Qui-Gon e por Rael perto do amanhecer foi menos contida.

— Isso é um *ultraje* — retrucou a Ministra Orth. — Um ultraje alguém culpar uma garota de quatorze anos pelas mudanças políticas, por mais indesejadas que essas mudanças fossem, ainda mais considerando quão pouco a princesa tem a ver com isso...

— O quê? — Rael arqueou uma sobrancelha.

Orth ergueu o queixo pontudo, de forma orgulhosa e desafiadora.

— *Você* é o arquiteto das mudanças por aqui. Não a Princesa Fanry, não as pessoas, e certamente não eu. Você é quem quer deixar a Czerka se sentir mais em casa do que já está. E todos, no planeta e na lua, sabem disso.

— Você gostaria que Pijal continuasse atrasado? — Por mais acaloradamente que Rael falasse, Qui-Gon percebeu que aquela discussão já tinha ocorrido antes; os dois participantes pareciam ter muita certeza de seus argumentos. Um olhar de soslaio para Obi-Wan indicou que seu aprendiz também tinha percebido. — Este planeta não vai alcançar o restante da galáxia da forma como as coisas estão agora. Este planeta não tem futuro se não ocorrerem mudanças.

— Não pode haver futuro para Pijal sem uma liderança — insistiu Orth. — Uma liderança *verdadeira*. E estou falando de Fanry, não de alguma... de alguma... *assembleia constitucional*.

— Você nunca viveu em uma democracia, ministra — arriscou Qui-Gon. — Sim, os órgãos governamentais maiores têm seus próprios problemas, mas conseguem resolver as coisas.

Orth riu.

— Diga isso para o Senado Galáctico! A menos que estejam muito ocupados posando para os holovídeos de suas campanhas de reeleição.

Qui-Gon não falou mais nada. Não queria discutir com Orth, principalmente quando tantos senadores correspondiam à descrição que ela dera.

Depois que as reuniões terminaram e Rael os dispensou de sua câmara, Qui-Gon percorreu uma boa distância do corredor do palácio antes de perguntar a Obi-Wan:

— O que você acha?

— Eles estão mais irritados uns com os outros do que com a Oposição. Talvez culpem uns aos outros pela ascensão da Oposição, em primeiro lugar. — Obi-Wan balançou a cabeça. — Esses descontroles de temperamento parecem, na melhor das hipóteses, contraproducentes.

— Precisamente. No entanto, ontem à noite, as coisas mudaram de rumo, assim como a nossa missão.

Obi-Wan franziu a testa.

— Por que diz isso?

— O destino de Nim Pianna não é amplamente conhecido fora da Ordem — disse Qui-Gon. — Os dardos dominadores não são armas confiáveis, graças à Força, ou então os veríamos com mais frequência. O agressor da noite passada chegou perto o bastante para, digamos, ter lançado um detonador térmico. Ou disparado um blaster. Poderia ter ido atrás de Fanry de outras formas que teriam mais chances de matá-la.

Os olhos de Obi-Wan foram tomados pela compreensão.

— Você quer dizer que a arma foi escolhida deliberadamente. O objetivo era enviar uma mensagem para Averross.

Com um aceno de cabeça, Qui-Gon falou:

— E quem fez isso conhece Averross o bastante para saber exatamente como atingi-lo. Não foi apenas uma tentativa de assassinato. Foi também um ataque a Rael Averross.

O sol ainda não tinha nascido quando Qui-Gon finalmente foi para a cama, mas o horizonte já tinha se tornado levemente acinzentado, avisando que o amanhecer logo chegaria. Um transe meditativo lhe permitiria reiniciar sua mente, reduzindo bastante a quantidade de sono que ele precisaria, mas ele ainda não estava calmo o suficiente para tentar. Nenhum elemento da atual situação o perturbava tão profundamente a ponto de tornar o descanso impossível, mas eles se agitavam em seu cérebro.

"Alguém deseja tanto ferir a princesa quanto ferir Rael Averross por meio dela."

"Rael quer tanto proteger a princesa que isso pode afetar seu julgamento."

"Rael está desesperado para compensar seu fracasso com Nim."

"Eu falhei com Obi-Wan."

"Os esforços da Oposição para impedir a assinatura do tratado escalaram rapidamente nas últimas semanas, mesmo depois que chegamos a Pijal."

"Tanto vidas quanto o tratado estão em perigo iminente."

Tudo era verdadeiro e preocupante. Mesmo assim, para o desgosto de Qui-Gon, nenhum daqueles problemas críticos capturava tanto sua atenção quanto o constante sussurro suave em sua memória: *o kyber que não é kyber.*

E seu sonho, pressagiando problemas para a princesa herdeira de Pijal, problemas que já estavam acontecendo…

Aquilo certamente era apenas seu subconsciente trabalhando mais depressa do que sua mente consciente, o que não era nenhum fenômeno incomum. Ele devia ter percebido as discrepâncias no comportamento das pessoas ao redor e intuído problemas iminentes.

Sim, aquilo explicaria o sonho. Rael estava certo, na noite anterior, ao não reagir exageradamente ao que Qui-Gon vira.

Porém, embora os avisos subconscientes explicassem o sonho, *não* explicavam os cristais kohlen. O kyber que não era kyber.

Qui-Gon resmungou. Como ele estivera calmo ao discutir aquilo com Obi-Wan, explicando que a atração pelas antigas profecias não passava de curiosidade acadêmica. Não tinha contado como fora diferente para ele quando menino, sobre os dias em que ele acreditava em tudo, quando ele e Dookan compartilhavam o fascínio por aquelas visões do que seria…

Ele não tinha sido honesto com Obi-Wan porque não tinha sido honesto consigo mesmo.

Talvez Yoda tivesse percebido aquele toque de fanatismo nele o tempo todo. Nesse caso, não era de se admirar que tivesse desaprovado o convite para que integrasse o Conselho.

Qui-Gon dormiu o máximo que pôde, o que não foi descanso o suficiente para o tipo de busca que ele e Obi-Wan precisavam realizar naquele dia. Ele poderia meditar o necessário para compensar o sono perdido, por isso se dirigiu para uma das varandas com vista para o mar. O suave barulho das ondas seria ideal para levá-lo a um estado meditativo profundo.

Mas assim que saiu, ouviu um som diferente, ainda mais adorável: centenas de vozes cantando.

Ele foi até a grade e olhou para as águas. Ali, dispostos em plataformas flutuantes, estavam coros de cantores — humanos, em sua maioria, assim como a maior parte dos habitantes de Pijal, mas também alguns Twi'leks e Pantoranos, e até mesmo um pequeno Ugnaught na primeira fileira. Usavam túnicas cinzentas simples, que se abriam na frente para revelar vestimentas douradas por baixo, e dirigiam sua atenção para outra varanda, mais acima no palácio na encosta do penhasco. Qui-Gon seguiu os olhares para ver a Princesa Fanry ali parada, ouvindo com aparente deleite.

"Quem diabos permitiu que ela saísse horas depois de uma tentativa de assassinato?", pensou Qui-Gon. Antes que pudesse entrar em contato com Deren, no entanto, ele detectou o leve brilho de um escudo em volta do vestido marrom e do lenço na cabeça de Fanry. Relaxando, ele lembrou que Rael já tinha mencionado aquele evento antes, era algum tipo de tradição associada à coroação. A equipe de segurança real provavelmente planejara proteções adequadas para Fanry antes mesmo do incidente com o dardo dominador.

Mas não tinham vasculhado o mar. A água borbulhante perturbou as ondas e os cantores, cujas vozes falhavam enquanto lutavam para permanecer em pé nas plataformas. Qui-Gon se preparou para pular e ajudar qualquer um que caísse na água — seria um longo mergulho, mas ele poderia sobreviver —, mas as bolhas estouraram quando uma enorme esfera negra emergiu das ondas e se elevou no ar.

O alerta de Qui-Gon mudou para perplexidade. A força invasora era um… *balão*?

A jornada ascendente do balão terminou quando o cabo atingiu seu limite. O puxão do cabo fez a superfície negra brilhar e se transformar em poeira, que foi rapidamente levada pela brisa marítima. O balão se revelou branco, com uma mensagem pintada em letras vermelhas de ao menos dois metros de altura:

FIM À TIRANIA! FIM À CZERKA!

Depois daquilo, nada mais aconteceu. O balão balançava na ponta do cabo, lançando sombras sobre os cantores confusos, mas estabilizados, logo abaixo. Fanry, que ao primeiro sinal de problemas fora puxada para trás pelos guardas, deu um passo à frente novamente. Não passava de uma pegadinha de protesto inofensiva, o tipo de coisa pela qual a Oposição ficara conhecida no princípio.

Por que, imaginou Qui-Gon, os terroristas passariam de uma tentativa de assassinato a um mero movimento político?

Mais uma resposta que ele deveria buscar na lua.

PASSADO

Pouco depois de Qui-Gon ter completado um ano como Padawan de Dookan, os dois tinham alcançado uma espécie de relacionamento. Não era de amizade, nem mesmo de informalidade, mas o jovem passara a entender quais eram as expectativas de seu Mestre, que tipo de apoio receberia e do que precisaria cuidar sozinho.

Por exemplo, Dookan nunca o ajudaria com seu dever de casa, nem em mil anos. No entanto, lhe permitiria fazer o dever de casa na sala principal de seus aposentos de Cavaleiro Jedi, onde o garoto poderia comer as sobras.

Enquanto trabalhava em seu mais recente relatório de pesquisa, Qui-Gon ficou surpreso ao ouvir a porta se abrir. Dookan nunca voltava para casa mais cedo…

— E aí está o garoto! — Rael Averross entrou, com um largo sorriso no rosto.

— Rael! — Qui-Gon levantou-se para cumprimentá-lo; não o abraçou, embora desejasse poder fazê-lo. — O que está fazendo aqui?

— Terminei as coisas em Shurrupak, por isso voltei à base até conseguir minha próxima missão.

Rael se deixou cair no sofá de Dookan, parecendo absurdamente deslocado. Dookan mantinha seus aposentos imaculados, tudo elegante e brilhante, vidro e metal, como se as coisas nunca tivessem sido tocadas. Como Rael Averross poderia ter sido o parceiro de Dookan, ainda mais durante anos? Em Shurrupak, Qui-Gon presumira que Rael se vestia daquele jeito por causa das dificuldades da guerra. No entanto, ele estava ali, em Coruscant, parecendo ainda mais desleixado do que antes.

— Pensando bem, o que *você* está fazendo aqui? A programação dizia que Dookan estará em conferência com algum palerma de Badtibira por mais algumas horas.

— Ele me deixa fazer meu dever de casa aqui, se eu não o incomodar.

— Dever de casa. — Rael fez uma careta. — Em que assunto prenderam você?

— Em um relatório sobre as diferentes vertentes de teosofia do século passado.

A careta de Rael passou de falsa a verdadeira.

— Teosofia. Chato demais. Você irritou seu professor ou algo do tipo?

— Eu que escolhi o assunto — admitiu Qui-Gon. — Sabia que não seria interessante, mas... parecia fácil. Não é.

— Diz aí, é tarde demais para mudar de assunto?

— Não, por quê?

Com um sorriso, Rael levantou-se do sofá e fez um sinal para que Qui-Gon o seguisse.

— Deixe-me mostrar um pouco da história que vale a pena estudar.

Vários minutos depois, Qui-Gon sentou-se ao lado de Rael nos Arquivos Jedi, olhando para o único holocron que já tinha chamado sua atenção, aquele com as antigas profecias. Algumas eram majestosas. Algumas eram misteriosas. Outras pareciam ridículas. Mas todas eram fascinantes. Qui-Gon continuou lendo, incapaz de parar.

Apenas através do sacrifício de muitos Jedi a Ordem purificará o pecado cometido contra os sem-nome.

O perigo do passado não passou, mas dorme num ovo. Quando o ovo rachar, ameaçará toda a galáxia.

Quando a própria Força adoece, o passado e o futuro devem dividir-se e combinar-se.

Um Escolhido virá, nascido de nenhum pai, e através dele o equilíbrio final da Força será restaurado.

— Os antigos místicos tiveram essas visões em transe? — perguntou Qui-Gon.

Rael assentiu. Ele se sentou no lado oposto da mesa comprida, examinando os holocrons quase tão extasiado quanto o próprio Qui-Gon.

— Nem quero saber que tipo de especiaria eles estavam fumando.

Qui-Gon se perguntou como ou mesmo se poderia aprender mais sobre o assunto. Mas aquilo era algo para se preocupar mais tarde. Naquele momento, sua cabeça estava zunindo com todas as profecias que tinha lido, com todas as possibilidades de futuro que elas sugeriam. O universo inteiro parecia ter se expandido num instante, cheio de possibilidades incríveis.

Mas ele deveria confiar naquilo?

— Dookan falou que eu não deveria prestar atenção nesses holocrons — disse Qui-Gon. — Ele não acredita nas profecias.

— Desde quando? — A confusão de Rael foi totalmente sincera. — Foi ele quem me mostrou isso. Antigamente, você dificilmente conseguiria tirar esse holocron de seus aposentos.

— Não sei quando ou por quê. Ele não me falou.

— Vou ter que perguntar a ele sobre isso — disse Rael. — Se isso mudou, uau! Muita coisa teria mudado em Dookan.

— Não pergunte a ele ainda! — protestou Qui-Gon. Quando Rael olhou surpreso para o menino, ele encolheu os ombros. — Pelo menos não até eu terminar o meu relatório.

Rael riu tão alto que Jocasta Nu lhe lançou um olhar severo.

CAPÍTULO DEZESSEIS

"Algum dia", Rahara Wick falou a si mesma mais jovem, "você guiará dois Cavaleiros Jedi pela lua mais atrasada da galáxia."

Seu eu mais jovem não conseguia acreditar. Ela não teria sido capaz de acreditar em praticamente nada do que acontecera em sua vida nos últimos quinze anos, a começar pela sua fuga da escravidão. Rahara, no entanto, repetia aquele exercício mental frequentemente, porque tentar convencer o seu eu do passado era uma das poucas maneiras de fazer com que seu eu atual acreditasse em qualquer coisa sobre a sua vida.

O Jedi mais velho, chamado Qui-Gon, era um homem alto, com longos cabelos castanhos e um olhar que demonstrava sabedoria. Qui-Gon sentou-se ao lado dela, balançando a cabeça enquanto ela inseria sua sugestão de rota para o voo. Enquanto isso, Obi-Wan, o "Padawan", como era chamado, ficou discutindo com Pax.

— Mas se vocês podem estender seu campo de bloqueio de varredura para cobrir toda sua nave — perguntou Obi-Wan —, por que não fazem isso?

— Permita-me enumerar nossos motivos. — Pax começou a contá-los nos dedos. — Primeiro, isso sobrecarrega desnecessariamente nossa capacidade de energia. Normalmente temos energia o bastante para isso, mas possuir algo suficiente não é desculpa para desperdiçar. Nunca se sabe quando uma emergência pode ocorrer. Em segundo lugar, não procuramos disfarçar totalmente nossas viagens, apenas seu verdadeiro propósito. Se formos encontrados tentando ocultar totalmente nossa viagem, criamos uma presunção de irregularidade. Se, no entanto, viajarmos abertamente ao mesmo tempo que agimos clandestinamente, ninguém terá nenhum motivo específico para suspeitar de nós. Além disso…

— Pax. — Rahara lançou-lhe um olhar por cima do ombro. — Já deu para entender.

Embora Pax estivesse gostando de colocar o Jedi mais jovem em seu lugar, ele cruzou os braços e ficou quieto, sua expressão indicando grande tolerância aos caprichos de Rahara. Ela resistiu à vontade de suspirar e simplesmente ligou a ignição.

A *Meryx* subiu por entre as árvores que balançavam em direção ao céu nublado da manhã. O vento açoitou a nave, o que fez Rahara querer levá-los mais para cima, mas os Jedi precisavam voar baixo, e ela precisava não ir presa. Por isso, teria que lidar com a turbulência.

— Que jeito alegre de passar a manhã — disse Pax. Ele começou a preparar um pouco de chá Chandrilano para ela, deliberadamente sem perguntar aos Jedi se eles também queriam. — Procurando por terroristas. Mais tarde, só por diversão, por que não ateamos fogo em nós mesmos?

Qui-Gon sabiamente não respondeu a provocação, mas também não ignorou. Ele olhou para Rahara e falou:

— Não queremos colocar nenhum de vocês em perigo. Mas a situação está cada vez mais ameaçadora para a princesa herdeira e para os outros.

— Ah, ser uma monarca e viver em um castelo se tornou um pouco inconveniente? — zombou Pax.

Aquilo irritou o jovem Jedi, Obi-Wan.

— Alguém tentou *assassiná-la* em seu próprio quarto.

Era hora de intervir antes que Pax deixasse de se comportar como um babaca e passasse a agir como um idiota completo.

— Ela é uma criança — relembrou Rahara, lançando ao companheiro um olhar penetrante. — Sim, uma criança absurdamente privilegiada, mas isso não dá a ninguém o direito de matá-la.

— Não tenho tanta certeza — disse Qui-Gon — do quanto pode ser um privilégio ter o futuro inteiro predeterminado, neste caso, por questão de nascimento.

Certo, ela precisava ser mais diplomática com os Jedi, mas Rahara não conseguiu evitar. Ela bufou.

Pax lançou a ela um olhar apreciativo, provavelmente satisfeito por ela tê-lo ajudado a atingir a cota de sarcasmo diário. Aquilo ela já esperava.

O que não esperava era ver Obi-Wan franzindo a testa para seu Mestre e falando:

— O que importa é qual é esse futuro, não? Fanry nasceu como princesa. Isso é um privilégio.

— Ainda é algo que foi determinado para ela — insistiu Qui-Gon. — Não algo que ela escolheu.

— *Ninguém* escolhe como nasce. — Rahara inseriu mais algumas linhas nos parâmetros de busca, principalmente para ter o que fazer com as mãos, de forma que elas não tremessem. — A gente tem o que dá pra ter. E a maioria de nós não recebe tronos, coroas e... deixa para lá.

Alguns momentos de silêncio se seguiram, durante os quais ela olhou incisivamente para a tela. Aquele seria um ótimo momento para encontrar alguns terroristas, mas ela não teve tanta sorte.

Os Jedi pareciam ter todos os tipos de poderes da Força, mas "noção" não era um deles.

— Então, você já nasceu na escravidão — disse Qui-Gon.

Pax enrijeceu. A única coisa pior do que Pax de mau humor era Pax com instinto protetor. Ela teria que mantê-lo quieto, mesmo que a única maneira de conseguir fosse falando abertamente sobre o assunto.

— Sim — assentiu ela. — Em Hosnian Prime.

— Mas — Obi-Wan parecia confuso — não há escravidão em Hosnian Prime.

— Claro que não. A República não permite a escravidão. — Pax ergueu um dedo. — No entanto, ela *permite* que a Corporação Czerka faça negócios e, naturalmente, a empresa pode empregar os trabalhadores que desejar. Se esses trabalhadores são propriedades, em vez de assalariados, bem... É um assunto interno da empresa, não é? Não tem nada a ver com os governos dos planetas para onde suas "propriedades sencientes" são mandadas para trabalhar.

— Poderia ter sido pior — disse Rahara. Ela sempre se lembrava daquilo. A alternativa era esquecer das muitas pessoas com quem ela crescera. — Quando eu era criança, tinha um trabalho de nível bastante baixo para fazer: separar os minerais levados para as instalações de Hosnian para processamento. Por isso, eles me ensinaram mais sobre mineralogia, aposto que até mais do que a maioria dos estudantes aprende nas universidades. Mas isso significava que eu teria que entrar em minas cada vez piores. Cada vez mais profundas. E quanto mais vocês desce, mais perigoso o subterrâneo fica.

Desmoronamentos. Jorros de lava. Gases venenosos. Havia muitas maneiras de morrer no subsolo, e Rahara testemunhara todas elas. Quando tinha treze anos, a nave de mineração Czerka para a qual tinha sido designada pegou fogo em Ord Mantell. O caos irrompeu em todo o espaçoporto. Rahara aproveitou a chance para escapar e roubar uma pequena faca de um vendedor de nunas fritas.

Arrancar o implante doeu *muito*, mas ela nem titubeou. Rahara começou a correr no minuto em que o objeto caiu no chão, manchado com sangue. Ela nem olhou para trás.

— Você não estava falando sobre a princesa, estava? — perguntou Pax, tirando-a de seu devaneio. O silêncio durou mais do que ela imaginava. O olhar de Pax estava fixo em Qui-Gon. — Estava falando sobre *vocês*. Porque também não é uma *escolha* para os Jedi, não é? Quero dizer, eles supostamente permitem que vocês saiam, que tomem suas próprias decisões e blá, blá, blá. Mas ainda roubam vocês quando bebês e treinam suas mentes depois disso. Que tipo de liberdade é essa?

Obi-Wan parecia ter engolido um gundark.

— Ser um Jedi é uma *honra*. Uma responsabilidade. Uma... nobre vocação...

— Sim, Padawan — concordou Qui-Gon calmamente. — Ser um Jedi é todas essas coisas. Mas para a maioria de nós é muito difícil determinar se escolhemos isso livremente, do modo como fomos criados. Dito isso, eu *tive* uma escolha. Dookan me ajudou a ver isso. E escolhi a Ordem.

— Assim como Dookan escolheu o contrário — disse Obi-Wan, rigidamente. Àquela altura, percebeu Rahara, o nível de tensão na *Meryx* tinha aumentado drasticamente, mas o jovem Obi-Wan Kenobi parecia mais desconfortável do que qualquer outra pessoa ao perguntar: — Quando foi que você decidiu que saber o futuro era uma coisa ruim, Mestre?

Qui-Gon não respondeu.

Pax, no entanto, parecia estar se divertindo.

— Esse aí com o nome infeliz de "Dookan" realmente deixou de ser um Jedi? Parece valer a pena conhecê-lo. Imagino que não desfrutaremos de sua companhia em nenhum momento…

— Encontramos alguma coisa. — Rahara apontou para um brilho na extremidade dos sensores e começou a ampliá-lo. — Níveis de energia que sugerem presença senciente, mesmo que não haja presença da Czerka por quilômetros. Vamos ver o que mais podemos descobrir quando chegarmos mais perto.

— Mais perto? — perguntou Pax. — Parece perigoso. Não gosto disso.

Rahara quis revirar os olhos, mas resistiu ao impulso.

— E de que parte disso tudo você gostou? Já sabemos que está chateado, Pax, então pare de ser redundante.

Os droides que criaram Pax não sabiam nada sobre os detalhes do comportamento humano, mas todos sabiam, no fundo de suas programações, que "redundante" era uma coisa terrível de ser. Aquilo com certeza calaria Pax.

— Não vamos desembarcar hoje — disse Qui-Gon em tom conciliatório. — Só estamos mapeando as áreas que valem a pena investigar para que Obi-Wan e eu prossigamos a pé depois.

— Dê uma olhada nisso — falou Rahara, enquanto as leituras dos sensores ganhavam detalhes. — As leituras de energia parecem… bem, parecem assinaturas de armas.

Obi-Wan olhou por cima do ombro dela.

— Concordo, Mestre. Deveríamos dar uma olhada mais de perto.

— *Com cuidado* — insistiu Pax.

Qui-Gon assumiu os controles, guiando a *Meryx* com tanta habilidade que nem mesmo Pax pôde reclamar. Ele continuou de olho nos sensores enquanto aproximava a nave das árvores. A *Meryx* ficou distante o suficiente para não alertar ninguém de sua presença, mas perto o bastante para coletar informações.

— Não há construções — afirmou Rahara, semicerrando os olhos para analisar as informações. — Alguns sinais de vida, mas estão… embaçados, de algum modo. Talvez estejam em cavernas ou no subterrâneo.

— No subterrâneo? — perguntou Obi-Wan.

Satisfeito por saber mais do que os Jedi, Pax respondeu:

— A Czerka faz perfurações por toda essa lua, e com bem pouco interesse em manter a estabilidade geológica. Pelo menos tiveram a relativa decência de evitar áreas povoadas, até o momento. Mas aqui? Vocês vão encontrar todos os tipos de túneis e câmaras que não esperariam encontrar. — Em voz baixa, ele acrescentou: — Mas nem um único cristal kyber. Ah, não mesmo.

Sabiamente, Qui-Gon ignorou o último comentário. Depois, ele mesmo checou as leituras.

— Para mim, isso parece... cerca de vinte a trinta pessoas. Concorda?

Rahara assentiu.

— Mas vocês não estavam procurando um grupo maior?

— Sim — disse Qui-Gon, parecendo distante. — E não há vestígio de tráfego aéreo e nem espacial nesta área há dias.

— Isso significa que eles não poderiam estar por trás do... por trás do que aconteceu no palácio ontem à noite? — perguntou Obi-Wan.

"Isso parece interessante", pensou Rahara.

Qui-Gon balançou a cabeça.

— Não. A Oposição poderia ter agentes permanentemente alocados em Pijal. — Ele então se sentou para encarar Rahara e Pax. — Ajudaria se vocês dois entendessem os perigos com os quais estamos lidando. Sinto que posso confiar em vocês, mas devo enfatizar que isso é feito com a maior confidencialidade.

— Claro — assentiu Rahara.

— Intrigas palacianas — disse Pax, com gosto. — É mais divertido do que eu pensava.

Naquela tarde, Obi-Wan gostaria de se preparar para a Grande Caçada. Ele estaria montando um animal, e não voando, algo que só fizera antes raras vezes; ele confiava que conseguiria, mas teria sido bom pelo menos ter visto os animais por mais do que alguns minutos antes de montar um deles. Como alternativa, teria gostado de tirar uma soneca. (Ele já tinha se resignado com a interrupção no meio da noite anterior, mas sabia que a Grande Caçada muitas vezes durava até bem depois do nascer do sol e queria estar na sua melhor forma o tempo todo.) Como terceira opção, o Padawan queria sentar-se e conversar com Qui-Gon sobre o que ele quis dizer quando falou que os Jedi não tinham escolha, ou se valia a pena confiar em Rael Averross, ou sobre qualquer um dos inúmeros assuntos em relação aos quais seu Mestre estava se comportando de maneira estranha. Obi-Wan tinha deixado de acreditar que algum dia entenderia Qui-Gon, muito menos no pouco tempo que restava no relacionamento deles de Mestre e aprendiz, mas não conseguia aplacar a vontade de ao menos tentar.

Em vez disso, Averross levou Qui-Gon para discutir a ação bizarra da Oposição com o balão e o que ela poderia significar. Enquanto isso, Obi-Wan foi designado para ajudar o Capitão Deren a proteger a Princesa Fanry.

O que parecia muito emocionante, mas, na prática, significava *entreter* a Princesa Fanry. Na maior parte do tempo, ela só queria conversar.

— Não acredito que eles continuaram cantando depois daquilo — disse ela, sorrindo como uma criança ainda mais jovem do que sua idade. — Achei que pulariam no oceano e nadariam até a costa, mas eles ficaram.

A Ministra Orth praticamente reluzia de orgulho, como se tivesse mantido os cantores no lugar pessoalmente.

— As cerimônias e tradições da monarquia ainda têm um tremendo significado para o nosso povo. Nada deste absurdo constitucional pode impedi-los de prestar o devido tributo à sua futura rainha. E nenhuma das bobagens da Oposição impedirá sua coroação.

Obi-Wan não tinha certeza se estava em posição de falar, mas decidiu se arriscar, pelo bem da curiosidade.

— Pareceu estranho, para mim, que as palavras de ordem não fossem sobre Sua Alteza Sereníssima ou sobre o tratado. Mencionaram apenas a Corporação Czerka.

— Uma estratégia barata para obter simpatia — desdenhou a ministra. — A princesa herdeira é uma figura popular, e essa moda de "governo representativo" ainda não desapareceu. A Czerka, no entanto, não é tão querida. — Seu tom de voz deixava claro que ela também não gostava da Czerka.

— Ouvi dizer que a Corporação faz diversas perfurações na lua — comentou Obi-Wan —, a ponto de causar danos geológicos. É uma das razões de as pessoas estarem zangadas com a Czerka?

O Capitão Deren, que estava parado junto à porta, em vigilância solene, falou pela primeira vez em vários minutos:

— Onde você ouviu isso?

— É algo bem conhecido lá em cima. — Obi-Wan encolheu os ombros, como se não estivesse encobrindo dois ladrões de joias. Seu comportamento casual aparentemente se provou tranquilizador, porque Deren retomou sua posição anterior.

Orth, no entanto, estava alarmada.

— Por que vocês estão fazendo perguntas aos cidadãos lunares? Seria típico da Oposição plantar alguém que pudesse convencê-los de que todos aqui são maus. Ao menos alguns deles são atores.

Obi-Wan achou que era melhor evitar o assunto.

— Não estamos fazendo perguntas muito aprofundadas, somente aprendendo mais sobre o terreno que devemos vasculhar. Mestre Jinn e eu precisamos estar preparados para qualquer confronto que possa surgir.

Pelo jeito, ele tinha conseguido desconversar.

— Mas vocês são Jedi — disse Fanry. — Como poderiam não sair vitoriosos? Estão com seus sabres de luz, não estão?

— Sim — respondeu Obi-Wan, apontando para a lâmina pendurada em seu cinto. — Mas os sabres de luz não são úteis contra bombas.

— Não? — Fanry torceu o nariz. — Depois de todos esses anos, o Lorde Regente ainda não me mostrou o funcionamento exato de seu sabre de luz. Por isso pensei que existisse algum grande segredo sobre como eles funcionam.

— De forma alguma, Vossa Alteza Sereníssima. — Ele deveria ter dito aquilo? Talvez Averross tivesse mentido sobre o assunto para evitar que ela tratasse sua arma como um brinquedo. Fanry já tinha idade o bastante para conhecer a verdade. — A construção dos sabres de luz não é misteriosa, embora existam elementos que garantem que as armas permanecerão sempre únicas para os Jedi.

— O que você quer dizer? — perguntou a princesa.

— Bem… — Obi-Wan pensou por um segundo, depois colocou seu sabre de luz em uma pequena mesa perto da princesa e começou a desmontá-lo. — Vou mostrar os mecanismos internos e explicar a partir deles.

Fanry mordeu o lábio inferior.

— Não vai quebrar?

Ele sufocou uma risada.

— Não, Vossa Alteza Sereníssima. Somos obrigados a saber como desmontar e remontar nossos sabres de luz no escuro. O sabre de luz é a vida de um Jedi.

Com Fanry e seus ministros se inclinando atentamente, e Deren de repente ao seu lado, Obi-Wan desatarraxou cuidadosamente a tampa entre o punho e a extremidade, revelando o núcleo do sabre de luz. — Aqui você pode ver os controles e o cabo principal…

— O que é aquilo? — Ela apontou diretamente para o coração brilhante do sabre de luz. — É uma joia?

— De certa forma. É um cristal kyber, que concentra o poder do feixe do sabre de luz. — Em meio aos mecanismos metálicos que o cercavam, o cristal kyber brilhava tentadoramente. Enquanto o restante era uma máquina, o cristal mais parecia ser mágico. Ele não podia culpar Fanry por seu fascínio; Obi-Wan sentira o mesmo quando aprendeu a montar um sabre de luz. Aquilo ainda o fascinava de vez em quando.

— É azul, não é? — perguntou Fanry, com curiosidade. — Todas as lâminas de sabre de luz são azuis?

— Os cristais kyber determinam a cor da lâmina, mas só assumem suas cores após se unirem aos Jedi que os escolheram.

Os olhos de Fanry se arregalaram.

— Os cristais kyber se *ligam* aos Jedi? Isso quer dizer que… vocês se comunicam com eles?

Com um sorriso, Obi-Wan respondeu:

— Não. É só que… suas propriedades particulares são afetadas pela proximidade de um usuário da Força. A ligação se forma muito rapidamente, e então os cristais kyber mudam. A maioria fica azul ou verde, e é por isso que a maioria dos sabres de luz dos Jedi são dessas cores. Alguns cristais ficam até roxos.

— Roxos? — Fanry riu. — É o que você queria? Alguma das cores significa alguma coisa?

As lendas diziam que a verdadeira escuridão, como a exercida pelos antigos Sith, tornava os cristais vermelhos. Mas Obi-Wan não tinha a intenção de discutir história antiga com a princesa.

— Fiquei muito feliz por ter um cristal kyber ligado a mim, Vossa Alteza Sereníssima.

— Os sabres de luz são as únicas armas dos Jedi — disse a Ministra Orth. — Não são?

Obi-Wan balançou a cabeça.

— Eles estão longe de ser a única ferramenta que temos à nossa disposição, mas, em combate, um sabre de luz é uma arma incomparável tanto para o ataque quanto para a defesa. E como usar a lâmina requer imensa concentração e reflexos aguçados, ninguém além de um usuário da Força pode manejar sabres de luz com habilidade ou eficiência.

— O sabre de luz de um usuário da Força mais poderoso também fica mais poderoso? O que acontece quando dois Jedi lutam entre si? — perguntou Fanry.

— A lâmina não é mais forte. Apenas a capacidade do usuário da Força de manejá-la — respondeu Obi-Wan. — Nos duelos cerimoniais, é claro, estamos mais exibindo formas do que realmente testando a Força...

— Mas e os duelos não cerimoniais? — insistiu Fanry. — O que acontece quando dois Jedi estão em lados opostos de um conflito?

— Isso... isso *não* acontece. — A ideia fazia tão pouco sentido que Obi-Wan mal conseguia pensar nela. — Somos membros de uma Ordem. Servimos ao Conselho Jedi e, através do Conselho, à República. Os Jedi estão unidos por isso.

— Bem, isso é *chato*. — Carrancuda, Fanry balançou os pés debaixo do trono. — E ninguém além dos Jedi usa sabres de luz? Você nunca lutaria com alguém que tivesse um? Lutar de verdade, quero dizer. Não *cerimonialmente*.

— Os antigos Sith usavam sabres de luz — disse Obi-Wan. — Mas eles estão extintos há mil anos. Então, não. Um Jedi simplesmente não se envolveria em um duelo mortal com sabres de luz. Isso não poderia acontecer.

Fanry pareceu perceber que estava sendo um pouco sanguinária, porque sorriu maliciosamente e fez da pergunta seguinte uma piada:

— Nunca?

Ele sorriu de volta enquanto balançava a cabeça:

— Nunca.

CAPÍTULO DEZESSETE

A nave real se viu incapaz de decolar quando mais de uma dezena de pessoas vestidas de verde se empoleiraram em seu casco e se prenderam no lugar com grampos magnéticos. Uma delas era a própria Halin Azucca, que usava os cabelos presos em nós apertados como se fosse uma coroa. Os droides de segurança chegaram rapidamente, mas logo que surgiram, os manifestantes ativaram unidades de voo individual e conseguiram escapar.

Pijal estivera construindo um magnífico Salão da Assembleia para abrigar seu novo governo representativo, uma estrutura inteiramente esférica de superfície espelhada que pareceria quase invisível até o pôr do sol, quando os últimos raios de luz a fariam reluzir como outra estrela. Câmeras de segurança capturaram o momento, tarde da noite, em que os espelhos ficaram nebulosos, depois totalmente cinzentos e então viraram pó. Só mais tarde os investigadores determinaram que uma nanotecnologia fora implantada no interior e tinha devorado a estrutura do edifício por dentro.

O pânico irrompeu certa noite, quando a lua de Pijal surgiu no céu, não mais verde e dourada, mas de um vermelho intenso e sinistro. Descobriu-se que a Oposição tinha semeado, de forma extensiva, a atmosfera da lua com uma substância química inofensiva que se dispersaria em poucos dias, mas que garantiu que a lua continuaria vermelha o tempo todo. Na manhã seguinte, uma mensagem sinistra foi descoberta pintada em um dos maiores templos da capital: VOCÊS CONSEGUEM NOS ESQUECER AGORA?

Um droide entrou em uma instalação da Czerka, sendo visto por diversas câmeras de segurança até explodir de repente. As chamas resultantes eram tão quentes que ficaram azuis durante a noite. Se algum ser vivo estivesse dentro das instalações no momento, certamente teria sido morto.

— E eles não poderiam saber que as instalações estavam completamente vazias — apontou Qui-Gon enquanto desligava os holovídeos das ações conhecidas da Oposição. Deren estava relutante em compartilhá-las. Sua paranoia quanto a proteger Fanry tinha crescido. Qui-Gon tinha insistido em obtê-las, mas esperou até tarde da noite para revisá-las com Obi-Wan, quando os dois poderiam ficar sozinhos.

Obi-Wan parecia pensativo.

— Não, não poderiam saber. Alguém poderia ter decidido voltar ao trabalho, ou um servo poderia ter sido forçado a ficar para trás por algum motivo. Quem fez isso estava disposto a arriscar tirar vidas.

— É o que parece — respondeu Qui-Gon. Ele acariciou a barba, pensando nas possibilidades.

— A Chanceler Kaj nos contou que a violência da Oposição estava aumentando — disse Obi-Wan —, mas esse comportamento me parece mais errático. Não são coisas possíveis de se organizar em uma linha.

— Os diversos incidentes são... totalmente discrepantes. Nem seguem uma cronologia direta. Alguns dos incidentes mais inofensivos ocorreram após o início dos bombardeios.

— Talvez algumas dessas ações tivessem sido programadas antes da escalada de violência — sugeriu Obi-Wan. Depois, ele arregalou os olhos. — Ou talvez a Oposição não tenha uma única liderança, e sim várias. Halin Azucca pode ser a única líder que conhecemos. Outras células poderiam existir, uma mais ou menos violenta que a outra. Todas trabalhando por uma causa comum, mas de maneiras muito diferentes.

— Uma teoria válida, meu Padawan. — Qui-Gon ainda sentia que havia mais peças naquele quebra-cabeças, mas tinha certeza de que a mudança no padrão era importante. — Rael considera tudo isso uma violência estúpida. Puro terrorismo. Suspeito que seja por isso que ele mesmo não reconheceu esse padrão.

Obi-Wan não falou nada, e Qui-Gon ficou aliviado. Sempre que o jovem duvidava de Rael, o impulso de defender seu velho amigo se fortalecia. Tal impulso interferia no julgamento de Qui-Gon.

Rahara se opôs ao plano de Pax. Às vezes, Pax sentia como se ela se opusesse a toda e qualquer diversão, puramente por princípios. Daquela vez, no entanto, ele entendia a preocupação da companheira.

Mas ainda pretendia ignorá-la.

— Você quer lidar com a *Czerka* — disse ela, de braços cruzados, enquanto ele se vestia para a grande reunião que estava por vir. — Eles são escória. Pior que isso. Precisariam melhorar muito para se tornarem escória.

Pax examinou seu melhor casaco, um enorme e azul com lapelas de veludo, e depois o deixou de lado, pesaroso. Os cidadãos de Pijal eram tão *entediantes* em seus trajes.

— Infelizmente, para a galáxia, a escória muitas vezes lida com enormes quantias de dinheiro.

— Dinheiro manchado de sangue — insistiu Rahara. — Eles lucraram incontáveis trilhões, ao longo de incontáveis séculos, em grande parte com trabalho escravo. O dinheiro da Czerka estará sujo para sempre.

— Entendo perfeitamente seu ponto de vista.

— Então por que… como você pode estar disposto a negociar com a empresa que…

Suas palavras sumiram. Não importava, Pax sabia o que ela queria dizer.

— A Czerka tratou você de maneira abominável — disse ele, optando por uma capa preta que parecia bastante vistosa, na sua opinião. — Suas práticas de escravidão são dignas do mais profundo desprezo. Essa empresa não merece um centavo de sua riqueza imensurável. É por isso que considero meu dever moral privá-los ao máximo dessa riqueza.

Rahara inclinou a cabeça.

— Você está dizendo… que vai enganá-los.

— Vai parecer um erro honesto. — Pax apontou para a pilha de cristais kohlen que tinha reunido. — Poucas pessoas são capazes de perceber a diferença entre estes cristais e o verdadeiro kyber. Eles poderiam levar um bom tempo para descobrir, talvez até tempo o bastante para que tenhamos ido embora de Pijal. Por isso, não prevejo repercussões negativas para nós, apenas para as víboras da Corporação.

— Acho que consigo ver algo bom nisso. — Um canto da boca de Rahara se ergueu, mas não exatamente em um sorriso. Mesmo assim, aquilo fez o humor de Pax melhorar consideravelmente. — Mas tenha cuidado.

— Claro — assentiu Pax, reunindo os cristais em uma pequena caixa flutuante que poderia ser colocada a bordo de sua nave monopiloto. — Sei muito bem do que a Czerka é capaz.

Foi o que ele falou, e no que ele acreditou durante todo o caminho até o escritório da Czerka mais próximo. Ele naturalmente não poderia levar a *Meryx* naquela missão, mas tinha uma nave monopiloto, que nomeara de *Faceta*, guardada no compartimento de carga justamente para ocasiões como aquela. Ele pensou que, na verdade, deveria usá-la mais vezes. Precisava aprimorar suas habilidades de piloto, ao menos para conseguir acompanhar Rahara.

Depois de pousar a *Faceta*, ir até o posto da guarda e receber a permissão de acesso, no entanto, ele foi conduzido pelo pátio de trabalho. Foi onde viu um grupo de trabalhadores escravizados utilizando macacões cinza e trabalhando duro.

O trabalho estava longe de ser o pior que poderia ser atribuído, e também não era dos piores que Pax já tinha testemunhado pessoalmente. Os trabalhadores estavam apenas polindo e limpando um transporte pessoal, provavelmente da supervisora. Por isso, não foi a natureza do trabalho que o perturbou.

Foi o fato de que todos os trabalhadores eram crianças.

O humano mais velho não poderia ter mais de nove anos. Pax não era tão bom em estimar idade de Ithorianos, mas aquele que esfregava com força usando um pano era o menor que ele já tinha visto. O Wookiee parecia mais velho, embora fosse difícil determinar sua altura; tinha a cabeça curvada de um jeito tristonho. Uma de suas mãos tinha sido raspada para a inserção do implante da Czerka, e o pelo ainda não tinha crescido. Aquela criança tinha sido escravizada há apenas alguns dias.

"Rahara era ainda mais jovem do que ele", pensou Pax enquanto acompanhava o segurança, conduzindo sua caixa flutuante. De repente, não tinha mais certeza se conseguiria sorrir para qualquer funcionário da Corporação, mesmo que fosse pela nobre causa de enganá-los.

Ele suspeitava não desempenhar seu papel bem o suficiente para se encontrar com a supervisora de setor, mas aquilo praticamente não teve importância. Assim que Meritt Col abriu a caixa e viu os cristais, que até onde ela sabia eram um belíssimo conjunto de kyber, sua atenção ficou voltada para o carregamento.

— Você falou que estes cristais podem ser encontrados em uma ampla região da lua? — Col ergueu um cristal contra a luz. Ele brilhou com um laranja tão intenso quanto os céus de Abafar.

— Isso mesmo, Supervisora Col. — "Mantenha a calma, fique firme. Finja que você é G-3PO." — Fiquei muito animado no início, mas, como um comerciante independente, como eu poderia negociar com a Ordem Jedi?

— Foi muito perspicaz da sua parte — disse Col, sorrindo não para Pax, mas para os cristais. — Poucos comerciantes independentes estariam tão preparados para reconhecer as próprias incapacidades.

"Incapacidades?" Pax controlou sua raiva, por pouco. Metade dele queria começar a explicar todas as maneiras inventivas que planejara para trabalhar com a Ordem Jedi caso aquelas coisas fossem realmente cristais kyber. Por sorte, a outra metade venceu.

No fim das contas, ele fez um acordo por uma grande quantia, não o suficiente para Rahara e ele se aposentarem, mas mais do que o bastante para aprimorar a nave e tirar umas férias bem longas. Pax tinha pensado em pedir mais dinheiro, mas quanto maior fosse o pagamento da Czerka, mais desconfiados eles ficariam da pessoa que lhes vendera uma caixa inútil de kohlen.

"Viu só?", pensou ele enquanto pilotava a *Faceta* de volta. "Valeu a pena ficar por aqui um pouco, com ou sem Jedi. Rendeu bem mais do que aquela aquisição de Alderaan." Era pura verdade, mas ele não conseguia olhar os créditos sem ouvir a voz de Rahara sussurrando dentro de sua cabeça.

"Dinheiro manchado de sangue."

— Sem comunicadores, Mestre? — Obi-Wan se sentia nu sem o dispositivo de comunicação que usava em seu cinto desde que conseguia se lembrar. — E se alguém precisar entrar em contato conosco?

— Os únicos que precisarão falar conosco com urgência também estarão na Grande Caçada — respondeu Qui-Gon. — Além disso, deixar para trás todos os dispositivos tecnológicos avançados é uma tradição. Aparentemente, as pessoas os usavam para trapacear, séculos atrás.

Para Obi-Wan, aquilo pareceu primitivo ao ponto da barbárie, mas seguir as tradições e hábitos locais era encorajado, por isso ele resistiu ao impulso de voltar e pegar o comunicador. Em vez disso, seu Mestre e ele marcharam pelo terreno ondulado na direção dos estábulos. A grama alta balançava e se abria conforme os dois avançavam. Ao longe, ele conseguia ver tochas acesas, tochas de verdade, contra o roxo profundo do pôr do sol. Os músicos começaram a tocar e mais e mais pessoas se dirigiam para o ponto de partida.

Qui-Gon lançou-lhe um olhar pensativo.

— Você ainda não praticou muito com montarias, não é, Padawan?

— Não, Mestre. Mas não parece tão difícil.

— Depende da montaria. — Qui-Gon parecia estar se divertindo. — Basta lembrar que montar uma coisa viva é diferente de pilotar uma nave ou um deslizador. A Força une vocês, e você pode se aproveitar disso.

Embora Obi-Wan tivesse procurado conhecer as criaturas com antecedência, ainda ficou surpreso ao ver um varactyl pela primeira vez. As penas escarlates da criatura tinham um brilho iridescente à luz das tochas, e ele batia as patas no chão, ansioso para começar. Os bichos eram enormes, e pareceram ainda maiores quando ele pensou em tentar subir em um deles.

— Aí está — disse Qui-Gon, com um sorriso maroto no rosto. Ele deu um tapinha na lateral de um varactyl, que gorjeou para ele. — Tudo certo aí? — Quando o assistente assentiu, o Jedi mais velho apontou para a sela. — Por que você não vê se consegue chegar lá?

Seu Mestre estava gostando de sua confusão, não de um jeito cruel, porque aquele não era o feitio de Qui-Gon, mas a situação não era menos irritante por isso. Obi-Wan tentou ignorar Qui-Gon e qualquer outra pessoa que estivesse observando e se concentrar apenas no varactyl...

E aí, ele sentiu. A alma da criatura, mais simples e mais pura que a de um senciente, mas, ainda assim, inteligente à sua maneira. Quando ela inclinou a cabeça para estudá-lo, Obi-Wan percebeu que não seria uma simples questão de dominar o varactyl; em vez disso, os dois precisariam trabalhar em dupla.

Ele colocou uma das mãos no pescoço do bicho, acariciando as penas. O varactyl chilreou novamente e a extremidade da cauda balançou uma vez... de empolgação, pensou Obi-Wan. Talvez ele estivesse tão ansioso pela caçada quanto qualquer uma das pessoas ali. Através da Força, Obi-Wan enviou de volta seu próprio entusiasmo pelo evento.

O varactyl agitou as penas e depois se agachou no chão, até que sua barriga tocou a grama. Aquilo permitiu que Obi-Wan subisse facilmente na sela e tomasse as rédeas. Levantando-se, o animal piou alegremente. Obi-Wan percebeu que os dois tinham se tornado amigos, dois amigos que estavam prestes a se divertir muito juntos.

— Muito bem — disse Qui-Gon. Sua expressão era uma mistura de divertimento e admiração. — Muito bem mesmo!

O jovem se inclinou para sussurrar no ouvido do varactyl:

— Ele falou que você se saiu bem. — A criatura bateu a cauda no chão, o que ele instintivamente soube interpretar como um bom sinal.

Seria possível que conduzir uma montaria fosse mais divertido do que pilotar uma nave?

Aplausos abafados por luvas de veludo e seda brilhante fizeram Obi-Wan erguer os olhos. Dois manipuladores estavam conduzindo um droide incomum, aparentemente um droide caranguejo modificado. Era fabricado pela Czerka? Sua superfície escura tornava o constructo praticamente invisível no crepúsculo iminente. Em breve, apenas as luzes azuis e brancas em suas pernas multiarticuladas indicariam sua posição.

— A presa — concluiu Obi-Wan.

Qui-Gon, que conseguira montar seu próprio varactyl, ainda que não tão graciosamente, assentiu.

— Há milhares de anos, é claro, eles caçavam animais vivos. Essa prática foi abandonada há muito tempo.

— Isso é um alívio — disse Obi-Wan. — Não sei se poderia matar uma criatura viva apenas por esporte, nem se ajudaria alguém a fazer isso.

— Não fique muito aliviado. — Qui-Gon parecia entretido. — A principal motivação para caçar um droide em vez de um animal foi aumentar o nível de desafio. Um droide tem defesas e recursos que nenhuma criatura viva poderia ter.

Mais aplausos anunciaram a chegada da Princesa Fanry. As penas do varactyl dela eram todas de ponta branca, o que o tornava o mais impressionante de todos os animais ali. Obi-Wan se perguntou se ele tinha sido escolhido por sua aparência ou se também era rápido, pois já queria que a sua montaria vencesse.

O traje de montaria de Fanry era simples, no estilo de Pijal, de uma cor arenosa sem nenhum detalhe especial, mas com mangas largas e uma bainha mais curta que revelava o vestido verde brilhante por baixo. Cady, a criada, caminhava ao lado dela carregando uma cesta que parecia estar repleta de todos os luxos que a princesa poderia desejar durante a noite. A expressão de Fanry estava mais séria do que ele jamais vira, mesmo quando discutiram os ataques da Oposição.

"Isso é sinal de que ela é inconsequente e não se importa com nada além de seu entretenimento?", perguntou-se Obi-Wan. "Ou é sinal da importância desta caçada para Pijal?"

Mais aplausos e vivas enquanto Rael Averross montava seu varactyl. Ele ergueu uma das mãos, agradecendo e silenciando a multidão ao mesmo tempo. O traje robusto de montaria do homem contrastava menos com o cabelo desgrenhado e a barba por fazer do que com as vestes de regente; aquela foi a primeira vez que Obi-Wan pensou ter visto Rael totalmente confortável. O sorriso torto do regente sugeria que ele gostava daquilo ainda mais do que deixava transparecer, e ele não deixava transparecer pouco.

O varactyl de Obi-Wan arrepiou suas penas.

— Os outros são maiores do que você, eu sei — murmurou o jovem. — Mas isso significa que você é mais rápido. Vamos capturar a presa. Aguarde e confie.

Mas havia mais coisas acontecendo ali além da Grande Caçada. A Princesa Fanry estava sob ameaça... de alguém de dentro, alguém que poderia estar naquele evento. Se alguém tentasse machucá-la, essa pessoa se tornaria sua nova presa.

— Em suas posições! — gritou o arauto, e todos os varactyls e ginetes foram para seus devidos lugares. Sem falar nada, Obi-Wan se afastou de Qui-Gon, indo para o outro lado da multidão; quanto mais distante estivessem, mais terreno seriam capazes de cobrir. Àquela altura, o céu já estava quase totalmente escuro, e a luz das tochas parecia brilhar mais intensamente. O cheiro de grama recém-cortada e de terra úmida enchia o ar. Obi-Wan sentiu seu varactyl ficando tenso sob ele, acumulando energia. Podia perceber aquilo em todos ao seu redor. O Capitão Deren, que flanqueava a princesa, ostentava um sorriso largo, e era a primeira vez que Obi-Wan o via daquele jeito. Até o cabelo da

Ministra Orth estava solto, e ela prendera um lenço ao redor do pescoço, talvez para que ondulasse atrás dela com o vento.

As cornetas tocaram uma vez. Obi-Wan agarrou as rédeas com mais força enquanto sua montaria batia os pés no chão.

Duas vezes. Todos se inclinaram para a frente nas selas. Sob o burburinho de toda a agitação, Obi-Wan ouviu Averross rindo baixinho de empolgação.

Três vezes. "Vai!"

O varactyl saltou para a frente no momento em que Obi-Wan desejou; ele achava que não tinha feito nenhum movimento. A Força já os tinha conectado, e ele descobrira que, para seu companheiro animal, correr era a maior alegria imaginável. Por isso, ele se inclinou, deixando a montaria escolher a velocidade, mas mantendo-os perto da Princesa Fanry.

— Lá está ele! — gritou a princesa. Um lampejo indicou a localização do droide em um matagal mais acima na colina próxima. O varactyl de Fanry se separou dos demais, galopando sobre uma trincheira. Alguns dos outros animais hesitaram, mas o de Obi-Wan deu o salto sem esforço. Ele não viu Qui-Gon ou Averross passarem, mas logo os avistou do outro lado do grupo de caça, ainda sobre suas montarias.

Conforme a escuridão se aprofundava, os sensores automáticos nos arreios dos animais começaram a adquirir um tom pálido de roxo, delineando os contornos das criaturas, pintando suas penas com mais brilho e lançando luzes misteriosas sobre os ginetes. "Parecia quase como estar em um simulador primitivo", pensou Obi-Wan. Só que nenhum simulador poderia se igualar àquilo. O ar fresco que carregava o cheiro das coníferas, o movimento dos músculos dos varactyls que podiam ser sentidos mesmo sobre a sela e, acima de tudo, a emoção que não poderia ser reproduzida em mera fantasia. Apenas realidade.

Outra trincheira, mais profunda e mais lamacenta do que a anterior. Fanry novamente passou voando sobre ela sem esforço. Mais varactyls desviaram dela, ficando nervosos muito antes de se aproximarem, mas Obi-Wan usou a Força para tranquilizar seu companheiro animal.

"Se você não consegue saltar, não vou forçar você a tentar. Mas se puder, não se contenha."

A resposta de seu varactyl veio quando ele atravessou a trincheira sem nem fazer uma pausa.

Obi-Wan riu alto. Finalmente seria ele a compartilhar aventuras com seus amigos.

Devia ter sido tremendo, em tempos mais antigos. Saber que sua sobrevivência dependia daquilo, de correr sobre criaturas muito menos domesticadas do que aquela que ele montava ali, ver monarcas genuinamente desesperados para proteger seu direito ao trono.

Se Fanry fosse a princesa herdeira naquela época, pensou Obi-Wan, ela teria se saído muito bem. Apenas alguns ginetes tinham chegado até ali, e Fanry fora a primeira. Ela incitou sua fera a avançar na direção das luzes fracas do droide caranguejo tremeluzindo no meio da grama alta. Encontrar a presa era apenas a primeira parte da caçada. Enganar o droide era o próximo passo, mais difícil, mas ele tinha certeza de que a "vitória" seria dela, não por causa de uma cerimônia, mas por direito. Obi-Wan estava impressionado. Nada estava entre Fanry e a vitória…

… Até que as sombras na vegetação rasteira se iluminaram com disparos de blaster na direção da princesa.

CAPÍTULO DEZOITO

O varactyl de Qui-Gon vacilou na segunda trincheira, recuando. Para evitar ser derrubado, o Jedi precisou se agarrar à sela com firmeza. "Já fui um bom ginete", pensou ele, enquanto se endireitava, lembrando de uma corrida que participara com Dookan muito tempo antes.

As lembranças sumiram com o som do grito de Fanry.

— A princesa! — gritou Deren, antes de conduzir seu próprio animal para dentro da trincheira, forçando-o a correr para baixo e através dela. Qui-Gon seguiu junto com o grupo, ou tentou; seu caminho foi bloqueado pela Ministra Orth, que perdera totalmente o controle sobre seu varactyl. As penas do animal se eriçaram ao redor de sua cabeça enquanto ele sibilava com raiva. Orth, com o rosto pálido, simplesmente se agarrou à sela, aparentemente incapaz de fazer qualquer outra coisa.

"Droga!" Qui-Gon ficou de pé nos estribos para ter uma visão melhor do que estava acontecendo. Na campina, viu rajadas de blaster sendo disparadas da vegetação rasteira que se adensava nas colinas dos campos de caça. Na escuridão da noite, era impossível distinguir quem ou o que estava atirando. Cada rajada iluminava outra fração de segundo da cena:

Rael avançando em alta velocidade em direção à princesa.

Fanry se abaixando sobre sua montaria, protegendo-se.

Obi-Wan avançando na direção da vegetação, com o sabre de luz brilhando na noite.

Apesar do medo, Qui-Gon sentiu uma onda de orgulho. *Aquele* era o aprendiz que ele sabia que Obi-Wan era capaz de ser, e a sombra do grande Cavaleiro Jedi que ainda se tornaria.

"Supondo que vocês dois não morram aqui antes. Agora, mova-se!"

Qui-Gon parou de lutar quando sua montaria hesitou novamente. Ele largou as rédeas e convocou a Força para executar um salto que excedia em muito qualquer coisa que um humano poderia ter feito com o próprio corpo. Suas botas bateram no chão e ele se elevou no ar imediatamente. Seu salto o levara bem além da trincheira, a meio caminho de Fanry.

Quando pousou, um clarão de blaster vindo de dentro da vegetação rasteira iluminou sua origem, e era a presa. O droide caranguejo tinha virado o ritual da caçada de pernas para o ar.

A princesa se encolheu atrás de seu varactyl, mas pegou seu arco de energia e disparou por cima do ombro da fera. A presença de espírito da princesa era mais forte do que sua mira, no entanto; o droide caranguejo permaneceu intacto. Ela ainda estava em perigo. Qui-Gon correu em alta velocidade para a briga que começara na vegetação rasteira.

Ali, dois sabres de luz brilhavam na escuridão da noite: o de Obi-Wan e o de Rael. A lâmina de Rael girava como um moinho de vento, bloqueando quase todos os disparos. Ele estava lutando defensivamente, protegendo Fanry em vez de partir para o ataque. Um movimento sábio, uma vez que Obi-Wan já estava dois metros à frente, tirando a vegetação rasteira da frente com cada golpe de sua lâmina, abrindo caminho na direção do agressor. Qui-Gon estendeu sua consciência para sentir os padrões da Força e dos disparos, de forma a correr o mais rápido possível para o lado de seu Padawan.

— Já estava na hora de chegar, Mestre! — desabafou Obi-Wan, sem nunca desviar o olhar da ameaça.

— Pensei em ajudar. — Com isso, o Jedi mais velho se abaixou, acionando o próprio sabre de luz para cortar o mato quase ao nível do solo. Pelo menos o droide não podia voar. Era só destruir suas pernas e a luta acabaria.

Juntos, os dois avançaram mais a fundo na vegetação. Àquela altura, Qui-Gon conseguia enxergar entre os arbustos e ver o droide com seus próprios olhos. O autômato nem prestara atenção nos dois. Aquele droide fora programado com uma obstinação implacável. Mesmo enquanto Qui-Gon e Obi-Wan se aproximavam, seu oponente não disparou diretamente contra eles mais do que um punhado de vezes.

"Quem fez isso queria que o droide completasse uma tarefa", pensou Qui-Gon. "Matar a princesa."

Finalmente, Qui-Gon chegou perto o bastante para golpear duas das pernas do droide caranguejo com seu sabre de luz através da última camada de arbustos e ir direto para o ventre do autômato. Ele emitiu um som estridente, áspero com a interferência eletrônica, antes de soltar um jato de faíscas e se apagar. Tombando para o lado, caiu no chão com um baque forte.

Algumas pessoas aplaudiram, mas a maioria ainda gritava e chorava. Fanry já tinha saído cambaleando de sua montaria, viva e bem, para ser consolada por Rael. Ao longe, a Ministra Orth ainda tentava controlar seu varactyl.

Obi-Wan não estava nem sem fôlego.

— E então, Mestre? — perguntou ele, guardando seu sabre de luz. — Algum dos próximos eventos antes da coroação vai ser tão emocionante quanto este?

— Duvido. — Qui-Gon não aprovou a arrogância de seu Padawan, mas o deixou aproveitar o momento enquanto podia.

Aquilo pouco importava. Se alguma daquelas rajadas tivesse atingido a princesa, ela estaria morta.

"Animais. Monstros."

Averross obrigou-se a pensar naqueles termos, porque tinha se esforçado muito para eliminar o hábito de praguejar quando foi auxiliar Fanry, na época com apenas seis anos de idade. Mas os palavrões de pelo menos uma dezena de mundos ameaçavam irromper a qualquer instante.

E como o tratado, a coroação ou *qualquer* outro detalhe sobre Fanry poderia fazer a Oposição querer assassinar uma jovem garota?

Averross colocou as mãos sobre os ombros de Fanry e suavizou a voz o máximo que pôde.

— Ei, garota. Tem certeza de que está bem?

Ela assentiu, corajosa.

— Só ralei o joelho quando desci do varactyl.

— Não estava falando da sua pele. — Ele se referia à alma dela, embora estivesse grato por não ter que dizer aquilo em voz alta. Fanry provavelmente sabia mais sobre o lado suave de Averross do que qualquer outra pessoa viva, mas ele não gostava de admitir aquilo nem mesmo para ela.

Fanry tinha entendido, com certeza.

— Estou bem. Acho que todos nós deveríamos ter esperado por isso.

— Você não deveria esperar que as pessoas viessem atrás de você no meio de um ritual sagrado — disse Averross, mesmo sabendo que ela estava certa. Eles não podiam se dar ao luxo de considerar nada como garantido dali para a frente. Não havia nada que fosse baixo demais para que a Oposição não fizesse. Ele não podia relaxar e presumir que Fanry estaria segura em momento algum.

Qui-Gon juntou-se a eles com uma expressão séria.

— Imagino que esteja bem, Vossa Alteza Sereníssima. — Quando Fanry assentiu, ele continuou: — Isso é muito pior do que pensávamos.

— Sim, porque esses canalhas não vão parar por nada... — Averross se conteve antes de proferir palavras que fritariam os ouvidos inocentes de Fanry.

— Sim, eles são implacáveis — concordou Qui-Gon —, mas não foi isso que eu quis dizer. Analisei as medidas de segurança junto com você, Rael. Os estábulos e os campos de caça foram amplamente guardados por droides, sentinelas automáticas e guardas humanos.

— Nós até contratamos alguns mercenários Rodianos e os colocamos nas florestas distantes — contou Rael. — E mesmo assim alguém modificou o droide presa.

Qui-Gon baixou a voz.

— Portanto, o droide só poderia ter sido sabotado por alguém de dentro do palácio.

A verdade atingiu Rael com a força de um golpe. Ele não conseguia recuperar o fôlego. Não conseguia se mover. Porque o maior perigo para Fanry vinha de um de seus próprios guardas ou cortesãos.

Vinha de um traidor.

— Você acha que é algum dos meus assessores? — perguntou Fanry a Qui-Gon, balançando a cabeça em descrença. — Todos eles estiveram comigo durante toda a minha vida. Nenhum deles tentaria me matar, nunca.

— Enviaram um dardo dominador atrás de você — disse Rael. — Quem fez isso sabia o que aquela arma significava para mim.

Não gosto mais disso do que você, princesa, mas temos que encarar os fatos. Há um traidor entre nós.

Um traidor que se arrependeria muito, muito mesmo, pelo breve resto de sua vida.

Fanry parecia não saber se deveria rir ou chorar. Cady colocou um xale grosso sobre os ombros da princesa e a levou embora, sem dúvida para tomar um pouco de água, tranquilizar-se e descansar.

O que deixou Averross olhando para o grupo ao seu redor, perguntando-se que indivíduo poderia ser frio o suficiente para trair uma garota que depositava sua confiança em todos eles.

A cena era pateticamente cômica. Orth ainda estava se debatendo em seu varactyl, como a terrível ginete que era. Um nobre estava reclamando de seu gibão rasgado, que revelava todo o forro de cetim dourado e tinha se tornado espalhafatoso demais para ser usado *em qualquer lugar* sem atrair deboche. Pelo menos, o Capitão Deren estava se mostrando útil ao desmontar rapidamente o droide até revelar seus mecanismos internos, engrenagens, fiação e painéis. Mas o restante da corte de Pijal distinguia-se principalmente por sua total tolice.

"Pelo menos há duas pessoas aqui que eu sei que não a traíram", pensou Averross enquanto seguia Qui-Gon até Obi-Wan.

— Talvez devêssemos analisar os mecanismos do droide — dizia Obi-Wan a Qui-Gon antes de parar com a aproximação de Averross. — Como está a princesa?

Averross respirou fundo, enxugando o suor da testa com as costas da mão suja.

— Ela age com coragem, mas está abalada.

— E não é de se admirar — disse Qui-Gon. — Teremos que conferir as imagens das câmeras de segurança imediatamente.

— Qualquer pessoa inteligente o bastante para reprogramar o droide presa também seria capaz de reprogramar os terminais de segurança — murmurou Averross. — Mas vamos analisá-las ainda assim. Se virmos uma sombra, juro pelo Templo que seguirei essa sombra até chegar ao canalha que tentou machucá-la.

Qui-Gon permanecia calmo de um jeito quase terrível. Era fácil ficar calmo quando você não se importa de verdade com nenhum dos envolvidos.

— Você conseguiu ver alguém cuja presença não consegue explicar? Talvez alguém que pudesse ter pensado ser uma sentinela, mas que não estava em um local pré-aprovado?

— E você acha que eu não teria mencionado se tivesse percebido algo assim? Eu estava ocupado demais protegendo Fanry para ficar contando cabeças.

Averross viu Qui-Gon e Obi-Wan trocarem olhares. A maioria dos Cavaleiros Jedi consideraria como seu dever lembrar todos os detalhes possíveis de uma batalha ou conflito importante para analisá-la e extrair o máximo de informações.

Mas quando Rael Averross estava lutando, ele *lutava*. E também não deixaria nenhum Padawan zombar dele por uma coisa dessas. Ele olhou para Obi-Wan e perguntou:

— Tudo bem para você?

Os olhos azuis do jovem se arregalaram.

— Eu... bem, eu só quis dizer que... você certamente protegeu a princesa com muita habilidade.

Costumava ser divertido sacudir os Padawans daquele jeito, lembrou ele. Houve um tempo em que ele podia brincar com Nim da mesma forma.

Talvez não fosse um tipo de diversão que ele precisasse revisitar.

Ele gritou para todas as pessoas ali reunidas:

— A Grande Caçada acabou! Agora voltem para seus aposentos e permaneçam disponíveis para interrogatório. *Ninguém* sai do palácio sem a minha permissão expressa. Entendido?

Todos os vários nobres assentiram, murmurando entre si enquanto começavam a voltar para suas montarias, obviamente abalados e desapontados em igual medida. Qui-Gon e Obi-Wan já estavam voltando, conversando um com o outro. E, ao longe, o Capitão Deren tentava corajosamente ajudar a Ministra Orth a descer da sela.

— Tem certeza de que não está ferida, Vossa Alteza Sereníssima? — perguntou Cady.

Fanry assentiu, embora um de seus tornozelos doesse toda vez que ela colocava o peso do corpo sobre ele. O que quer que estivesse errado com ele, não era ruim o bastante para exigir a ajuda de um droide médico e, além do mais, ela queria ficar sozinha um tempo para pensar.

A expressão no rosto de Rael Averross ficaria em sua cabeça por um tempo. Ela já tinha visto sinais daquele tipo de culpa e tristeza antes, mas apenas quando ele falava sobre Nim Pianna, a Padawan que tinha morrido. Fanry nunca esperou vê-lo tão assustado por *ela*.

Mas não havia nada a temer. Fanry se recusava a ceder a distrações ou dúvidas àquela altura. A cerimônia aconteceria dentro de pouco tempo. Deren estaria lá para protegê-la; Orth e Col estariam lá para observá-la; e até Cady estaria lá para ajudá-la. Tudo seguiria conforme o planejado.

Um pequeno tremor de incerteza a percorreu, mas Fanry o reprimiu. Timidez poderia ser aceitável para princesinhas que ainda mantinham os cabelos cobertos.

Não para uma rainha.

Qui-Gon ajudou a organizar os diversos ginetes após a caçada, perdendo Obi-Wan de vista durante o processo. No fim, encontrou seu Padawan nos estábulos, parado sobre seu varactyl, coçando distraidamente o pescoço da criatura.

— Acho que está se transformando em um ginete — brincou Qui-Gon.

— Mestre? — O jovem ergueu os olhos apressadamente. — Eu não acho… quero dizer, sim, gostei de montar um animal muito mais do que esperava, mas… você precisa ver isso.

"Ele deixou Rael abalá-lo", pensou Qui-Gon enquanto entrava na baia do varactyl. "Obi-Wan precisa aprender a lidar melhor com esse tipo de coisa."

Então, ele viu que seu aprendiz estava segurando um datapad. Na tela havia imagens do droide caranguejo sabotado, ou o que restava dele; foi *aquilo* que deixara Obi-Wan abalado.

— Descobriu alguma coisa?

— Não muito, infelizmente. Mas queria que visse isso, Mestre. — Obi-Wan expandiu uma área da imagem para revelar uma espécie de dispositivo de escudo, totalmente novo e desconhecido para Qui-Gon. — Conhece algum escudo como esse?

— Não, nunca vi nada parecido. Não sou especialista em armas, mas isso definitivamente é incomum. — Qui-Gon pegou o datapad em suas próprias mãos. — A blindagem não se conecta à fonte de alimentação principal. O que havia em sua célula?

— Foi destruído, de acordo com Deren. A equipe dele não encontrou nada além de cinzas. — Obi-Wan parecia envergonhado. — Eu, bem, posso ter acertado meu sabre de luz diretamente nela quando ele caiu.

Qui-Gon tocou suavemente o ombro do jovem.

— Tudo bem, você não tinha como saber. — A proteção deveria estar centrada no corpo do droide, não nas pernas, onde Qui-Gon o atingira. Assim que o sistema começasse a falhar, o escudo teria perdido energia e, claro, um sabre de luz poderia perfurar qualquer escudo com o tempo.

— E tem mais. Deren ainda está revisando as gravações do sistema de segurança, mas encontraram apenas uma imagem interessante até agora. — Obi-Wan a colocou na tela.

Ali, em meio a um matagal em uma ravina estreita, estava o contorno de um humano agachado, segurando algo que poderia ser uma trava remota ligada ao droide. A imagem revelava pouco, mas Qui-Gon achou que um elemento da imagem não era um truque da noite.

Tudo o que sabiam sobre o agressor era que aquela pessoa estava completamente vestida de preto.

CAPÍTULO DEZENOVE

— Não vejo por que simplesmente não vamos embora — queixou-se Pax enquanto se esticava no longo banco almofadado no refeitório da *Meryx*. — Desde ontem, graças à minha exemplar capacidade de negociação, obtivemos lucro em nossa viagem a Pijal. E se sairmos do sistema, você acha mesmo que os Jedi vão tirar um tempo na busca por terroristas para rastrear dois ladrões de joias? — De onde estava, servindo-se de uma xícara de chá Chandrilano, Rahara lançou-lhe um olhar fulminante. — Dois comerciantes independentes de pedras preciosas não registradas, então. Melhor?

Ele esperava iniciar uma conversa longa e fervorosa, que preencheria o tempo monótono que tinham que passar aguardando os Jedi. Também podia trazer um rubor para as bochechas de Rahara, se ela ficasse bastante nervosa. (Pax sabia que aquilo não era motivo para ela se irritar, mas parecia deixá-la corada, querendo ou não. Por isso, ele não via razão para não aproveitar os efeitos estéticos.) Ele considerava que argumentar era um bom passatempo.

Rahara apenas encolheu os ombros.

— Fizemos uma promessa aos Jedi. Gosto de cumprir minhas promessas. Além disso, se a Czerka estiver em alerta máximo, prefiro ficar parada por enquanto. É melhor deixar para partir quando eles não estiverem em guarda. — Com isso, ela pegou sua caneca de chá fumegante e voltou para os corredores.

Decepcionante. Seu convite para uma discussão vigorosa tinha sido recusado. Aparentemente, "ficar de mau humor" era um mau hábito, que ela deveria estar abandonando, por isso Pax resistiu ao impulso.

Mas não conseguia deixar de pensar com carinho na nave onde crescera, onde tudo fazia mais sentido.

— Oh, céus — disse Z-3PO quando encontrou Pax, de cinco anos, escondido no armário de equipamentos. — Uma criança! Um humano, bem vivo! O que devemos fazer?

O G-3PO de revestimento de cobre se abaixou para observar Pax, que ainda estava muito assustado para falar.

— Tem certeza de que é humano? Está bastante pálido.

Z-3PO girou em seu torso articulado, revelando mais fios enrolados em seu interior.

— Se tenho certeza? Estou programado para reconhecer mais de trinta mil espécies sencientes. Claro que posso identificar um humano!

Aquilo fez G-3PO recuar alguns passos.

— Que rude! Este é o agradecimento que recebo por tentar ajudá-lo a identificar um clandestino?

— Sobre o que vocês dois estão discutindo? — perguntou B-3PO, azul e prateado, entrando no compartimento. — Oh, céus! Um humano!

— Não falei? — replicou Z-3PO…

… E foi mais ou menos desse jeito que todos os dias da vida de Pax se desenrolaram, desde os cinco anos até os vinte, quando a nave finalmente foi encontrada por um cruzador da República. Ele era o centro do universo dos droides, o único humano a bordo, entre oitenta e três droides que tinham sido programados para servir aos humanos e outros sencientes, e ficou surpreso pelo fato de que ele não parecia mais ser o centro do universo de qualquer outra pessoa. (Exceto o dele, é claro.) Os droides ficaram felizes com o resgate, porque estavam prontos para voltar ao trabalho; aquilo convenceu Pax de que ele também não deveria ficar triste. Na verdade, em sua opinião, todos os seres deveriam se comportar mais como droides de protocolo. O que exatamente havia de errado com aquilo?

Bastante coisa, pelo jeito, mas Pax não pretendia mudar para se adequar ao universo. Se o universo quisesse que ele se misturasse mais, bem, então poderia mudar para se adequar a ele.

As batidas contra a escotilha da *Meryx* primeiro o assustaram, depois o aborreceram. Ele foi abrir a porta, murmurando:

— Se ao menos os comunicadores já tivessem sido inventados… ninguém precisaria bater como algum primitivo…

A escotilha se abriu, revelando Qui-Gon Jinn (grande e amigável) e Obi-Wan Kenobi (pequeno, magro e curioso).

— Ah, que felicidade — disse Pax. — Exatamente o que eu estava precisando agora de manhã!

— Fizemos preparativos ontem para retornar à fonte daqueles estranhos sinais de vida — apontou Qui-Gon, desagradável na opinião de Pax, embora o Jedi estivesse certo. — Você e a senhorita Wick estão prontos para a viagem?

— Prontos? Não. Presos, sim. — Pax suspirou. — Tudo bem, então vamos lá.

"O dardo dominador. O droide caranguejo."

Alguém queria matar Fanry. Alguém queria arruinar o futuro de todo o planeta Pijal. E esse alguém também queria ter certeza de que feriria Averross no processo.

"Halin Azucca deve imaginar que eu não me importo com Pijal ou com Fanry", meditou Averross enquanto caminhava pelos domínios do castelo ao amanhecer, com suas botas velhas cobertas de lama. "Ou se me dá crédito o suficiente para saber que me importo, deve estar com tanta raiva que não faz diferença para ela. Está querendo tornar isso pessoal, sabe-se lá o porquê."

Bem, se Azucca quisesse ver quem guardava mais rancor, tudo bem. Ele pegou seu comunicador e chamou:

— Deren! — O homem sem dúvida já estaria acordado. — Precisamos revisar os procedimentos.

— A seu serviço, Lorde Regente — disse Deren, mas não pelo comunicador, e sim a apenas alguns metros de distância. A sincronia do homem era impressionante, exatamente como o esperado para um capitão da guarda. Mas então por que ele não aplicava parte dessa capacidade de previsão contra os agressores de Fanry?

Averross conteve sua irritação.

— Você poderia ter me dito que estava vindo me procurar.

— Perdoe-me, Lorde Regente. Acreditei que esperaria que eu fizesse isso. — Deren baixou a cabeça. — Eu *informei* o Mestre Jinn, para que ele e seu aprendiz pudessem retornar às suas investigações na lua. Mas deveria tê-lo avisado, de qualquer maneira, apenas para que não sentisse a necessidade de vasculhar o terreno sozinho.

— Nós dois fazermos o mesmo trabalho não significa necessariamente ajudar Fanry — observou Averross —, a menos que um de nós esteja fazendo seu trabalho errado.

Deren se endireitou, firme e correto como sempre, mas Averross podia ver a dor em seus olhos.

— Se acha que eu não deveria mais estar a serviço de Sua Alteza Sereníssima...

— Vamos, não foi isso que eu quis dizer. — Com um suspiro, Averross guardou seu comunicador. — Você é a única pessoa em todo o planeta que tenho certeza de que não quer Fanry morta, e só confio *em você* porque, a essa altura, se quisesse matar Fanry, poderia ter feito isso umas vinte vezes.

— Para mim, a vida dela é mais sagrada do que a minha — disse Deren, solenemente, da mesma forma que alguém faria um juramento. Sua expressão e postura permaneceram tão rígidas que ele parecia ter sido esculpido em uma árvore de tronco negro. Será que o cara já tinha usado roupas casuais, trajes de banho ou mesmo pijamas? Averross morava no mesmo castelo que Deren há oito anos e nunca tinha visto o cara sem uniforme. Nunca vira o tal uniforme em outro estado além de perfeito. Nunca ouvira Deren chamá-lo de outra coisa além de Lorde Regente.

A maioria das pessoas que viviam e trabalhavam juntas em locais tão próximos teriam se tornado amigos àquela altura... ou inimigos ferrenhos. Deren permanecia distante.

"Não, Deren não", pensou Averross. "Sou eu. Sou eu que me mantenho distante. Cada outro humano no palácio garantiu isso, exceto Fanry."

"Exatamente como foi no Templo. Exatamente como sempre foi."

(Dookan dissera a Rael, muitas vezes, que seu isolamento era uma profecia autorrealizável. "Você não mantém seus próprios costumes em vez de adotar os dos Jedi ao seu redor? Não se recusa a se explicar com mais frequência? Então, por que se surpreende ao se destacar dos demais?" Mestre Dookan gostava daquele traço em seu Padawan, sempre o encorajara. Por isso Rael cultivara aquela qualidade dentro de si. Seu isolamento sempre dependia dele, em grande parte. No entanto, a solidão continuava pungente como sempre.)

— Não sei bem ao certo, senhor — disse Deren, erguendo o dispositivo de varredura que segurava —, que tipo de buscas você estava conduzindo. Tenho procurado assinaturas de repulsores que revelem atividades de deslizadores, caso seja este o meio que eles usem para entrar e sair. Mas se estiver fazendo o mesmo, eu poderia…

— Já fiz isso. E revisei os droides de segurança. Até enviei sondas para checar a costa, caso chegassem em submersíveis. Nada. Nem mesmo uma imagem, além daquela pessoa borrada no mato. — Averross sentia-se nervoso. Cada músculo estava tenso. Nada estava certo, e nada poderia estar até que o tratado fosse assinado, e nada era seguro.

Deren baixou a cabeça mais uma vez.

— Eu juro, Lorde Regente. Já fiz todas essas buscas antes e as farei de novo, pessoalmente.

— O que você acha que está acontecendo aqui? — Averross encontrou o olhar de Deren, procurando pelo homem dentro do uniforme. — O que seu instinto lhe diz? Esqueça as evidências, a política ou qualquer outra coisa. Eu quero seu *instinto*.

Após uma longa pausa, Deren respondeu:

— Obedeço aos procedimentos, senhor. Não aos instintos.

"É como uma porta de madeira sendo batida bem na minha cara", pensou Averross.

— Está bem, está bem. Apenas… volte para o que estava fazendo.

O Capitão Deren voltou imediatamente às suas tarefas. Talvez estivesse grato por não ter que falar mais com Averross; talvez simplesmente não se importasse. Mais provavelmente essa última opção.

As aves marinhas gritavam enquanto iniciavam seus voos matinais, circulando bem alto.

Averross lembrou-se do que tinha jurado para si mesmo quando chegou a Pijal e viu Fanry, com apenas seis anos e recentemente órfã, agarrada à sua escrava em sua solidão. Ele olhou para ela e prometeu interiormente: "Ninguém mais importa. Nada mais importa. Nem o Conselho Jedi, nem a política, nem a glória, nem eu. Apenas você".

Mas estava ficando claro para ele que deveria ter feito mais amigos no palácio. Se tivesse feito, talvez tivesse uma ideia melhor de quem eram seus inimigos.

Ele olhou para o horizonte, onde a lua poente aparecia como uma faixa pálida contra o céu cada vez mais claro. Qui-Gon estava lá em cima, tentando encontrar Halin Azucca. Talvez sua nova perspectiva lhe permitisse conseguir. Averross desejou estar com ele.

Porque a Oposição de Halin Azucca precisava ser duramente atingida. Com mais força do que Qui-Gon Jinn jamais permitiria.

Aquele era o trabalho de Averross.

— Gostaria da sua opinião — disse Qui-Gon.

Obi-Wan ergueu os olhos dos leitores da *Meryx*.

— Bem, isso é novidade.

O olhar que Qui-Gon lançou a ele fez Obi-Wan perceber que talvez não devesse ter dito aquilo em voz alta, por mais que fosse verdade. Mas talvez Qui-Gon também tivesse percebido a verdade naquilo, porque apenas falou:

— Tive um sonho curioso sobre a cerimônia do tratado.

— Espero que não seja uma profecia — brincou Obi-Wan. Então, seu coração ficou pesado ao perceber a expressão de seu Mestre. Não tinha sido uma piada.

— Obviamente. Obviamente não é uma profecia literal — afirmou Qui-Gon, mas estranhamente hesitante. — Mas me pergunto se não valeria analisar meu sonho. Talvez meu subconsciente tenha captado algumas pistas que não percebemos conscientemente.

Obi-Wan percebeu que se Qui-Gon finalmente estivesse pedindo sua opinião, ele poderia tê-la:

— Certamente temos preocupações mais urgentes. Maneiras melhores de procurar uma resposta. A análise dos sonhos seria, na melhor das hipóteses, adivinhação.

Qui-Gon franziu a testa. Aquele talvez fosse o início de uma discussão. Obi-Wan se preparou, e então se assustou quando os sensores começaram a apitar.

— Parece que chegamos.

— Mesmo lugar de ontem. — Rahara Wick sentou-se ao lado dele, verificando novamente as leituras. — E estou captando níveis ainda mais elevados de prótons concentrados.

Prótons? Obi-Wan e Qui-Gon trocaram um olhar, colocando a discordância de lado. Aquilo era sinal de armamentos: mísseis ou torpedos, provavelmente. Qualquer pessoa que tivesse mísseis também teria outras armas.

Será que finalmente teriam encontrado a Oposição?

— Certo, nos leve para baixo — ordenou Qui-Gon.

Enquanto Rahara obedecia, Pax Maripher revirou os olhos, algo que fazia com frequência. (Obi-Wan se perguntou se poderia ser devido a uma condição médica.) Pax proclamou:

— A única coisa pior do que ser obrigado a procurar um exército guerrilheiro é ser obrigado a enfrentar um.

— Você não vai enfrentar ninguém, Pax — ordenou Qui-Gon. — Você vai ficar na nave, assim como Rahara. Isso é para mim e para meu aprendiz.

Apesar de tudo, Obi-Wan sentiu uma pequena onda de orgulho. "Qui-Gon confia em mim, pelo menos para algumas coisas. Recebi muito dele, de qualquer maneira."

Rahara desceu a *Meryx* até que a parte inferior de seu casco roçasse as copas de algumas árvores. Obi-Wan seguiu seu Mestre até a escotilha, que Rahara já tinha destravado para eles. Qui-Gon abriu a porta silenciosamente. Ventos fortes sopraram para dentro, fazendo Obi-Wan semicerrar os olhos.

— Pronto, Padawan? — perguntou Qui-Gon. Quantas vezes mais Obi-Wan ouviria aquilo?

Ele olhou para a espessa nuvem verde de copas de árvores movendo-se abaixo deles. Em algum lugar abaixo daquelas folhas estava escondido um exército terrorista.

Talvez à espera deles.

— Estou pronto, Mestre. — Com isso, Obi-Wan saltou da nave para o desconhecido.

CAPÍTULO VINTE

Qui-Gon saltou com Obi-Wan, alcançando a vida em cada galho e cada folha das árvores com a Força. Ele sentiu os ventos e o solo, e concentrou-se neles para desacelerar sua queda. Obi-Wan fazia o mesmo, seu esforço soando como uma segunda nota no grande coro da Força ao redor deles…

… e de outros. De muitos outros.

"Estamos saltando diretamente para o meio da unidade militar", percebeu Qui-Gon.

"Ótimo."

O som das folhas se agitando marcou os momentos finais da queda, e Qui-Gon se posicionou para cair de pé, com as pernas levemente flexionadas. Ele não precisava da Força para saber que seu aprendiz estava fazendo a mesma coisa.

Impacto. O choque foi pequeno e Qui-Gon mal percebeu. O Jedi acionou seu sabre de luz no mesmo instante, estendendo seus sentidos para detectar seus inimigos.

(E eram inimigos. Àquela distância, a intenção hostil os cercava completamente, frios como Cadomai.)

"Quatorze adversários, quatro à nossa direita, três à nossa esquerda, um atrás e seis à frente." Qui-Gon avançou para o centro da briga. Atrás dele, Obi-Wan voltou-se para o único oponente que estava sozinho.

"Não é o que eu teria feito", pensou Qui-Gon, enquanto brandia seu sabre de luz para rebater os disparos que se aproximavam. "Mas uma jogada inteligente. Assim que ele acabar com o oponente, teremos apenas três direções para nos preocupar, em vez de quatro."

Enquanto as rajadas de blaster chiavam ao seu redor, Qui-Gon abriu caminho através da vegetação rasteira, resolvendo silenciosamente fazer uma meditação de cura na floresta depois. Ele alcançou o primeiro oponente vestido de preto, não percebeu nenhuma intenção de rendição e atacou…

… e seu sabre de luz ricocheteou no homem.

"O que…"

Qui-Gon compensou o movimento quase instantaneamente e ergueu o sabre em um ângulo diferente. Mais uma vez, a lâmina ricocheteou.

O adversário riu.

"Escudos", percebeu Qui-Gon. Uma vez que se atentara a eles, passou a notar um leve brilho avermelhado ao redor dos soldados vestidos de preto. Poucos combatentes usavam escudos individuais, por serem pesados e consumirem muita energia, e a maioria dos escudos de energia ainda era de eficácia limitada contra sabres de luz. Tanto que um golpe dessas armas atordoaria e chocaria qualquer um que usasse um escudo. Qui-Gon nunca tinha encontrado um escudo tão poderoso que anulasse completamente o efeito da lâmina de um sabre de luz e, em vez disso, a empurrava para trás junto com seu Cavaleiro.

Um oponente intocável por sabres de luz poderia continuar lutando indefinidamente, esperando que um dos Jedi cometesse um erro e baixasse a guarda. Até o melhor dos Jedi acabaria se cansando e cometendo um erro, inevitavelmente.

— Mestre? — gritou Obi-Wan acima do chiado dos blasters. — Tem alguma coisa errada com o meu sabre de luz!

— Não é o seu sabre de luz! — gritou Qui-Gon em resposta. — Recue imediatamente. Vá para o sul. — Aquela era a instrução mais clara possível.

— Qui-Gon, não! Eu posso lutar…

— Isso é uma ordem, Padawan!

A onda de desgosto e medo que passou por Qui-Gon informou-lhe que seu aprendiz estava obedecendo. O próximo passo seria garantir que ir para o sul seria bom para ele. Qui-Gon se virou de forma que suas costas ficassem apoiadas na árvore mais espessa nas proximidades. Desse modo, ele poderia empunhar seu sabre de luz na defensiva com um braço e usar o outro para pegar o comunicador e chamar a *Meryx*:

— Precisamos de vocês aqui de volta!

— *Perdão?* — De alguma forma, Pax Maripher até soou como um droide de protocolo. — *Você está nos chamando de volta para o meio do tiroteio? Um que pelo jeito é feroz demais para ser superado por dois Cavaleiros Jedi?*

— *Não vamos abandonar ninguém, Pax* — insistiu Rahara. — *Onde vocês precisam de nós?*

— Ao sul de onde descemos. O mais perto que puderem, sem se colocar em perigo. Obi-Wan encontrará vocês em breve.

Qui-Gon guardou o comunicador de volta em suas vestes, embora o aparelho não houvesse desligado antes de ele ouvir Pax dizer:

— *Não estava dizendo para abandoná-los, só que não deveriam esperar que nós…*

Ele se concentrou de novo no conflito. Quatorze contra um. Sem armas ofensivas. Portanto, a melhor tática seria usar aqueles combatentes uns contra os outros.

Uma árvore muito grande e seca ali perto, já morrendo. Qui-Gon mergulhou em um rolamento pelo chão que o levou até bem perto do tronco. Mentalizando um pedido de desculpas, ele o cortou com seu sabre de luz. A árvore tombou com um forte rangido, fazendo os oponentes gritarem de medo e surpresa. Ela acertou apenas um, e de raspão, mas Qui-Gon viu que o soldado atingido estava deixando o confronto com o apoio de um companheiro.

Dois a menos, faltavam doze.

Qui-Gon se agachou para buscar cobertura atrás do tronco da árvore caída, colocando uma das mãos no toco para levá-lo suavemente à morte. O tronco tinha caído no meio dos adversários, dividindo-os em dois grupos.

"Agora preciso fazê-los atirar em alguém no meio…"

Ele rastejou para a frente, usando seu sabre de luz para desviar os disparos mais baixos e sugerir o centro como alvo, então ouviu um grito quando um disparo mais alto atingiu outro guarda. Restavam onze que, se não se reposicionassem, tombariam em breve. O fogo amigo poderia ser mais mortal do que qualquer ataque inimigo. Eles teriam o bom senso de parar ali?

— Por aqui! — gritou alguém. Alguém ao sul.

Qui-Gon se enfiou na divisão de um grande galho, ganhando algum tempo para olhar ao redor. A *Meryx* descia entre as árvores, encontrando uma clareira estreita para onde Obi-Wan parecia correr. Mas todos os guardas estavam atrás do jovem, e da nave, ignorando Qui-Gon em favor de alvos mais fáceis. Obi-Wan normalmente teria sido mais do que capaz de lidar com aquela situação, mas contra inimigos protegidos contra sabres de luz?

— Droga — murmurou Qui-Gon, jogando-se para a frente e seguindo Obi-Wan.

"O que há de errado com o meu sabre de luz?", pensou Obi-Wan enquanto tentava correr em zigue-zague pela vegetação rasteira da floresta. Qui-Gon tinha dito que o problema não estava nos sabres, mas seu Mestre não tinha visto como seu sabre de luz ricocheteara de forma ridícula contra um combatente usando um escudo de energia comum.

"Se o escudo de energia for comum..."

Ele não teve tempo para prosseguir com aquele pensamento. A *Meryx* estava descendo para buscá-lo, numa manobra perigosa para todos os envolvidos. Por isso, o trabalho de Obi-Wan era embarcar naquela nave imediatamente e depois descobrir como resgatar seu Mestre.

A voz de Rahara soou no comunicador em seu bolso:

— *Estamos atraindo disparos... espere, encontraremos um jeito de...* — A estática interrompeu a transmissão quando um disparo atingiu o casco da *Meryx*. Não foi nada perigoso, mas eles estavam expostos a ataques abertos e a situação só iria piorar.

Obi-Wan procurou o comunicador e gritou:

— Vocês estão expostos demais. Esqueçam-me, vou encontrar um refúgio. Vejam se conseguem dar alguma cobertura para Qui-Gon.

— *Cobertura para Qui-Gon?* — protestou Pax. — *E quanto a nós?* — Mas ou ele estava apenas reclamando ou Rahara o ignorou, porque a *Meryx* imediatamente partiu para cima das copas das árvores, rumo ao norte.

Seu Mestre logo estaria seguro. O próximo passo era encontrar alguma segurança para si mesmo. Obi-Wan se embrenhou mais fundo no matagal, na esperança de encontrar uma área tão cerrada que pudesse fornecer barreiras reais contra disparos de blaster. O barulho de folhas e galhos sob seus pés parecia alto demais, como se ele estivesse anunciando sua localização para os inimigos de modo bastante conveniente.

"Não, não, parece mais alto para você do que para qualquer outra pessoa. Só continue a…"

O bosque à sua frente era mais escuro, bloqueando quase totalmente a luz. Obi-Wan correu para ele, esperando que lhe fornecesse a segurança de que precisava.

O Padawan sentiu a instabilidade abaixo dele apenas um instante antes de o chão ceder sob seus pés.

Obi-Wan se agarrou a um galho grosso que se projetava de um tronco pesado. Só aquilo o impediu de afundar no solo junto com a terra solta, pequenas pedras e raízes, em um…

"Um buraco", pensou ele. "E um dos feios. Um dos que Rahara nos avisou."

O tronco estremeceu na beirada do buraco, que aumentava cada vez mais. O solo abaixo dele já estava tremendo, afrouxando e ameaçando ceder. Quando isso acontecesse, o tronco cairia e o levaria junto.

CAPÍTULO VINTE E UM

Qui-Gon viu a *Meryx* se elevando acima do tiroteio. Viu um tremor estranho entre as folhas e as árvores em um trecho distante e escuro da floresta.

Mas, através da Força, *sentiu* Obi-Wan cair, captou a sensação de alarme que passou direto do coração de seu Padawan para o dele.

— Buraco! — gritou um dos soldados que os atacava. Eles estavam assustados e, pelo menos naquele momento, desorganizados. Aquilo dava a Qui-Gon uma chance de alcançar seu aprendiz.

Ele se preparou, invocou a Força mais uma vez e saltou para os galhos altos de uma árvore próxima. Ela balançou com seu peso e depois se inclinou na direção oposta, mais perto de Obi-Wan. Qui-Gon agradeceu silenciosamente e saltou mais uma vez, usando todo o seu poder para avançar cerca de cinco metros até outra das árvores.

— Voltem para lá! — gritou outro soldado, talvez um comandante. — O buraco só vai abrir até ali! Temos os Jedi onde queremos!

Irrelevante. Qui-Gon iria até seu aprendiz e o ajudaria. Depois poderia se preocupar com qualquer ataque, não antes.

Ele tentou enviar uma onda de segurança ao seu Padawan pela Força, encorajando-o a aguentar, mas não recebeu nenhuma sensação de alívio em resposta. Ou Obi-Wan não tinha percebido, ou a situação era terrível demais para que seu medo fosse dissipado tão facilmente.

Entre os galhos, de seu poleiro vários metros acima do solo, Qui-Gon teve um vislumbre da situação difícil de seu Padawan: um buraco se abria como a boca de algum animal terrível, uma árvore caída estremecendo com a agitação na borda do buraco e, pendurado em um dos galhos quebrados da árvore, Obi-Wan. A massa de terra e de rochas soltas e agitadas sob os pés do jovem, no fundo do buraco, fizeram o sangue de Qui-Gon gelar. Se seu aprendiz caísse dentro daquela coisa, seria puxado para baixo em questão de segundos, inevitavelmente arrastado para as profundezas do subterrâneo, cada vez mais longe do ar. Pelo peso e pela velocidade do deslizamento abaixo dele, Qui-Gon não sabia nem se o próprio Yoda poderia se livrar daquilo.

"Maldição, maldição!" Ele saltou das árvores, aproximando-se de Obi-Wan. As folhas soltas sob os pés significavam que ele tinha que parar, pelo menos ao se aproximar do buraco. Qui-Gon correu em direção a ele, desativando o sabre de luz. Quando os disparos de blaster choveram contra ele, o Jedi convocou a Força para evitá-los, sem se incomodar em desviar. Não precisava se preocupar com os agressores ali, exceto para se manter vivo por tempo o suficiente para chegar ao lado de Obi-Wan.

Por fim, ele mergulhou no que se tornara uma clareira, graças às árvores que deslizavam mais fundo no buraco. A cerca de dois metros de distância, Obi-Wan tinha conseguido subir até a metade do tronco, o que não ajudava muito, já que o próprio tronco também estava caindo.

Quando viu o Jedi mais velho, seus olhos se arregalaram.

— Mestre — gritou ele. — Não! Salve-se!

"Este é o rapaz que acreditou que eu o considerava indigno como aprendiz. Aquele a quem deixei de contar sobre a mudança mais significativa na minha vida, e talvez na dele."

"Eu não o mereço. Nunca o mereci."

Qui-Gon ignorou os protestos e se jogou de bruços para se estabilizar melhor no chão trêmulo.

— Vou puxar a tora de volta. Só espere.

— Mas, Mestre…

Qui-Gon desligou-se daquilo e deslizou para a frente, o suficiente para alcançar as raízes expostas do tronco e há muito tempo mortas. Uma delas tinha adquirido uma textura murcha, quase pegajosa, mas permanecia forte. Ele a enrolou no braço esquerdo, do ombro ao punho, depois cravou os pés no solo solto o melhor que pôde. Então, começou a rastejar para trás, movendo-se como um lagarto do deserto na areia, deixando rastros com os cotovelos, os joelhos e a barriga. O tronco rangeu em protesto, mas começou a deslizar pela borda do buraco.

O buraco aumentaria ainda mais? Se aumentasse, todos os esforços de Qui-Gon seriam inúteis. Mas, em vez disso, estava se tornando apenas mais profundo, o que indicava que as árvores mais velhas e mais altas por perto tinham sistemas de raízes tão extensos que estabilizaram o solo abaixo delas. Se ele conseguisse chegar até a linha das árvores, os dois estariam fora de perigo.

"Bem", pensou ele ao ouvir as tropas inimigas se aproximando. "Fora de um dos perigos, pelo menos."

— Está dando certo! — gritou Obi-Wan. Qui-Gon sentiu o ângulo da árvore mudando, cada vez menos vertical, até que ficou na horizontal novamente. Ele continuou se movendo, rastejando para trás incessantemente até chegar à beira da clareira. O chão abaixo deles, ali, estava firme e forte.

Ele se apoiou nos cotovelos para espiar por cima da árvore. Obi-Wan olhava de volta para ele, com o rosto todo manchado de sujeira. Quando os olhares dos dois se encontraram, Obi-Wan sorriu e Qui-Gon não pôde deixar de sorrir de volta.

Então, um disparo de blaster atingiu um arbusto próximo, deixando-o em chamas.

— Saindo da panela — murmurou Qui-Gon — direto para o fogo.

Obi-Wan se levantou, ignorando os arranhões sujos de sangue em suas mãos e braços, e acionou o sabre de luz. O que não os ajudaria a enfrentar adversários protegidos contra sabres de luz.

No entanto, que escudos portáteis já tinham se demonstrado eficientes contra sabres de luz? Droides, às vezes, podiam energizar tais escudos, mas ele nunca tinha testemunhado nenhum artefato individual com aquele tipo de capacidade. Qui-Gon duvidou do que tinha visto antes. Talvez a névoa da batalha o tivesse confundido. Nenhuma experiência poderia impedir que aquilo acontecesse de vez em quando.

— A *Meryx* não… eles não podem… — Sem fôlego, Obi-Wan simplesmente apontou para a *Meryx*. Para crédito de Rahara e Pax, eles ainda estavam tentando se aproximar o bastante para buscá-los. Mas os soldados continuavam disparando contra a nave o suficiente para mantê-la à distância. O veículo dos ladrões de joias era pequeno a ponto de sua integridade correr sério risco ao ser atingida por disparos de armas manuais.

— Entendi — disse Qui-Gon. Ele se aproximou de seu aprendiz, de forma que os dois puderam ficar costas contra costas para se defenderem melhor. Era uma manobra retardadora, apenas. Mesmo os maiores Cavaleiros Jedi só conseguiam bloquear fogo inimigo por um período finito. Se os agressores estivessem tão bem protegidos quanto Qui-Gon temia, eles poderiam simplesmente continuar disparando contra os dois Jedi por horas, dias, até que finalmente um deles não conseguiria desviar e seria atingido por um tiro fatal. O outro não seria capaz de aguentar muito mais tempo depois disso.

Obi-Wan sabia disso tão bem quanto ele.

— Mestre? — indagou, mantendo o tom leve. — Suponho que você não me contaria por que me manteve nas formas iniciais no duelo de sabres de luz, não é? Esta provavelmente é minha última chance de descobrir.

Qui-Gon respirou fundo.

— Veja, Padawan…

Uma rajada de blaster voou pelo ar… na direção contrária da de seus agressores. Depois outra. Gritos de alerta surgiram entre os soldados, ecoados por gritos de outros desconhecidos que se aproximavam rapidamente. Qui-Gon e Obi-Wan trocaram olhares e se jogaram no chão ao mesmo tempo, buscando cobertura.

— Ou temos novos amigos — gritou Qui-Gon em meio ao barulho — ou dobramos o número de inimigos.

Obi-Wan conseguiu sorrir.

— Veja pelo lado bom. Não é como se nossa situação pudesse ter *piorado*.

Através da Força, Qui-Gon sentiu a determinação de seus adversários fraquejar e depois ceder. Eles romperam as fileiras e fugiram, a fúria em suas mentes se distanciando como nuvens tempestuosas sendo varridas por um forte vento primaveril.

Os outros que se aproximavam não estavam furiosos. Não, percebeu Qui-Gon, nem um pouco furiosos. Estavam surpresos, assustados e até confusos.

— Nossos droides câmera nos mostraram Cavaleiros Jedi nesta área! — disse a voz de uma mulher. — Eles foram mortos? Ou estão aqui?

Qui-Gon olhou para Obi-Wan, que encolheu os ombros.

"Ele tem razão. A situação não está piorando."

— Estamos aqui — gritou ele de volta. — Podemos saber quem está nos procurando?

— Primeiro vocês vão entregar suas armas — exigiu a mulher. Algo no tom dela o fez pensar que ela não fazia exigências como aquela com tanta frequência.

— Não, não vamos. — Qui-Gon manteve o tom razoável, mas decidido. — Não pretendemos nos entregar como prisioneiros. Ou vocês se revelam e conversaremos como seres civilizados, ou lutaremos contra vocês. Eu prefiro a primeira opção, mas a decisão é sua.

Ninguém falou nada durante alguns segundos. Os únicos sons eram o farfalhar das folhas ao vento e o zumbido distante dos motores da *Meryx*, onde Rahara e Pax aparentemente tentavam descobrir se era seguro pousar. Qui-Gon também estava tentando descobrir aquilo.

Por fim, a mulher falou, com mais calma:

— Tudo bem. Estamos guardando as nossas armas. Façam o mesmo.

Obi-Wan parecia cético, mas Qui-Gon assentiu. Ele podia sentir a honestidade naquela mulher.

O Jedi mais velho colocou o sabre de luz de volta no cinto, com o Padawan logo atrás dele. Pelo mato, ele pôde ver vários humanos se aproximando, todos vestindo roupas em vários tons de verde. Não se viam macacões ou uniformes de trabalho; algumas daquelas pessoas até enfeitavam suas vestimentas com pedaços de renda e retalhos de veludo. Poderiam ter sido confundidas com artistas teatrais, não fosse pelos coldres que usavam, cheios de blasters guardados e outras armas.

Mas *eram* artistas, afinal. Aquela provavelmente era a única trupe de artes performáticas que se voltara para o terrorismo em toda a galáxia.

A mulher caminhando na direção dos Jedi parecia ser a líder do grupo. Dada sua voz ressonante, Qui-Gon ficou surpreso ao ver que ela era bem pequena, alguns centímetros mais baixa do que Obi-Wan. Sua pele era de um marrom avermelhado profundo, e seu cabelo preto estava preso em pequenos nós por toda a cabeça. As rugas em seu rosto indicavam que, quando ela sorria, era um sorriso largo... e que, pelo menos no passado, era bem frequente.

Naquele momento, a principal emoção que ele percebia nela era a perplexidade.

Quando a mulher finalmente entrou na clareira, eles estavam a apenas dois metros de distância. Sacudindo a poeira solta do cabelo, Qui-Gon falou:

— Podemos saber a quem devemos nossa libertação?

Ela bufou, não exatamente uma risada, mas também não uma negação. Se ele conseguisse que ela levasse o crédito pelo resgate, poderia deixar a situação um passo mais perto de ser *mesmo* um resgate.

— Meu nome é Halin Azucca — disse ela, e gesticulou para as pessoas ao redor. — Nós somos a Oposição. E gostaríamos de saber por que estamos sendo incriminados.

CAPÍTULO VINTE E DOIS

— Sigam-me — ordenou Halin Azucca, apontando para o fundo da floresta.

Aquilo significava que a base da Oposição provavelmente estava na direção exatamente oposta. Qui-Gon guardou a informação para o futuro.

Navegar em uma situação delicada como aquela sempre era complicado. Qui-Gon entendia que Obi-Wan e ele não eram realmente prisioneiros, mas que precisavam se comportar como se fossem.

Seu Padawan e ele caminhavam logo atrás de Halin, de modo tão casual que aquilo poderia ser apenas um passeio, mas sempre se mantendo atentos aos outros membros da Oposição nas laterais e atrás deles. Qui-Gon percebeu que várias pessoas do grupo seguravam suas armas de modo estranho, como se nunca tivessem sido treinadas para usá-las ou apenas se sentissem profundamente desconfortáveis por estarem armadas.

"Isso é estranho para um exército guerrilheiro, mesmo que tenha começado como um grupo de artistas. Halin Azucca talvez esteja dizendo a verdade sobre estarem sendo incriminados."

Seriam necessários mais do que alguns blasters mal empunhados para convencer o Jedi da inocência da Oposição. Mas o contraste entre aqueles soldados improváveis e as figuras vestidas de preto que haviam atacado ele e seu aprendiz antes era notável.

A voz de Rahara Wick soou no comunicador de Qui-Gon:

— *Tudo bem aí?*

Vários membros da Oposição congelaram em aparente alarme. Halin Azucca olhou diretamente para os olhos de Qui-Gon.

— É uma nave palaciana? Tropas oficiais?

— Não — respondeu ele. — Na verdade, são ladrões de joias.

Um momento de descrença no olhar dela deu lugar à diversão.

— Você deve estar dizendo a verdade, porque é estranho demais para ser mentira — assentiu ela, fazendo um gesto indicando que ele poderia responder.

Ele pegou o comunicador.

— Estamos bem.

— *Ah, que bom!* — disse Rahara. — *Estávamos preocupados com vocês.*

Pax entrou na conversa:

— *Veja bem, se vocês dois fossem mortos, seríamos os principais suspeitos.*

— Pois é — assentiu Qui-Gon. — Fiquem onde estão, por enquanto. Quando e se precisarmos de coleta, entraremos em contato.

— *Entendido.* — Com isso, Rahara desligou.

Obi-Wan murmurou:

— Explique-me novamente por que não viemos com uma nave palaciana.

Antes que Qui-Gon pudesse responder, Halin falou:

— Se tivessem vindo em uma dessas, não teríamos como saber se vocês eram ou não parte das tropas de Deren ou mesmo agentes da Czerka vindo para nos prender. Teríamos que abater, ou pelo menos tentar abater, uma nave palaciana. Ladrões de joias, por outro lado... não vão informar nossa localização, não é mesmo? Não poderiam fazer isso sem se entregarem.

Obi-Wan piscou de perplexidade. Qui-Gon sorriu levemente. Talvez seu Padawan finalmente estivesse começando a perceber que havia vantagens em não fazer tudo estritamente de acordo com as regras.

O grupo chegou a uma área mais rochosa e acidentada, cercada por uma encosta, depois de mais alguns minutos de caminhada. A entrada de uma das muitas cavernas lunares estava envolta em trepadeiras. Halin gesticulou em direção a ela.

— Os bandidos ainda não encontraram esta. É só uma questão de tempo.

Franzindo a testa, Obi-Wan perguntou:

— Bandidos?

— É assim que os chamamos: os soldados de uniforme preto que atacaram vocês — respondeu Halin.

O Jedi e seu aprendiz trocaram olhares. Ambos estavam se lembrando da figura obscura avistada na noite da Grande Caçada.

— Eles nos atacaram também. A princípio, pensamos que poderiam ser agentes da Czerka, mas os bandidos até atacaram algumas naves da Corporação. Ninguém sabe quem são nem de onde vieram. Mas aposto um milhão de créditos que estão por trás de tudo isso. Bem, pelo menos das coisas recentes.

Qui-Gon captou a confissão filtrada.

— Das coisas recentes — repetiu ele. — Mas não de todas?

Os membros da Oposição se entreolharam e Halin suspirou.

— Vamos, deixem-me mostrar o que temos aqui.

A caverna não tinha luzes, estoques de equipamentos nem nada que negasse o raciocínio de Qui-Gon de que aquela não era uma das bases da Oposição. No entanto, havia alguns cantis em uma pequena fenda, e algumas esteiras tinham sido posicionadas em semicírculo, perto o bastante da entrada da caverna para obter um pouco de luz. Deveria ser um esconderijo, então. Um local para reuniões de emergência. Algumas velas de meditação Gatalentanas estavam em uma alcova: alguém ali estava em busca de paz.

Obi-Wan e ele sentaram-se em algumas esteiras enquanto Halin mexia em um antigo droide astromecânico. Em algum momento, holovídeos de uma apresentação de dança na área externa de um templo começaram a ser reproduzidos, e Halin Azucca estava no meio das imagens, girando. Vários outros membros do grupo dançavam ao lado dela enquanto uma multidão assistia.

— Esse é o tipo de coisa pela qual nos reunimos — disse Halin. Sua expressão era melancólica. — Arte política. Atos que poderiam elevar o espírito ao mesmo tempo que informávamos o público. Fazíamos apresentações em lugares públicos, pregávamos peças, fazíamos o possível para chamar a atenção. Mas nunca, nunca machucamos ninguém. Essa é a última coisa que qualquer um de nós queria.

— E ainda assim a violência escalou para bombardeios — destacou Obi-Wan.

— Não fizemos nada disso! — zombou um membro mais jovem do grupo. — Está vendo o Reckly ali? É percussionista. Bajjo usa lentes de foco para criar holoprojeções abstratas. Eu fui treinado para ser um *titereiro*. Você realmente acredita que eu saberia construir uma bomba? Que qualquer um de nós saberia? Nós somos artistas.

— Artistas armados — retrucou Qui-Gon.

— Juntamos alguns blasters, depois de precisarmos fugir, mas *apenas* para nos defender — insistiu Halin. — Os primeiros ataques violentos nos assustaram tanto quanto qualquer um. Quando as forças de segurança apontaram a nossa responsabilidade, foi um absurdo. Algumas pessoas queriam se entregar apenas para provar que eram inocentes. Não permiti. Achei que a Czerka poderia pressionar o governo para que nos considerasse culpados, mesmo sem provas. Mas quanto mais tempo passávamos escondidos, mais atrocidades se acumulavam. Provar que éramos inocentes deixou de ser difícil e passou a ser impossível. E quem quer que esteja cometendo esses atos não está nem sob suspeita, porque o governo tem certeza de que somos os terroristas.

Qui-Gon conseguia sentir a honestidade da mulher. Mesmo sem a Força, ele saberia que o relato dela condizia muito mais com o padrão dos ataques do que qualquer outra teoria que tivessem encontrado até o momento. As primeiras operações direcionadas e sem derramamento de sangue contrastavam demais com os ataques mais mortíferos que vieram depois. Fazia sentido que pudessem ser o trabalho de dois grupos distintos em vez de um.

Alguns pontos, no entanto, permaneciam obscuros.

— Vocês continuaram com as suas peças depois que os ataques terroristas começaram, mesmo depois que a Oposição foi responsabilizada. Isso só poderia reforçar a ideia de um vínculo entre vocês e os ditos bandidos.

— Vocês fizeram uma ação há apenas dois dias — interrompeu Obi-Wan. — Acharam que aquele balão do lado de fora do palácio ajudaria a imagem de vocês de algum jeito?

Todos os membros da Oposição na caverna sorriram, riram, ou fizeram as duas coisas. O titereiro apertou a mão de Halin e falou:

— Aquilo disparou? Ah, incrível!

Foi então que Qui-Gon entendeu.

— Vocês organizaram muitas dessas peças com semanas ou até meses de antecedência.

Halin assentiu.

— É mais fácil posicionar essas coisas quando a segurança não está alerta. Eles checam a área em busca de armas, mas não em busca dos tipos de coisas que plantamos, como hologramas e sinais.

— E balões. — Qui-Gon suspirou. Ele passara a ter que provar a inocência de um grupo de artistas performáticos, e lembrou-se da Chanceler Kaj falando que "a galáxia é grande e estranha".

Obi-Wan parecia mais cauteloso.

— Para um grupo político, vocês não fizeram um grande trabalho ao transmitir a mensagem. Ela está bastante confusa.

— Não está! — insistiu Halin. — Se olharmos para o nosso trabalho, e só para o que fizemos, isoladamente, fica perfeitamente claro que estamos protestando contra o Tratado de Governança. Ele não dá uma representação justa aos cidadãos lunares e cede ainda mais poder do governo para a Corporação Czerka. Mas todo mundo confundiu nossos atos com os dos bandidos, o que significa que ninguém entendeu o que estamos querendo dizer.

Ocorreu a Qui-Gon que Halin Azucca poderia ter analisado os ataques dos bandidos com mais precisão do que o próprio palácio, porque só ela sabia quais atos a Oposição cometera ou não.

— Vocês perceberam algum padrão nos ataques desses bandidos? — perguntou o Jedi mais velho. — Esse é o seu mundo, seu sistema. Vocês podem enxergar significado onde nós não enxergamos.

— Desculpe desapontá-lo. — Halin suspirou profundamente enquanto se sentava em outra esteira. — Não conseguimos entender nada disso. Alguns alvos parecem escolhidos deliberadamente, mas outros parecem aleatórios. A única coisa que notamos é que eles não parecem perseguir naves palacianas. Isso é estranho, uma vez que o palácio é a autoridade máxima nesse planeta, pelo menos até a maldita cerimônia do tratado. Bem, de novo, isso é apenas aqui na lua, já que os guardas estão em menor número aqui. Até onde sabemos, os bandidos podem estar constantemente os perseguindo em Pijal. Se fosse o caso, o palácio manteria tudo em segredo.

— Eles atacaram o palácio — contou Obi-Wan. — Na verdade, tentaram assassinar Fanry duas vezes.

Murmúrios de consternação percorreram a Oposição, aumentando a curiosidade de Qui-Gon.

— Vocês parecem preocupados com o bem-estar de Sua Alteza Sereníssima — observou ele. — E manifestaram o descontentamento com o futuro Tratado de Governança, mas suspeito que não sejam monarquistas.

Halin endireitou-se, com um brilho de esperança nos olhos. Qui-Gon se perguntou quanto tempo ela estava esperando que alguém lhe perguntasse sua versão da história, ou alguém que estivesse disposto a acreditar nela.

Halin começou:

— Não, não somos monarquistas. A maioria de nós não se opõe à ideia de uma monarquia constitucional, mas gostaríamos de uma representação democrática.

— Então, por que se opõem à ideia de uma Assembleia? — perguntou Obi-Wan.

— Não nos opomos à ideia — disse Halin. — Nos opomos à realidade, tal como está estabelecida no Tratado de Governança. Vocês leram tudo?

— Claro — respondeu Qui-Gon. — Assim como meu aprendiz e a equipe da Chanceler em Coruscant. Tudo parece estar em ordem.

A expressão de Halin se tornou sombria.

— Nem tudo é o que *parece* ser.

A linguagem jurídica era difícil de lembrar e, em casos como aquele, a precisão era importante.

— Por favor, explique.

— A Assembleia parece uma ideia excelente, mas quando nos aprofundamos nos detalhes, podemos perceber como o Tratado de Governança é ruim, na verdade. Há apenas uma representação simbólica para os cidadãos da lua de Pijal, embora sejamos praticamente um quarto da população do sistema.

A lua fora descrita como "pouco povoada" e os registros do censo pareciam apoiar aquela informação. No entanto, Pijal, com seus esparsos continentes insulares, tinha sem dúvida menos habitantes do que a média dos planetas de seu tamanho.

— Por que alguém ocultaria a população real da lua? E quem teria poder para fazer isso?

— A Czerka — disse Halin. Ela não ofereceu mais explicações, mas não era necessário. Qui-Gon tinha visto por conta própria a influência que a Czerka exercia naquele planeta. Os esforços de mineração da Corporação tiveram um impacto muito maior na lua do que em Pijal. A Corporação garantira que a liderança do planeta, Rael, nos últimos tempos, nunca ficasse cara a cara com os piores danos. Àquela altura, os cidadãos lunares sabiam muito mais… e era precisamente por isso que a Czerka trabalharia para mantê-los privados de direitos.

— Então, você quer uma representação política adequada — concluiu Obi-Wan. — Não tentaram canais políticos regulares para seus protestos? Antes de começar, bem, a atuar?

— Tentamos — respondeu Halin. — Mas não adiantou de nada. O lorde regente nem sequer quis escutar. Ele vê qualquer oposição ao tratado como um ataque pessoal à princesa. Ou isso, ou ele é arrogante demais para admitir que cometeu um erro. Arrogância típica dos…

A voz dela sumiu de uma forma que fez Qui-Gon suspeitar que a próxima palavra que sairia de sua boca teria sido *Jedi*.

— Rael Averross é dedicado à princesa — disse ele. — É possível que isso tenha afetado seu julgamento. — Qui-Gon não tinha dúvidas de que o ego de Rael também poderia ter desempenhado um papel em sua obstinação, mas aquele não era um assunto para se discutir com estranhos.

Halin assentiu, grata por ter recebido uma resposta diplomática.

— Claro, isso faria sentido. O que não faz sentido é o fato desse tratado não beneficiar nem a lua *nem* o planeta tanto quanto beneficia a Corporação Czerka.

Obi-Wan pareceu confuso.

— A corporação nem é mencionada no documento.

— Claro que não — confirmou ela. — Mas existem cláusulas que dão à Assembleia a autoridade para "renovar todos os contratos aplicáveis às indústrias privatizadas e ao uso da terra por essas indústrias". Isso pode não parecer muito ameaçador até você perceber que *todos* esses contratos estão nas mãos da Czerka. Eles têm feito isso há séculos, embora a Corporação tenha aumentado seu controle durante a Regência. E daí o documento diz: "Isto será mantido como o sol mantém a lua".

— Achei que fosse apenas linguagem ritualística — admitiu Qui-Gon.

— É uma linguagem ritualística — disse Halin —, mas não há nada de simples nisso. Somente um nativo de Pijal entenderia; em nossa lei, essa frase significa "para sempre, e sempre, e sempre". Algo absolutamente irrevogável, não importa quais leis sejam aprovadas depois. Em outras palavras, embora a Assembleia possa renovar os contratos, não terá o poder de *cancelá-los*.

Obi-Wan tinha a mente mais apurada para aqueles detalhes jurídicos do que Qui-Gon jamais tivera. Ele já tinha chegado a uma conclusão:

— Você quer dizer que, se o tratado for assinado, a presença da Czerka no sistema Pijal será traduzida em lei permanentemente?

— *Exatamente*. — Halin suspirou pesadamente, parecendo aliviada por alguém próximo da autoridade ter entendido o que ela queria dizer. — Isso seria abominável para nós, mesmo que a Czerka não estivesse abusando demais de seu poder.

— Como assim? — perguntou Qui-Gon. — Quanto mais detalhes tivermos, melhor.

— Uma das indústrias privatizadas pelas quais Averross colocou a Czerka no comando é o sistema penal — respondeu ela. — Há uma geração, o sistema Pijal raramente recorria a longas penas de prisão. Agora elas são obrigatórias para uma longa lista de crimes, inclusive os menores. E um número maior de crimes é agora punível com penas de prisão perpétua no trabalho.

— Escravizados — disse Qui-Gon, ao compreender. — Você quer dizer que a Czerka pega essas pessoas e as escraviza.

Um dos membros da Oposição que vigiava a entrada da caverna acrescentou:

— E se essas pessoas tiverem filhos enquanto estiverem escravizadas, essas crianças também são legalmente propriedade da Czerka.

— Rael Averross ajudou a escrever isso? — Os sentimentos de Qui-Gon em relação ao antigo amigo estavam confusos há muito tempo, mas ele nunca imaginara uma falha ética tão grave quanto aquela. — Ele aprovou?

— Não foi ele quem fez isso pessoalmente. A situação é que ele permitiu que a Czerka fizesse o que queria, e não fez perguntas inconvenientes

— respondeu Halin. — A Czerka é poderosa. Eles usam esse poder para apoiar a princesa. Mesmo depois do Tratado de Governança, Fanry terá autoridade o bastante para garantir que a Corporação não enfrente quaisquer dificuldades. E ela *cresceu* com a Czerka por perto. Os supervisores da Corporação são convidados para jantar no palácio pelo menos uma vez por semana. Sim, Fanry é nossa princesa herdeira, mas ela ainda é uma criança que não tem perspectiva para compreender exatamente o quanto isso tudo é problemático.

Obi-Wan assumiu uma expressão pensativa.

— Mesmo que ela descubra quando ficar mais velha, não importará. Até lá, os contratos da Czerka terão se tornado permanentes pelo tratado.

Era possível que Halin Azucca estivesse exagerando naquilo em partes, ou entendendo mal alguns elementos. No entanto, Qui-Gon estava convencido de que a maior parte do que ela dissera era verdade. Ele mesmo tinha visto a onipresença da Czerka no sistema, bem como a dependência palaciana do trabalho forçado. Uma inspeção mais atenta ao Tratado de Governança sem dúvida confirmaria os maiores perigos.

Rael estava se esforçando tanto para proteger Fanry, para compensar a falha com Nim, que em vez disso estava falhando com um sistema inteiro.

— Vou tratar sobre isso diretamente com Averross — prometeu Qui-Gon a Halin. — E com o Conselho Jedi e possivelmente com a própria Chanceler Kaj. Certamente podemos mudar isso.

A expressão dela era difícil de ler sob a luz holográfica bruxuleante. Esperançosa, sim, mas incerta também.

— Se alguém pode conseguir isso, são os Jedi.

— A Chanceler e o Conselho também vão querer ouvir mais sobre esses bandidos — ressaltou Obi-Wan. — E não estamos mais perto de descobrir quem eles são.

— Se os bandidos pretendem tentar interferir no processo do tratado, podemos descobrir mais sobre eles se o evento for adiado ou cancelado. — Qui-Gon lembrou-se de algo que Halin tinha dito antes. — Quando chegamos a essa caverna, você falou que eles não a tinham encontrado ainda, ou algo do tipo. O que quis dizer com isso?

Halin encolheu os ombros.

— Os bandidos parecem adorar invadir as várias cavernas. A princípio, pensamos que elas deveriam ser seus esconderijos, mas isso não confere. Talvez estejam tentando rastrear a atividade da Czerka no subsolo, mas por quê? É tudo o que sabemos sobre essas pessoas. Elas invadem cavernas e estão dispostas a tirar vidas a serviço de uma agenda que ninguém conhece. — Com um sorriso torto, ela acrescentou: — Um mistério digno de um Jedi?

— Absolutamente — respondeu Qui-Gon.

CAPÍTULO VINTE E TRÊS

Os dedos de Rahara tamborilavam sobre o assento enquanto ela olhava para o crono. Os Jedi estavam ausentes há tempo demais para o gosto dela.

— Se estiverem mortos — disse Pax —, seremos os culpados. Guarde as minhas palavras.

— Você já falou isso mil vezes! — Teria sido mais fácil ignorar as preocupações de Pax se ele não as compartilhasse. Dois Cavaleiros Jedi desaparecidos ou mortos atrairiam, no mínimo, uma atenção considerável das autoridades. Pelo menos uma dessas autoridades certamente notaria a cicatriz em sua mão, o que levaria a…

O comunicador estalou com estática antes de emitir a voz profunda de Qui-Gon Jinn:

— Meryx *na escuta*?

— Em alto e bom som — respondeu Rahara. O alívio que a invadiu foi tão profundo que chegava perto da alegria. — Prontos para saírem daí?

— *Com certeza. Esperaremos nessas coordenadas.*

Os dados apareceram na tela na mesma hora, e Pax começou a inseri-los no computador.

— Então eles estavam bem o tempo todo? Passamos todo esse tempo nos preocupando por nada? Ficamos parados e preocupados enquanto poderíamos estar coletando opalas…

— Pelo menos não somos suspeitos por perder dois Jedi, Pax. Então relaxa. — Rahara afundou na cadeira do piloto, pronta para avançar.

Um voo baixo sobre algumas das colinas próximas revelou Qui-Gon e Obi-Wan parados em uma pequena clareira. Os dois estavam incrivelmente cobertos de terra e quando o Jedi mais velho embarcou na *Meryx*, Rahara viu um galho emaranhado em seu cabelo. Fora aquele detalhe, os dois não pareciam feridos.

— Como vocês escaparam?

— Já tive que me fazer essa pergunta muitas vezes — respondeu Qui-Gon. — Desta vez, fomos salvos de uma organização paramilitar secreta por outra organização paramilitar secreta.

— Uma sorte incrível. — Pax ergueu uma sobrancelha. — Suponho que a diplomacia ou o protocolo Jedi não inclua qualquer chance de vocês nos explicarem tudo.

Para a surpresa de Rahara, Qui-Gon ficou pensativo. Ele e seu aprendiz trocaram olhares, e o mais jovem encolheu os ombros. Qui-Gon falou:

— Não há nenhuma regra contra isso, e vocês dois estão vasculhando essa lua há algum tempo. Pode ser que tenham descoberto pistas que possam nos ajudar de algum jeito.

Pax suspirou.

— Ah, então agora seremos forçados a dar conselhos para a missão?

Aparentemente, os droides de protocolo reclamavam a cada duas frases, o que ela imaginava ser o motivo pelo qual Pax agia da mesma forma, mas aquilo não significava que Rahara precisava gostar.

— Pax, você literalmente *acabou de pedir* informações ao homem.

— Eu não pedi para *opinar* sobre o caso — disse Pax altivamente enquanto conduzia a *Meryx* de volta ao local de pouso.

— Desculpe — Qui-Gon retrucou —, mas imagino que você compartilharia sua opinião sobre este ou qualquer outro assunto, quer pedíssemos ou não.

Pax começou a sorrir lentamente. Quando as pessoas perfuravam sua vaidade, ele começava a respeitá-las.

— Bastante perspicaz da sua parte.

Qui-Gon estudou os rostos de Pax e Rahara enquanto terminava de falar. A princípio, ele se perguntou se os dois esconderiam qualquer coisa que pudessem saber; era possível que estivessem envolvidos em mais atos ilegais do que já tinham admitido. Se fosse o caso, ambos teriam motivo para ocultar alguns fatos. No entanto, ele não sentiu nenhuma intenção enganadora e nem hesitação da parte de nenhum deles. Pax só parecia curioso.

Rahara, por outro lado, tinha se recolhido dentro de si mesma, como as pessoas costumavam fazer quando feridas.

— Por que esses bandidos estão explorando as cavernas? — perguntou Pax. — Não há nada nelas além de opalas redemoinho, que não são valiosas o bastante para motivar uma operação paramilitar. Elas não são valiosas o suficiente nem para *me motivar*, e eu vivo disso. Também temos os cristais kohlen, mas esses são completamente inúteis. A menos que os tenham confundido com kyber?

— Os escudos — respondeu Obi-Wan. — Os escudos que eles usavam pareciam imunes aos nossos sabres de luz. Os cristais kohlen poderiam alimentar algo assim?

— Não que eu já tenha ouvido falar, embora seja um conceito interessante. — Pax pareceu pensativo. — Hum. Devo levar em consideração.

Qui-Gon pesou as informações que eles tinham.

— Essa parece ser a situação mais provável: os cristais kohlen são usados nesses escudos, e é por isso que os bandidos invadem várias cavernas.

Obi-Wan, no entanto, não ficou satisfeito.

— Mas por que se preocupar com uma operação em tal escala? Existem, atualmente, três pessoas neste sistema que possuem sabres de luz. Projetar um escudo apenas para se defender de três pessoas não é um exagero?

— Eles obviamente planejam distribuir — disse Pax.

Qui-Gon acabara de chegar à mesma conclusão, embora não conseguisse falar sobre aquilo com a mesma calma que Pax Maripher demonstrava.

— Um meio de proteção completo contra um sabre de luz… poderia ser uma defesa poderosa. Perigosa, se cair em mãos erradas.

— Não é *tão* perigoso assim. — Obi-Wan pegou uma toalha de limpeza e começou a esfregar o rosto sujo. — Temos outras armas, mesmo que não sejam exclusivamente nossas, como os sabres de luz. E os escudos não fazem nada que afete nossa conexão com a Força. Com a Força como aliada, sempre seremos poderosos.

— É verdade, Padawan. Infelizmente, também é verdade que você e eu acabamos encurralados hoje, sem saída. Sobrevivemos apenas porque a Oposição interveio. Alguns Jedi tornam-se complacentes, até arrogantes, com o poder que a Força nos dá. Esse poder é grande e profundo, mas não é absoluto. Nunca se esqueça disso.

Refutado, Obi-Wan assentiu.

— Não vou. Ainda assim... não vejo sentido em tentar distribuir uma arma que só funciona contra os Jedi, mas que também não oferece muita vantagem contra nós. Se não estivéssemos em desvantagem numérica tão gritante, os bandidos não teriam tido muitas chances.

— Um argumento justo — admitiu Qui-Gon.

Obi-Wan voltou a se limpar, imerso em pensamentos. Qui-Gon provavelmente deveria fazer o mesmo; se seu rosto estivesse tão sujo quanto suas mãos, ele estava totalmente imundo. No entanto, não podia ignorar as ondas de emoção que cresciam dentro de Rahara Wick. Ele sentia a dor e a raiva dela.

Embora Pax Maripher fosse mais profundamente cego à Força do que quase qualquer outro humano que Qui-Gon já tivesse encontrado, ele era capaz de dizer quando havia algo errado com Rahara.

— O que foi? — perguntou Pax, com a voz surpreendentemente gentil. — Rahara?

— Pessoas escravizadas — respondeu ela, categoricamente. Quando ela levantou o rosto dos joelhos, lágrimas brotavam de seus olhos escuros. — Eles querem ainda mais. Não basta para a Czerka já possuir milhões e milhões de seres sencientes, seus filhos e os filhos *desses* filhos. A Czerka quer ainda mais. Às vezes, acho que eles querem ser donos de todos na galáxia.

— Permitir a escravatura como sentença por crime é... humilhante, ao extremo. — Qui-Gon balançou a cabeça. — Esse será o primeiro assunto que abordarei com Rael Averross.

Aquilo não acalmou Rahara de forma alguma.

— Sim. Humilhante. Ao extremo. Mas possuir pessoas que nasceram em trabalhos forçados... é correto?

Qui-Gon respondeu gentilmente:

— Claro que não. A República aboliu a escravatura.

— Mas a República não obriga a Czerka a parar de usá-los, mesmo no espaço da República. Não policiam ostensivamente o tráfico em suas fronteiras. Por quê?

Ele ficou sentado por alguns longos momentos, pensando no assunto, para ter certeza de que responderia honestamente.

— Os Jedi não *obrigam* a República a fazer nada. Nós a servimos, não o contrário. Mas quanto ao motivo pelo qual a República não age... Não tenho uma boa resposta para você.

Rahara enxugou o rosto com força, usando as costas da mão.

— Se ela não pode fazer algo tão básico e decente quanto atacar a escravatura, então qual o sentido de termos uma República, pra começo de conversa?

Qui-Gon repetiu:

— Não tenho uma boa resposta.

A escravização era um dos males que existiam fora da República, um fato sujo da vida lá fora, que a própria nunca procurou erradicar. Alguns planetas nunca tinham operado sob outro regime de trabalho. E diferentes espécies interpretavam a escravidão de maneiras diferentes. O conceito tinha um significado bastante distinto para os humanos do que, por exemplo, para os T'zaki, seres insetoides que compartilhavam uma mente coletiva. Na língua T'zaki, a palavra "liberdade" poderia ser traduzida aproximadamente como "falta de propósito".

Mas para a esmagadora maioria dos seres sencientes, a escravatura era profundamente dolorosa e sua operação era extremamente corrupta. Qui-Gon entendia que os poderes da República terminavam em suas fronteiras... mas a sua influência, não. Essa influência certamente poderia ser exercida com mais frequência para ajudar as pessoas escravizadas. Por que nunca tinha acontecido, então?

"Esta podridão está nos corroendo por dentro desde o início", pensou ele. "Não admira que a Czerka tenha abusado disso."

Será que Qui-Gon tinha o poder de mudar aquilo?

Rahara se recompôs um pouco.

— Então, imagino que vocês estejam indo atrás da Czerka?

— Em termos de acabar com sua influência indevida neste planeta — respondeu Qui-Gon —, sim.

— Então, eu estou nessa. — Seu sorriso era tão afiado quanto qualquer lâmina. — Porque não há nada neste mundo que eu gostaria mais de fazer do que ver a Czerka fugir com o rabo entre as pernas.

Qui-Gon esperava que Pax protestasse por sua segurança, ou pela dificuldade de enfrentar uma corporação daquele tamanho, ou simplesmente para exercer seu direito de reclamar. Em vez disso, ele sorriu para Rahara.

— Parece uma diversão esplêndida para mim.

Assim que a *Meryx* os deixou em Pijal, Obi-Wan e Qui-Gon correram pela planície gramada onde sua nave pessoal aguardava. Pax e Rahara eram bons pilotos, mas Obi-Wan ansiava por voar novamente, mesmo que fosse um simples passeio dentro da atmosfera. Embora, na verdade, um voo como aquele não fosse tão divertido quanto montar o varactyl tinha sido...

— Certo — disse Qui-Gon quando eles entraram na nave. — Vamos sair daqui.

Obi-Wan manteve a nave baixa, contornando a linha das árvores, mergulhando em qualquer clareira grande. Os dispositivos de varredura permaneciam em funcionamento automático, com Obi-Wan assumindo o controle apenas para garantir uma cobertura mais profunda de quaisquer colinas que parecessem conter cavernas, o que, naquela lua, significava a maioria delas. Qui-Gon permaneceu em silêncio por um longo tempo, e o Jedi mais jovem interpretou aquilo como um sinal de afirmação de que estava fazendo a coisa certa.

No entanto, ele provou ter interpretado mal seu Mestre mais uma vez.

Depois de um longo tempo, quase prestes a retornar a Pijal, Qui-Gon falou:

— Padawan, você se lembra do que eu te contei sobre o meu sonho?

"Ah, não. Ele está obcecado pelas profecias?", pensou Obi-Wan, embora já estivesse determinado a ouvi-lo.

— Sim, eu me lembro, embora você não tenha compartilhado muitos detalhes.

— Eu vi a cerimônia do tratado. — A voz de Qui-Gon era baixa e contemplativa. — Tão vividamente como se eu estivesse lá, ou até mais. No entanto, havia elementos surreais: gritos, sangue. Uma visão do meu sabre de luz, criada como se fosse bloquear um ataque. Mas talvez fosse o próprio tratado que devesse ser bloqueado.

Obi-Wan formulou sua resposta cuidadosamente:

— Isso parece bastante… simbólico.

Aquilo certamente era seguro de se afirmar. Muitos sonhos eram simbólicos.

A julgar pelo seu suspiro pesado, Qui-Gon deve ter percebido a incerteza de seu aprendiz. Ele não parecia culpá-lo.

— Talvez seja loucura, ou ao menos arrogância. Acreditar que a Força está atuando nisso tudo. Que agiria através de mim.

— A Força está em todas as coisas, Mestre. — Daquilo, Obi-Wan tinha certeza. — Não sei dizer se tem alguma coisa a ver com o seu sonho, mas ela *está* presente, nos guiando, se prestarmos atenção.

— Uma grande verdade. Mas quem ou o que devo ouvir? Será que deveria ouvir meu sonho?

Obi-Wan reuniu coragem e falou:

— Neste momento, seu sonho está de acordo com sua mente consciente. Por isso, realmente não vejo o conflito.

Qui-Gon balançou a cabeça, não por causa do que Obi-Wan dissera, mas talvez por causa de algum diálogo silencioso em sua própria mente.

— As visões da Força sempre têm um significado mais profundo do que parece à primeira vista. Se isso for uma visão… então, devo encontrar o que está oculto nela.

PASSADO

Qui-Gon estava sentado nos aposentos de Dookan, sozinho no escuro, exceto pela luz do holocron.

Muitos meses tinham se passado desde aquela fatídica tarefa de história. Receber as melhores notas em sua redação apenas estimulou seu fascínio pelo assunto. As profecias tinham se tornado quase uma obsessão para ele.

Mas era uma obsessão não muito diferente das de outros Padawans de sua idade, que ficavam por horas revisando esquemas holográficos de sabres de luz ou seguindo seus pilotos de corrida favoritos e se gabando de quaisquer vitórias. Qui-Gon nunca falava sobre aquilo, não por nenhum sentimento de vergonha ou de transgressão, mas apenas porque Rael sugerira que as opiniões de Mestre Dookan sobre os místicos e as profecias eram complicadas.

Se ele tivesse medo de ser pego, teria sido mais cauteloso. Não teria levado o holocron para os aposentos de Dookan a fim de estudá-lo em particular. E certamente nunca teria ficado tão extasiado com as profecias a ponto de perder a noção do tempo e de ainda estar focado nelas quando Dookan voltasse para casa. Quando a porta se abriu, Qui-Gon se virou para cumprimentar seu Mestre, como sempre fazia. Apenas a expressão no rosto de Dookan lhe dizia que ele havia cometido um erro.

— O que — disse Dookan, pronunciando cada palavra distintamente — significa isto?

Àquela altura, Qui-Gon sabia que era melhor admitir imediatamente qualquer erro ou dúvida ao Mestre Dookan: ele respeitava a franqueza e, além disso, sempre descobriria no fim.

— É o holocron da profecia, Mestre. Estudei-o para um projeto de aula e, desde então, tenho estado… — Qual era a palavra certa? — Interessado.

Dookan entrou na sala, tirando o manto escuro. Ele olhou para o holocron, não com raiva, mas com uma fascinação que Qui-Gon reconhecia.

— Padawan, tal conhecimento é… tentador, mas também perigoso.

— Por quê? Eu sei que você falou que querer ver o futuro poderia levar ao lado sombrio, mas não acho que isso esteja acontecendo comigo. — Como qualquer outro adolescente obcecado por algo, Qui-Gon foi além. — Ele até me tornou um aluno melhor! Pode perguntar aos meus professores de história, tanto dos Jedi quanto da galáxia…

— As opiniões dos seus professores são irrelevantes nesse assunto. Eles não conhecem as profecias como eu. Não as estudaram como eu. Podem não conhecer os riscos.

Mesmo enquanto pronunciava um julgamento tão terrível, Dookan continuava caminhando em direção ao holocron. O brilho do objeto se projetou em seu rosto enquanto ele o encarava. Qui-Gon não sabia ler aquele olhar. Seu Mestre sentia dor? Estava pasmo? Tais reações não eram muito diferentes em Mestre Dookan.

— Vou guardar o holocron no lugar — prometeu Qui-Gon. Aquela foi a única coisa em que ele conseguiu pensar. — Nunca mais vou trazê-lo aqui, prometo.

— Minha preocupação não é que esteja estudando o holocron aqui, mas sim que o esteja estudando — disse Dookan. Ele não parecia mais tão irritado, pelo menos. Talvez estivesse se acalmando. Qui-Gon esperava que sim. — Você vai continuar olhando para ele, não vai? Independentemente do que eu lhe diga.

A decepção fez Qui-Gon se afundar na cadeira.

— Não vou desobedecer você, Mestre. Se me pedir para não estudar o holocron, deixarei isso de lado enquanto for seu Padawan.

Dookan endireitou-se, cruzando os braços.

— O que significa que o estudará depois disso?

Qui-Gon ainda não tinha pensado tanto no futuro, mas uma vez que fora confrontado com a ideia…

— Talvez — admitiu ele. — Se ainda estiver interessado.

— Você estará. — Dookan se afastou dele, olhando pela janela para a agitação de Coruscant.

Após uma longa pausa, Qui-Gon percebeu que seu Mestre não diria mais nada. Ele fechou o holocron e deixou os aposentos de Dookan, determinado a ir direto para os Arquivos com ele e nunca mais decepcionar seu Mestre.

Naquela noite, porém, Qui-Gon não conseguiu descansar.

"O holocron contém as profecias. E elas nos dizem o futuro. Como alguém poderia não querer conhecer o futuro, se isso fosse possível?" Ele se jogou na cama, resmungando. "Isso não é o lado sombrio, é? É só estar acordado, não é?"

Qui-Gon já tinha feito diversas conexões que achava que poderiam ser confirmadas. Era um erro, pensou ele, presumir que as profecias ainda se referiam ao seu futuro; elas tinham sido feitas há quase dez mil anos, e certamente algumas já tinham acontecido desde então. A profecia sobre uma mulher que nascera da escuridão e que daria luz a ela... poderia se referir a uma antiga duquesa de Malastare cujo pai travara guerras cruéis até mesmo para os padrões Malastarianos, e cuja filha se tornara uma Jedi Sombria. Outra profecia dizia que os Sith desapareceriam e surgiriam novamente. A maioria das anotações sobre aquela profecia a interpretavam como a possível reencarnação da Ordem Sith, mas Qui-Gon se perguntava se não estaria se referindo a um Sith específico, um lendário Darth Wrend, que todos acreditaram estar morto e que voltou para travar guerra contra os Jedi mais uma vez...

Mas ele nem deveria pensar naquilo. Não se quisesse ser um bom aprendiz de Dookan.

Qui-Gon puxou os cobertores sobre a cabeça e tentou dormir.

Na manhã seguinte, sonolento e mal-humorado, Qui-Gon se arrumou e foi para os aposentos de Dookan. Ele esperava outro sermão e talvez até alguns deveres extras como punição. "Como o Mestre quiser", pensou ele.

Mas quando passou pela porta, viu seu Mestre sentado na mesma mesa em que ele estivera sentado no dia anterior, com o holocron da profecia aberto diante de si. Sob a luz dourada do artefato, o rosto de Dookan parecia mais jovem do que Qui-Gon jamais vira.

— Padawan — disse Dookan. — Ocorre-me que, se você for estudar isso de qualquer maneira, só faz sentido fazê-lo com a orientação adequada. Alguém para garantir que você não vá longe demais.

Qui-Gon sorriu.

— Quer dizer que você mesmo vai me ensinar?

— É minha responsabilidade — respondeu Dookan. — Como seu Mestre. — Ele nunca desviou o olhar do holocron.

CAPÍTULO VINTE E QUATRO

— Todos saúdem Sua Alteza Sereníssima! — clamou o tribuno.

Aplausos irromperam da multidão dentro da cúpula metropolitana central da capital, um grupo tão grande e animado quanto qualquer outro que Rael Averross já vira nos oito anos que passara em Pijal.

Ele cuidara daquilo pessoalmente.

Averross estava na plataforma flutuante com Fanry, observando-a acenar para seus súditos. A princesa tinha sido mantida isolada no complexo palaciano durante a maior parte de sua juventude, o que significava que ela ainda se sentia relativamente desconfortável em eventos públicos tão grandes. Talvez o último dever de Averross como regente fosse ajudar Fanry a se acostumar com o papel de rainha. Mesmo uma monarca constitucional precisava ser capaz de dominar os holofotes.

Fanry certamente parecia perfeita. Seu vestido e o lenço na cabeça eram de um verde claro o suficiente para atender aos padrões da simplicidade exterior de Pijal, mas o rico bordado brilhava sutilmente sob as luzes do teto. Ela se mantinha orgulhosa e altiva... bem, tão altiva quanto sua altura permitia. Cady a ajudou a subir em um degrau, onde a princesa poderia ser mais bem vista pela multidão.

Averross se certificou de que o comício tinha sido amplamente divulgado, e a Corporação Czerka foi perspicaz o bastante para oferecer transporte gratuito para aqueles das províncias mais distantes. Muitos daqueles cidadãos, balançando bandeiras e entusiasmados, tinham desembarcado das naves Czerka há apenas algumas horas, ansiosos pela sua primeira viagem à cúpula da capital. E cada um deles tinha sido revistado detalhadamente. Nenhum dardo dominador surgiria naquele dia.

Droides câmera pairavam pela plataforma, obtendo boas imagens da jovem e impressionante princesa que, em breve, seria a rainha de Pijal. Averross tinha certeza de que nenhuma câmera focaria nele demais. Já fazia muito tempo que a atenção do público não era bem-vinda.

Em sua mente, uma lembrança pairava: *a Câmara do Conselho. Yoda balançando a cabeça tristemente dizendo: "Lamentamos todos a morte de Nim Pianna. Demasiado cedo e desnecessária foi". Caminhando pelos corredores do Templo, mais tarde, os olhares sobre ele queimaram como feixes de laser. Ele ouvia ecos de Nim na voz de cada Padawan. Sua angústia, já profunda, de algum modo piorava ainda mais com a consciência de que cada pessoa ao seu redor o culpava tanto quanto ele se culpava... Eles nunca o quiseram ali, nunca acharam que aquele era o seu lugar, e seu fracasso provava que os outros estavam certos.*

Averross afastou a lembrança. Nada daquilo era sobre Nim, não mais. Era Fanry quem importava ali.

As plataformas da guarda pairavam em torno da multidão enquanto as orquestras reais começavam a se aquecer para o concerto de celebração. O Capitão Deren estava na maior delas, vigiando o perímetro continuamente com seus olhos atentos. Enquanto Averross observava, Deren endireitou-se de repente, como se estivesse alarmado, e depois relaxou. Averross seguiu o olhar do capitão até a outra plataforma que acabara de entrar na arena.

"Ótimo. São apenas Qui-Gon e Obi-Wan. Talvez eles tenham tido alguma sorte lá na lua, expulsando a escória da Oposição para longe."

Depois que Fanry foi conduzida até o camarote real, com Cady carregando a cauda de seu vestido, Averross sinalizou que voltaria em breve. Escutar música sofisticada nunca fora um de seus passatempos favoritos, e ele queria saber o que Qui-Gon tinha descoberto.

Foi o que ele pensou.

— E você *acreditou* nisso? — questionou Rael, andando na frente de Qui-Gon. — Um bando de capangas armados com blasters cerca vocês na floresta, dizem que não são realmente perigosos e vocês acreditam em cada uma dessas palavras?

— Não sou ingênuo — respondeu Qui-Gon. — A história de Halin Azucca certamente precisa ser completamente averiguada. Mas um grupo de artistas performáticos não é o que eu chamaria de "capangas". E tudo o que ela falou se enquadra nos padrões dos fatos que observamos antes.

— Você quer dizer que a mulher sabe muito bem como contar uma mentira.

Qui-Gon sabia que aquilo surpreenderia Rael; o que não sabia é que iria enfurecê-lo. Ele parou por um instante e ficou grato por ter enviado Obi-Wan de volta para o palácio. Ele aparentemente precisaria apelar para sua antiga amizade com o regente para conseguir lidar com ele, e fazer aquilo seria mais fácil sem a presença de seu aprendiz.

Obi-Wan, no entanto, acompanhou Qui-Gon até o perímetro da cúpula, portanto também vira a chocante artificialidade da cerimônia. Os manifestantes eram relativamente poucos, mas tinham sido isolados em uma área sem acesso ao interior do local. Os últimos participantes estavam entrando quando ele e Obi-Wan chegaram, coletando bandeiras, estandartes e outros itens previamente preparados para demonstrar apoio à princesa e ao Tratado de Governança. A julgar pelos seus sorrisos, Qui-Gon suspeitava que os participantes estavam genuinamente felizes com as mudanças vindouras, mas ainda assim aquele era um grupo cuidadosamente selecionado para representar uma uniformidade de opinião que não condizia com a realidade.

"Quantos cidadãos de Pijal compreendem o papel da Czerka nisso tudo?", ele se perguntou. "Quantos deles perderam amigos ou parentes devido à escravidão?" Provavelmente muitos, mas nenhum dos que estavam dentro da cúpula.

Rael os conduzira até uma antecâmara na borda da cúpula para conversarem. Era um espaço pequeno, apertado e claustrofóbico. Ou talvez só parecesse ser daquele jeito porque a fúria de Rael era tão grande que ocupava todo o espaço da sala.

— Eles admitiram que estavam por trás de parte disso — disse Rael, ainda andando de um lado para o outro. — Admitiram. E você está tentando lhes dar salvo-conduto.

— Eles admitiram algumas manobras políticas. Não quaisquer atos de violência. E, a meu ver, o fato de terem admitido alguns crimes torna a negação de outros mais persuasiva, não menos — opinou Qui-Gon.

A primeira reação de Rael foi um sorriso de escárnio.

— É como você vê as coisas. Você sempre teve um fraco por ver o que queria ver, Qui-Gon. Sempre teve uma queda por histórias tristes. Halin Azucca interpretou você muito bem.

Aquilo não era totalmente falso, mas Qui-Gon se recusava a sentir vergonha de tal característica.

— Tento entender os pontos de vista de todos com quem lido. Isso não é uma fraqueza. É como eu trabalho. E aprendi mais desse jeito do que jamais aprenderia se fosse rápido em atribuir culpas.

— Na melhor das hipóteses, ainda são criminosos — retrucou Rael. — E não acredito na melhor das hipóteses. Então, por que você está aqui discutindo o caso deles?

— Porque realizei uma revisão preliminar do tratado e me parece que muitas das críticas da Oposição são bem fundamentadas. Se a frase "como o sol mantém a lua" significa o que ela afirma que significa, para sempre, sem alterações, então o tratado é profundamente falho. — Qui-Gon tinha Obi-Wan fazendo uma revisão muito mais completa, de forma que poderia levantar objeções específicas no dia seguinte. Naquele momento, ele só queria que Rael ouvisse. — *Não há* muita representação de cidadãos lunares na Assembleia proposta...

— A lua é governada por Pijal! Sempre foi! — A voz de Rael ganhou um forte tom de desprezo. — Desde quando nosso papel como Jedi nos permite mudar a maneira como as coisas sempre foram feitas no planeta?

— Você é o lorde regente, Rael. O Conselho não o teria nomeado para o cargo esperando que você não fizesse nada. Seu mandato aqui serve para ajudar a governar um mundo! E se está disposto a mudar de uma monarquia absoluta para uma constitucional, por que o *status* dos cidadãos lunares também não deveria ser reexaminado?

— Porque não é assim que as coisas funcionam aqui. Fanry ainda será rainha, *tanto* de Pijal *quanto* de sua lua.

Rael era melhor do que aquilo, mas seu zelo em preservar o poder e a posição de Fanry o vencera. Qui-Gon precisava encontrar uma forma de superar a raiva do amigo. Então, talvez, Rael o escutasse. Ele precisava levar a discussão para algum ponto mais distante da princesa.

— O tratado claramente dá à Corporação Czerka um imenso poder — começou Qui-Gon. — Seus contratos serão efetivamente consagrados em lei.

— E daí? A Czerka pode ser mais antiga do que a própria República. Eles têm contratos por toda a galáxia. Isso provavelmente nunca vai mudar, nem em Pijal e nem em qualquer outro lugar — disse Rael.

— A Czerka não é responsável pelo sistema penal de toda a galáxia. Não estão reivindicando cidadãos de todos os planetas como trabalhadores escravizados.

Rael zombou.

— Pijal não é o único planeta que pune o crime com longos períodos de trabalho.

— Isso não significa que seja certo — retrucou Qui-Gon. — E não são apenas *"longos períodos"*. É para a *vida toda*.

Aquilo não causou nenhum efeito.

— Esta é a sua primeira vez às margens da República? É realmente a primeira vez que você vê provas de que isso existe? Porque, se não for, não sei de onde vem esse comportamento.

Qui-Gon fez uma pausa.

— Punir o crime com trabalho forçado não é a tradição de Pijal. Você mesmo acabou de dizer que não está aqui para mudar a maneira como as coisas sempre foram feitas…

— E você mesmo tentou me fazer mudar as coisas! — O rosto de Rael ficou tão vermelho quanto se estivesse em uma batalha. — Escute, Qui-Gon, você não está aqui para ajudar a redigir o tratado. Isso já foi feito, e bem feito, sem nenhuma ajuda sua. Você está aqui para garantir que ele seja assinado. Porque até que este tratado seja assinado, Fanry não tem autoridade para fazer acordos permanentes com outros mundos. Assim que a nova Assembleia tiver essa autoridade, ela poderá estabelecer o corredor hiperespacial. E com isso feito, Pijal terá um novo futuro. Fanry poderá governar um mundo seguro, estável e próspero. Fiz tudo o que estava ao meu alcance para criar isso para ela e não entendo o motivo de você querer interferir nisso.

Qui-Gon esperou alguns segundos antes de responder.

— Como você falou, o tratado já foi elaborado. Quem o redigiu, Rael?

Aquilo finalmente fez Rael parar.

— Certo, então, tivemos ajuda da supervisora local da Czerka. Mas Meritt Col é confiável. Ela fez muitas coisas boas para Pijal…

— Talvez tenha feito — disse Qui-Gon. — Mas garanto a você que ela só trabalhou em benefício da Corporação. E não para o bem deste planeta.

— Neste caso, dá no mesmo — insistiu Rael.

Qui-Gon só controlou seu humor com muito esforço.

— Isso não é possível.

A música começou a penetrar na sala, vinda da cúpula; a orquestra aparentemente começara a tocar a triunfal sinfonia composta para a coroação de Fanry. Os suaves acordes da abertura quase pareciam zombar de sua raiva.

Rael finalmente falou:

— A autoridade da Czerka ajuda o tratado. O tratado ajuda Fanry a manter as partes mais importantes de seu poder real, ao mesmo tempo que permite a ela finalmente ter uma vida normal. Por isso, eu não vou recuar.

— Seu papel como lorde regente vai além de proteger a princesa. — Qui-Gon balançou a cabeça, tristemente. — Você tem uma responsabilidade para com todos os cidadãos de Pijal, inclusive aqueles que vivem na lua.

— Você sabe com quem eu não tenho responsabilidade? Com terroristas que já bombardearam vários edifícios públicos e que vão tentar interferir no tratado. O mesmo tratado que vai garantir um bom futuro para Fanry e para Pijal. — Rael ergueu o queixo. — E não tenho responsabilidade com ninguém que tente impedi-lo de ser assinado.

Uma batida na porta assustou os dois. Qui-Gon se virou e viu Meritt Col entrando, vestindo seu melhor traje, com um sorriso prestativo.

— Lorde Regente — disse ela. — A música já começou. Esperamos o senhor no camarote da Czerka, já que, afinal, você queria que Fanry fosse o centro das atenções durante o espetáculo…

— Sim — assentiu Rael. — Ela merece isso. Vamos.

Qui-Gon só pôde observar enquanto Rael oferecia o braço à supervisora da Czerka e se afastava.

CAPÍTULO VINTE E CINCO

Depois do evento na cúpula da capital, o palácio ficou frio, de uma forma que não tinha nada a ver com as correntes de ar ou com os ventos fortes que vinham do mar. A própria Princesa Fanry parecia alheia a qualquer conflito, mas a raiva de Rael Averross tinha mudado de quente para fria. Pela sua longa experiência com o amigo, Qui-Gon sabia que aquela era uma mudança perigosa.

"Se ele não precisasse que eu validasse o Tratado de Governança em dois dias", pensou Qui-Gon, "Rael nos expulsaria do palácio esta noite."

E Rael certamente suspeitava que Qui-Gon esperava não validar o tratado.

O encontro posterior com Obi-Wan na biblioteca do palácio apenas confirmou seus piores temores.

— Esses são os resultados *oficiais* do censo — disse o Padawan, exibindo os gráficos na tela de um datapad. — Mas, ao consultar os registros do censo local, consegui extrair outros conjuntos de números, que imagino que sejam mais precisos. Acontece que Halin Azucca estava errada sobre cerca de vinte e cinco por cento dos cidadãos de Pijal habitarem a lua. O número está perto dos trinta por cento.

Embora Obi-Wan falasse em voz baixa, cada palavra ecoava levemente na cavernosa biblioteca revestida de mármore. A sala mostrava sinais de pouco uso nos últimos tempos: vidraças empoeiradas, informações desatualizadas, nenhum droide residente digno de nota. Mas era difícil não ficar paranoico com a possibilidade de alguém os espionar. Rael Averross, Halin Azucca, os bandidos misteriosos: todos eles teriam razões para querer espionar os Jedi e para intervir caso não gostassem do que ouvissem.

Além disso, ainda havia um traidor entre eles.

Qui-Gon coçou a barba, como sempre fazia quando estava imerso em pensamentos.

— Em outras palavras, esse tratado dá direito ao voto a setenta por cento das pessoas do sistema Pijal, ao mesmo tempo que priva os outros trinta por cento.

— Isso mesmo. E isso nem leva em conta aqueles que foram escravizados. — Obi-Wan pressionou o datapad para exibir os dados holográficos. — Quanto ao papel que a Corporação Czerka desempenha em Pijal, tudo o que nos foi dito é verdade. Averross não iniciou o processo para permitir que a Czerka assumisse tantas frentes no governo, eles estão aqui há gerações. Mas o regente definitivamente acelerou as coisas. E sim, a frase sobre o sol manter a lua acaba por ser juridicamente vinculativa num sentido muito permanente. O Tratado de Governança deixaria gravado o monopólio da Czerka aqui.

— Consigo entender que Averross não conhece o poder tradicional dessa frase. O que não consigo entender é por que ele permitiu que qualquer outra pessoa redigisse a constituição, ainda mais alguém da Czerka. E ainda assim ele fez isso por lealdade à princesa. — Qui-Gon ainda se sentia culpado pelos muitos fracassos que tivera como Mestre de Obi-Wan... mas, pelo menos, não sufocava o jovem em falsidades, como Rael fizera com Fanry. Os próprios atos que Rael pensava serem para o benefício dela seriam os que atolariam seu governo e seu planeta na corrupção.

A voz de Obi-Wan o tirou de seu devaneio:

— Como procedemos, Mestre?

— Começamos entrando em contato com o Conselho Jedi — respondeu ele. Que estranho pensar que algum dia ele estaria do outro lado, recebendo um contato em busca de aconselhamento. Que o seu julgamento substituiria o dos indivíduos que estavam em campo, realmente lidando com os problemas em questão. — Eu mesmo cuidarei disso. Vá descansar um pouco. Você teve um dia puxado.

— Ainda estou sacudindo poeira das minhas roupas — confessou Obi-Wan. — Um banho nunca pareceu tão bom.

Ele era capaz de brincar sobre quase morrer em um buraco, mesmo não tendo passado nem seis horas completas desde o acontecimento.

Qui-Gon mais uma vez percebeu que o jovem era um excelente Padawan, e lamentou pelo fato de os dois não conseguirem se dar bem.

Pouco antes de Obi-Wan chegar à porta, Qui-Gon chamou:

— Padawan? — Obi-Wan virou-se para ouvir enquanto Qui--Gon continuava: — Desculpe por sobrecarregá-lo com mais tarefas na biblioteca.

A resposta veio acompanhada de um largo sorriso:

— Comparado com ficar agarrado a um tronco para não morrer, pesquisar não é tão ruim assim.

O que era o anoitecer no palácio de Pijal se revelou como o meio da noite no Templo Jedi. Apenas um membro estava disponível para falar imediatamente, mas era o membro cujo julgamento provavelmente seria o final.

— *Perturbador isso é* — disse Yoda. — *Com a Chanceler Kaj conversar eu preciso.*

Claro. Kaj teria revisado o tratado. Mas não teria entendido o significado total daquela frase ritual, por isso não vira o problema que ela causaria.

— Você acha que ela acabará com o tratado? Ou ao menos garantirá alterações?

As orelhas de Yoda baixaram.

— *Difícil dizer. Pronta para se aposentar a Chanceler está. Cercada por ministros planetários, interesses corporativos e outros que desejam sua influência nos dias finais de seu governo. As complicações desse assunto não serão facilmente trazidas à sua atenção.*

— Algo precisa ser feito — afirmou Qui-Gon. — Não posso, em sã consciência, representar a República na cerimônia, a não ser que o tratado seja alterado.

— *Cuidado, Qui-Gon.* — A imagem holográfica de Yoda ficou borrada por um instante enquanto o pequeno Mestre Jedi se ajeitava em sua cadeira. — *Comprometer o corredor do hiperespaço você não deve.*

— O corredor...? Mestre Yoda, me perdoe, mas o senhor está colocando o lucro das corporações à frente do povo de Pijal? — Qui--Gon há muito pensava que o Conselho corria o risco de se perder, mas aquilo era pior do que ele imaginaria ser possível.

Yoda se endireitou, com as orelhas erguidas.

— *Para servir planetas há muito isolados esse corredor irá. Planetas lutando contra a pobreza e a fome. Você protegerá Pijal ao custo de suas vidas? É assim que servirá à Força?*

— Perdoe-me. Falei sem pensar. — E, Qui-Gon sabia, com raiva reprimida pelo *voto negativo* de Yoda contra ele. Aquilo era indigno de ambos, e ele se esforçou para deixar tal sentimento de lado. — No entanto, o problema essencial permanece. Não podemos negligenciar os outros para proteger Pijal, mas, por outro lado, não podemos negligenciar Pijal para proteger os outros.

— *Argumentar com Averross você não pode* — disse Yoda, em um tom que sugeria grande experiência. — *Esta tarefa… Pensamos que iria ajudá-lo. Sozinho ele sempre se sentiu. Julgado e insuficiente sempre acreditou ser. Pensamos que, como regente, por* status *ele não mais lutaria. Que seu orgulho isso alimentaria. Em vez disso, apenas suas fraquezas foram nutridas.*

Qui-Gon pensou novamente no jovem sorridente que o apoiara antes de sua primeira batalha. Na época, Rael Averross parecia o melhor e mais corajoso Cavaleiro Jedi que a Ordem poderia produzir. Qui-Gon era jovem demais para enxergar as falhas na bravata, a dor que toda a orientação de Dookan e todas as realizações de Rael nunca foram capazes de apagar.

— Que ele efetivamente venderia cidadãos como escravos…

— *Grave isso é* — concordou Yoda.

O eco de Rahara Wick soou na mente de Qui-Gon: "*Qual o sentido de termos uma República, pra começo de conversa?*".

— Deveríamos acabar com isso — respondeu ele.

Yoda balançou a cabeça.

— *A nós não cabe decidir, o destino do tratado é…*

— Não o tratado. A escravidão. — Qui-Gon cruzou as mãos diante do corpo, permitindo que as vestes as escondessem. O jeito mais formal pelo qual um Jedi poderia se dirigir a outro. — Por que permitimos que essa barbárie floresça? A República poderia usar sua influência para promover a abolição em inúmeros sistemas onde essa prática prospera. Como podemos deixar de fazer isso?

Yoda permaneceu em silêncio por alguns momentos antes de dizer:

— *O planeta Uro você conhece, não? Os filhos mais fracos eles devoram.*

— ... são aracnídeos, seus instintos são insuperáveis.

— *E Byss?* — Quando Qui-Gon balançou a cabeça negativamente, Yoda disse: — *Quando velhos demais para se regenerarem os idosos ficam, espancados até a morte são, como fazem os Abissinos, para seus recursos conservar.*

A paciência de Qui-Gon começou a se esgotar.

— Não se trata de impor a ética humana às espécies não humanas. Isso é algo que os humanos fazem uns aos outros, uma atrocidade à qual deveríamos pôr fim.

— *Nós? Não a Chanceler, nem o Senado Galáctico, nem o povo da República. Mas os Jedi?* — Yoda bateu com o bastão no chão. — *Governar você quer, não é? Isso é perigoso para alguém que se juntaria ao Conselho. Perigoso para qualquer Jedi isso é.*

Qui-Gon sabia de tudo aquilo. Por um lado, aceitava a verdade no assunto. Por outro...

— Se não defendemos o que é certo, então o que *fazemos*? Por que existimos?

— *Muitas maneiras de servir o que é certo existem* — respondeu Yoda. — *Dentro de nossos mandatos trabalhamos, e o máximo possível fazemos. O contrário, pelo da República nosso julgamento substituir, os erros do passado é repetir.*

"Então, em vez disso, cometemos erros diferentes no presente?" Qui-Gon guardou o pensamento para si. Uma cruzada galáctica contra a escravidão além das fronteiras da República precisava de mais que um Cavaleiro Jedi furioso. Mas a escravidão ali em Pijal... aquilo estava ao seu alcance. E não continuaria.

Ele apenas falou:

— Você falará com a Chanceler o quanto antes?

Yoda assentiu.

— *Bem você fez em revelar as deficiências do tratado.*

Os elogios de Yoda eram raros, e Qui-Gon tentou tirar satisfação daquilo.

No entanto, não foi fácil dormir naquela noite.

Ele estava no Cálice Celestial, o anfiteatro curvo criado em honra aos deuses antigos dentro do palácio de Pijal. Aquele era o local da cerimônia do tratado, e tudo estava prestes a começar.

Fanry caminhou em direção a ele, com seu vestido branco brilhante, seu cabelo ruivo solto, suas roupas ainda mais vivas contra o chão de azulejos azul-escuros do Cálice...

... e tudo enlouqueceu, transformando-se em uma confusão que Qui--Gon não conseguia compreender. As pessoas gritavam. A Ministra Orth abria caminho entre a multidão, na direção do altar.

— Fanry, não! — gritou Rael.

Qui-Gon ergueu seu sabre de luz, pronto para atacar... mas o quê? A quem? Algo precisava ser feito...

Qui-Gon abriu os olhos. Estava deitado em sua cama, longe do Cálice Celestial. Era como se ele tivesse viajado no tempo e voltado. Os acontecimentos que ainda estavam por vir eram mais reais para ele do que os lençóis, o colchão e o som de sua própria respiração.

"Outra visão concedida pela Força", pensou ele. "Não. Mais da mesma visão. De um outro ângulo. Um olhar mais aprofundado."

Talvez. Ou talvez ele estivesse apenas sonhando. Não havia como saber... havia?

Ele vestiu o manto e saiu correndo pelos corredores do palácio. Tarde da noite, eles estavam completamente desertos, exceto por um astromecânico deslizando pelo chão e cumprindo suas tarefas. Os pés de Qui-Gon, ainda descalços, estavam gelados sobre o piso de mármore e, quando ele passou pelas janelas, ouviu o suave barulho da maré.

Durante o primeiro dia em Pijal, Rael conversara com Qui-Gon e Obi-Wan sobre os detalhes da cerimônia, apontando para duas grandes portas de madeira simples no fim do salão de recepção real. Aquelas portas se abriam para um túnel que levava diretamente ao Cálice Celestial. Elas só eram abertas quando um monarca ia ao Cálice para uma das cerimônias importantes que aconteciam apenas duas ou três vezes durante um reinado. Por sorte, as dobradiças eram mantidas lubrificadas.

Enquanto ele entrava no túnel, dois droides sentinelas com o logotipo da Czerka o examinaram. Eles não tinham sido programados para fazer perguntas, apenas para reconhecer indivíduos previamente aprovados e atacar todos os outros. Qui-Gon sentiu-se aliviado por já estar no sistema... e pelo temperamento de Rael não o ter levado a ser excluído. Pelo menos, até o momento.

O túnel estava escuro, iluminado apenas por alguns candelabros bem espaçados. Mas tudo o que faltava ao túnel em visibilidade ele compensava em audibilidade. Qui-Gon ouviu passos à sua frente, vindo em sua direção. Ele se preparou, levando uma das mãos ao punho do sabre de luz...

Alguém gritou de medo e depois praguejou:

— Céus, o que você está fazendo aqui?

— Ministra Orth? — Qui-Gon se adiantou para vê-la, ainda usando o vestido cor de bronze do início da noite. — Eu poderia fazer a mesma pergunta.

— Estou verificando novamente os procedimentos de segurança — retrucou ela. — É um trabalho importante demais para ser deixado para os droides da Czerka.

— Concordo.

— Você não respondeu à minha pergunta. — Orth cruzou os braços diante do corpo. — O que você está fazendo aqui?

— ... Eu queria dar uma olhada no Cálice Celestial pessoalmente antes da cerimônia.

— Poderia ter pedido a alguém para fazer uma visita guiada durante o dia — disse ela —, o que faria sentido e proporcionaria uma visão melhor. Mas como quiser.

Ela correu de volta para o palácio, aparentemente satisfeita com a explicação dele. Qui-Gon se perguntou se deveria ficar satisfeito com a dela.

Ele continuou até chegar ao outro conjunto de portas, esculpidas na mesma pedra branca encontrada nas falésias à beira-mar. Aquelas se abriram facilmente ao seu toque, revelando o Cálice Celestial em toda sua glória.

E Qui-Gon já o vira antes.

O dourado nas bordas inferiores do teto abobadado, o altar octogonal, a disposição dos assentos ao seu redor... cada detalhe combinava. Quando ele olhou para os próprios pés descalços, viu o azulejo azul brilhante abaixo deles.

"Era exatamente assim no meu sonho", pensou ele, antes de se conter.

O que Qui-Gon tinha experimentado não foi um sonho. Foi uma visão.

CAPÍTULO VINTE E SEIS

— Não vou participar da cerimônia do tratado — disse Qui-Gon. — A República não terá um representante, portanto, o tratado não poderá avançar.

Se menos coisas estivessem em jogo, ele poderia ter se divertido com as reações ao redor da mesa do banquete. Obi-Wan arregalou os olhos. A Ministra Orth deixou cair a faca. O Capitão Deren semicerrou os olhos para Qui-Gon como se sua visão tivesse ficado embaçada de repente. A pequena Fanry mordeu o lábio, talvez para não sorrir para os adultos surpresos ao seu redor.

Rael, como esperado, ficou furioso. Levantando-se, ele falou:

— Você levantou objeções ontem, Qui-Gon. Eu lhe disse, então, que a decisão não é sua…

— Não se trata de uma opinião pessoal. É por causa de uma visão do futuro, um aviso que me foi dado pela Força. — Lembrar das imagens de seu sonho e do sentimento de horror que as unia o fortalecera contra qualquer questionamento. Qui-Gon sabia o que tinha visto.

— Por que eu fui lhe mostrar aquelas profecias? — Rael balançava a cabeça enquanto caminhava ao lado da mesa. — Dookan teve o bom senso de mantê-las longe de você, mas eu não fazia ideia. Achei que você era inteligente o bastante para separar as lendas dos fatos. Presumi que não fosse um tolo que perderia a cabeça por causa das visões de outros Jedi, muito menos das suas. Bem, Qui-Gon, você provou que eu estava errado.

A Ministra Orth apoiou a cabeça em uma das mãos.

— *Profecias?* Isso está cada vez pior.

Ainda era possível alcançar Rael em qualquer nível? Se fosse, Qui-Gon sabia que seria no passado compartilhado.

— Você me mostrou o trabalho dos antigos místicos Jedi, o trabalho que coletou junto com nosso Mestre, porque expandiu sua compreensão da Força e ajudou a expandir a minha. Dookan acreditava neles. Vai chamá-lo de tolo também?

— Quem é esse... Duka? — perguntou Orth.

De onde estava, em sua cadeira dourada, com a boca cheia do desjejum, Fanry falou:

— *Dookan*. Já ouvi muitas histórias sobre ele. Foi o Mestre de Rael e de Qui-Gon. Mas não acho que seja mais um Jedi.

Rael gesticulou para a garota.

— Isso mesmo. Dookan *abandonou* a Ordem porque se encheu e cansou da hipocrisia, do julgamento, de tudo *isso*.

— Não sei por que Dookan deixou a Ordem — disse Qui-Gon — e você também não. O que sei é que tive duas visões distintas que previam um desastre na cerimônia do tratado.

O Capitão Deren finalmente falou:

— Que tipo de desastre?

— Ainda não está claro — admitiu Qui-Gon.

— Não está claro. — Rael deu um soco na mesa. — Você quer sabotar a coroação e o corredor do hiperespaço por algo que não está claro.

— O que está bem claro são os gritos que escutei nas visões. — Qui-Gon olhou ao redor da mesa de banquete, repleta de mais comida do que uma dezena de cortes jamais poderia comer, fazendo contato visual com cada pessoa. — E lutar com um sabre de luz. E o sangue no chão do Cálice Celestial. Se algum de vocês pudesse sentir o medo e o desespero que acompanharam essa visão, e que faz parte dela tanto quanto qualquer imagem ou som, não duvidariam dela mais do que eu.

A Ministra Orth colocou as mãos nos quadris.

— Eu o encontrei ontem à noite indo para o Cálice Celestial. Tem certeza de que não estava sonâmbulo?

— Não, ministra. Eu estava comparando os detalhes da minha visão com a realidade do Cálice. E já tinha visto tudo, até os ladrilhos do chão, embora nunca tivesse entrado lá.

— *Legal.* — Fanry respirou fundo. — Quer dizer que não podemos realizar a cerimônia do tratado?

— Vamos assinar o tratado! — insistiu Rael. — No prazo, conforme o planejado. O Conselho Jedi logo colocará bom senso em Qui-Gon.

Qui-Gon ainda não tinha compartilhado sua visão com o Conselho, nem pretendia fazê-lo. Eles passariam o tempo todo discutindo sobre a viabilidade do corredor hiperespacial. Estavam ligados demais a Coruscant. Ligados demais à Chanceler. Longe demais da Força viva.

Não eram mais o tipo de Jedi com quem ele podia confiar uma visão pura.

Que ele fosse aquele Jedi o chocava. Que ele ainda conseguia acreditar no puro misticismo, de forma tão profunda e inabalável. Qui--Gon muitas vezes tinha se sentido fora de sintonia com a Ordem como um todo, mas nunca naquele nível.

Também nunca se sentira tão próximo da Força.

Rahara Wick recebera instruções de Qui-Gon Jinn no dia anterior, solicitando que a *Meryx* verificasse as pistas de pouso da Czerka naquela parte da lua. Ela teria feito aquilo de um jeito ou de outro. Como poderia frustrar os planos da Corporação naquela lua se não soubesse do que aqueles planos se tratavam?

Como ela já esperava, Pax estava menos entusiasmado com a tarefa.

— Não gosto disso.

— Você já gostou de alguma coisa desde que começamos a viajar juntos? Digo, além de encontrar joias.

— Você diz isso como se encontrar joias fosse um bônus de nossas viagens, e não nosso *principal objetivo*. Mas estou divagando. — Apesar das reclamações, Pax já tinha traçado um curso para as instalações da Czerka mais próximas e já os estava levando naquela direção. — Concordamos em ajudar os Jedi, não em fazer o trabalho sujo por eles.

— Isso foi antes de qualquer um de nós saber que iríamos enfrentar a Corporação Czerka — retrucou Rahara, esfregando distraidamente o dorso da mão esquerda. — Se vamos bater de frente com eles, não podemos ter medo de sujar um pouco as mãos.

A instalação da Czerka logo apareceu nos sensores e se tornou visível a olho nu. Rahara começou a trabalhar com instrumentos para focar no máximo de detalhes possível.

— Parece que redirecionaram quase toda a energia dos geradores solares deste hemisfério diretamente para seus próprios locais — murmurou ela. — E veja essas caixas de remessa. O que há nelas?

Pax examinou as leituras antes que ela pudesse fazê-lo.

— Minérios, principalmente. Coisas que também não foram encontradas perto da superfície. Essas minas são bem fundas, talvez a meio caminho do núcleo da lua. Bastante drástico.

Rahara assentiu lentamente ao reconhecer alguns dos droides mineradores, modelos com os quais ela estava familiarizada desde a infância.

— A Czerka está disposta a desenterrar o coração de um mundo, desde que isso renda um punhado de créditos. Os poços ficam cada vez mais frios conforme a perfuração avança. Depois começam a esquentar novamente, e você sabe que eles estão indo fundo demais… Se enfraquecerem demais a camada abaixo de você, o magma pode fluir através dela e… — Ela se conteve. — Isso nunca aconteceu comigo, obviamente. Mas eu sempre soube que era uma possibilidade.

Certa vez, após sua fuga, Rahara se permitiu pesquisar exatamente o que acontecia com trabalhadores humanos em um poço exposto ao magma. Ela achou que conhecer os detalhes exorcizaria os pesadelos que sempre tivera sobre aquilo. Mas foi um erro. Os detalhes apenas tornaram tais sonhos mais vívidos e terríveis.

— Oh, céus. — Pax se aproximou, ficando entre ela e o painel. Antes que ela pudesse relembrar o colega sobre o conceito de "espaço pessoal" e sobre os motivos pelos quais as pessoas não deveriam invadi-lo, ele falou: — Parece que temos, bem, novos trabalhadores chegando.

Foi como se ela estivesse de volta a uma das minas frias, totalmente entorpecida, cercada pela escuridão.

— Você quer dizer novos trabalhadores escravizados.

Ele assentiu.

— Não olhe — disse ele, no tom de voz gentil que usava muito raramente. — Se isso vai te machucar…

— Vai — afirmou Rahara. — Mas vou olhar.

Pax fez uma careta.

— Infligir dor a si mesmo de forma voluntária é irracional, a não ser em certas atividades fetichistas, quero dizer.

— Aquelas pessoas merecem ser vistas. Merecem que alguém que se importe veja exatamente o que está acontecendo.

Pax assentiu e se afastou dela lentamente, permitindo-lhe ver o perímetro da instalação, onde um grande transporte estava parado. Droides sentinelas conduziam centenas de pessoas para o armazém; provavelmente era lá que o implante da Czerka era colocado. Algumas pessoas choravam, mas a maioria parecia atordoada e exausta, incapaz de processar o que estava acontecendo com elas. Usavam o macacão cinza revelador, ainda novo e imaculado. Rahara usara a maior parte dos dela até ficarem surrados.

"Essas pessoas são criminosas", dizia uma parte de sua mente. Parecia mais fácil culpar aquelas pessoas de algum modo do que reviver o próprio passado. "Elas realmente fizeram algo para acabar nessa situação. Não nasceram nela, como você."

Não importava. Ninguém merecia viver daquele jeito. Ninguém.

— Aquele transporte deve ter vindo da cidade mais próxima — disse Rahara. A voz dela não vacilou; ela estava orgulhosa daquilo. — Devíamos ir lá e verificar. Pousar, andar pelo lugar, conversar com as pessoas. Podemos aprender muita coisa.

— Comprei um presente para você — respondeu Pax.

Ela recostou-se na cadeira e fechou os olhos. As sequências estranhas de conversa eram uma das especialidades de Pax, mas aquela estava espetacularmente esquisita.

— Desde quando compramos presentes um para o outro? — Ele estava repensando em todo aquele lance de colegas de trabalho racionais que não se envolvem romanticamente? Não era um assunto com o qual ela poderia lidar naquele instante.

— Proponho que compremos presentes um para o outro — sugeriu ele — quando virmos que o outro tem uma necessidade que não foi atendida. — Depois de procurar um pouco no bagunçado compartimento de carga da cabine, ele pegou uma fina caixa retangular e apresentou-a a ela.

Rahara abriu a caixa, menos curiosa do que resignada, e viu... um par de luvas.

Um par de *lindas* luvas. Couro de gundark, supôs ela, tingidas de um azul tão escuro que parecia quase preto. Quando Rahara colocou a mão esquerda em uma delas, percebeu que o forro era de algum tipo de seda brilhante; o toque era suave contra a cicatriz sempre sensível. Aquelas provavelmente eram as coisas mais bonitas que ela já tivera.

Mas mesmo que fossem cuecas Gamorreanas. As luvas eram uma forma de protegê-la da Czerka e de ajudá-la a sentir menos medo. Foi isso que a fez se engasgar.

— Eu as comprei ontem à noite, quando peguei a *Faceta* para buscar mais suprimentos. — Pax olhou para o rosto dela, depois para as luvas, e então de volta para ela, sem saber o que fazer com o silêncio. — Bem... você gostou?

— São maravilhosas — disse Rahara, com a voz rouca. Ela deu a ele um sorriso choroso. — Você tem seus momentos, Pax.

— Bobagem — respondeu ele. — Sou incrível o tempo todo. Esse é apenas um daqueles momentos em que você se dá conta disso.

Sem dúvida, havia muitos fatores que Qui-Gon levara em consideração antes de decidir fazer seu anúncio durante o desjejum. Obi-Wan tinha certeza.

Ele também tinha certeza de que um fator que Qui-Gon *não levara* em consideração foi o quanto aquilo arruinaria o dia de seu Padawan.

— Você trabalha para um indivíduo altamente instável — disse a Ministra Orth, mais de uma hora depois de Qui-Gon fazer seu anúncio e sair. — Sabia disso, senhor Kenobi?

De todas as reclamações que Obi-Wan tinha sobre seu Mestre, *instável* não se encaixava com nenhuma delas.

— Isso é muito incomum para ele — respondeu o jovem, com o máximo de tato possível.

Rael Averross passou a maior parte do tempo tentando convencer a Princesa Fanry de que aquele era, de fato, um problema muito sério. (Fanry parecia estar se divertindo com toda a situação... o que, dada a forma como os mais velhos estavam perdendo a cabeça e se comportando como tolos, talvez não fosse tão surpreendente.) No entanto, depois de se voltar para Obi-Wan e o encarar com seus olhos escuros, Averross perguntou:

— Quando foi que ele voltou à infância, hein? Quando foi que decidiu que toda aquela baboseira sobre profecias era real?

— Até onde sei — respondeu Obi-Wan —, hoje cedo.

Mas Qui-Gon estava, de fato, falando sobre a possibilidade de uma visão do futuro há alguns dias. Seu interesse geral pelas profecias vinha crescendo nos últimos meses. Seria possível que seu Mestre tivesse perdido a objetividade? Tivesse perdido o rumo?

Obi-Wan sentiu-se enjoado. Os Padawans não deveriam ser mais objetivos que seus Mestres. Os Mestres é que deveriam guiar os mais jovens, para sempre se tornarem mais fortes e seguros. Aquela dinâmica invertida o deixava tão desorientado quanto gravidade zero, quando mal sabia para onde estava o lado de cima.

— Precisamos saber se a coroação e a cerimônia do tratado ocorrerão conforme o programado — disse o Capitão Deren com sua voz profunda e rouca. Ele, de todas as pessoas no salão de banquetes, permanecia calmo. — E precisamos dessa informação o quanto antes. Caso contrário, não poderei tomar as medidas de segurança adequadas.

— Vai tudo acontecer como programado — rosnou Averross. — Confie em mim. Qui-Gon Jinn vai colocar a cabeça no lugar, ou...

— Deixem-me falar com ele — pediu Obi-Wan. Qui-Gon e Averross entrariam em conflito de forma mais intensa em versões futuras daquela discussão, e fariam pouco progresso. — Pode ser que ele compartilhe mais coisas comigo, como seu Padawan.

Lentamente, Averross assentiu. A Ministra Orth falou:

— Fico feliz que você consiga entendê-lo, porque ninguém mais consegue.

Obi-Wan foi tomado por um profundo desânimo. Ele nunca entendera Qui-Gon, mas naquele dia, talvez pela última vez, precisava tentar.

PASSADO

— Estou em perseguição! — gritou Qui-Gon em seu comunicador, torcendo para que sua voz se espalhasse pela corrente de ar ao redor de seu motodeslizador enquanto ele desviava em meio à folhagem da selva. — Rastreie-me!

Sua voz falhou na última palavra.

"Ótimo", pensou ele. Mas não havia tempo para pensar em nada além da perseguição.

Ele e Dookan faziam parte de uma equipe de ataque de Numidian Prime, organizada para encontrar a notória caçadora de recompensas Shenda Mol. Ela coletava suas presas não assassinando indivíduos, o que já seria ruim o bastante, mas sabotando naves de passageiros, detonando explosivos em áreas públicas lotadas ou até mesmo liberando um vírus mortal. Dezenas de milhares de mortes em cinquenta planetas diferentes não eram, para Mol, mais do que danos colaterais.

Os Jedi a tinham rastreado até Numidiam Prime, onde ela tinha uma pequena fortaleza e um punhado de seguidores. Mas todos os seguidores já estavam presos, e cabia a Qui-Gon e seu Mestre capturar a própria Mol.

Ele acelerou seu motodeslizador, tentando voar acima da vegetação rasteira da selva, mas abaixo das pesadas folhas das árvores. Sua trança Padawan ondulava atrás dele, e ele desejou estar usando óculos de proteção para evitar que seus olhos ficassem doloridos daquele jeito.

Não havia tempo para isso. Qui-Gon chegou ao topo da colina, que revelou o vale rochoso onde tinham detectado o esconderijo de Mol. Ele reduziu a velocidade, parando seu veículo o mais silenciosamente possível. Dali para a frente, seguiria a pé.

Numidian Prime poderia ser um mundo pantanoso e traiçoeiro, mas Shenda Mol se escondera em terreno elevado. Qui-Gon conseguia andar silenciosamente sobre as folhas e vinhas ainda macias e verdes. Além de alguns pássaros circulando no alto, nenhuma fauna parecia estar na área. Mantendo uma das mãos no sabre de luz, ele puxou um sensor para ter certeza de que estava na direção correta.

Algumas colinas grandes e rochosas provavelmente seriam o lugar mais provável para Mol se esconder. Qui-Gon parou ao pé de uma delas para guardar o sensor e se preparar para uma briga. Dookan chegaria a qualquer momento, mas não havia garantias de que seu alvo não estaria…

— Não se mova — ordenou Shenda Mol. Ela se encostou em uma formação rochosa alguns metros colina acima e apontou o blaster para a cabeça dele.

Qui-Gon ficou imóvel. Sua mão permaneceu sobre o sabre de luz; contra um oponente qualquer, ele teria confiado em si mesmo para sacar a arma a tempo de bloquear o disparo de blaster. Mas aquela era Shenda Mol. Ela era uma Falleen, com reflexos reptilianos ultrarrápidos, e mesmo entre os seus, sua reputação como atiradora de elite era incomparável.

— Diga-me uma coisa — disse ele, continuando imóvel. — Sempre ouvi dizer que você tinha uma mira perfeita…

— E ouviu direito. — Ela balançou a cabeça; seu longo cabelo preso em um rabo de cavalo caía sobre seu ombro verde. — Se duvida, por que não se mexe e descobre?

Qui-Gon não tinha a intenção de fazer nada… pelo menos naquele momento.

— Se consegue atingir um indivíduo a uma distância enorme, por que recorre a bombas ou a vírus? Por que você mata milhares quando poderia matar só um?

Mol sorriu.

— Tem esse joguinho que eu jogo. Preciso de mais mortes para vencer. Bem, é claro que eu estou competindo apenas comigo mesma. Essa é a única competição que realmente importa, sabe? Mais pessoas deveriam ser capazes de entender isso.

Dookan chegaria a qualquer momento, ele lembrou a si mesmo. Seu Mestre rastrearia seu motodeslizador. Tudo o que Qui-Gon precisava fazer era enrolar Mol por um tempinho.

— Você é um dos estagiários, não é? — Ela inclinou a cabeça, estudando o jovem. — Não é uma grande presa. É do tipo que eu normalmente jogaria de volta.

Qui-Gon não gostou de ser chamado de estagiário, mas aquele era o menor de seus problemas.

— Ainda não sou um Jedi completo, não.

— *Isso* eu já sabia — disse Mol. — Já comi queijos mais velhos do que você.

— Tenho quatorze anos.

— Quatorze. — Ela sibilou, como os Falleen às vezes faziam quando estavam se divertindo. Ele achou melhor não responder.

Mol deslizou sobre algumas pedras, praticamente escorregando, enquanto mantinha o blaster apontado. Qui-Gon tinha certeza de que a mira de sua oponente não vacilou nem por um instante. Ela estava um metro mais perto dele.

— O que devo fazer com você? — perguntou ela.

— A coisa mais inteligente a fazer seria dar meia-volta e ir embora — disse Qui-Gon. — Claro, isso é o que eu quero que você faça, mas é verdade. Outros estão vindo. Quanto mais cedo você sair daqui, mais chances terá de despistá-los.

— E aí vocês simplesmente virão atrás de mim de novo.

Aquilo também era verdade.

Mol estreitou os olhos.

— Devo contar sobre o meu joguinho para você, estagiário?

— Parece que é o que você vai fazer — respondeu Qui-Gon, sem emoção. Sua palma estava ficando suada contra o punho do sabre de luz.

— É assim. Estou tentando matar um alvo de cada idade. Pelo menos até uns duzentos anos… não dá para ficar perseguindo anciões o tempo todo. Mas quero pelo menos um representante de cada idade até os duzentos. Até agora, minha vítima mais velha foi um Whiphid de cento e sessenta e dois anos. A mais nova tinha quatro dias, então eu a considero como zero.

Mol falou tudo aquilo com um orgulho que revirou o estômago de Qui-Gon.

— E aqui estamos. — O sorriso dela se alargou. — Matei um alvo de treze anos, e outro de quinze. Isso me deixou com um pequeno intervalo, que você poderia preencher perfeitamente.

"Ela vai me matar." A mão de Qui-Gon apertou seu sabre de luz… ele só precisava tentar defletir o disparo, mesmo que fosse inútil…

Um lampejo explodiu da selva, atingindo Shenda Mol. Ela gritou em agonia, derrubando o blaster e caindo pela encosta até atingir o chão. Qui-Gon não conseguia mais vê-la, a vegetação rasteira bloqueava sua visão, mas podia ouvir o gorgolejo estrangulado que vinha da garganta dela. O som de algo arranhando a terra, como se tentasse rastejar ou chutar o chão. Antes que Qui-Gon pudesse perguntar o que era a fonte daquela luz, a folhagem farfalhou e revelou Mestre Dookan.

— Você mata indefesos e se gaba disso — relembrou Dookan, passando por Qui-Gon em direção à vegetação rasteira, focado apenas em Mol. Embora Qui-Gon quisesse ver seu Mestre, para se mostrar, sabia que não deveria interferir em um encontro que Dookan tinha sob controle. — Pensa em assassinar meu Padawan apenas para alcançar suas lamentáveis intenções. Você se acha impressionante, não é? Mas não sabe *nada* sobre o verdadeiro poder!

A luz brilhante lampejou, de novo e de novo. Qui-Gon ainda não conseguia enxergar diretamente, embora pudesse sentir a pele formigando e seus cabelos se arrepiando. O ar tinha cheiro de ozônio.

Nada daquilo parecia importar, não quando ele podia ouvir os gritos de dor de Mol.

Então, os gritos de Shenda Mol foram sufocados. Por um instante, Qui-Gon pensou que ela estava morta, mas então a ouviu gemer de forma entrecortada. O som o colocou em ação.

— Mestre, *pare.* — Ele abriu caminho entre a vegetação rasteira para ficar entre Dookan e Mol. A assassina estava deitada aos pés de seu Mestre, em posição fetal, tremendo. — Por favor. Estou bem. Vamos levá-la sob custódia. Acabou.

A expressão de Dookan era ilegível a princípio, mas ele lentamente baixou a mão.

— Acabou — repetiu seu Mestre. De repente, ele quase parecia normal novamente. — Você está bem, meu Padawan?

— Sim, Mestre. — Qui-Gon agradeceu a seu Mestre em todas as outras vezes que tivera sua vida salva por ele. Mas ali, não conseguiu.

O que seu Mestre tinha feito?

— Deixe-me convocar os outros. — Dookan se afastou para usar seu comunicador, enquanto Qui-Gon permaneceu lá, "vigiando" Shenda Mol enquanto ela tremia no chão.

CAPÍTULO VINTE E SETE

SEM RESPOSTA

Qui-Gon suspirou ao ver as palavras na tela. O Conde Dookan se provara um enigma desde sua saída repentina da Ordem, e Qui-Gon se absteve de contatá-lo desde então, principalmente para permitir que seu antigo Mestre tivesse algum tempo e alguma privacidade. Mas ele precisava dos conselhos de seu antigo Mestre mais do que nunca. Dookan tivera seu próprio relacionamento difícil com as profecias, acreditando nelas, depois deixando-as de lado e, por fim, retomando-as mais uma vez durante o tempo de Qui-Gon como seu Padawan. Ele certamente entenderia por que Qui-Gon acreditava tão piamente naquela visão. Talvez pudesse até ajudá-lo a encontrar palavras que convenceriam os outros a ouvi-lo.

Mas, de Serenno, ele recebeu apenas silêncio.

O único som que ouvira foi dos toques na porta do quarto, indicando a chegada de um visitante. Ele se preparou.

— Entre.

Quando Obi-Wan entrou, Qui-Gon respirou aliviado. Embora fosse um homem obstinado que enfrentara déspotas e senhores do crime sem vacilar, ele preferia adiar outra rodada com Rael Averross. A história que o levara a receber aquela missão só a tornava ainda mais complicada.

— A comitiva real já se acalmou? — perguntou ele.

— Nem de longe. — Obi-Wan passou por Qui-Gon, entrando no quarto mais do que já fizera. Ele pegou a pedra lisa e opalescente que seu Mestre coletara na caverna no dia anterior. — Você está sempre recolhendo pedaços de todos os lugares onde estivemos.

— Gosto de lembrar.

— Gosta de lembrar de quase morrer em um buraco e ser pego entre dois grupos de bandidos armados?

— As lembranças são, no fim das contas, tudo o que realmente possuímos. — Qui-Gon sentou-se em uma das cadeiras entalhadas de espaldar alto do quarto; suspeitava de que aquilo demoraria um pouco. — Você não está aqui para discutir meu hábito de pegar lembranças.

— Você está certo — assentiu Obi-Wan. — Estou aqui para perguntar o que diabos você pensa que está fazendo.

— Ouvindo a Força. Atendendo à visão que ela me enviou.

A expressão de Obi-Wan se anuviou.

— Perdoe-me, Qui-Gon, mas parece terrivelmente conveniente que esta visão se alinhe perfeitamente com a sua opinião sobre o Tratado de Governança. Tem certeza de que não está vendo apenas o que *quer* ver?

Ele não entendia. Talvez ninguém que não tivesse recebido uma visão do futuro fosse capaz de compreender como elas eram poderosas, persuasivas e verdadeiras.

— Minha visão pode concordar com a minha opinião, mas nenhuma influenciou a outra. Minhas objeções são reais. Essa visão também foi enviada através da Força.

— Mas... nós conversamos sobre isso em Coruscant. — Obi-Wan andava ao longo da parede de janelas com vista para os penhascos na costa. — Você mesmo falou que as visões do futuro dos místicos não deveriam ser interpretadas de forma literal. Que eram apenas interpretações das circunstâncias atuais projetadas no futuro. Não é exatamente o que você está fazendo aqui?

Qui-Gon sentiu como se tivesse dito aquelas palavras há uma vida.

— Obi-Wan, eu estava errado. Uma visão verdadeira do futuro é mais do que um simples sonho ou uma invenção da imaginação. É a percepção simultânea de dois pontos no tempo, além de qualquer coisa que a minha ou a sua mente tenham encontrado anteriormente. Portanto, não é nenhuma surpresa que eu não entendesse isso antes e que você não entenda agora.

— Então, agora você acredita que "aquela que nasceu das trevas dará luz às trevas"? — perguntou Obi-Wan. — Que "um Escolhido virá e restaurará o equilíbrio da Força"? Vai interpretar literalmente cada uma dessas nebulosas profecias místicas daqui pra frente?

Qui-Gon levou um momento para admitir aquilo, não para Obi--Wan, mas para si mesmo.

— Sim. Acho que tenho que fazer isso. Agora que estou onde os profetas estiveram, devo ouvi-los com humildade, não com julgamento. Eu era capaz disso quando jovem. Só espero encontrar forças para acreditar novamente.

Alguns Jedi teriam começado a ouvir naquele momento, mas não Obi-Wan Kenobi. O pensamento de seu aprendiz continuava tão inflexível como sempre.

— Querer ver o futuro, prevê-lo e mudar nossos comportamentos de acordo... esse é um tipo de controle que não devemos ter, Qui-Gon. Você está buscando um poder que outros não podem ter. Esse caminho pode levar à escuridão.

— Não estou indo para o lado sombrio — retrucou Qui-Gon. — Nem toda discordância com a ortodoxia Jedi transforma você em um Lorde Sith da noite para o dia.

— Não foi *isso* que eu quis dizer. — Obi-Wan suspirou. — Se não vai me ouvir sobre as visões, poderia ao menos me ouvir sobre nossa missão? Nossas ordens em Pijal partiram direto da própria Chanceler Kaj, e ela foi muito clara. Estamos aqui para proteger a Princesa Fanry e testemunhar a assinatura do tratado, para que o corredor do hiperespaço possa ser aberto. Se tivermos que pressionar para que o tratado seja alterado e tornado justo, então é isso o que faremos. Mas *não pode* se recusar a assinar em nome da República. Você não tem autoridade para fazer essa escolha.

Seu aprendiz não estava errado. Mas quando os fatos se chocavam com os ideais, Qui-Gon preferia mudar os fatos.

— Posso ter autoridade para assinar um tratado que condene as pessoas à servidão e à escravidão — disse ele. — Mas isso não significa que tenha o *direito* de fazê-lo.

— Então vai dar as costas para Averross e para Fanry, em vez de trabalhar para convencê-los? — perguntou Obi-Wan. — Ainda podemos ter sucesso nessa missão e fazer o que é certo para o povo de Pijal. Mas se você persistir em citar o misticismo e se recusar a fazer concessões...

— Vou persistir — respondeu Qui-Gon. — Rael Averross está além da razão. Sua dedicação em proteger Fanry se transformou em uma obsessão. Não chegaremos a lugar algum com ele. Fanry é uma criança que deve considerar Rael como um pai. Se ele não se mexer, duvido que ela também o faça. Isso não é assunto para negociação, Obi-Wan. É uma questão de princípios, e devemos permanecer firmes.

Obi-Wan ergueu o queixo.

— Sim. É uma questão de princípios. O princípio é que nós, como Jedi, não devemos ir além de nossas ordens, que devemos trabalhar dentro delas para fazer o que é certo.

Aquela foi a segunda vez, naquela metade do dia, que Qui-Gon recebeu um sermão sobre os limites das ordens Jedi. Sua consciência doía levemente; era importante para todos os Jedi não se tornarem arrogantes, não imporem seus desejos e valores a todos os outros ao seu redor.

Mas aquela situação era diferente. Tinha que ser, porque a única coisa que Qui-Gon sabia ser absolutamente real era sua visão.

— Nesse caso, meu Padawan, não podemos trabalhar dentro de nossas ordens e fazer o que é certo. Eu escolho o último — disse ele.

Obi-Wan caminhou em direção à porta, claramente derrotado.

— No início do meu aprendizado, eu não conseguia entender você — lembrou ele. — Infelizmente, isso também é verdade agora, no fim.

Ainda no dia anterior os dois tinham trabalhado juntos como nunca antes. Como Qui-Gon conseguia se aproximar tanto de Obi-Wan ao mesmo tempo que se afastava?

Pouco antes de Obi-Wan sair da sala, Qui-Gon falou:

— Uma vez você me perguntou sobre as cadências básicas do sabre de luz. Por que eu o mantive nelas, em vez de treiná-lo em formas de combate mais avançadas?

Obi-Wan virou-se relutantemente para encará-lo mais uma vez.

— Suponho que pensou que eu não estava pronto para avançar. Da mesma forma que não estou pronto para acreditar em todo esse misticismo…

— Não foi por isso.

Após uma longa pausa, Obi-Wan se acalmou a ponto de ouvir.

— Então, por que, Qui-Gon?

— Porque muitos Padawans, e muitos Cavaleiros Jedi completos também, esquecem que a técnica mais básica é a mais importante. A mais pura. A mais provável de protegê-lo em batalha, e a base de todo o conhecimento futuro — disse Qui-Gon. — A maioria dos aprendizes quer avançar para estilos de luta mais chamativos ou mais esotéricos. A maioria dos Mestres permite, porque todos nós, uma hora ou outra, devemos encontrar nossa forma de combate preferida. Mas eu queria que você estivesse fundamentado em sua técnica. Queria que entendesse tão bem as cadências básicas a ponto de elas se tornarem instintivas, para que você fosse quase intocável. Acima de tudo, eu queria lhe dar o treinamento necessário para realizar qualquer coisa que pudesse escolher no futuro.

Obi-Wan ficou em silêncio por tanto tempo que Qui-Gon se perguntou se o jovem estaria com muita raiva para escutar o que ele acabara de dizer. Mas finalmente, seu Padawan assentiu.

— Obrigado, Qui-Gon. Obrigado. Mas…

— O quê?

— Você poderia ter me contado — respondeu Obi-Wan, antes de sair.

O nó na garganta de Obi-Wan demoraria vários minutos para desaparecer, não importava quantas vezes ele engolisse ou o quanto tentasse pensar em outras coisas.

“Ele estava tentando me ajudar esse tempo todo”, pensou. “Qui-Gon se importava comigo mais do que eu imaginava. Ele ainda se importa.”

Saber daquilo acalmou algo no fundo da alma de Obi-Wan, uma dor e uma incerteza que habitavam dentro dele por muitos anos. Ele se perguntou o quanto seu aprendizado pareceria diferente quando reexaminasse suas lembranças sob aquela nova perspectiva.

Mas nada daquilo chegava perto de resolver os problemas de Pijal.

Apenas uma solução lhe vinha à mente. Era uma grande violação do protocolo… Além dos limites aceitáveis para qualquer Padawan. Obi-Wan a rejeitara apenas por aquele motivo, mas quando todas suas outras ideias falharam, aquilo lhe ocorreu novamente.

Daquela vez, ele não conseguiu se livrar.

“Existem regras para o que os Padawans podem fazer, e para o que os Mestres podem fazer”, falou ele a si mesmo. “Se eu fizer isso, quebrarei quase todas essas regras.”

Depois de refletir por algumas horas, no entanto, Obi-Wan sabia que não tinha escolha.

Era hora de passar por cima de Qui-Gon.

Ele voltou até a biblioteca do palácio, que ainda estava vazia, e ativou um dos terminais de comunicação. Quando a tela se acendeu, uma voz artificial falou:

— *Indique a localização e a identidade do destinatário.*

— O Templo Jedi em Coruscant. — Obi-Wan respirou fundo. — A mensagem é para o Conselho Jedi.

CAPÍTULO VINTE E OITO

Não era como se Obi-Wan nunca tivesse falado com o Conselho Jedi antes. Mas nunca fizera aquilo sozinho, sem Qui-Gon ao seu lado, e nunca tivera nada a dizer que chocasse tanto o Conselho.

— *Qui-Gon já foi rebelde antes* — disse Saesee Tiin —, *mas nunca se desviou tanto assim de suas ordens, ainda mais em um assunto tão sério.*

Poli Dapatian balançou a cabeça, sua descrença perceptível mesmo através do holograma.

— *É claro que o tratado deve ser alterado de alguma forma para proteger o povo de Pijal. Mas perturbar todo o processo diplomático é perigoso, especialmente quando várias forças armadas ameaçam o estado de direito no planeta e em sua lua.*

Quase todo o conselho estava reunido, via holotransmissão, em um círculo ao redor de Obi-Wan. Uma projeção completa era melhor para reuniões daquele nível de seriedade, mas parecia estranho se sentir dentro da própria Câmara do Conselho. Apenas uma oscilação ocasional na imagem revelava a biblioteca do palácio ao seu redor.

Ele reuniu coragem e falou:

— Eu diria que a influência indevida da Czerka neste planeta, e em particular sobre Averross, já ameaça o estado de direito. Mas temo que a postura extrema de meu Mestre torne a mudança menos provável, e não mais. Não há espaço para negociação entre eles.

Os membros do Conselho trocaram olhares, preocupados.

— *Não podemos permitir que as coisas continuem assim* — afirmou Eeth Koth. — *Tanto Jinn quanto Averross devem ser chamados de volta imediatamente.*

Obi-Wan não gostou de dizer aquilo, mas precisou:

— Averross tem sido o governante de fato deste planeta por quase uma década. Ele e a princesa herdeira parecem inseparáveis. Se ele for retirado daqui faltando tão pouco para a cerimônia, o estado de espírito do público pode ficar feio, possivelmente criando novos adeptos tanto para a Oposição quanto para os tais bandidos, quem quer que sejam eles. Também suspeito que qualquer vácuo de poder será rapidamente preenchido pela Czerka. Eles estão entrincheirados aqui.

— *Que bagunça* — observou Koth, com visível irritação. — *Temo, Mestre Yoda, que o restante de nós devesse ter ouvido você. Convidar Qui-Gon Jinn para o Conselho não...*

— *Feito já está* — disse Yoda. — *Desfeito não será.*

"Yoda votou contra o meu Mestre?" Obi-Wan sentiu a rejeição com tanta intensidade quanto se fosse ele o considerado inadequado, e não Qui-Gon. A cisão entre eles, de alguma forma, fez com que Obi-Wan valorizasse mais seu Mestre, e não menos. Era como se ele tivesse que recuar um pouco para poder enxergar o homem com mais clareza.

Mas enxergar Qui-Gon claramente não ajudou Obi-Wan a alcançá-lo.

— *De que Qui-Gon está errado ao confiar em sua visão todos vocês estão certos?* — Yoda se endireitou. — *De que a Força não fala com ele vocês têm certeza?*

O silêncio que se seguiu durou o que pareceu um longo tempo. Em dúvida, Depa Billaba falou:

— *O futuro está sempre em movimento. Não podemos depositar toda a nossa fé em tais visões.*

— *Não, não podemos. É onde Qui-Gon errado está. Mas dizer que estas visões não podem ter significado um erro também é.* — Yoda se virou para fazer contato visual com todos os membros do Conselho presentes e, finalmente, com Obi-Wan. — *Que evidências existem de que o sonho de Qui-Gon pode se tornar realidade?*

Obi-Wan admitiu:

— No sonho, Qui-Gon viu detalhadamente todo o Cálice Celestial, a câmara onde ocorrerá a coroação e a assinatura do tratado. Quando viu o lugar com os próprios olhos, ele era idêntico à sua visão em todos os sentidos.

Poli Dapatian inclinou a cabeça, aparentemente impressionado; ele não foi o único membro do Conselho a reagir assim. Outros, no entanto, permaneceram céticos.

— *Jinn pode muito bem ter visto uma imagem ou um holograma há muito tempo* — insistiu Koth. — *O lugar pode ser idêntico ao do sonho, mas isso não tem influência sobre se os eventos irão se desenrolar como ele diz... E é uma versão bastante desconexa dos eventos, aliás.*

— *Além disso* — acrescentou Saesee Tiin —, *buscar conhecer o futuro é um caminho para o lado sombrio.*

Obi-Wan tinha dito a mesma coisa, mas a afirmação soou mais dura vindo de Tiin.

Yoda bufou.

— *Buscar conhecer, sim. Mas essa visão Qui-Gon não buscou. Até ele espontaneamente ela veio. Foi o que aconteceu. Falsas essas visões podem ser, mas trevas, em si, elas não são.*

— *É possível afirmar que algo que leva a tal tentação de controlar o futuro está livre das trevas?* — perguntou Tiin.

Dapatian assentiu, sabiamente.

— *Não podemos avaliar as implicações táticas dessas visões sem considerar também as implicações éticas.*

"Eles vão mesmo perder tempo debatendo ética teórica em vez de lidar com a crise em questão?" O pensamento chocou Obi-Wan. Tal crítica ao Conselho era algo que ele esperaria de seu Mestre, mas que nunca confrontara em si mesmo. Talvez Qui-Gon tivesse razão quando falava da tendência do Conselho de discutir em vez de liderar...

"Não seja infantil", disse Obi-Wan a si mesmo. "Eles são o Conselho. É claro que considerariam todos os aspectos de cada situação." E em qualquer outro momento, ele poderia ter achado aquela discussão interessante. Ali, porém, era uma distração das questões críticas que ele precisava que o Conselho respondesse.

— Mestres, por favor, devo retornar à lua com Qui-Gon ainda hoje para monitorar a atividade da Czerka e, com sorte, encontrar e identificar os bandidos. — A convocação de seu Mestre apareceu no datapad de Obi-Wan enquanto ele informava o Conselho; a culpa pesava muito sobre ele desde então. — O que vocês vão fazer?

— *Esta a questão não é* — respondeu Yoda. — *Determinar o que* você *vai fazer nós vamos, jovem Padawan.*

Depois de uma longa e silenciosa viagem com Obi-Wan até o ponto de encontro, Qui-Gon ficou grato ao ver a *Meryx* pousando nas proximidades. Até o comportamento de Pax Maripher seria uma pausa bem-vinda no constrangimento entre ele e seu aprendiz.

— E então — gritou Pax, da escotilha da nave. — Pronto para colocar nossas vidas em perigo de novo hoje?

— Estou ansioso por isso — respondeu Qui-Gon.

Pax ergueu uma sobrancelha, mas simplesmente fez um gesto para que decolassem.

— Tudo bem — disse Rahara Wick, assim que estavam no espaço novamente —, recebemos as coordenadas que você enviou, mas ainda não fizemos o reconhecimento. Depois daquela bagunça de ontem, queríamos alguns Jedi conosco antes de nos aproximarmos de pessoas potencialmente armadas.

— Compreensível. — Qui-Gon se inclinou ainda mais na cabine da *Meryx* para estudar suas leituras. — Estamos indo para uma mina da Czerka. Não é uma de suas maiores empreitadas, mas fica perto de áreas que já foram atacadas pelos bandidos antes. Portanto, seja lá o que a Czerka esteja fazendo, parece interessante para o povo que tentemos descobrir.

Pax cruzou os braços enquanto se encostava na parede.

— Por que só estão prestando atenção nisso agora?

Obi-Wan respondeu:

— Porque antes era difícil detectar padrões significativos. Mas descobrimos quais atos foram obra da Oposição e quais foram obra dos bandidos. Depois que analisamos o registro com esse conhecimento, os padrões ficaram mais claros. Este lugar é importante para os bandidos, o que o torna importante para nós.

— Bem colocado, Padawan. — O elogio de Qui-Gon foi sincero. Por que, então, aquilo fez Obi-Wan estremecer?

Logo eles estavam descendo na atmosfera da lua. A névoa de fuligem no horizonte sinalizava as instalações da Corporação. Ao sinal de Qui-Gon, Rahara desceu com a nave. Encontrar um lugar adequado naquele terreno mais rochoso e irregular foi complicado, mas ela conseguiu pousar a nave bem no limite do alcance dos sensores. Àquela distância, apenas varreduras especificamente direcionadas captariam muita coisa. Pax e Rahara seriam capazes de monitorar enquanto os Jedi explorassem as instalações da Czerka, e era improvável que a Corporação detectasse a *Meryx*.

Qui-Gon e Obi-Wan partiram a pé, com sabres de luz nas mãos e blasters na cintura. Qualquer pessoa que usasse um daqueles escudos incomuns ali estaria muito menos protegida do que no dia anterior. Eles se moviam o mais silenciosamente possível, colocando os pés sobre a grama ou sobre as folhas macias em vez de pisar sobre as mortas. O silêncio entre os dois não era constrangedor, mas necessário, e eles estavam novamente unidos por um propósito comum.

"Cumpriremos bem essa missão", percebeu Qui-Gon. Ocorreu-lhe que seu convite para o Conselho poderia não sobreviver ao seu desafio às ordens da missão em Pijal; se assim fosse, Obi-Wan continuaria como seu Padawan? O restante do tempo no sistema responderia.

O cheiro de fumaça indicava que estavam se aproximando. Tanto Obi-Wan quanto Qui-Gon se envolveram em suas capas e puxaram seus capuzes como uma espécie de camuflagem. Obi-Wan, que carregava o sensor, fez sinal para Qui-Gon olhar mais de perto.

— Os minérios que eles extraem não parecem ser particularmente raros ou preciosos.

— Não mesmo — concordou Qui-Gon, verificando novamente as leituras de mineralogia. — A Czerka não está minerando aqui porque é necessário. Só porque é possível. Mas isso é interessante... — Ele apontou para os picos incomuns nos gráficos de uma área próxima à extremidade do complexo da instalação da Czerka.

— Kyber... não, claro, são cristais kohlen. — Pensativo, Obi-Wan tocou a borda do sensor com um dedo. — Se a Czerka realmente estiver procurando por cristais kohlen...

Qui-Gon concluiu o pensamento:

— Eles podem estar por trás daqueles bandidos. Pode ser assim que reúnem os cristais para alimentar aqueles escudos misteriosos.

— Nós nem sabemos se os escudos usam kohlen — Obi-Wan observou, contradizendo não seu Mestre, mas sua própria linha de raciocínio.

Assentindo, Qui-Gon respondeu:

— Não temos nem certeza de que nossos sabres de luz são ineficazes contra aquelas coisas. Uma batalha não pode ser prova absoluta.

— Deveríamos nos certificar disso, embora eu não ache que será divertido descobrir. — Um sorriso tomou conta do rosto de Obi-Wan, apenas por um instante.

— Vamos ver se conseguimos descobrir o que eles estão fazendo com os cristais kohlen. — Qui-Gon fez sinal para que seu aprendiz o seguisse.

Juntos, continuaram avançando até quase alcançarem o perímetro do complexo. Apenas faíscas de luz azulada revelavam a cerca eletrônica que marcava os limites da propriedade.

"Ótimo", pensou Qui-Gon. "Assim podemos ver tudo."

Nada naquela instalação, à primeira vista, parecia diferente de inúmeras outras operações de mineração que Qui-Gon vira ao longo dos anos. Os droides peneiradores vasculhavam a matéria-prima sem pensar, separando minério de escória, que era recolhida pelos droides carregadores que se moviam pelo solo, levando o minério para o processamento inicial. Humanos escravizados também estavam presentes, vestindo seus macacões cinza, fazendo manutenção nos droides. Provavelmente havia mais pessoas lá dentro, executando tarefas mais complexas do que simples droides trabalhadores poderiam ser programados para realizar. Era um trabalho monótono e cansativo, mais um exemplo do tipo de trabalho árduo que aquelas pessoas eram forçadas a realizar em toda a galáxia.

"Tem que haver algum fim para isso", pensou Qui-Gon. "Yoda está correto, os Jedi não podem assumir a responsabilidade de erradicar a escravidão em toda a galáxia, não sem antes assumir mais poder do que jamais deveríamos ter. Mas isso deve mudar, de alguma forma."

O sensor piscava mais rápido conforme eles se moviam silenciosamente por entre as árvores, aproximando-se da área com cristais kohlen.

— Aqui, Mestre — sussurrou Obi-Wan. — Deve dar para ver agora.

Uma nova área do complexo se tornou visível. Os Jedi pararam e a observaram durante o tempo que precisaram para crer, até que um ASP-7 chegou na área acidentada, equilibrando um enorme recipiente metálico em seus braços. O ASP-7 esvaziou o recipiente, sacudiu-o uma vez para garantir que estava vazio e depois começou a carregá-lo de volta para que fosse enchido novamente.

— No lixo — disse Obi-Wan, incrédulo. — A Czerka está jogando os cristais kohlen no lixo?

Qui-Gon também poderia não ter acreditado, se não tivesse visto alguns reflexos laranja reveladores no meio dos detritos.

— Eles aparentemente estão coletando outros minerais que detectamos, e os cristais kohlen são apenas… resto. Bem… das duas, uma.

— Sabemos que a Czerka não está por trás dos bandidos — afirmou Obi-Wan. — Se estivessem, precisariam dos cristais kohlen.

— Isso, ou os cristais não serão utilizados nos escudos dos bandidos, afinal. — Qui-Gon se ajeitou. — De qualquer forma, duvido que tenhamos muito mais a descobrir por aqui. Não há nada demais nessa operação da Czerka, e não estamos mais perto dos bandidos.

O chiado elétrico de um disparo de blaster os alertou. Os Jedi ergueram os olhos bem a tempo de ver um dos droides mineradores explodir.

Os alarmes começaram a soar. Luzes vermelhas piscavam nos cantos de cada instalação. Os droides trabalhadores abandonaram suas tarefas, girando para fornecer a escassa defesa que tinham a seu dispor. Qui-Gon examinou o horizonte e viu três pequenas naves de transporte pairando logo acima da linha das árvores perto do complexo. Os transportes de tropas estavam descendo, aproximando-se para pousar logo depois da cerca.

Ele sabia quem estava chegando antes mesmo de o primeiro soldado aparecer, e certamente Obi-Wan também. Mas quando a figura saltou, com o blaster em punho, Qui-Gon ainda teve que dizer:

— Os bandidos. Eles estão aqui.

CAPÍTULO VINTE E NOVE

O tédio de ficar sentado esperando pelos Jedi se encerrou abruptamente, com sinais reveladores piscando no limite do alcance do sensor. Pax deu uma olhada neles, avaliou a situação e pensou: "Mas que inferno".

— Campo de bloqueio de varredura ativado — disse ele. — Assim que possível, saímos daqui.

Rahara se aproximou, com um pãozinho haroun na mão.

— Espere aí. E os Jedi?

— Qui-Gon teve a decência de dizer que não deveríamos nos colocar em perigo mortal por causa deles. *Ainda* não estamos em perigo mortal, mas ele está perto demais para nos considerarmos seguros. — Ele teria que fazer uma análise completa das leituras para convencê-la? Então, uma solução mais simples lhe veio à mente e ele apontou através da janela de visualização da cabine na direção das silhuetas voadoras próximas ao horizonte. — *Ali.*

Ela ofegou.

— De quem são aquelas naves?

— Não tenho ideia, e isso não importa, de qualquer modo. As armas das naves estão ativas e elas voam em formação de ataque. Isso é tudo o que eu preciso saber para avaliar que a chance de corrermos "perigo mortal" é extremamente alta.

Disparos distantes de blaster mostravam pouco mais do que feixes de luz esverdeada acima das copas das árvores. Pax preferia que o fogo não se aproximasse.

— Quem quer que sejam, estão atacando as instalações da Czerka — murmurou Rahara.

— Pessoas seguindo o próprio coração — ele opinou. — Vamos deixar isso para elas, certo?

Pax esperava que ela voltasse para a cabine, ao lado dele, e assumisse os controles. Ele era um piloto perfeitamente adequado, mas faltava-lhe o toque mágico de Rahara. Os dois teriam uma chance muito maior de escapar dali sem serem notados se ela estivesse no assento do piloto. Além do mais, ela já tinha ficado um bom tempo no refeitório, comendo, e ele já estava ávido por mais companhia e entretenimento. (Pax já tinha sido instruído de que não era aceitável interromper os momentos de refeição, sono, horários de descanso ou os holofilmes dela apenas por aquele motivo. A crise apenas lhe dera a desculpa perfeita.)

Mas ela já estava balançando a cabeça negativamente.

— Não é apenas a escória da Czerka que está ali — disse ela. — As pessoas que eles escravizaram também estão lá. E elas serão abatidas antes que alguém consiga alcançar os cômodos internos onde ficam seus "donos". — Rahara se endireitou. — Não posso deixar isso acontecer.

— Embora eu tenha receio de perguntar — Pax falou —, como você pretende impedir isso?

— Vou levar a *Faceta* para fornecer alguma cobertura. — Rahara pegou um capacete do suporte e foi na direção do porão.

Aquilo era inaceitável em muitos níveis. Pax correu atrás dela, gritando:

— Você não vai conseguir ajudar muito na *Faceta*. Cada nave daquelas é cinco vezes maior e tem dez vezes mais poder de fogo. Aproximadamente. Posso calcular os números exatos se você precisar ser convencida.

— Não preciso de números exatos. Preciso ir até lá.

Com isso, Rahara pressionou um painel na parede. O revestimento de parte do piso se retraiu, dando acesso à baia de lançamento abaixo. Ali, brilhando como um dardo prateado, estava a *Faceta*.

Pax se sentira muito inteligente quando comprou um caça monopiloto. Se a *Meryx* fosse atacada, ele teria a capacidade de contra-atacar enquanto mantinha sua preciosa carga fora de perigo. Mas ele sempre se imaginara indo para a luta. Não Rahara.

— Tire-nos do chão — ordenou ela. — Depois eu assumo.

Recusar era tentador. Mesmo uma pilota tão habilidosa quanto Rahara Wick não conseguiria decolar um caça a meio metro do solo.

Mas recusar-se a decolar apenas iniciaria uma discussão. Pax já sabia como aquilo terminaria. Ele poderia muito bem ajudá-la a fazer as coisas da melhor forma possível.

— Rahara? — chamou ele, enquanto ela se sentava. — Use suas luvas.

Ela sorriu para ele por uma fração de segundo antes que a cabine espelhada da *Faceta* se fechasse.

A breve esperança que Obi-Wan tinha de que eles pudessem ficar de fora daquela briga desapareceu quando vários bandidos se viraram e começaram a correr bem na direção dele e de seu Mestre.

— Fomos avistados.

— É o que parece. — Qui-Gon acendeu o sabre de luz, e Obi--Wan fez o mesmo. O zumbido da arma era quase tranquilizante, um lembrete de que quem quer que fossem seus oponentes, *ele* era um Jedi.

Um dos bandidos atirou na direção deles, mas não *contra* eles, percebeu Obi-Wan. Em vez disso, o disparo atingiu um dos postes de controle da cerca. Por um momento, a cerca eletrônica brilhou tanto que ficou tão opaca quanto qualquer muro de pedra. Depois ela desapareceu, e não havia nada entre os Jedi e os bandidos além de alguns droides mineradores e uns vinte metros de lama.

Qui-Gon correu para a frente, assumindo a liderança. Com a mão livre, ele pegou um blaster largado por um bandido e atirou em outro, mas o disparo atingiu o escudo do oponente, sem causar danos. Obi--Wan praguejou consigo mesmo. Por que os escudos também tinham que proteger contra armas convencionais? Os movimentos defensivos de Qui-Gon eram executados com perfeição, mas seus inimigos continuavam intocáveis. Aquilo significava que tudo o que os agressores tinham que fazer era esperar a hora em que um dos Jedi cometesse um pequeno erro.

Obi-Wan se escondeu atrás de um ASP-7, buscando cobertura. Ele esperava que Qui-Gon fizesse o mesmo, mas, em vez disso, seu Mestre continuou lutando. Seu manto e seu cabelo giravam a cada movimento que fazia, e quando Obi-Wan vislumbrou seu rosto, viu apenas serenidade. A calma total.

"Eu estou em união com a Força", pensou Obi-Wan, relembrando um antigo ditado dos Guardiões dos Whills. "A Força está comigo."

Ele relaxou e deixou a Força fluir através dele. Em batalha, normalmente a Força parecia silenciar, não para abandoná-lo, mas para se tornar nada além de instinto. Daquela vez, porém, Obi-Wan se viu conectado a tudo que estava ao seu redor, como se estivesse em um transe meditativo. Ele não estava esperando que seu Mestre o guiasse. Finalmente estava sendo guiado puramente pela Força.

Os minutos seguintes pareceram decorrer em câmera lenta. Obi-Wan não sentiu medo ao sair de trás do droide de carga e encarar novamente os bandidos. A vida e a morte eram iguais dentro da Força; não havia nada do que se esconder, nada para distraí-lo. Em vez disso, ele podia perceber a trajetória de cada disparo de blaster antes que fosse disparado. Seu corpo não precisava da ajuda de sua mente consciente para mover o sabre de luz e desviar cada uma das rajadas.

Qui-Gon sempre o encorajara a entrar em transe meditativo durante o combate. Obi-Wan sempre achara aquilo um absurdo, senão impossível.

Mas ali, finalmente, ele lutava como seu Mestre o ensinara.

Rahara manteve a *Faceta* tão baixa que a pequena nave roçava algumas das copas das árvores. Ela sentia o impacto, mergulhava para um lado ou para o outro, perdia momentaneamente um pouco de velocidade, mas não era nada que sua nave não pudesse suportar.

"Não me arrependo por nunca termos usado a *Faceta* como um caça de verdade até hoje", pensou ela, "mas estou feliz por podermos usá-la assim agora."

Todas as naves agressoras já tinham pousado àquela altura, por isso não havia nada com o que se preocupar no ar. Depois que Rahara passou pelo perímetro da instalação, pôde ver o que estava acontecendo no solo. Daquele lado do edifício principal, os dois Cavaleiros Jedi enfrentavam pelo menos uma dúzia de oponentes e, pelo que parecia, estavam segurando a barra. Eles se moviam com tanta fluidez e seus sabres brilhavam tão intensamente, que ela quase poderia acreditar que eram dançarinos. Rahara sentiu um arrepio de admiração. Sempre ouvira falar dos Jedi usando seus poderes, mas nunca tinha visto aquilo antes.

A *Faceta* sobrevoou o edifício mais próximo, revelando outra seção do complexo e da batalha. Aquilo mostrou a ela a razão de ter ido até lá.

Ao lado daquele edifício, uma unidade de processamento, cerca de uma dezena de trabalhadores escravizados da Czerka tinham se amontoado abaixo de uma saliência, tentando se proteger dos disparos de blaster. Os agressores, que Rahara imaginou serem os tais bandidos, não estavam disparando diretamente contra aquelas pobres pessoas, apenas contra o edifício. Mas se a construção explodisse, todos os escravizados seriam mortos tão certamente quanto os que estivessem lá dentro.

Havia uma porta a apenas um metro de distância deles. Rahara lembrava-se dos protocolos antigos, e sabia que o pessoal da Czerka já tinha se abrigado e trancado todas as entradas, pois todos que importavam estavam seguros. Os escravos não importavam.

Algum dia ela teria uma chance contra a Corporação propriamente dita. Naquele momento, ela só poderia ajudar aqueles que a Czerka tinha abandonado.

Rahara levou a *Faceta* para baixo, quase ao nível do solo, voando entre os escravos e os bandidos. O fogo de blaster atingiu o casco, mas aquelas eram armas de fogo pessoais, não os canhões mais poderosos usados em naves; os disparos mal arranharam a superfície, e nem sequer a atrasavam. Assim que terminou, ela passou voando novamente, daquela vez mais perto dos bandidos. Sua recompensa foi vê-los se jogando para trás para escaparem de ser atropelados.

Ela se inclinou para passar uma terceira vez na área. Àquela altura, os trabalhadores escravizados já tinham fugido do edifício da Czerka e corriam para um silo mineral mais do que forte para resistir ao fogo de blaster. Ela deveria continuar se importando com os bandidos? Provavelmente não; se o fizesse, ela ajudaria a Czerka, e não as pessoas que a Corporação escravizara. Por isso, Rahara elevou a *Faceta* para dar outra olhada ao redor. Pontos no horizonte distante chamaram sua atenção.

"Espere. Aquilo são naves se aproximando." Em voz alta, Rahara murmurou:

— Mas quem diabos são *esses*?

Uma luz verde-esbranquiçada explodiu ao seu redor, envolvendo a *Faceta*, que oscilou perigosamente para o lado. Ela lutou para recuperar o controle, mas a nave não respondia bem. Aparentemente, um dos bandidos tinha uma arma terra-ar, que acabara de ser usada para abatê-la. Rahara não podia fazer nada além de puxar os controles com força para tentar diminuir o impacto que estava por vir.

— Não olhe agora — gritou Obi-Wan em meio ao barulho da batalha. — Mas acho que temos reforços!

Qui-Gon olhou para o horizonte e viu naves se aproximando. Transportes de tropas, não muito diferentes daquelas usadas pelos bandidos, mas cada uma delas exibia orgulhosa as cores reais de verde e branco. Apesar dos protestos de Rael, a guarda de Fanry tinha ido apoiá-los.

Os bandidos não pareciam estar preparados para aquela contingência. Vários deles baixaram as armas e olharam ao redor, confusos. Mas alguns dos outros já tinham se retirado e corriam de volta para suas naves. Uma retirada completa parecia provável.

Então, o som de metal se partindo ecoou pelo campo de batalha. Qui-Gon se virou e viu uma pequena nave, um caça monopiloto, levantando ondas de lama ao derrapar no chão até parar. Aquele deveria ser o caça da *Meryx*, pensou ele. Embora Qui-Gon não tivesse visto o caça antes, Pax já tinha se gabado sobre o pequeno veículo. Quem estava na cabine daquela nave corria sério risco de ser capturado ou morto. Quer fosse Rahara ou Pax, só estava lá por insistência de Qui-Gon.

O que significava que, se possível, era sua responsabilidade tirar a pessoa viva dali.

CAPÍTULO TRINTA

Obi-Wan viu seu Mestre correndo na direção do caça abatido e entendeu instintivamente que deveria se manter firme contra os bandidos até que eles recuassem. O resgate do piloto caberia a Qui-Gon.

Ou assim ele pensou, até que droidekas desgastados começaram a rolar de rampas no chão. A defesa da Czerka finalmente tinha entrado em ação. Vários droidekas se voltaram contra os bandidos, mas dois apontavam diretamente para Qui-Gon.

A onda de surpresa e medo que passou pelos bandidos informou a Obi-Wan que eles estavam prestes a fugir. Aquilo permitiu que ele os ignorasse completamente e corresse na direção de seu Mestre.

Invocar a Força lhe permitiu saltar mais longe e mais alto do que nunca, pelo menos uns cinco metros, dando uma cambalhota no ar para aterrissar em posição defensiva ligeiramente à frente de seu Mestre. Qui-Gon gritou:

— O que você pensa que está fazendo?

A única resposta de Obi-Wan foi desviar os disparos dos droidekas. Aquelas rajadas podiam ser bloqueadas pelos sabres de luz, mas os droidekas eram capazes de atirar cinco vezes mais rápido do que qualquer humano, e eram pelo menos dez vezes mais difíceis de parar.

Todo o complexo entrou em ação ao mesmo tempo que os droides de batalha. Algum funcionário de alto escalão da Czerka, escondido em um dos edifícios, devia ter dado o sinal para uma evacuação de forma tardia. Embora Obi-Wan permanecesse focado nos droides de batalha, ele podia perceber mais da cena ao redor deles: naves automatizadas em forma de bloco emergindo de poços de concreto, portas se abrindo para trabalhadores da Czerka se espalharem correndo por toda a propriedade, droides e equipamentos...

... e pessoas.

— *Aaah.* — Rahara colocou o cinto do piloto na *Faceta* para que pudesse se preparar. Sua nave tinha derrapado e parado na beira de uma vala, inclinando-se bruscamente para o lado. Com um braço debaixo do corpo, ela poderia se apoiar para ver o que estava acontecendo.

A cabine estava parcialmente coberta de lama. Por entre as manchas, ela avistou droides movendo-se em padrões definidos, na direção de naves transportadoras por piloto automático. Rahara reconheceu imediatamente o protocolo de evacuação. Ela tinha passado por alguns deles quando um poço de mineração ameaçava explodir e danificar os equipamentos.

"Certo, a Czerka está indo embora." Rahara sentiu-se aliviada, depois culpada por se sentir assim quando, a poucos metros de sua nave, pessoas escravizadas estavam sendo carregadas em transportes de carga. Mas ela conhecia o protocolo de evacuação suficientemente bem para saber que não havia nada que pudesse fazer, desarmada, com uma nave que precisaria de alguns reparos antes de poder levantar voo novamente.

"Será", pensou ela, "que eu conheço alguma dessas pessoas?"

Seus olhos se encheram de lágrimas enquanto ela imaginava alguns dos rostos dos companheiros escravizados, que tinham sido gentis com uma criança pequena vendida para longe de seus pais e que a confortaram o melhor que puderam.

Um droide de segurança se aproximou da *Faceta*, bloqueando a visão de Rahara de qualquer outra coisa que não fosse lama. Através da cabine, ela pôde ouvir a voz metálica dizendo:

— *Iniciando varredura.*

Rahara congelou. Parecia que as costas da mão esquerda estavam queimando, como se o implante que ela arrancara há tanto tempo estivesse tentando sinalizar para a Czerka por conta própria. Ela olhou para suas luvas azul-escuras e repetiu para si mesma:

— Você está segura. Você está segura.

O droide de segurança projetou um feixe de luz verde na cabine, que a cegou momentaneamente. Ela ainda estava piscando quando ele arrancou o domo da cabine, expondo-a.

— *Varredura inicial inconclusiva* — dizia o droide enquanto o feixe passava por Rahara mais uma vez. Seus braços longos e multiarticulados desdobraram-se com as seguintes palavras: — *Reconhecimento facial confirmado. Propriedade da Czerka.*

— Não! — Rahara saiu da cabine, ignorando a dor do peito machucado, lutando para fugir. Os Jedi estavam em algum lugar por ali. Se ela conseguisse alcançá-los, eles a ajudariam...

Mas a pinça do droide de segurança a agarrou, tirando o ar de seus pulmões com o aperto firme. Seus pés balançavam a vários centímetros acima do chão, de forma que ela não tinha tração nenhuma para se afastar. Uma pinça menor saiu de um painel e arrancou sua luva esquerda. Uma agulha espetou as costas de sua mão, perfurando a pele, e ela gritou de dor.

— *Implante temporário instalado* — disse o droide.

Rahara estava preparada para morrer no espaço profundo. Para ir para a cadeia como ladra de pedras preciosas. Para entrar em conflito com os Hutts. Para ser morta pelos bandidos. Ela aceitava todos os perigos que a vida podia lhe oferecer, menos um. A única coisa que ela implorava à Força para poupá-la era retornar à escravidão.

"Lá se vai a Força", pensou ela entorpecida enquanto o droide de segurança a deixava cair em um caminhão com o restante das coisas da Czerka.

As naves de tropas palacianas se aproximavam enquanto os Cavaleiros Jedi lutavam contra dois droidekas no perímetro do complexo. Os disparos de blaster enchiam o ar com o cheiro de ozônio, que contrastava de forma estranha com os aromas orgânicos de coníferas e lama. Uma névoa cobria o chão, composta de fumaça das poças que evaporaram com o calor dos tiros, e de poeira de minério, dificultando a visibilidade como se eles estivessem lutando para abrir caminho entre uma neblina rodopiante que chegava até os joelhos.

Qui-Gon não se intimidou. Tudo o que ele e Obi-Wan precisavam fazer era esperar um pouco mais. Aí eles teriam poder de fogo extra ao seu lado e derrotar os droidekas seria fácil.

Mas ao observar Obi-Wan em ação, lutando tão brilhantemente quanto qualquer Cavaleiro Jedi completo, Qui-Gon decidiu que talvez não precisassem de poder de fogo extra.

— Obi-Wan! — chamou ele. — Triangular!

O rosto de seu aprendiz se iluminou, pela primeira vez entendendo Qui-Gon completamente. Os dois se aproximaram, ficando quase um de costas para o outro. Baixinho, e ainda se defendendo furiosamente com seu sabre de luz, Obi-Wan murmurou:

— Diga quando.

Qui-Gon quase errou o bloqueio de uma rajada, que chacoalhou o sabre de luz em suas mãos, mas se recuperou no mesmo instante. Observou os droides girarem, cada um em direção ao Jedi que fixara como alvo principal.

— *Agora!*

Juntos, eles saltaram mais de dois metros de lado, até o ponto médio exato entre os droidekas, depois se abaixaram no chão.

As rajadas de blaster rugiram sobre suas cabeças, disparadas por cada um dos droides, diretamente um contra o outro. A eletricidade azul crepitante correu ao longo de seus revestimentos enquanto cada um deles vibrava e, depois, desmoronava.

Obi-Wan se virou para sorrir para ele.

— Bem melhor assim!

— Vamos. — Qui-Gon não tinha esquecido que a *Faceta* caíra alguns minutos antes. A névoa pesada e rodopiante ao redor de seus pés tornava-se mais opaca a cada segundo, e ele queria procurar o caça da *Meryx* antes que a obscurescência se tornasse impenetrável.

O espaço aéreo acima das instalações da Czerka tinha se transformado em um engarrafamento tridimensional digno de Coruscant. As naves dos bandidos tentavam escapar numa direção, perseguidas por naves palacianas; os transportadores de carga da Czerka decolavam em outra; algumas naves palacianas restantes começaram a pousar no meio de tudo aquilo. Qui-Gon esperava que as tropas do palácio estivessem coletando imagens detalhadas das naves dos bandidos. Assim, talvez, elas pudessem ser rastreadas e o mistério de suas origens poderia ser resolvido.

Suas botas pisotearam a lama enquanto os dois caminhavam mais para o interior do complexo, para a área em que Qui-Gon vira a

Faceta cair. Nem Pax nem Rahara apareceram. Ele apertou o passo; o piloto poderia estar ferido.

— Todos os outros droides foram para os carregadores da Czerka — disse Obi-Wan. — Estamos seguros.

— Pelo menos por enquanto. — Qui-Gon olhou de soslaio para seu aprendiz. Obi-Wan tinha algumas pequenas manchas de lama no rosto, misturadas com as sardas, e rasgara parte do capuz. Qui-Gon nunca o vira tão exultante. — Você lutou de forma esplêndida.

— Eu sei! Ah, quero dizer, obrigado Mestre.

Qui-Gon riu.

— Vá em frente, Padawan. Comemore. Você conquistou esse direito.

Obi-Wan abaixou a cabeça, tentando manter a modéstia, embora o largo sorriso em seu rosto contasse outra história.

— Todas as vezes, no passado, em que você falou sobre alcançar o estado de transe durante uma batalha, eu achei que era impossível. Mas hoje eu consegui. Senti a presença da Força como nunca antes.

— Medite sobre isso essa noite — aconselhou Qui-Gon. — Lembre-se dos sentimentos que o guiaram. Quanto mais você atingir esse estado durante uma batalha, mais fácil será no futuro, até que se torne uma segunda natureza e… ah, não.

Uma brisa forte agitou a névoa espessa, revelando um trecho de terreno aberto onde estava a *Faceta*, ligeiramente danificada, ao lado de uma vala rasa. A cabine fora aberta, e não havia ninguém dentro dela.

O sorriso de Obi-Wan desapareceu.

— O que é isso?

— O caça da *Meryx* — respondeu Qui-Gon. — Pax ou Rahara veio para ajudar, mas nenhum deles está na nave.

— Isso significa que podem estar feridos ou… — Obi-Wan se virou e gritou: — Rahara? Consegue me ouvir? É Obi-Wan Kenobi! Você está segura, nos mostre sua localização!

Ninguém respondeu.

A princípio, Qui-Gon pensou em repreender Obi-Wan por presumir que Rahara tinha pilotado a nave, mas então sua intuição concordou. Rahara Wick era a pessoa da dupla que guardava rancor contra a Corporação Czerka e que tinha uma empatia mais profunda pelas pessoas sob o controle da organização. Pax nunca teria entrado no meio daquilo, e ninguém poderia ter impedido Rahara de fazê-lo.

— Mestre Jinn — interpelou a voz profunda do Capitão Deren. Qui-Gon olhou para trás e viu o capitão se aproximando em seu uniforme de voo, com guardas o flanqueando de cada lado. — Graças à Força vocês estão bem.

— Capitão Deren — Qui-Gon chamou —, diga-me: você teve que lutar contra Rael Averross para vir aqui? Ou conseguiu escapar de fininho?

A sombra de um sorriso passou brevemente pelo rosto de Deren, mas desapareceu logo em seguida.

— A própria Princesa Fanry ordenou que viéssemos, para que vocês dois não viajassem sozinhos em um território tão perigoso. Quando percebemos que estavam em perigo, protegê-los se tornou nossa prioridade.

Então, Sua Alteza Sereníssima era capaz de desafiar seu regente quando os riscos eram suficientemente altos. Qui-Gon se perguntou se aquilo era um sinal de sabedoria e maturidade, uma evidência de que Fanry, de fato, estava se tornando a rainha de que Pijal precisava, ou se era uma simples rebeldia adolescente. De qualquer forma, a chegada das tropas palacianas foi fortuita.

— Estamos trabalhando com… — Qui-Gon fez uma pausa momentânea para encontrar uma forma mais prudente de se referir a Pax e Rahara — … pilotos independentes que nos trouxeram até aqui. Um deles voou para o meio da luta para tentar ajudar. Estamos procurando por ela agora.

Deren assentiu.

— Vou designar dois dos meus oficiais para ajudá-lo.

— Nós lhe agradecemos muito. Mas também precisamos urgentemente de quaisquer análises que vocês tenham das naves dos bandidos. Conseguimos determinar que não são patrocinados pela Czerka, obviamente. — Qui-Gon apontou para a confusão e depois parou ao ver a área de lixo que ele e Obi-Wan tinham visto antes. Enormes ranhuras tinham sido escavadas por algum tipo de droide. Só havia uma coisa que a Czerka estava descartando que os bandidos poderiam desejar. — Toda essa invasão pode não ter passado de uma tentativa de roubar cristais kohlen.

— Quem saberia por que a Oposição faz qualquer coisa? — perguntou Deren, com desprezo em cada sílaba.

Qui-Gon franziu a testa, pronto para argumentar, mas então outra figura emergiu da floresta: Pax Maripher, com um casaco azul absurdamente grande.

— Onde está ela? — perguntou Pax. — Rahara ainda não voltou, o que indica que ela ficou por aqui, e como eu não poderia voar em meio a toda essa confusão... — ele acenou com os braços na direção do tráfego aéreo, embora àquela altura ele já tivesse praticamente desaparecido — ... fui forçado a vir até aqui para buscá-la.

— Um dos pilotos independentes — disse Qui-Gon a Deren em voz baixa, antes de se voltar para Pax. — Temo que a *Faceta* tenha sido abatida durante a luta. Rahara não está mais na cabine. Estamos procurando por ela.

O rosto de Pax ficou pálido enquanto ele corria na direção do caça, ainda mais pálido do que costumava ser.

— Havia droides de segurança aqui? Fazendo varreduras em equipamentos e pessoas? — Quando Qui-Gon assentiu, Pax parou no meio do caminho, apertando os cabelos desgrenhados com as mãos enquanto murmurava: — Ela não está mais marcada. Estava com as luvas. Eles não a pegaram. Não poderiam ter feito isso.

O Capitão Deren tirou o chapéu, como faria ao se aproximar dos entes queridos de alguém que tivesse tombado em combate.

— Perdoe-me, mas... Você está falando de alguém com um implante de escravo da Czerka? — Quando Pax se virou alarmado para ele, o capitão acrescentou apressadamente: — Nenhuma palavra sobre o assunto será compartilhada com um representante da Corporação. Juro.

— Então sim, é disso que estou falando — respondeu Pax.

— Lamento informar que, nos últimos anos, a Czerka atualizou a maioria de seus droides de segurança com tecnologia de reconhecimento facial. Eles têm um arquivo com hologramas de todos os sencientes que já possuíram, remontando a gerações. — Deren balançou a cabeça, tristemente. — Se essa pessoa desaparecida já pertenceu à Czerka, o droide de segurança provavelmente a identificou.

Qui-Gon esperava que Pax explodisse em fúria, se voltasse contra eles ou entrasse na floresta sem dizer mais nada. Em vez disso, ele simplesmente ficou ali, parado na lama, com os olhos vazios tomados pelo medo. Pax parecia apenas uma criança perdida. Ele não se moveu até ver algo na lama. Então, ajoelhou-se e pegou uma luva azul, que dobrou quase com ternura entre as mãos.

Era um momento íntimo, que Qui-Gon não deveria mais testemunhar. Ele se virou para Deren.

— Você ainda está presumindo que os bandidos são afiliados à Oposição. Não há provas disso, nem aqui e nem em qualquer outro lugar.

— Sei que as pessoas que atacaram um edifício seriam capazes de atacar outro — disse Deren. — Sei que as pessoas que recorrem à violência vão continuar sendo violentas. Isso me diz tudo o que eu preciso saber sobre a Oposição. — Com isso, ele marchou para longe.

Qui-Gon não se incomodou em chamá-lo. Não fazia sentido falar com alguém que nunca escutaria.

CAPÍTULO TRINTA E UM

Faltando dois dias para a coroação, Fanry finalmente ficou nervosa.

— Que tal esta? — perguntou o joalheiro da corte, abrindo outra caixa de madeira, antiga e simples, para revelar uma coroa de joias ornamentada e extremamente ostentosa, mas menos do que a primeira que ela tinha experimentado. Fanry pegou a coroa nas mãos e a colocou na cabeça.

— Adorável! — disse a supervisora de setor da Czerka, Meritt Col, que estava sentada com as outras damas da corte para testemunhar a ocasião. — Não acha, Ministra Orth?

A Ministra Orth parecia tão entusiasmada como sempre, o que significava que não estava nem um pouco emocionada.

— A primeira coroa é a tradicional para cerimônias de coroação.

— Esta coroação será diferente das outras — afirmou Fanry. Todos os outros monarcas de Pijal assumiram o poder absoluto, sem uma constituição a ser formada. Ao deixar a segunda coroa de lado, ela falou ao joalheiro da corte: — Algo menos chamativo seria melhor.

— Hum. — O joalheiro franziu a testa. — Normalmente, o objetivo de uma coroa é ser vistosa, mesmo aqui. Deixe-me examinar os registros do tesouro.

Quando o joalheiro começou a vasculhar o tesouro por meio do datapad, alguém bateu à porta. Para a surpresa de Fanry, foi Rael Averross quem disse:

— Princesa, precisamos conversar.

— Isso precisa esperar — respondeu ela. — Ainda não terminei de escolher uma coroa.

— Precisamos conversar *agora* — insistiu ele. Ele estava furioso. Ela o vira furioso muitas vezes, mas nunca com ela. Aquilo a abalou mais do que ela poderia imaginar.

— Que vergonha, Lorde Regente! — A Ministra Orth correu até a porta para melhor gritar com Averross, que estava do outro lado. — Ela não está em condições de ser vista. Como ousa ultrajar sua intimidade dessa maneira?

Fanry colocou a mão no cabelo, que ao contrário de todos os outros dias de sua vida até ali, caía solto em vez de estar enrolado em um lenço. Somente na maturidade uma mulher de Pijal deixava de lado os panos. A coroação seria a primeira vez que Fanry mostraria seu cabelo ruivo ao mundo.

— Tudo bem, tudo bem, tanto faz. Se tivermos que conversar assim, que seja. — Averross fez uma pausa, talvez para recuperar o fôlego; parecia que ele podia ter corrido todo o caminho do palácio até o tesouro. — Fanry, o que diabos você estava pensando? Enviar tropas reais para a lua?

Pelo canto do olho, Fanry viu Meritt Col enrijecer como se tivesse levado um tapa. Aparentemente, a supervisora estava ciente de que os Jedi não se importavam com a presença da Czerka em Pijal. Em um tom monótono, Fanry apenas falou:

— Mestre Jinn precisava de ajuda.

— Mestre Jinn é quem está tentando estragar o tratado, o corredor do hiperespaço, sua coroação… e tudo pelo que trabalhamos desde que cheguei aqui!

Fanry suspirou.

— Mestre Jinn é um Jedi, enviado pelo Conselho para nos ajudar. Por isso, enquanto ele estiver em Pijal, estará sob a nossa proteção. É nosso dever garantir que ele permaneça seguro. Cumprimos nosso dever, mesmo quando ele não cumpre o dele.

— *Muito* bem dito, Vossa Alteza Sereníssima. — A Ministra Orth endireitou-se, como se Averross de alguma forma conseguisse vê-la do outro lado da porta. — Terminamos aqui, Lorde Regente? A princesa pode retornar à sua tarefa?

— Que seja. — Averross não falou mais nada.

Ele provavelmente aliviaria um pouco de sua raiva numa longa viagem. Fanry imaginou como seria quando eles se falassem novamente. Por enquanto, tudo o que importava era que a Ministra Orth estivesse calma, que Meritt Col estivesse relaxada novamente e que seu cabelo não tivesse sido revelado tão cedo.

O joalheiro da coroa estendeu a menor caixa até então.

— Experimente isso, Vossa Alteza Sereníssima.

Abrindo a tampa, Fanry viu uma argola delicada, enfeitada com pequenas pedras preciosas que refletiam a luz e brilhavam em uma dúzia de tons diferentes. Ela a colocou na cabeça e se olhou no espelho, como a rainha que em breve seria.

— Ah, é perfeita! — exclamou ela. — É essa!

Qui-Gon voltou de Pijal com o Capitão Deren em uma das naves reais. Obi-Wan voltaria mais tarde, depois de ajudar Pax Maripher a consertar a *Faceta*; dado o que acontecera com Rahara Wick, eles deviam ao homem toda a assistência que pudessem conseguir. A viagem de volta poderia ter proporcionado uma oportunidade de saber se todas as tropas reais compartilhavam a opinião de Deren sobre os bandidos e a Oposição. Em vez disso, Qui-Gon foi presenteado com várias rodadas de canções de marcha, em diversos graus de alegre obscenidade. Ele voltou ao palácio sem descobrir nada novo.

Rahara Wick o perturbava profundamente. Ela assumira um risco que ele não pediu que corresse, um risco que tinha enfrentado com plena compreensão dos perigos envolvidos. Ele sabia que não era diretamente responsável pelo destino dela. No entanto, ela nunca teria chegado perto das instalações da Czerka se ele não tivesse convencido tão fortemente a tripulação da *Meryx* a ajudá-lo em sua missão.

Qui-Gon parou no corredor que levava ao seu quarto no palácio. Seu espírito estava agitado. Ele precisava acalmá-lo por meio de um nível mais profundo de meditação. Para isso, precisava de solidão.

O Jedi percorreu o palácio até encontrar uma área menos utilizada, e dentro dela a escadaria para uma torre. Os degraus tinham sido esculpidos na rocha há muito tempo, com bordas desgastadas e arredondadas pelos séculos de atrito com diversos pés. Qui-Gon teve que se abaixar na maior parte do caminho. Certamente parecia que muito poucas pessoas iam até aquela parte do palácio; talvez aquilo lhe oferecesse uma hora de paz e silêncio.

Em vez disso, quando chegou ao terraço superior e saiu ao ar livre, encontrou Rael Averross ali parado.

Os braços de Rael estavam cruzados contra o peito e ele olhava para o caminho que levava ao palácio, ladeado por árvores antigas e pesadas.

— Como pode? Tento me isolar de tudo e você me segue mesmo assim.

Qui-Gon sentia a mesma coisa. Dizer aquilo não os levaria a lugar nenhum.

Em vez disso, ele saiu para o terraço, dando uma boa olhada no esplendor do ambiente.

— Você deve ter gostado de passar oito anos em um lugar lindo como este.

Rael encolheu os ombros.

— Nunca me importei com esse tipo de coisa.

O que era verdade.

— É por isso que você foi capaz de realizar essa tarefa quando muitos outros Jedi não poderiam.

— Os Jedi vivem no edifício mais sofisticado do planeta mais sofisticado da galáxia. Imagino que a maioria deles poderia lidar muito bem com Pijal. — Rael apoiou os cotovelos na parede de pedra que circundava o topo da torre. — O Conselho me enviou aqui porque sabia o que eu sentia em relação a Nim. Eles sabiam que eu nunca superaria aquilo, a menos que fizesse o que era certo com outro jovem, mas eu falei a eles para não me darem outro Padawan, nem naquela época, nem nunca. Então, eles me mandaram aqui para cuidar de Fanry.

— Ajudou? — perguntou Qui-Gon.

— Um pouco. Mas isso não é algo que se conserta. Nada jamais vai consertar isso. — Afastando-se da parede, Rael saiu de seu estado de espírito contemplativo. — O que *você* está fazendo aqui?

— Estou em busca de solidão e sossego.

— Ficamos muito bons em sabotar um ao outro. Pelo menos você ficou bom em me sabotar. Não sei se terei alguma chance de me vingar.

— Você *quer* se vingar? — Qui-Gon se perguntou até que ponto Rael tinha se desviado dos ensinamentos Jedi.

— Não sei. O que sei é que estou de mau humor e, se não conseguir meditar, vou ter que dar um jeito de resolver isso. — Rael pegou o cabo do sabre de luz na mão. — Quer treinar?

Já que parecia que Qui-Gon também não teria a chance de meditar...

— Vamos.

Os dois acenderam os sabres de luz ao mesmo tempo. O azul de Rael, o verde de Qui-Gon. Os dois Jedi andaram em círculo, avaliando um ao outro. Eles tinham lutado um contra o outro muitas vezes, quando Rael era um jovem e Qui-Gon não passava de um menino, mas nunca mais desde então. A experiência anterior poderia não se aplicar ali.

Rael atacou primeiro, abaixando-se; Qui-Gon defendeu e seguiu em frente, virando-se para ficar mais perto da parede.

— Então, hoje em dia você se protege — disse Rael, mudando o peso de um pé para o outro. — Antigamente, você se jogava com tudo em uma briga.

— Dookan nos ensinou a ter cautela — lembrou Qui-Gon. — Bem, pelo menos tentou.

Aquilo fez Rael rir.

— Primeiro ele nos ensinou a confiar em nossos instintos. É isso o que eu faço.

Rael avançou com tanta velocidade que Qui-Gon mal teve tempo de erguer seu sabre de luz para bloquear. O zumbido elétrico de suas armas se transformou em um estrondo de estática quando as lâminas colidiram. Um empurrão para trás e Qui-Gon afastou Rael novamente.

— Dookan também nos ensinou sobre os místicos de outrora. — O quanto Qui-Gon daria para saber a opinião de seu Mestre sobre aquela situação. — Mas só depois que *você* me apresentou às profecias.

— Porque elas eram muito mais interessantes do que qualquer outra coisa que você poderia aprender nos livros — disse Rael. — Mesmo assim, nunca as interpretei literalmente.

Qui-Gon ergueu uma sobrancelha.

— Dookan acreditou nelas uma vez, e acabou acreditando novamente.

Na última palavra, ele partiu para o ataque. Qui-Gon brandiu sua lâmina em movimentos curtos e precisos, que forçaram Rael a recuar vários passos até que os dois ficaram juntos no centro do terraço.

Mas Rael permaneceu destemido.

— Dookan deixou os Jedi. Você tem que admitir, ele não parece mais colocar toda sua fé nos ensinamentos Jedi.

— *Você* ainda tem fé? — perguntou Qui-Gon, dando um passo à frente. Seus sabres de luz não estavam se tocando, mas estavam tão próximos que faíscas estalavam entre eles. — Isso é tudo o que importa aqui.

— Digamos que sim — respondeu Rael. — Digamos que acredito que algum dia haverá um equilíbrio perfeito na Força, graças a algum tipo de "Escolhido". Você realmente pensou no que isso significa, Qui-Gon? Significa que a escuridão seria tão forte quanto a luz. Então, não importa o que façamos, porque no fim das contas vai dar empate! Não importa que lado escolhemos.

Qui-Gon se endireitou e desativou sua lâmina. Rael deu um passo para trás, abaixando o sabre de luz, mas sem desativá-lo.

— Importa — afirmou Qui-Gon calmamente. — O lado que escolhemos importa. Mesmo que nunca haja mais luz do que escuridão. Mesmo que não possa haver mais alegria na galáxia do que dor. Para cada ação que empreendemos, para cada palavra que pronunciamos, para cada vida que tocamos, isso importa. Não me volto para a luz porque isso significa que um dia vou "ganhar" algum tipo de jogo cósmico. Eu me volto para ela *porque é a luz.*

Rael desligou o sabre de luz, mas a competição ainda não tinha terminado.

— Você cometeu erros, Qui-Gon. Você tocou a escuridão.

— Sim, cometi. E cometerei novos, sem dúvida. Esta não é uma escolha que fazemos uma vez para nunca mais nos aproximarmos dela. É o trabalho de uma vida. — Qui-Gon dirigiu-se para a porta. Estranhamente, apesar de tudo, ele encontrara uma maior sensação de paz. — Retome esse trabalho, Rael. Deixe-se guiar pela Força.

— Não sou seu Padawan — respondeu ele. — Então, me poupe.

Qui-Gon o poupou. Depois desceu se perguntando quando ou se seu velho amigo seria novamente guiado por seus princípios, e não por sua vergonha.

No início da noite, na lua de Pijal, o céu tinha adquirido um tom vívido de rosa. Pijal pairava enorme e dourado no céu, dando à cena um tipo de beleza que ela não merecia.

Obi-Wan se ajoelhou na lama que tinha sido um complexo da Czerka e depois um campo de batalha. Ao lado dele estava a *Faceta*, e em sua cabine estava Pax Maripher, que queria testar seus reparos.

— Certo. O que você vê quando eu faço isso? — perguntou Pax, ao som de um botão acionado.

— A curvatura da asa aumenta o grau de inclinação — respondeu Obi-Wan, alcançando um painel próximo da asa.

— Esplêndido. E quanto a isso?

— Ai! — Obi-Wan puxou a mão. Depois de chupar o dedo chamuscado por um segundo, ele respondeu: — As unidades antigravitacionais esquentam... literalmente.

— Certo. Isso é bom, então. Isso é bom. — Pax disse as palavras distraidamente, como se não se lembrasse totalmente onde estava. — Suponho que não haja razão para eu ficar por aqui, então.

Eles tinham verificado duas, três, quatro vezes os pequenos reparos que a *Faceta* precisava; Obi-Wan suspeitava fortemente que Pax estava adiando sua partida com a esperança irracional de que Rahara Wick aparecesse de repente e explicasse onde estava. Mas a noite estava caindo e mais de um grupo armado percorria aquela lua. Ambos precisavam sair dali.

— Pax? — chamou ele. — Se for ajudar, você poderia voltar para a *Meryx* e trazê-la aqui? Assim eu poderia pilotar a *Faceta* até dentro dela.

— Ah. Sim. Claro, muito lógico.

Lentamente, como se seus músculos estivessem doloridos, Pax saiu da cabine da *Faceta* e vagou pela floresta. Quanto tempo levaria até que ele conseguisse decolar? Obi-Wan supôs que demoraria um pouco. Então, ele subiu no pequeno caça imediatamente.

Seu comunicador tocou. Ele pegou e falou:

— Kenobi aqui.

— *Padawan Kenobi.* — Era a voz de Mace Windu. — *É um momento oportuno para falar?*

O Conselho Jedi tinha tomado uma decisão.

CAPÍTULO TRINTA E DOIS

O que a ação não poderia fazer, a diplomacia poderia conseguir.

Ou, na falta dela, dinheiro.

— Supervisora Col — disse Qui-Gon, sentando-se no luxuoso escritório da supervisora. — Obrigado por concordar em me ver tão tarde e em tão pouco tempo.

— Eu também esperava falar com você. — Meritt Col cruzou as mãos sobre a mesa. Através da enorme janela atrás dela, ele podia ver a silhueta do palácio recortada pela última luz do pôr do sol. — Além disso, estamos todos dedicando muitas horas nos preparando para a coroação. A Czerka está patrocinando inúmeros festivais e atividades em homenagem à futura rainha.

— Uma supervisora de setor ajuda a organizar eventos públicos? — perguntou Qui-Gon suavemente, aceitando uma pequena xícara de chá de um pequeno servo droide LEP. — Isso parece… bem, aquém da sua posição.

Os tipos corporativos sempre protegiam suas posições, e Meritt Col não era exceção. Ela foi rápida em explicar.

— Prefiro pensar nisso como um investimento no futuro da Corporação, tanto aqui em Pijal como no que diz respeito ao novo corredor hiperespacial. Tudo o que pudermos fazer para garantir uma transferência de poder sem problemas é, no fim das contas, um benefício tanto para a empresa quanto para Sua Alteza Sereníssima.

Qui-Gon assentiu como se aquela fosse qualquer outra conversa agradável durante a hora do chá.

— Claro, parece que não haverá uma cerimônia.

O sorriso de Col ficou rígido, mas não desapareceu.

— Tenho certeza de que a República encontrará alguém para desempenhar esse papel. Por favor, saiba, Mestre Jinn, que não pretendo lançar qualquer calúnia sobre suas crenças religiosas. Mas sonhos premonitórios... bem, não é assim que a Corporação Czerka toma decisões. Eu esperava conversar com você para ver se há alguma coisa que poderia convencê-lo a... reconsiderar a base de suas ações.

Em outras palavras, ela esperava que ele aceitasse suborno. Meritt Col provavelmente teria o bom senso de oferecer algo além de dinheiro, mas outras formas de isca poderiam ser apresentadas. Qui-Gon se perguntou se algum Jedi já mordera alguma delas.

Não muitos, certamente... mas um ou outro? Talvez sim, principalmente porque Col corria para ele de uma forma que indicava que ela se sentia otimista.

— Minha decisão é definitiva. E duvido que a República envie mais alguém para assinar o Tratado de Governança, não sem mudanças significativas. — Embora Qui-Gon não tivesse certeza da rapidez com que o Conselho Jedi reagiria, ele sabia que Yoda ouvira suas preocupações e as levara a sério. Apesar de todos os sermões de Yoda sobre como os Jedi não deveriam governar, ele tinha uma forma engraçada de convencer a Chanceler Kaj a ouvir; medidas seriam tomadas. Nenhuma outra pessoa seria escravizada em Pijal. Mas não era aquilo que Qui-Gon tinha ido negociar.

— Vamos deixar as questões políticas para trás — sugeriu ele, pousando a xícara. — Ontem, na lua de Pijal, uma pessoa que anteriormente foi "propriedade senciente" da Corporação foi retomada sob custódia...

— "Anteriormente" não.

Qui-Gon franziu a testa.

— Perdão?

— Aqueles que fugiram em vez de comprarem legalmente sua liberdade ou de tê-la comprada para eles, não foram propriedade da Czerka "anteriormente" — disse Col. — Eles *ainda* são propriedade da Czerka. Nossos estatutos corporativos especificam isso detalhadamente e, claro, qualquer planeta que faça negócios conosco deve concordar em operar de acordo com o estatuto. Isso inclui Pijal.

Cada uma daquelas palavras era odiosa para Qui-Gon, mas ele permaneceu calmo. Ele estava ali para realizar uma única tarefa.

— Então, como você diria, uma mulher de propriedade da Czerka foi levada sob custódia depois de passar vários anos foragida. Desejo negociar ou comprar sua liberdade.

Col piscou de surpresa. O que quer que ela esperasse que ele falasse, não era aquilo.

— Um Jedi deseja comprar um escravo. Uau. Isso é *novo*.

— Para libertá-la — enfatizou Qui-Gon.

Meritt Col franziu os lábios.

— Você estaria disposto a considerar um preço diferente de dinheiro? Digo, para cooperar com a cerimônia do tratado? Concordando em representar a República?

A resposta automática ficou presa em sua garganta. Poderia ele usar aquela posição para negociar mudanças significativas, como a alteração do tratado ou mesmo a proibição da escravatura em Pijal? Ele poderia não apenas recuperar Rahara Wick, como também beneficiar todo o planeta?

Provavelmente não. O coração de Qui-Gon pesou ao perceber o quanto era improvável obter o apoio do Conselho Jedi naquele assunto. Era um exagero do seu poder como representante, e ele sabia.

Além disso, sua visão continuava vívida. Qui-Gon viu derramamento de sangue e confusão na cerimônia do tratado. Ele sabia, com tanta certeza quanto se já tivesse passado por aquilo, que não poderia permitir que a cerimônia ocorresse. Nem mesmo para salvar a própria vida.

— Isso não é possível — disse ele. — No entanto, estou preparado para oferecer uma quantia considerável de dinheiro... ou talvez oferecer conselhos sobre como certas situações políticas podem mudar quando a Chanceler Kaj deixar o cargo.

Os olhos de Meritt Col brilharam e, por um momento, Qui-Gon pensou que poderia ser fácil daquele jeito. Suas opiniões não se baseavam em nenhuma informação confidencial; muitas pessoas presumiam que os Jedi deveriam ter conhecimento interno do governo, o que era apenas parcialmente verdade. Qui-Gon não tinha mais ideia do que qualquer outra pessoa na galáxia sobre o que outros candidatos como Alissiar ou Valorum poderiam fazer no cargo. Ele falaria longamente, no entanto, se aquilo pudesse libertar Rahara Wick.

Então, a expressão de Col endureceu.

— Receio não poder fazer isso. Honestamente, não tenho certeza se poderíamos ter feito algum acordo. Quando um escravo foge, é importante mostrar aos outros a inutilidade dessa ação. Permitir que tal pessoa seja comprada e libertada imediatamente… bem, isso poderia causar alvoroço. Criar falsas esperanças. Tenho certeza de que entende o que quero dizer.

— Você quer dizer — Qui-Gon questionou — que não há nada que eu possa fazer para mudar sua opinião?

Com um sorriso largo, Col falou:

— Absolutamente nada.

— *Wick, Rahara.* — O droide câmera tirava fotos dela de todos os ângulos enquanto ela tremia na câmara de processamento. Enquanto isso, o droide de protocolo RQ andava ao redor dela, recitando fatos em voz alta: — *Nascida da Czerka, vinte e nove anos atrás, no complexo fabril de Hosnian Prime. Dada como desaparecida há quinze anos, dois meses e dois dias. Recuperada hoje, aproximadamente…*

— Eu não nasci da Czerka — disse Rahara. Sua voz estava quase abafada pelo silvo das saídas de vapor e pelo barulho constante dos droides e dos passos dos prisioneiros nos pisos de grade metálica. — Eu nasci de pais. Pais humanos. Você não poderia me dizer quem eles eram?

Às vezes, ela acreditava se lembrar deles. Na maior parte das vezes, sabia que era impossível.

A unidade RQ fez uma pausa.

— *Os registros solicitados são irrelevantes.*

— Sabe, tenho um amigo que foi criado por droides de protocolo. — Será que Rahara conseguiria se conectar com aquela coisa? Bem, ela tinha aprendido como falar com Pax de vez em quando. Talvez pudesse fazer bom uso daquela experiência. — Por unidades 3PO, não RQ, mas todos os droides de protocolo devem ter muito em comum, não é?

— *Temos protocolos em comum* — respondeu RQ.

— Exato! Isso mesmo. Bem, meu amigo, Pax… ele falou que os droides de protocolo têm um senso moral bem desenvolvido. Melhor até do que a maioria dos humanos. — Sua voz tremeu quando ela disse o nome de Pax. Metade do tempo, ele a deixava tão doida que ela queria jogá-lo para fora da eclusa de ar mais próxima. Mas a outra metade…

Rahara engoliu em seco. Se pensasse em Pax ali, desabaria, e já estava perto demais daquilo. — Ele... ele falou que se os droides de protocolo definissem as regras, a galáxia faria muito mais sentido.

O modelo RQ girou para observá-la mais de perto.

— *Isso é fato.*

Ela estava enrolando, principalmente. Rahara podia ver as portas de entrada a três metros de distância e sabia que seria conduzida através delas, algemada e encurralada, depois colocada para trabalhar ali enquanto aguardava a transferência. Se pudesse confiar nas lembranças de outras pessoas que tinham sido recapturadas, sua próxima missão não seria nada confortável. A Czerka a levaria para as minas de especiaria em Kessel, ou para os trabalhos de construção nas baixas temperaturas de Stygeon Prime. Não haveria misericórdia para ela.

— Então, como um droide de protocolo, talvez você possa me dizer alguma cosia. — Rahara tirou o cabelo úmido do rosto. O macacão áspero da Corporação grudava em sua pele, como se tentasse asfixiá-la. — Por que a Czerka mantém pessoas, quando droides podem fazer o trabalho melhor, durar mais e com menos custo? *Por quê?* Qual é o objetivo?

A unidade RQ inclinou a cabeça.

— *A Corporação Czerka escraviza seres sencientes porque pode* — respondeu o droide.

Em seguida, enviou-a para terminar o processamento.

Qui-Gon caminhou do quartel-general da Czerka de volta ao palácio. Lumidroides iluminavam seu caminho, assim como algumas outras áreas ao redor do terreno. A princípio, ele prestou pouca atenção a eles; o palácio estava sempre cercado de iluminação, e ele estava preocupado com a ideia de libertar Rahara Wick. Se Meritt Col se recusasse a vender ou negociar por ela, talvez ele pudesse adotar uma nova abordagem... menos legal. Um ou dois caças individuais poderiam ser capazes de evitar as defesas da *Alavancagem* se uma distração pudesse ser criada.

Mas, ao considerar as possíveis distrações (colocar uma nave abandonada em sequência de autodestruição?), sua atenção foi gradualmente atraída de volta para o presente. Na noite que escurecia rapidamente, tornava-se evidente que a área ao redor do palácio estava mais iluminada do que o normal. Significativamente mais brilhante. Ao sair do caminho arborizado para o amplo gramado, ele viu guardas sentinelas e droides trabalhando arduamente em torno de um pavilhão de entretenimento, da ampla varanda sobre o mar e, principalmente, do Cálice Celestial.

Quando ele entrou pela porta do palácio, foi saudado com uma cena semelhante. Flores frescas de cores vívidas estavam amontoadas em jarros de cerâmica posicionados ao longo de todas as superfícies planas. Dois droides trabalhavam juntos para encerar o chão do grande corredor — um rolando para espalhar a cera e o outro seguindo atrás para polir. Um dos cozinheiros corria em direção à cozinha e falava em seu comunicador:

— Não, sessenta bancadas de frutas não serão suficientes! Precisamos de, pelo menos, oitenta... Sim, eu sei que o prazo é curto, mas não posso fazer nada...

— Jedi Jinn. — A Ministra Orth apareceu, ajeitando a capa bege. — Bem. Coragem não lhe falta, isso eu garanto.

Qui-Gon optou por não morder a isca.

— Aonde você está indo? — perguntou ele.

— Vou revisar os gráficos de assentos. Não se preocupe, não guardo rancor. Você terá um lugar na primeira fila. — Ela deu a ele um breve sorriso antes de seguir seu caminho.

"A coroação", pensou ele. "O tratado. Eles não podem seguir adiante com isso, podem?"

Ele correu em direção aos seus aposentos. Certamente haveria alguma mensagem do Conselho Jedi sobre aquilo. Rael os contatara para solicitar outro representante? O Conselho teria sido convencido tão facilmente? Ou uma nova versão da constituição e do tratado tinham sido redigidas, colocando as coisas em ordem?

— Obi-Wan? — chamou Qui-Gon enquanto caminhava pela entrada da sala de estar compartilhada. — Você está aqui?

— Sim, Mestre. — Obi-Wan apareceu na porta de seu quarto. Ele soava e parecia estar desanimado. — Estou.

— O que diabos está acontecendo por aqui? — Qui-Gon tirou o manto.

— Eles estão se preparando para a cerimônia do tratado — disse Obi-Wan. — A coroação, a constituição... tudo isso.

— Como, precisamente, eles pretendem levar isso adiante? — Suspeitas mais sombrias espreitaram em sua mente. — Será que a Czerka os convenceu de que não precisam da República?

Obi-Wan balançou a cabeça.

— Não, Mestre. Nada desse tipo. — Ele engoliu em seco. — O Conselho Jedi... O Conselho me nomeou como o legítimo representante da República para os propósitos da cerimônia.

"Um Padawan representando toda a República? Mesmo um Padawan tão forte quanto Obi-Wan?" Não fazia sentido.

— Rael os contatou e esta foi a resposta deles?

— Eu os contatei. — Obi-Wan se endireitou. — Você e Mestre Averross chegaram a um impasse. Nenhum dos dois estava disposto a procurar a opinião do Conselho. Então, eu tive que fazer isso. Nunca imaginei que esta seria a decisão deles, mas é o que me pediram para fazer.

A sensação de abandono, de traição, atingiu Qui-Gon como um punho. Obi-Wan tinha feito aquilo?

Ele ficou em silêncio por um longo tempo até encontrar as palavras.

— Você está disposto a assinar um tratado e ratificar uma constituição que selará para sempre a escravidão e a presença da Corporação Czerka neste planeta?

— Não, Mestre. — Obi-Wan balançou a cabeça tão rapidamente que, em circunstâncias menos terríveis, teria sido cômico. — A comissão do Senado redigiu uma cláusula dizendo essencialmente que os termos do tratado são apenas temporários. Na verdade, é apenas uma forma de abrir o corredor do hiperespaço e colocar a assembleia democrática no poder. Depois, Pijal deve oferecer uma nova constituição e um novo tratado à República no prazo de um ano local. É claro que o Senado indicou fortemente as mudanças que espera ver.

— E que não serão feitas — disse Qui-Gon. — Eles são ingênuos o suficiente para pensar que a Czerka não subornará todos os funcionários recém-eleitos? *Você* é ingênuo assim? A única vantagem de deixar a autoridade nas mãos de uma monarquia é que basta convencer uma pessoa a criar mudanças positivas. Agora haverá centenas de pessoas com migalhas de autoridade, muitas das quais já estarão financeiramente ligadas à Czerka.

A expressão de Obi-Wan mudou de vergonha para teimosia.

— Você sempre afirmou ter fé nas instituições democráticas. Você as elogiou há apenas alguns dias. É tão diferente aqui em Pijal?

— Talvez não. Mas talvez seja. — Qui-Gon afundou-se pesadamente na cadeira mais próxima. As imagens de seu sonho inundaram sua mente, e ele teve que visualizar Obi-Wan em meio ao conflito e ao derramamento de sangue, lutando por sua vida. — Nada disso muda a visão que tive do futuro. Mas é claro que você não acredita nela. Você não acredita em profecias.

— Eu acredito em *você*, Mestre — insistiu Obi-Wan, novamente desanimado. — Mais do que eu acho que imagina. Mas também acredito que o futuro está sempre em movimento.

— Graças à sua interferência — disse Qui-Gon —, o futuro de Pijal está escrito com sangue.

Ele saiu, deixando seu aprendiz para trás.

CAPÍTULO TRINTA E TRÊS

— Inútil — praguejou Pax Maripher.

Ele estava sentado no compartimento de carga da *Meryx*, iluminado apenas pelo brilho do campo de bloqueio de varredura. O procedimento adequado no fim de uma viagem consistia em fazer um balanço de todos os itens vendidos e obtidos. Para aquela viagem, o lucro viera exclusivamente de sua barganha com a Czerka, que parecia ainda mais suja do que antes. Além disso, ele não tinha nada para mostrar da viagem além de uma cadeira de piloto vazia ao lado dele e pilhas de cristais kohlen.

Kohlen. A razão de terem ido para Pijal. *Kyber de tolo* seria um nome melhor. Se ele tivesse percebido a diferença, a *Meryx* teria ido para Gamorr conforme planejado. Em vez disso, ele tinha uma gema medíocre que era, na melhor das hipóteses, semipreciosa, um monte de cristais laranja que eram completamente inúteis e... estava sem copiloto/analista de minerais.

"Mantenha a calma", falou a si mesmo. "É claro que é terrivelmente inconveniente, mas outra pessoa pode ser contratada, e sem demora. Há sempre um grande número de pilotos à procura de trabalho."

Aquilo era o que os droides que o criaram teriam dito. Tudo aquilo era factual e, portanto, era uma forma razoável e racional de reagir à perda de sua copilota. Como ele havia afirmado repetidamente, o relacionamento dos dois era estritamente profissional, sem quaisquer desvios de amizade ou...

— Apenas negócios — murmurou Pax.

Dizer aquilo em voz alta não fez diferença alguma. Não importava quantas razões lógicas ele tivesse para se comportar de outra forma, a mente de Pax recusava-se a parar de pensar em Rahara.

O que estava acontecendo com ela naquele momento? Ela tinha trabalhado em minas quando era criança, e odiava aquilo. Será que a Corporação Czerka a empurraria de volta para o subterrâneo? Mas havia trabalhos piores, os piores de toda a galáxia, e Pax conhecia a Czerka o suficiente para acreditar que poderiam ser punitivos com uma fugitiva recuperada. Ou talvez ela fosse vendida como uma "encrenqueira". Nesse caso, Rahara poderia acabar em qualquer lugar, fazendo qualquer coisa.

Nada daquilo era relevante para seus planos ou para sua situação.

Pax se perguntou se estava negligenciando certos elementos da situação. Seu cérebro poderia estar tentando alertá-lo sobre sua lógica falha.

Sim. Sempre havia pilotos em busca de trabalho. Mas pilotos dispostos a realizar tarefas ilegais nem sempre eram do tipo confiável. Rahara era uma das exceções. Sua combinação de habilidade de voo e conhecimento mineralógico era incrivelmente incomum e altamente valiosa para ele.

E Rahara ainda tinha um talento raro: ela *gostava* dele. Ela o entendia de uma forma que poucos tentavam. A maioria dos sencientes o achava desagradável, o que significava que o tempo médio de emprego de todos os pilotos que Pax contratara antes de Rahara era de aproximadamente vinte dias. Ele não desejava retornar a uma rotatividade tão elevada, mas parecia que sentia falta dela como pessoa e do calor que ela levara para sua vida, ainda mais do que precisava dela como pilota.

Em sua cabeça, ele podia ouvir B-3PO dizendo: "*Ora, essa é a coisa mais boba que já escutei*".

Quando a estação abandonada finalmente fora encontrada, mais de quinze anos depois desde que Pax ficara lá preso quando criança, os droides que o criaram ficaram satisfeitos.

— *Imagine só* — disse G-3PO —, *finalmente vou traduzir novamente! Já faz tanto tempo.*

— *Sentiremos sua falta.* — B-3PO inclinou a cabeça azul para observar Pax pela última vez. — *Mas agora todos nós poderemos retornar à nossa funcionalidade adequada, inclusive você. Que maravilha termos todos sido resgatados!*

Os droides se afastaram, fazendo barulho pelo corredor. Pax foi deixado lá, segurando seus poucos pertences em uma sacola, perguntando-se por que queria chorar.

Ele se sentia daquele jeito novamente. A presença de Rahara assombrava a *Meryx*. Seu lenço preto ainda estava enrolado na cadeira de copiloto. Quando Pax abriu o refeitório, viu o chá Chandrilano dela ali, esperando por ela. O compartimento de carga ainda cheirava levemente àquele perfume floral complicado que Rahara tinha comprado em Coruscant e insistia em usar, apesar de suas repetidas objeções.

"Acredito", Pax falou consigo mesmo, "que isso é conhecido como luto."

B-3PO respondeu mentalmente:

— *Bem, não há nada que você possa fazer a respeito. Esse é nosso destino na vida.*

A *Meryx* contra a *Alavancagem*. Não, aquela não era uma disputa que terminaria bem para ele. Ele também não esperava que os Cavaleiros Jedi o ajudassem a quebrar pelo menos uma dezena de leis. Então, ele estava desamparado. Mas Pax permanecia paralisado, incapaz de sair do sistema enquanto houvesse alguma chance de Rahara ainda estar nele.

Seu comunicador tocou. O coração de Pax deu um pulo, sem qualquer motivo racional, depois ficou pesado quando ele reconheceu a frequência. Ele pegou o aparelho.

— Desculpe, não fazemos mais negócios com os Jedi. Então, você pode pegar o seu comunicador e…

— *Acho que podemos tirar Rahara de lá* — disse Qui-Gon Jinn. — *Extraoficialmente, claro.*

Pax repassou o que pensava ter acabado de ouvir.

— Deixe-me ter certeza de que entendi. Você, um suposto guardião da paz e da justiça na galáxia, está sugerindo uma incursão ilegal?

— *Precisamente.*

Ninguém precisava lhe dizer que tal ação seria perigosa, mesmo com os Jedi ao seu lado. As probabilidades estariam contra eles. Ele também sabia que a coisa mais racional a se fazer era sair imediatamente daquele sistema, ir para Gamorr, vender sua carga e recomeçar com um novo piloto.

Mas Pax também sabia, com a certeza de quem já tinha decidido há muito tempo, que mesmo que houvesse apenas uma chance em dois milhões, vinte mil, quatrocentos e sete de recuperar Rahara, ele não deixaria aquele sistema sem ela.

Todos em Pijal pareciam estar se referindo ao dia como "Véspera da Coroação". Àquela altura, todo o palácio estava em alvoroço, repleto de atividades e celebrações.

Qui-Gon não teria nada a ver com aquilo.

Em vez disso, ele ficou dentro das docas do palácio. No dia seguinte, a área estaria lotada de naves espaciais privadas e solodeslizadores, mas naquele dia seus únicos companheiros eram droides sentinelas. Qui-Gon deitou-se em um levitador para entrar sob o pequeno veículo que Fanry colocara à disposição dele e de Obi-Wan, aquele em que tinham voado de encontro a Pax e Rahara. Ele queria conhecê-lo completamente, por dentro e por fora, antes de finalizar qualquer plano. A nave estava em ótimas condições, mas não seria muito boa em bloquear sinais sozinha. No entanto, com a ajuda do campo da *Meryx*, aproximar-se da *Alavancagem* sem que fossem detectados poderia ser possível...

— Espere até amanhã à noite.

Qui-Gon saiu de baixo da nave e viu Obi-Wan ali parado.

— Perdão?

— Você não deveria tentar resgatar Rahara Wick até amanhã à noite — reforçou Obi-Wan. Ele não parecia envergonhado nem desafiador, apenas calmo. — A Czerka estará em alerta máximo até que a cerimônia do tratado termine. Depois disso, porém, parece que todos os chefões da Corporação irão a uma das muitas festas. Cidadãos deixarão suas naves em órbita como parte da celebração. Isso vai tornar muito mais fácil passar despercebido, e quando você chegar até a *Alavancagem*, ela estará praticamente deserta.

— Excelente plano — disse Qui-Gon. — Estou envergonhado em não ter pensado nisso sozinho.

Obi-Wan abaixou a cabeça.

— Você tem outras coisas em mente.

O pesadelo que Qui-Gon sabia que se desenrolaria na cerimônia estava se repetindo constantemente em sua cabeça. Ele se sentia enojado toda vez que pensava em Obi-Wan no meio de tudo aquilo. No entanto, sabia que não havia mais nada que pudesse fazer. O Conselho tomara uma decisão terrível e Obi-Wan, como sempre, obedeceria ao Conselho.

— Tenho mesmo. E como você sabia que eu estava planejando um resgate?

— Porque você acessou diagramas e esquemas completos da *Alavancagem* hoje de manhã — respondeu Obi-Wan, e depois acrescentou, antecipando a próxima pergunta: — Eu sei disso porque os solicitei logo depois de você. Seu nome ainda estava listado como o último usuário do terminal.

Qui-Gon não pôde deixar de sorrir.

— Então não sou o único a planejar um resgate.

Àquela altura, Obi-Wan começou a relaxar. Um pouco de seu antigo humor veio à tona quando ele falou:

— Outra vantagem de esperar até amanhã à noite é que, depois da cerimônia, minha agenda estará totalmente livre.

"Se você estiver vivo". Mas Qui-Gon não conseguia mais pensar naquilo. A única maneira de ajudar Obi-Wan naquele momento seria participando da coroação. Sua presciência o ajudaria quando um desastre acontecesse, e poderia lhe dar a chance de salvar seu Padawan, Fanry e os outros. Era sua única esperança.

— Amanhã à noite, então. — Qui-Gon levantou-se, enxugando as mãos engorduradas com um pano. — Obrigado, Obi-Wan. Eu precisava dessa clareza.

— Estou feliz que você... — Obi-Wan parou. — É claro que você está com raiva de mim. Mas você sempre coloca a missão em primeiro lugar.

— Sempre — afirmou Qui-Gon.

Seria mais fácil enfrentar o dia seguinte depois de encontrar novamente um ponto comum com seu aprendiz. Se o pior acontecesse, pelo menos eles poderiam falar um com o outro com respeito e gentileza novamente.

"Talvez a decisão de Obi-Wan já tenha mudado o fluxo dos acontecimentos", pensou Qui-Gon enquanto ouvia a risada de Obi-Wan. "Talvez isso baste para mudar o futuro."

No entanto, ele ainda sentia o peso do presságio... a certeza de que problemas mortais estavam a caminho...

Obi-Wan ficou em silêncio, e logo Qui-Gon também pôde ouvir: uma enorme comoção fora do palácio. Quando eles se viraram, o jovem perguntou:

— O que é *isso*?

Na opinião de Rael Averross, as coisas finalmente estavam dando certo. O Padawan de Qui-Gon acabara sendo mais útil do que seu Mestre. Fanry estava entusiasmada com a cerimônia do dia seguinte, e se ela tivesse se rebelado ao enviar Deren à lua, bem... tudo bem, ela tinha razão. Era apenas mais uma prova de que ele fizera um bom trabalho ao educá-la. Averross sentia a crescente determinação dentro dela. Fanry estava pronta para ser a monarca, pelo menos no sentido constitucional, e em menos de um dia Averross finalmente veria a coroa na cabeça dela.

— Pronta para a festa, Orth? — perguntou ele, enquanto caminhava pelo perímetro do Cálice Celestial, que se curvava em um círculo gigante. — Vai me conceder a primeira dança?

A Ministra Orth estava no estrado central, checando a iluminação ou algo do tipo. Ele esperava que ela retrucasse. No entanto, ela disse:

— Prometi cada uma das danças a alguém diferente, Lorde Regente. Você terá que me convidar mais cedo da próxima vez. Eu *permito*, porém, que me traga uma bebida. — Com ar de quem fizera uma grande concessão, ela voltou ao trabalho.

Averross conseguiu não rir. Pelo jeito, Orth nem sempre era tão azeda com os outros quanto era com ele...

— O que está acontecendo? Que barulho é esse? — perguntou Orth, ajeitando o pincenê, como se aquilo fosse ajudá-la a ouvir melhor.

A princípio, Averross pensou que não passava da gritaria da multidão que estava cercada do lado de fora desde que a hora da cerimônia finalmente foi anunciada. Mas o barulho continuava aumentando. Continuava se aproximando. Não parecia algo feliz.

Ele levou a mão ao cabo do sabre de luz.

— Que diabos? — rosnou Averross enquanto se dirigia não para a porta que levava de volta para o palácio, mas a que levava para fora.

Os terrenos reais continuavam verdejantes e pacíficos. O que quer que estivesse acontecendo estava fora da cerca de ferro forjado que circundava o palácio. Averross cortou pelo terreno na direção do portão principal, onde viu o Capitão Deren e seus guardas começando a se reunir.

— Deren! — gritou ele. — Alguma ideia do que se trata essa confusão?

— Recebemos relatórios... — começou Deren, mas a gritaria ficou ainda mais alta. Ele empurrou o sensor para Averross. Acima dele pairava um holograma granulado de Halin Azucca. Embora ele não conseguisse ouvir o que ela dizia por causa do barulho, as palavras dela apareciam sob seu rosto:

À MEDIDA QUE NOS APROXIMAMOS DESSA MUDANÇA NO GOVERNO, É NECESSÁRIO QUE TODAS AS VOZES SEJAM OUVIDAS. PARA QUE TODAS AS VOZES SEJAM OUVIDAS, PRECISAMOS QUE A VERDADE SEJA CONHECIDA. A VERDADE SOBRE A OPOSIÇÃO NÃO PODE SER CONHECIDA SE O PALÁCIO SE RECUSA A ESCUTAR. EU SÓ CONHEÇO UMA FORMA DE FAZÊ-LOS ESCUTAREM.

O barulho da multidão tornou-se ensurdecedor. Averross ergueu os olhos do holograma e viu as pessoas se abrindo em uma onda para revelar a própria Halin Azucca, montada em um palco móvel ricamente decorado, que pairava alguns centímetros acima do solo. Ela usava vestes verdes extravagantes, como se tivesse sido convidada para o baile da coroação, mas mantinha as mãos erguidas acima da cabeça. Abaixo de seu holograma apareceram as palavras:

EU ME RENDO.

CAPÍTULO TRINTA E QUATRO

Quando Qui-Gon e Obi-Wan receberam a convocação para a câmara real, o Jedi mais velho decidiu fazer o caminho mais longo, o que significava atravessar o pátio do palácio. Aquilo lhes permitiria dar uma olhada na multidão reunida do lado de fora para avaliar seu humor por conta própria.

A gritaria da horda atingiu um nível ensurdecedor. Obi-Wan fez uma careta, mas Qui-Gon manteve o foco nos cidadãos de Pijal, examinando seus rostos. Alguns demonstravam raiva, mas outros pareciam preocupados ou até esperançosos. Através da Força ele podia sentir redemoinhos de muitas emoções diferentes. Nenhum humor ou pensamento dominava a multidão.

Assim que voltaram para o palácio e seus ouvidos pararam de zumbir, Qui-Gon falou:

— Aparentemente, as pessoas deste planeta tinham mais fé na Oposição do que em sua liderança.

— Concordo, Mestre. Pelo menos parte delas, e as ações de Azucca hoje podem convencer outras pessoas.

— Mas poderão convencer Rael Averross? — Era o último dia do homem como lorde regente de Pijal. Seria aquele o melhor momento para que Halin se entregasse a ele? Ou o pior?

Eles entraram em um lugar para o qual nunca tinham sido convidados antes: o escritório particular do lorde regente. Um lugar tão desorganizado, sujo e degradado quanto tudo mais ao redor de Rael. Várias unidades de dados, holoprojetores e sensores estavam empilhadas tão alto que bloqueavam metade da luz das janelas empoeiradas;

Qui-Gon se perguntou, distraidamente, se alguma coisa que entrava naquele escritório veria a luz do dia novamente.

Mas a maior parte de sua atenção permaneceu concentrada em Halin, sentada em uma cadeira diante da mesa do regente. Sua postura estava ereta e ela trajava suas vestes teatrais verdes com elegância. Enquanto isso, Rael andava de um lado para o outro da mesa como uma fera enjaulada. Ironicamente, a revolucionária parecia mais majestosa do que o regente.

— Não sei que tipo de truque está tentando fazer aqui — disse Rael, ainda andando. — Aparecendo do nada, contando suas histórias...

— Não é uma história. — Halin olhou para Qui-Gon e Obi-Wan; ela parecia feliz por eles estarem ali, mas dirigia suas palavras apenas ao lorde regente. — É verdade. *Verdade verificável*, se seguir essas pistas.

Ela acenou com a cabeça na direção de um datapad nas mãos do Capitão Deren, que aparentemente fora confiscado dela no momento da rendição. Deren a encarou, furioso.

— Isso não nos diz nada — falou ele. — Está bloqueado.

Halin respirou fundo.

— Mestre Jinn pode desbloqueá-lo. Apenas Mestre Jinn.

— O que você quer dizer? — Qui-Gon estendeu a mão para pegar o aparelho; Deren o entregou, franzindo a testa. — E que verdade devo encontrar aqui?

— Depois que você esteve na caverna conosco, tiramos sua impressão digital de algo que você tocou. Desculpe se isso é invasivo, mas eu já sabia que as coisas poderiam chegar a esse ponto. — Ela olhou para as mãos no colo, atadas pelas algemas que contrastavam com o tratamento aparentemente gentil no escritório. — O regente nunca nos tratou com justiça antes, e aonde o regente vai, a guarda do palácio vai atrás...

— Tratar vocês *com justiça*. — Rael praticamente rosnou para ela. — O que é *"justiça"* para um bando de terroristas?

Halin ignorou aquilo.

— Depois que o conhecemos, Mestre Jinn, vimos que você era imparcial e comprometido em determinar os fatos. Por isso, queríamos que essa informação chegasse por meio de você, e somente de você.

— Roubar uma impressão digital *é* invasivo, mas entendo seu raciocínio. — Qui-Gon pressionou o polegar no identificador. Depois de um momento, o datapad zumbiu e exibiu seus dados.

Obi-Wan, que olhava por cima do ombro de seu Mestre, leu mais rapidamente.

— Vocês acham que identificaram uma base dos bandidos aqui em Pijal?

Rael zombou.

— Isso não faz sentido. Os ataques armados aconteceram todos na lua, que não por coincidência é onde a sua Oposição está baseada.

— Todos os ataques armados *tiveram* origem na lua. — Admitir aquilo foi custoso a Halin, como Qui-Gon pôde perceber, mas ela estava mais esperançosa do que com medo. — Por isso nunca vasculhamos detalhadamente o planeta antes. Após o último ataque à Czerka, no entanto, uma das minhas companheiras finalmente conseguiu captar um sinal dos bandidos e o rastreou até a superfície do planeta. Ela trabalha com holofilmes, sabe? Então, é boa com esse tipo de coisa. Também ficamos surpresos…

— Até parece! — Rael ainda estava andando. Qualquer pessoa que não o conhecesse tão bem, pensou Qui-Gon, não teria sido capaz de perceber aquelas primeiras dúvidas.

Halin fechou os olhos, como se pedisse paciência.

— O que encontramos foi uma instalação fortemente armada. Como somos uma trupe de teatro — Halin ignorou o rosnado de Rael —, obviamente não temos as habilidades ou o poder de fogo necessário para checarmos por conta própria. Em vez disso, eu trouxe as informações para vocês. Tudo o que peço é que investiguem essa base minuciosamente, em seus próprios termos.

— Nós vamos — afirmou Qui-Gon. — Com ou sem a ajuda de funcionários reais. Embora eu preferisse que você estivesse conosco, Rael.

Deren olhou de um lado para o outro, observando os dois homens.

— Lorde Regente? Quais são as suas ordens?

Rael finalmente parou de andar. Ele respirou fundo.

— Não temos nada a perder. Vamos.

A nave do grupo deslizava ao longo da costa, com areia de um lado e o mar do outro.

"Num limite", pensou Averross. "Seguindo uma linha. Como sempre estive."

Durante seus oito anos como lorde regente de Pijal, ele começou a sentir como se, pela primeira vez na vida, tivesse conquistado um lugar para si. Aquele era um lugar que ele entendia como um exterior grosseiro capaz de esconder um interior digno. Um lugar onde seus sentimentos sobre a morte de Nim poderiam servir a um propósito valioso. Seu lugar. Averross confiava em Pijal e nunca pensara que voltaria a confiar em si mesmo depois do motim da *Advento*.

Mas se ele estivesse errado sobre a Oposição, se tivesse colocado os guardas reais em perigo, se tivesse colocado *Fanry* em perigo…

— Estamos chegando — avisou Qui-Gon. Ele estava ao lado de Averross no veículo, ambos segurando as alças de segurança enquanto eram fustigados pelos ventos que vinham das laterais abertas. O sensor que Qui-Gon segurava na outra mão piscava rapidamente, em uma sucessão de branco-vermelho-branco, indicando seu alvo.

— Certo. Deren, leve-nos para dentro — gritou Averross.

O capitão respondeu apenas inclinando a nave para baixo.

A algumas centenas de metros do oceano, começaram a aparecer trincheiras escavadas. Em seguida, alvenaria. Depois, uma forma octogonal familiar.

— Uma Torre de Vigia Celestial — murmurou Averross. Ele não percebeu que tinha falado em voz alta até que Qui-Gon e Obi-Wan se viraram para ele, curiosos. — É um forte antigo, construído para vigiar as almanaves na época em que os voos espaciais eram muito mais perigosos. A maioria deles está em ruínas agora. Este também estava… até que alguém aparentemente decidiu reformá-lo.

Artilharia terrestre. Armas terra-ar. Canhões laser. Droidekas de primeira linha. Aquela era uma instalação militar de verdade. Muito além de tudo o que a Oposição já tivera, até onde Averross sabia.

No entanto, não havia sinais de vida. Nenhuma tropa paramilitar revidando, nenhum guarda correndo para evacuar os líderes. O local estava completamente armado, e completamente deserto.

— Lorde Regente! — gritou Deren. — Geradores de escudo furtivos!

A nave inclinou-se tão rapidamente que foi difícil se manter de pé até para os Jedi. Embora as outras naves tripuladas tivessem feito o mesmo, um droide de detecção fez a curva em um ângulo muito fechado e voou sobre a barreira invisível até a torre de vigia...

... que prontamente se tornou visível, como uma parede de energia laranja ardente, no momento em que o droide a atingiu e explodiu.

A fuligem se enrolou no ar enquanto o casco do droide caía rodopiando até se espatifar numa parede de pedra.

Averross praguejou.

— Uma armadilha! A maldita Oposição nos levou para uma armadilha!

— Alguém fez isso, mas não foi a Oposição — disse Qui-Gon. — Veja. Isso parece estar ao alcance de um pequeno grupo político de sua lua?

Qui-Gon apontava para as coisas que Averross tinha notado sozinho: os droidekas caros, os armamentos sofisticados... Aquele não era o tipo de lixo que ex-artistas performáticos tinham em mãos.

Deren não estava muito convencido.

— Não temos ideia de quem mais pode estar financiando os bandidos. Muitas forças na galáxia teriam bons motivos para interferir no corredor hiperespacial. Forças que não teriam nenhum escrúpulo em mandar dinheiro e armas para terroristas.

Seria tão fácil concordar com Deren, mas Averross não conseguiu. A verdade finalmente estava clara para ele, e ele não a negaria.

— Essa armadilha, então... — questionou Averross. — Você acha que foi armada para nós ou para a Oposição?

Ele basicamente estava admitindo que estava errado. Algumas pessoas não teriam sido capazes de resistir à vontade de esfregar aquilo na cara dele. Mas Qui-Gon estava acima disso.

— Não tenho certeza. Podemos destruir os geradores furtivos e investigar?

— Vamos fazer isso. — Averross não sabia mais o que pensar, mas estava pronto para explodir algumas coisas.

Embora o Capitão Deren temesse mais armadilhas e argumentasse intensamente contra o pouso, várias varreduras direcionadas convenceram Qui-Gon de que entrar na torre de vigia era seguro; nenhuma análise indicou a necessidade de medidas defensivas adicionais. Quando a nave pousou, Averross saltou imediatamente, atravessando o terreno até o que parecia ser a estrutura central, pelo menos nos tempos antigos. Uma chuva leve começou a cair enquanto todos passaram a explorar o local.

— Com ou sem varredura, devemos operar com alto nível de cautela — ordenou o Capitão Deren enquanto suas tropas se espalhavam. — Em outras palavras: na dúvida, exploda.

"E se forem evidências úteis?" Qui-Gon guardou a pergunta para si. Eles já tinham coletado o fato mais valioso que o lugar tinha a oferecer: a confirmação de que a Oposição não estava por trás dos ataques dos bandidos. E Deren estava protegendo seus homens.

— Há quase coisa demais para investigar — disse Obi-Wan enquanto gesticulava apontando para os diversos edifícios e equipamentos ao redor. — Por onde começamos?

Qui-Gon pensou.

— Procuramos dispositivos de comunicação. Mensagens transmitidas, canais de contato. Parece que os bandidos abandonaram este lugar às pressas; caso contrário, nunca teriam deixado tanta coisa para trás. Se não conseguiram limpar os registros de comunicação, eles podem nos levar a quem está por trás disso tudo.

Infelizmente, os bandidos pareciam ter reconhecido aquele risco. Todos os edifícios principais e todas as naves maiores tiveram seus registros de comunicação completamente apagados. Eles ficaram esperançosos quando Obi-Wan conseguiu obter alguns registros de um droide astromecânico desativado, mas, no fim das contas, o droide continha pouquíssima informação.

— Aqui não tem nada que leve a Pijal ou sua lua — constatou Obi-Wan, com os ombros caídos. — Apenas mensagens de e para outros sistemas, e bem poucas.

Qui-Gon examinou o datapad conectado ao astromecânico. Corellia — provavelmente uma compra direta de naves ou armamento. Scipio — como o Clã Bancário InterGaláctico estava baseado lá, aquilo significava lavagem de dinheiro. A Czerka canalizava grande parte de seu dinheiro por meio de Scipio, mas todas as outras grandes empresas da galáxia faziam a mesma coisa, assim como várias monarquias, de modo que a ligação não provava nada. Também havia…

— *Teth?* — perguntou ele. — Por que os bandidos entrariam em contato com alguém de Teth?

Obi-Wan ficou tão surpreso quanto seu Mestre.

— Os bandidos não poderiam trabalhar para os Hutts… Poderiam?

Por um momento, tudo pareceu muito plausível. Sem dúvida, os Hutts adorariam assumir o poder no planeta que ancoraria um importante corredor hiperespacial. Mas naquele caso…

— Há registros de apenas duas comunicações entre Pijal e Teth — disse Qui-Gon. — Se os Hutts estivessem por trás disso, haveria muito mais, e os dados não seriam armazenados em um droide de baixa segurança.

— Faz sentido — concordou Obi-Wan, embora continuasse franzindo a testa. — Mesmo assim, se os bandidos estiveram em contato com os Hutts, isso não pode ser bom.

Embora os instintos de Qui-Gon dissessem que os Hutts não levavam às respostas que procuravam, ele estava tão curioso quanto seu aprendiz sobre o significado daquilo. Alguns toques na tela do datapad conectaram o droide a Teth novamente.

— Vamos ligar e descobrir.

Demorou alguns minutos para que uma conexão ao vivo fosse estabelecida. Qui-Gon se acomodou dentro do alcance do holotransmissor do droide para olhar quem respondesse cara a cara. Para seu desgosto, mas não completa surpresa, a figura que tomou forma era familiar.

— Jedi Jinn? — Thurible devia ter ficado surpreso, mas não demonstrou nenhum sinal. — Esperava que nos falássemos novamente algum dia.

— Sem dúvida, não esperava que fosse hoje — Qui-Gon falou. — Ou através desse canal. Talvez possa me dizer por que está em contato com uma organização terrorista no planeta Pijal?

Thurible pareceu surpreso; o homem tinha que ser um ator talentoso.

— Organização terrorista? Certamente não. Meu empregador nunca toleraria tais ações. Estávamos planejando fazer negócios legítimos com o governo de Pijal… ou, devo admitir, talvez apenas com indivíduos que *afirmavam* representar o governo de Pijal. Existem tantas pessoas desonestas por aí.

Havia mesmo. Qui-Gon estava prestes a dizer aquilo, antes que lhe ocorresse: e se a pessoa que falou com Thurible *fizesse* parte do governo?

Alguém próximo da princesa. Alguém com acesso às áreas mais internas do palácio. Alguém capaz de violar as medidas de segurança porque já sabia quais eram... ou porque fora o responsável por colocá-las em prática.

Alguém como o Capitão Deren.

Qui-Gon olhou para onde Deren trabalhava ao lado de seus colegas soldados. Como capitão da guarda real, ele poderia ter se apresentado precisamente como funcionário do governo. Tinha tentado repetidas vezes convencê-los a não pousar na torre de vigia e revistá-la. O compromisso do homem com seu dever parecia tão absoluto... Qui-Gon o sentia até através da Força. Poderia tudo aquilo ser um ardil, no entanto?

Ele não revelou nenhuma de suas suspeitas a Thurible.

— Posso perguntar que tipo de negócios estava planejando fazer? O que eles queriam comprar de vocês?

Thurible sorriu. Sua expressão era uma breve sombra no holograma oscilante.

— Absolutamente nada. Nós éramos os clientes.

— Então, o que vocês queriam comprar deles? — perguntou Obi-Wan.

— Ouvimos rumores, de alguns pilotos de carga de Corellia, que permanecerão anônimos, de que os militares de Pijal desenvolveram uma espécie de escudo impermeável aos sabres de luz — disse Thurible. — Fascinante, do ponto de vista científico.

Qui-Gon começou a perceber as implicações daquilo.

— Em tese, contrabandistas de especiarias e gângsteres poderiam usar esse escudo para se defender de quaisquer intervenções dos Jedi.

— É preciso mais do que bloquear um sabre de luz para derrotar um Jedi — disse Thurible. — Mas bloquear um sabre de luz *ajuda*, não é mesmo? Digo, em tese.

Qui-Gon decidiu acabar logo com aquilo.

— Receio que a questão agora seja puramente hipotética, já que Pijal não tem tais escudos para oferecer.

— Tal desonestidade é verdadeiramente chocante. Se alguém de Pijal nos contatar no futuro alegando representar o governo, teremos a certeza de que é necessário verificar minuciosamente. — Thurible se curvou levemente. — Wanbo está esperando uma delegação de Garel. Espero que me deem licença.

Assim que o holograma de Thurible desapareceu, Obi-Wan falou:

— Os bandidos têm vendido esses escudos por toda a galáxia?

Qui-Gon balançou a cabeça negativamente.

— Ainda não. Mas podem ter negociado com Thurible como uma espécie de teste. Vendo quanto dinheiro poderiam conseguir, quanto interesse poderia haver por um dispositivo de escudo antiJedi.

— Não é como se estivéssemos indefesos sem nossos sabres de luz.

— Não. Mas se um Jedi não soubesse que seu oponente estava protegido… se fosse levado a acreditar que seu sabre de luz o protegeria quando isso não fosse possível… isso poderia ser mortal. — Qui-Gon se perguntou se Pax Maripher estava prestes a conseguir preços melhores pelos cristais kohlen.

— Mestre… — Obi-Wan fez uma pausa, obviamente duvidando de si mesmo. — Quando Thurible falou aquilo sobre "governo legítimo", fiquei pensando. Não quero ser injusto…

— Também peguei isso, Padawan. O Capitão Deren teria tido a oportunidade de avisar os bandidos da torre de vigia sobre a nossa incursão, o que poderia tê-los levado a abandonar o lugar às pressas. Ele tentou nos manter fora daqui e incentivou a destruição de dispositivos que pudessem conter registros.

Obi-Wan acrescentou:

— Os bandidos foram atrás da Czerka, da Oposição, de nós… Mas nunca da guarda real.

— Outra excelente observação. — Levantando-se, Qui-Gon olhou para o terreno da torre de vigia. Deren estava trabalhando duro, contabilizando as poucas armas deixadas para trás; havia vários motivos pelos quais ele poderia querer fazer aquilo.

— Mas… Mestre, ele parece tão leal à princesa — disse Obi-Wan.

— E ele pode ser. Não temos provas, apenas suspeitas. Isso significa que teremos que observar Deren bem de perto. — Qui-Gon voltou-se para seu aprendiz. — Eu vi Deren em minha visão. É claro que ele está desempenhando um papel na coroação de Fanry como capitão de sua guarda, mas é possível que sua aparição tenha um significado maior.

Obi-Wan não discutiu sobre a visão, o que foi surpreendente.

— Presumo que podemos apenas ficar de olho nele.

— No momento, sim. É tudo o que podemos fazer.

O Capitão Deren estaria ao lado de Obi-Wan durante as cerimônias. Se a visão de Qui-Gon se concretizasse, e ele sabia que iria, seu Padawan estaria no centro do perigo.

Embora Qui-Gon tivesse recuperado sua fé nas profecias, ele entendia melhor do que nunca como aquela crença poderia levar à escuridão. O desejo de conhecer o futuro surgia do desejo de controlar o futuro. O desejo de controlar o futuro surgia do medo... o medo das dores e perdas profundas que o futuro poderia trazer.

A busca pelo poder poderia ser superada, mas nunca, jamais, o medo de perder o que mais importava.

Era difícil falar de algo assim tão carregado e tão íntimo, mas talvez nunca houvesse outro momento.

— Estou com raiva de você desde que contatou o Conselho.

Obi-Wan pareceu cauteloso, como deveria.

— Isso... não me surpreende.

— No caminho para cá, porém, percebi que durante todos esses anos vim incentivando-o a ser mais independente. A confiar nos seus instintos e agir por iniciativa própria. E foi o que você fez. Discordamos nos detalhes, mas não posso culpá-lo, em princípio.

Ambos ficaram brevemente em silêncio enquanto um dos droides de segurança passava; talvez não estivesse programado para monitorar conversas, mas enquanto Deren estivesse sob suspeita, eles precisavam ter cuidado. Depois de avançar mais, Obi-Wan falou:

— Sabe, nunca tive problemas com isso quando era jovem. Em ser independente, quero dizer. Eu quebrava as regras o tempo todo. Até me chamavam de rebelde. Os Mestres provavelmente ficaram surpresos por alguém estar disposto a me aceitar como aprendiz.

Na verdade, Qui-Gon fora avisado exatamente sobre aquilo. Há muito tempo ele imaginava que as preocupações dos Mestres da creche tinham sido extremamente exageradas. Mas ali ele finalmente entendeu o que tinha acontecido e começou a rir.

Obi-Wan olhou para ele.

— Mestre?

— Não vê, Obi-Wan? Eles sabiam que você se rebelaria contra qualquer Mestre com quem trabalhasse. Por isso garantiram que acabasse com um Jedi que quase nunca seguia as regras. A única maneira de você se rebelar era se tornar o Jedi perfeito.

— Perfeito é demais — retrucou Obi-Wan, também começando a rir. — Eles fizeram isso mesmo, não foi?

Qui-Gon balançou a cabeça.

— *Nunca* subestime Yoda.

De certa forma, sabia Qui-Gon, ele e seu aprendiz ainda estavam distantes, em lados separados de uma profunda divisão filosófica. Com entendimentos completamente diferentes da Força.

Mas, em outros aspectos, o vínculo perdurava. Qui-Gon teria que se consolar com aquilo.

PASSADO

— Relaxa, garoto. — O holograma de Rael brilhava no centro da sala de meditação de Qui-Gon. — Parece que Dookan perdeu a paciência e fez algo que não devia, mas, na real... quando chega a hora, às vezes a gente precisa sujar as mãos, sabe?

— Isso não me parece certo — insistiu Qui-Gon. Ele abraçou os joelhos contra o peito. — Parecia pior do que raiva. Parecia... que Mestre Dookan estava perto da escuridão.

— Ele estava com medo porque estava preocupado com você. — Rael encolheu os ombros. — Essa é outra coisa sobre a qual o Conselho está completamente errado. Ficam dizendo o tempo todo: "Ah, os Jedi não têm permissão para amar", e é por isso que nunca devemos transar...

— *Rael!* — Qui-Gon sentia como se alguém pudesse entrar a qualquer momento. Ele esperava fortemente que a sala de meditação permanecesse vazia a uma hora daquelas, para que pudesse conversar com Rael em particular, sem ser ouvido por outros Padawans, por Dookan ou por qualquer outra pessoa. Ninguém além de Rael seria capaz de entender o rumo que seu Mestre seguia, ou o fascínio perigoso das profecias.

Mas em vez de levar aquilo a sério, Rael estava brincando e mascando um bastão de especiaria em uma animada cantina em algum planeta remoto chamado Takodana.

— Não seja tão certinho — insistiu Rael. — Não devemos amar, certo? Porque isso nos torna menos objetivos. Mas ainda amamos nossos amigos. Ainda amamos nossos Mestres, e eles amam seus Padawans. O que quero dizer é: você passa dez anos educando uma pessoa, vai acabar amando-a, a menos que seja um babaca completo. É assim que as pessoas são! Seja humano, Trandoshano, Aqualish...

— Entendi, Rael. — Qui-Gon deixou sua irritação de lado para pensar no que as palavras de Rael Averross realmente significavam. Mesmo que ele não estivesse levando aquilo a sério o bastante, não significava que estivesse errado.

Rael acenou com a cabeça para a pessoa que lhe entregou sua bebida, uma pequena criatura enrugada que usava óculos de proteção e um colar de contas.

— Faz sentido — disse ele, de forma mais gentil. — Dookan viu que sua vida estava em perigo. Ele exagerou. Mas agora você está seguro, Shenda Mol está no gelo de Stygeon Prime e Dookan voltou ao normal.

"Não sei se voltou", quis dizer Qui-Gon. O holocron das profecias não retornava aos Arquivos há semanas. Dookan o estudava constantemente, tanto com Qui-Gon quanto sem ele. Embora Qui-Gon ainda gostasse de apresentar teorias sobre como eventos históricos passados poderiam ter cumprido as visões proféticas de alguns Mestres, o fascínio de Dookan era todo pelo futuro. Uma profecia em particular o ocupava mais do que qualquer outra: *Aquele que aprender a vencer a morte, através de seu maior aluno, viverá novamente.*

— Ei — chamou Rael. — Você está bem?

— Claro. Preciso ir. — Qui-Gon desligou. Se fosse resolver aquilo, não seria com Rael. Teria que fazer tudo sozinho.

Naquela noite, ele voltou aos aposentos de Dookan com relutância. Antes, era sempre bom quando era convidado para jantar com seu Mestre. Dookan fazia daquilo uma ocasião formal, o que, como a maioria dos adolescentes, Qui-Gon achava estranho. Mas a comida era sempre melhor do que qualquer coisa servida no salão dos Padawans.

Aquela noite, porém, o holocron também estaria lá, quase como um terceiro convidado, alguém que Qui-Gon não queria ver. Ele ainda acreditava nas profecias, mas a fixação de seu Mestre por elas tinha assumido um aspecto estranho que tingia o restante entre os dois.

"Talvez eu mesmo devesse conversar com ele sobre isso", pensou Qui-Gon, enquanto caminhava pelos corredores do Templo em direção aos aposentos de seu Mestre. Ele e Dookan ainda eram mestre e aprendiz, não amigos; Qui-Gon sabia que não deveria presumir que estavam perto de ficarem de igual para igual.

Mas se ele não falasse com Dookan sobre aquilo, ninguém o faria.

Ele ainda estava reunindo coragem quando a porta se abriu para que entrasse nos aposentos de Dookan. Como sempre, a mesa estava posta com bons copos e pratos, e Dookan usava uma de suas melhores vestes.

A única mudança: o holocron da profecia não estava lá.

— Você chegou cedo — disse Dookan, com satisfação. Ele aprovava que os Padawans chegassem cedo. Com um pequeno sorriso, ele fez uma de suas raras tentativas de piada: — Deve estar com muita fome para ter vindo tão cedo.

— Estou. Mas... Mestre, onde está o holocron?

Dookan enrijeceu, mas continuou sorrindo. Quando ele falou, sua voz foi mais agradável do que antes, ou, pelo menos, era como deveria soar.

— Acho que temos passado muito tempo com ele ultimamente. Fiquei muito preso em nossas teorias malucas. Foi... agradável especular sobre como as profecias poderiam ser reais, não foi? Mas é claro que são apenas metáforas. Apenas comentários sobre o tempo dos místicos, não sobre o nosso.

— Claro — disse Qui-Gon. E ele se forçou a acreditar naquilo.

Se o preço da alma de seu Mestre fosse recusar-se a aceitar que as profecias pudessem se tornar realidade, então Qui-Gon pretendia aceitá-lo. Assim, nos dias, meses e anos que se seguiram, sempre que passava pelo holocron nos Arquivos Jedi ou se lembrava de alguma profecia no meio da madrugada, ele deixava o pensamento de lado. Ele não queria acreditar. Não acreditaria.

Bem, bem no fundo, ele às vezes se perguntava se alguém realmente acreditava em algo por pura fé, ou se as pessoas acreditavam no que fosse necessário para seguir em frente.

Mas, na maioria das vezes, os pensamentos de Qui-Gon não passavam de: "*Apenas metáforas*".

CAPÍTULO TRINTA E CINCO

Averross nunca tinha feito aquilo por ninguém antes. Nunca pretendia fazer aquilo por ninguém novamente. Mas só daquela vez, e apenas por Fanry, valeria a pena.

Ele ficou diante de um espelho, vestindo calças tradicionais da corte de Pijal e uma túnica completa, com capa. Seda Alderaaniana, novíssima. De um preto liso, exceto pelo forro da capa, que era de um azul-celeste vívido. O droide WA-2G até lhe fizera a barba, cortara seu cabelo e o penteara.

“Estou ridículo”, pensou Rael enquanto observava seu reflexo. Pelo menos, era o que ele esperava pensar. O que planejara pensar.

— Fiquei maluco? — perguntou ele a WA-2G. — Ou estou incrível?

— *Os termos não são mutuamente excludentes.*

Rael riu.

“Acabei de levar uma invertida de um droide. O dia vai ser divertido.”

“Contanto que os malditos bandidos mantenham distância…”

— Aqui, Vossa Alteza Sereníssima.

A Princesa Fanry estendeu o braço enquanto Cady colocava a pulseira grossa em seu punho. Durante a cerimônia, claro, ela ficaria fora de vista, por baixo da manga longa do vestido branco que ela usava. A roupa interior, revelada apenas através de alguns cortes na saia, era de um azul tão escuro que poderia muito bem ser preto.

— Obrigada, Cady — murmurou Fanry. Ela colocou a mão no cabelo ruivo encaracolado, que caía livremente pelas costas. — Parece certo? Fica tão… esquisito sem o lenço.

— É como qualquer outra mudança — afirmou Cady. — Leva tempo para se acostumar.

Fanry assentiu, ajeitando os ombros mais como um soldado do que como uma princesa.

— O dia de hoje muda tudo.

Obi-Wan estava grato por ter sido poupado de qualquer tipo de adorno cerimonial. Ser um Jedi era o suficiente.

Mesmo um aprendiz de Jedi já bastava.

Ele deixara seus aposentos mais cedo, na esperança de examinar o Cálice Celestial, mas os guardas reais já tinham isolado a área muito antes.

— Sinto muito, senhor — desculpou-se aquele que estava diante das portas internas, usando um uniforme impecável. — Esta área está proibida, até mesmo para você. Ordens do Capitão Deren.

Enquanto se afastava, Obi-Wan murmurou:

— Era isso o que eu temia.

Qui-Gon sentou-se no chão de seu quarto, tentando meditar. A calma lhe escapara.

"Que eu esteja errado", pensou ele. "Que meu sonho não passe disso. Que as profecias se tornem meras metáforas uma vez mais."

"Prefiro proteger este planeta, estas pessoas e meu Padawan a ter qualquer vislumbre de possíveis futuros."

Mas não era uma escolha que ele tinha que fazer. Os eventos daquele dia se desenrolariam conforme a vontade da Força. Qui-Gon só poderia se preparar para responder, não importando qual fosse o chamado.

Duas horas depois, Qui-Gon se preparou para entrar no Cálice Celestial como parte do mais honrado conjunto de convidados. A Ministra Orth andava pouco atrás dele; seu vestido marrom e justo exigia que ela desse muitos passos curtos e rápidos. Ela olhou para ele.

— Estava me perguntando se tinha reservado seu lugar em vão. Se boicotaria a cerimônia. Ou não está mais imaginando terríveis visões?

— Minha visão continua comigo — disse ele gravemente. — É por isso que devo estar aqui. Para ajudar no que puder.

— Hmmpf. — Sem se impressionar, ela tomou o lugar ao lado dele. Na frente dos dois, no entanto, estava um estranho trajado de preto...

Qui-Gon olhou fixamente.

— *Rael?*

— Sim, sim. Não faça cena — respondeu a pessoa impecavelmente arrumada e belamente trajada diante dele, que de alguma forma era Rael Averross. — É só para a coroação. Ponto-final.

— Minha nossa. — A Ministra Orth tirou o pincenê, piscou os olhos com força e depois o colocou de volta para examiná-lo mais uma vez. — Averross, você está realmente *bonito.*

— Os servos também falaram isso. Alguns dos droides também. E alguns dos guardas. — Rael fez uma careta. — Isso está sendo repetido com muita frequência, com surpresa demais.

Qui-Gon conseguiu sorrir, mas seu espanto só aliviou o pavor por um momento. O peso daquele sentimento já estava caindo sobre ele novamente.

"Esteja pronto para quando a visão começar a se desenrolar", disse ele a si mesmo.

"Você está exatamente onde precisa estar."

A música começou a tocar e os convidados reais iniciaram sua procissão pelo grande raio do Cálice Celestial. A luz do sol era filtrada pela cúpula de vidro do teto, fazendo tudo ganhar um brilho dourado. Até as vestes cinzentas e marrons dos habitantes de Pijal pareciam lindas, delicadas e gentis, e a luz refletia os mínimos detalhes de vermelho, dourado e violeta que era revelado nos colarinhos ou nas bainhas.

Qui-Gon sentou-se atrás de Rael. Ele ficou aliviado ao ver que não tinha sido o único a levar seu sabre de luz. Rael poderia pensar nele mais como uma arma cerimonial naquele dia, mas quando a ação fosse necessária, certamente ficaria ao lado de Qui-Gon.

A porta do raio mais distante se abriu e, vindo dos jardins, entraram o líder religioso, conhecido como Guardião Celeste, o joalheiro da coroa com uma caixa de madeira nas mãos e Obi-Wan. Qui-Gon sentiu um momento de orgulho pela calma compostura de Obi-Wan; ele se comportava como se sempre tivesse representado a República. Como se não tivesse a menor ideia de que poderia caminhar para um perigo mortal.

"Que eu esteja errado", pensou Qui-Gon novamente. "Por favor, que eu esteja errado."

A música finalmente foi atingindo seu ápice, e a Princesa Fanry começou a caminhar ao longo do raio mais distante até o estrado. Seu vestido branco não era muito diferente de seu traje habitual na corte, mas aquilo pouco importava. Qui-Gon suspeitava que a maioria dos convidados estava olhando para seu cabelo recém-revelado, de longe a cor mais viva da sala.

Ele, no entanto, estava muito mais interessado no fato de que a pessoa que escoltava Fanry até o estrado era o Capitão Deren.

"Deren está em posição de atacar", pensou Qui-Gon. "Ele poderia matar Fanry, Obi-Wan ou ambos, mais rápido do que eu poderia defendê-los."

Mas ainda não havia provas de que Deren fosse o traidor. Qui-Gon olhou de soslaio para a Ministra Orth, que parecia muito orgulhosa de si mesma. Ela não estava se esgueirando pelo Cálice Celestial tarde da noite, na mesma noite em que ele teve o sonho profético? Orth era mais velha, parecia estar desarmada e usava um vestido que mal lhe permitia andar, quanto mais lutar. Mas quem saberia prever quanta força poderia estar escondida sob aquelas aparências?

Um pouco mais longe estava Meritt Col, supervisora de setor, altiva e elegante, vestida de branco. Como o poder de Fanry só aumentaria o poder da Czerka, Col não tinha motivos para atacar a princesa. Mas ele não tinha certeza se a visão mostrava um ataque à princesa. Era um ataque, e Fanry estava lá, mas talvez a violência fosse dirigida a outra pessoa, como Deren... ou Obi-Wan...

O Guardião Celeste começou:

— Antigamente, nós, de Pijal, viajávamos para o espaço para sentir o simples abraço dos espíritos. Agora, nossa princesa herdeira está nos dando uma nova forma de alcançar as estrelas. Por meio de sua sabedoria, das mudanças que ela traz, irá nos conectar com a galáxia maior como nunca antes.

Fanry deu um passo à frente para aceitar uma espada cerimonial do Guardião Celeste e erguê-la no alto, depois fez sinal para que Deren e Obi-Wan se juntassem a ela no centro do estrado. Ela estava destemida.

— Você irá — questionou o Guardião Celeste — empunhar esta lâmina para defender Pijal, para protegê-lo de seus inimigos e preservar sua independência?

— Sim — respondeu Fanry. — Eu vou.

Qui-Gon tinha os olhos fixos em Deren…

… e por isso quase perdeu o momento em que a Princesa Fanry apunhalou o Guardião Celeste com a espada.

— Deren, agora! — gritou ela. Ele pressionou algo em seu cinto que selou o estrado sob a luz bruxuleante laranja-dourada, protegendo-o, percebeu Qui-Gon, enquanto gritos e berros de consternação enchiam a sala. Obi-Wan moveu-se para ajudar o Guardião Celeste, mas congelou quando Deren apontou um blaster para sua cabeça.

"O sangue", pensou Qui-Gon. "Os gritos. A luz filtrada de cima. Tudo está acontecendo."

"Minha visão era verdadeira."

Estar certo nunca tinha sido tão amargo.

— Fanry? — Rael levantou-se lentamente, como se estivesse em estado de choque. — Fanry!

— Ouçam-me! — gritou Fanry, e a multidão se acalmou. O Guardião Celeste caiu de joelhos, gravemente ferido, mas vivo. — Eles me fariam assinar um tratado que entregaria meu poder. Meu regente e a Corporação Czerka queriam apenas lucro. Esse *tratado* — ela cuspiu a palavra, como se tivesse um gosto ruim — me negaria a capacidade de fazer o que fosse necessário por Pijal. Eu não seria capaz de expulsar a Czerka. Mas *não vou* assinar o tratado. *Não vou* abrir mão do meu poder. E me vingarei daqueles que teriam tornado a mudança impossível, porque teriam nos destruído.

Rael cambaleou para o lado. Qui-Gon o agarrou pelo cotovelo e o empurrou para a frente.

— Desmaie mais tarde. Primeiro, *me ajude a salvá-los*.

Mas o que os dois poderiam fazer? Qui-Gon já tinha percebido que o estrado deveria estar cercado por um dos escudos dos bandidos, contra os quais seus sabres de luz seriam inúteis. Sem dúvida, tais escudos tinham sido projetados para momentos como aquele. Ao avançar no meio da multidão em pânico, ele viu Fanry ativar seu próprio escudo pessoal por meio de uma pulseira escondida sob a manga. O escudo de

Deren já estava ativo. Apenas o Guardião Celeste, o joalheiro e Obi-Wan estavam desprotegidos.

"Concentre-se no que você pode fazer, em vez do que você não pode."

Qui-Gon virou-se para Rael.

— Vá encontrar guardas leais, se puder. Faça-os fechar o espaço aéreo acima do Cálice Celestial! — Demorou um pouco para Rael obedecer, mas ele se recompôs e correu para a porta mais distante.

— A Corporação Czerka não será mais dona de Pijal! — gritou Fanry, apontando para Deren. Qui-Gon avistou Meritt Col tentando se esgueirar para trás na multidão, apenas um instante antes de Deren atirar nela. Col caiu em meio a mais gritos. Obi-Wan tentou aproveitar o momento em que a arma de Deren estava apontada para outro lugar, mas o capitão o tinha na mira novamente apenas uma fração de segundo depois.

— Princesa Fanry, por favor, espere! — Orth avançou, trôpega em meio ao cheiro de ozônio de blaster com uma coragem que fez Qui-Gon reavaliá-la. — Você não sabe o que está fazendo. É pouco mais do que uma criança...

— Uma *criança*? — A voz da princesa quase se tornou um grito. — Há rainhas da minha idade em Naboo! Príncipes da minha idade em Toydaria! A rainha de Alderaan levou a Princesa Breha para ajudá-la a negociar um tratado, e ela é mais nova do que eu! E vi como a Czerka está estrangulando Pijal quando os membros mais velhos da minha corte não viram. Não me dê sermões sobre ser uma "criança". — Fanry se recompôs. — Você é íntegra, ministra, por isso a pouparei. Mas não duvide mais de mim.

Qui-Gon respirou fundo. Exalou. Sorveu toda a calma que pôde. Conectou-se tão plenamente com a Força quanto era possível. Depois examinou a sala com novos olhos. Os alarmes de segurança deveriam estar piscando freneticamente, mas estavam em silêncio. Deren os desarmara, sem dúvida. Nenhum soldado ainda tinha entrado no salão, apesar de as tropas estarem concentradas do lado de fora; aquilo significava que o exército deveria ser leal a Fanry, ou pelo menos a Deren. E a luz do sol não brilhava mais, mas tinha se tornado irregular, como se o céu estivesse se enchendo de nuvens ou...

— Você recebeu subornos da Czerka durante anos — disse Fanry ao Guardião Celeste caído. — Os deixou usar as docas sagradas que deveriam ser reservadas para as almanaves.

O Guardião agarrou o ombro ensanguentado.

— Vossa Alteza Sereníssima, eu…

— Guarde suas mentiras para si — ordenou Fanry, voltando-se dele para o trêmulo joalheiro da corte. — Ah, sinceramente. Acalme-se, homem. Você está bem.

O joalheiro continuou tremendo enquanto Fanry abriu a caixa, tirou uma pequena tiara e a colocou na cabeça.

Qui-Gon aproximou-se do estrado, abrindo caminho entre a multidão que saía correndo. Grande parte da multidão, no entanto, permaneceu ali, observando por interesse mórbido ou talvez até por apoio a Fanry. Ele tentou captar o olhar de Obi-Wan, mas seu Padawan permanecia focado em Deren, claramente esperando por mais uma chance de se defender.

Não parecia que haveria alguma.

"Devo tentar", pensou Qui-Gon. Ele saltou para a frente, acendendo seu sabre de luz. No instante em que seus pés tocaram o chão, ele apontou a arma para o perímetro brilhante do escudo. A lâmina verde estalou contra a luz laranja, reverberando com tanta força que os ossos de seu braço e ombro pareceram estremecer. A arma era inútil.

— Jedi Jinn. — Fanry virou-se para encará-lo. — Só você argumentou contra o tratado. Só você se recusou a sentar mansamente aos pés da Czerka. Por isso será poupado.

"*Karabast!* Se eu estivesse no estrado em vez de Obi-Wan, ele estaria seguro. Em vez de…"

— Mas *você*. — A princesa, ou agora que usava a coroa, a rainha, esticou o pescoço na direção de Obi-Wan. — Você apoiou esse tratado nefasto. Pensou em me fazer assiná-lo. Não haverá misericórdia para você.

— Fanry, não! — gritou Qui-Gon.

Ela gesticulou para Deren. O capitão fez uma careta, de horror, como Qui-Gon percebeu, mas apenas falou:

— Como minha rainha desejar.

O resto aconteceu no que a maioria dos humanos teria visto apenas como um borrão, que apenas o foco de Qui-Gon através da Força lhe permitiu testemunhar claramente: Deren ergueu o blaster. Obi-Wan acendeu seu sabre de luz, mesmo que não adiantasse...

... o sabre não era mais azul, e sim laranja...

... e quando ele o brandiu, a lâmina atravessou facilmente o escudo de Deren.

E Deren.

O capitão ofegou de dor, depois caiu de costas no chão, gemendo enquanto segurava o abdômen sangrando. Fanry gritou. Obi-Wan virou-se para se colocar novamente entre a rainha empunhando a espada e o Guardião Celeste ferido. Qui-Gon tentou entender o que havia acontecido. O que tinha acontecido com o sabre de luz de Obi-Wan?

As vidraças que formavam a cúpula do Cálice Celestial, acima, começaram a se retrair. As sombras reunidas provaram ser naves de tropas da guarda real, pairando no alto.

Alguém gritou:

— Vossa Majestade, o gerador de escudo!

Qui-Gon percebeu que tinha sido Cady, que parecia saber daquilo o tempo todo.

A Rainha Fanry pegou um pequeno dispositivo do cinto de Deren, apenas um momento antes de os cabos caírem das naves de tropas serpenteando até o Cálice. Cady pegou um; Fanry agarrou outro. Qui-Gon pensou em pegar um terceiro, mas os soldados cortariam o cabo antes que ele pudesse subir até o topo.

— Adeus, Deren. — Fanry enrolou o cabo em volta do corpo. Ela e Obi-Wan se entreolharam por um longo momento, antes de ela ser puxada para cima.

"O escudo!!", pensou Qui-Gon, com medo de que sua extremidade cortasse Obi-Wan, mas o gerador provou ser compacto. O escudo laranja desapareceu quando Fanry o levou para cima, fora do alcance, além do teto do Cálice. Cady subia ao lado dela, em seu próprio cabo.

Todos no Cálice olhavam para cima, exceto Qui-Gon, que correu para o lado de seu aprendiz. Obi-Wan continuava olhando para seu sabre de luz laranja, até que se virou para seu Mestre e disse:

— O que...?

— É uma revolução vinda de cima — respondeu Qui-Gon. — Rael achou que estava protegendo Fanry. A Czerka achou que a estava manipulando. Mas ela era mais do que eles imaginavam.

— Mas o que Fanry pretende fazer agora? — Obi-Wan sacudiu a cabeça, tentando se concentrar.

— Estamos prestes a descobrir.

CAPÍTULO TRINTA E SEIS

Até momentos antes, a nau capitânia da frota real era conhecida como *Esfera Celestial.* A partir daquele dia, por ordem da Rainha Fanry, ela passou a ser chamada de *Virtuosa.* Enquanto ela caminhava pelos corredores da nave, prendendo uma couraça de armadura sobre seu vestido branco, já manchado, ela gritou:

— Quem está no comando da *Alavancagem*? Quem assumiu o comando agora que Col está morta?

Cady já tinha vestido um uniforme de bandido. Uma linha em sua mão esquerda revelava onde o 2-1B a libertara permanentemente da Czerka, poucos minutos antes. Ela estava triunfante, ainda mais feliz com aquilo do que a própria Fanry.

— Lamento informar, Vossa Majestade, mas Meritt Col sobreviveu à cerimônia.

— O quê? — A única pessoa que Fanry mais queria morta, a mais corrupta e desalmada de todas, escapara da armadilha. Quando percebeu o que tinha acontecido, ela praguejou. — Deren. Ele a poupou, não foi?

— Ele era um bom homem — respondeu Cady. — Simplesmente não entendia que essa escória da Czerka precisava morrer.

— Mas nós entendemos. — Fanry caminhou em direção à ponte da *Virtuosa.* Ela estudara a vida inteira para governar, vinha se preparando para aquele momento há anos. Averross só via uma criança quando a olhava, mas isso porque o que ele via, na verdade, era Nim Pianna. Fanry conseguia sentir pena daquela pobre coitada, a garota que ela nunca conheceu, mas sabia que não compartilharia o destino de Nim.

Não. Ela finalmente cumprira seu destino e se tornara a única coisa que aspirava ser: a rainha guerreira.

Rael Averross deixou Obi-Wan guiá-lo até a corveta Corelliana. Para onde ele ia ou o que faria não parecia importar muito.

"Fanry, por quê?" Ele tentava se imaginar perguntando a ela, mas a cena se recusava a tomar forma em sua cabeça. Averross não conseguia mais ver a garotinha inteligente e engraçada que conhecera... ou que pensara conhecer. Em vez disso, quando pronunciava as palavras em sua mente, a pessoa que o ouvia era a jovem raivosa e desdenhosa que tomara o poder absoluto naquele dia.

— Padawan — Qui-Gon falava com Obi-Wan enquanto todos caminhavam para a ponte da corveta —, o que aconteceu com seu sabre de luz?

— Não sei direito. — Obi-Wan desatarraxou os componentes de seu sabre. Para a surpresa de todos, aquilo revelou um cristal kohlen laranja no lugar onde deveria estar o cristal kyber.

— Como isso é possível? — perguntou Qui-Gon.

— Deve ser... — A expressão de Obi-Wan se tornou pensativa. — Há alguns dias, Fanry me perguntou como funcionava um sabre de luz, e eu mostrei a ela. Deren me falou, antes da visita de ontem à noite, que nenhuma arma era permitida no Cálice até a cerimônia em si, por isso deixei meu sabre de luz no corredor do lado de fora. Então alguém o sabotou... ou pelo menos tentou.

— O peso — disse Averross, estupidamente. — Roubaram seu cristal kyber e o substituíram por um kohlen para que mantivesse o mesmo peso e você não percebesse.

Qui-Gon começou a sorrir lentamente.

— Fanry e Deren acharam que os cristais kohlen eram inúteis, a não ser como uma forma de enganar Obi-Wan. Mas os cristais eram capazes de projetar uma espécie de lâmina, ainda que menos poderosa. Exceto, é claro, contra escudos também movidos por kohlen.

— Graças à Força a lâmina é menos poderosa — afirmou Obi-Wan. — Caso contrário, meu golpe teria matado Deren.

— Desgraça, você o teria cortado no meio — respondeu Averross.

Após uma breve pausa, Qui-Gon assentiu.

— E imagino que o potencial mercado paralelo para esses escudos desaparecerá assim que souber que os Jedi têm uma forma de atravessá-los, no fim das contas.

Obi-Wan colocou o sabre de volta no cinto, mas hesitou.

— Imagino que seja possível recuperar meu cristal kyber. Provavelmente ainda está em algum lugar do palácio, certo?

— Provavelmente — disse Averross. Mesmo para ele, sua voz parecia morta.

— Tem certeza de que ela é a rainha? — Qui-Gon perguntou enquanto a corveta se dirigia para o espaço profundo, atrás de Fanry e dos bandidos. — A cerimônia não foi concluída.

— Vou lhe contar. — Averross recostou a cabeça na parede traseira branca e brilhante, concentrando-se no conjunto de luzes da ponte para não ter que prestar atenção ao que estava na tela. — Mas sim. Assim que uma coroa consagrada de Pijal foi colocada em sua cabeça, Fanry tornou-se rainha. E como ela não assinou o tratado, as regras antigas ainda estão em vigor, o que significa que ela tem poder absoluto.

Ao que parecia, uma das primeiras ordens de Fanry seria o exílio de Averross. Ou sua execução.

— Boas notícias — exclamou Obi-Wan, erguendo os olhos do painel de comunicação. — Aparentemente, o Capitão Deren vai viver. Pelo menos ele pode explicar parte disso depois.

— Supondo que o restante de nós sobreviva — disse Averross.

Qui-Gon olhou para ele, e Averross se perguntou se estava prestes a receber um sermão sobre derrotismo. Seria melhor do que o que veio em seguida:

— Rael, você nunca viu nenhum sinal disso?

— Não. Sim. Quero dizer, agora que penso nisso, eu sentia essa energia nela através da Força. Essa determinação em governar. Achava que era um sinal de maturidade, mas parece que havia mais do que isso. — Ele suspirou. — E ela nunca se aproximou da Czerka. Nunca imaginei que eu estava me aproximando deles só por causa dela. E ela mantinha aquela garota, Cady, perto dela ou de mim praticamente o tempo todo. Na época, achei que Cady era sua favorita. Mas agora ela parece mais uma cúmplice.

— Talvez seja — ponderou Qui-Gon. — Ainda que Cady possa simplesmente estar seguindo as ordens de sua dona, senti esperança dentro dela. Não resignação.

"Então metade do palácio conhecia a verdadeira Fanry durante todo esse tempo", pensou Averross, "menos eu."

— Certo — disse ele, recompondo-se, ou o mais perto que poderia chegar daquilo. — O que fazemos agora?

— Parece que a nave real, a *Virtuosa*, está se dirigindo para um ataque contra a *Alavancagem* — respondeu Obi-Wan. Ele franziu a testa para a série de esquemas iluminados nos consoles ao redor deles. — Eles trouxeram outros veículos reais ou de bandidos para ajudar. Embora eu ache que os bandidos eram da realeza o tempo todo…

— Isso é o que faremos — disse Qui-Gon, tão calmamente, como se já tivesse aquele plano há anos. — Rael, você e eu precisamos embarcar na *Virtuosa* e ter Fanry sob nossa custódia.

Rael riu. O som era estranho em sua garganta.

— Prendê-la? Para quê? Ela tem poder absoluto agora. Não importa o que ela faça, é a lei.

Qui-Gon balançou a cabeça.

— A rainha tem poder absoluto no *sistema Pijal*. No entanto, não tem nenhum poder que a proteja do crime de agredir um representante designado da República. — Com isso, ele apontou com a cabeça para Obi-Wan.

O jovem não parecia tão confiante.

— Certamente matar vários milhares de funcionários da Czerka conta como uma ofensiva pangaláctica.

— Sim — concordou Qui-Gon. — Mas a Czerka às vezes "toma a iniciativa" e persegue aqueles que cometeram crimes contra a Corporação. Eles afirmam lidar com esses assuntos sem a ajuda dos tribunais, mas de vez em quando realizam vinganças sangrentas. Não duvido de que fariam isso aqui. A Czerka não deve ser a autoridade a intervir, e sim a República.

Mesmo que precisassem fazer alguma coisa, pensar em prender Fanry ainda era doloroso para Averross.

— Falando em Obi-Wan, onde ele estará?

— Ele embarcará na *Alavancagem*, tanto para impedir que a Czerka tome medidas punitivas quanto para libertar uma associada nossa — respondeu Qui-Gon.

— A segurança da *Alavancagem* é rígida — disse Averross. — Tipo, mais rígida do que a do Senado Galáctico. Como você acha que chegará lá sem ser rastreado?

Qui-Gon sorriu.

— Na verdade, temos uma nave com um campo de bloqueio de varredura, e um agente pronto para nos ajudar a levá-la para dentro da própria *Alavancagem*.

Pax Maripher nunca se sentira confortável com o plano dos Jedi. Não porque achasse que não funcionaria, já que parecia ter uma boa chance de sucesso, mas porque não tinha sido ideia sua. Seu plano, se ele tivesse algum, obviamente teria sido muito superior.

Mas suas objeções tornavam-se mais numerosas e contundentes conforme o Dia da Coroação avançava. Primeiro, de acordo com as comunicações, a coroação não aconteceu, com a jovem rainha revelando-se como uma espécie de fanática sedenta por poder. Parecia muito emocionante, e Pax estava ansioso para assistir aos vários holofilmes dramáticos que certamente seriam produzidos sobre aquilo. Então, na sequência daquele fiasco, a *Alavancagem* entrou em alerta máximo. Já teria sido bastante difícil passar pela segurança da Czerka em um dia normal, mas em alerta máximo? E a cobertura para sua missão de resgate deveria ser fornecida, pelo menos em parte, pelas massas de cidadãos de Pijal que levariam suas naves pessoais para o espaço a fim de celebrar o dia. Não parecia que havia muito o que se comemorar por ali.

O que significava nao apenas que Rahara ainda estava presa naquele gigante da Czerka, mas também que ele não tinha como tirá-la de lá novamente...

O comunicador soou, tirando Pax de seu devaneio na cabine. Ele abriu o canal.

— Kenobi? É você?

— *Sou eu* — respondeu Obi-Wan. Ele parecia muito mais feliz do que a situação exigia. — *Estamos mudando os planos.*

— Obviamente. Embora eu não tenha ideia de como vocês esperam violar…

— *Encontre-se com a nossa corveta.* — Aquela era a voz de Qui-Gon Jinn. — *Então, Obi-Wan poderá passar para a* Meryx. *Depois, vou providenciar uma distração para desviar a atenção da* Alavancagem *enquanto vocês passam.*

Pax semicerrou os olhos, desconfiado.

— Que tipo de "distração"?

— *Você vai ver.* — Com isso, Qui-Gon desligou. Como um Jedi. Enigmático até o fim.

Mas o aborrecimento era vazio, um mero reflexo de sua mente. No fundo, Pax só se importava com uma coisa: Rahara teria outra chance.

O encontro durou apenas alguns minutos; Obi-Wan praticamente saltou a bordo e Pax Maripher avançou de volta para o espaço no mesmo instante em que o escudo atmosférico caiu. Assim que Qui-Gon recebeu a confirmação de que a *Meryx* estava ausente, ele gesticulou para o oficial de comunicação da corveta.

— Mande um sinal para a *Alavancagem.* Informe-os que o Jedi Qui-Gon Jinn deseja falar com quem está no comando.

Momentos depois, um holograma surgiu na ponte, revelando o rosto de Meritt Col.

— *Jedi Jinn* — disse ela, prendendo uma mecha de cabelo em seu penteado elaborado, ou no que restara dele. — *Bem, isso foi inesperado, não foi?*

— Você leva jeito com eufemismos, supervisora. — Qui-Gon assumiu uma expressão de profunda preocupação. — Pensamos que o Capitão Deren tinha matado você.

— *Não. Mas me chamuscou.* — Ela apontou com irritação para uma marca preta em sua jaqueta branca. — *O traje formal de oficial supervisor não é barato, sabia?*

A Czerka cobrava o valor do uniforme de seus próprios funcionários? Aquilo… não era surpreendente, na verdade. Qui-Gon falou:

— Achei que deveria informá-la de que a nave da rainha, a *Virtuosa*, parece planejar um ataque contra a sua.

Col controlou o humor, por pouco.

— *Sério? A rainha que acabou de proclamar que meus empregadores são maus e que ordenou que seu capitão me assassinasse em sua própria coroação? Ela pode querer me atacar? Estou chocada. Obrigada por essa informação completamente imprevisível.*

Com o canto do olho, Qui-Gon pôde ver o rastreador de Obi--Wan se aproximando cada vez mais da *Alavancagem*. A própria *Meryx*, com seu campo de bloqueio de varredura ativado, era tão invisível para ele quanto para a nave da Czerka.

— Não posso afirmar com certeza — disse ele —, mas é possível que a *Virtuosa* carregue algum tipo de arma avançada. Algo comprado no mercado paralelo, dos Hutts, há algum tempo. Podemos confirmar, definitivamente, que seus bandidos estiveram em contato com o cartel de Wanbo, o Hutt, em Teth.

Tudo aquilo era inteiramente verdade. Claro, não havia absolutamente nenhuma razão para pensar que a nave de Fanry tivesse tal arma... mas era possível.

— *Os Hutts?* — Col gesticulou para alguém fora do holograma. — *Rápido, acione todos os sensores para a* Virtuosa, *com força total.*

Qui-Gon resistiu à vontade de sorrir enquanto o rastreador de Obi-Wan se aproximava da *Alavancagem* e desaparecia dentro dela.

Obi-Wan prendeu a respiração quando a *Meryx* entrou em um compartimento de carga auxiliar da *Alavancagem*, o tipo de lugar que deveria ser controlado por sensores automáticos e livre de sencientes ou droides. Se Qui-Gon tivesse conseguido atrair toda a atenção de Meritt Col...

— Tudo livre — ele falou, com um sorriso, enquanto a *Meryx* se acomodava em uma plataforma repulsora, onde ficaria no ar. — Assim que as portas da doca se fecharem, podemos partir em busca de Rahara. Os registros do palácio forneceram alguns diagramas, aqui, nos sensores, então devemos ser capazes de encontrá-la.

— Correção — disse Pax Maripher, que arregaçava as mangas de sua enorme camisa azul. — *Eu* devo ser capaz de encontrá-la. Você, por outro lado, vai esperar aqui para poder nos livrar da *Alavancagem* assim que for possível.

— Se eu estiver com você, isso não vai atrasar nossa partida por mais de um ou dois minutos.

— O que, dada a situação, é uma margem de erro terrivelmente grande e, portanto, inaceitável. — Pax se endireitou e passou a mão pelos cabelos desgrenhados, deixando-os mais bagunçados do que nunca. — Também é possível que seja necessária outra distração, uma que seu Mestre não será capaz de fornecer enquanto estiver confrontando a rainha.

Obi-Wan preferia estar no meio da ação, mas o que Pax dissera fazia sentido.

— Então, tudo bem. Eu esperarei aqui. Mas leve isso com você. — Ele entregou a Pax seu sensor, completo, com esquemas e um comunicador. — Me informe sobre tudo o que puder, quando der.

As portas do compartimento da *Alavancagem* se fecharam. Pax foi imediatamente para a saída.

— Como eu falei, esteja pronto!

Qui-Gon vasculhou a Força, tentando analisar a *Virtuosa*. Ler uma área tão grande era difícil, especialmente quando havia muitas pessoas dentro dela, mas ele só queria saber se a tripulação apoiava a missão de Fanry ou se sentia presa pelo dever. Ele captou traços de ambos os sentimentos, mas achou impossível determinar qual era mais forte.

— Você está pronto? — perguntou ele ao capitão da corveta Corelliana.

O capitão assentiu.

— Isso vai nos sobrecarregar até o limite, mas podemos fazê-lo.

Com isso, a corveta travou seu raio-trator na *Virtuosa*. Assim que a nave da rainha percebeu que estava em risco, começou a tentar se afastar. Embora a corveta estremecesse com a resistência, ela permaneceu estável, e o raio se manteve.

— Mande um sinal para a *Virtuosa* — ordenou Qui-Gon. — Diga que é hora de conversar.

Enquanto o oficial de comunicação fazia aquilo, o chefe da segurança se ajeitou.

— A *Virtuosa* está energizando as armas! — O Nautolano devia ser um trabalhador civil, não um soldado, porque seus tentáculos tremiam só de pensar.

— Chegue mais perto. — Foi a primeira coisa que Rael falou em horas que era tática, e não reativa. — Deixe claro que, se ela nos explodir, a levaremos conosco.

Qui-Gon franziu a testa. Aquilo soava perigosamente vingativo. Mas era uma manobra tática válida.

A manobra de Rael funcionou. Não demorou muito para que o oficial de comunicação informasse:

— A *Virtuosa* quer falar conosco.

— Muito bem. — Qui-Gon ajeitou o manto e cruzou as mãos diante do corpo, de forma que as mangas caíssem sobre elas. "Esteja no momento", pensou ele, desejando que seu espírito alcançasse a mesma intensidade de paz que seu corpo.

O holograma que surgiu na ponte da corveta era muito maior do que o projetado pela *Alavancagem*. Aquela era uma nave real, e o efeito deveria ser o de uma audiência real. A Rainha Fanry apareceu, um pouco maior do que era, na verdade, flanqueada por uma guarda de honra fortemente armada, e, na parte de trás, vestindo um uniforme de soldado em vez do habitual macacão cinza, estava Cady.

Aos seus olhos, Fanry parecia transformada. Ela usava a espada cerimonial ao lado do corpo e um peitoral prateado sobre o vestido. Seu cabelo solto brilhava como fogo, mas nada daquilo a mudava tanto quanto a confiança e a fúria que brilhavam nela como uma luz. Aquela, compreendeu ele, era a primeira vez que ele a via de verdade.

"Se eu tivesse tentado vê-la antes", percebeu Qui-Gon, "a Força teria me mostrado um pouco do espírito que ela escondia dentro de si. Mas eu não tentei. Considerei-a como a criança que ela se apresentava."

Não havia nenhum Jedi tão sábio que não pudesse ser desfeito por suas próprias suposições.

— *Agradecemos a oportunidade de falar com você, Jedi Jinn* — disse Fanry. — *Nosso antigo regente é menos bem-vindo, mas como concedemos trégua a você, iremos estendê-la a ele.*

Rael perguntou:

— Fanry... por quê? — Apesar de seus trajes elegantes e do rosto barbeado, Rael Averross nunca tinha parecido mais abandonado para Qui-Gon do que naquele momento. — Você nunca percebeu que a única razão pela qual trabalhei com a Czerka foi para tornar as coisas mais fáceis para você? Que cada maldita coisa que fiz foi apenas por você?

— *Nunca foi por mim.* — Fanry ergueu o queixo, lançando um olhar para Rael. — *Foi por Nim. Tudo o que você fez foi por ela. Você nunca parou para se perguntar se as coisas que uma garota ferida poderia precisar eram as mesmas que uma futura rainha precisaria. Você me protegeu enquanto deveria ter me ensinado. Falou comigo quando deveria ter me escutado.*

Qui-Gon nem precisou olhar para Rael para saber o que ele estava sentindo ali; o horror daquilo era tão forte que ressoava na Força. O horror que surgia do reconhecimento de Rael de que Fanry estava certa.

Pelo menos sobre aquilo.

— Vossa Majestade — disse Qui-Gon. — Esta não é uma oportunidade para você e seu antigo regente conversarem sobre os velhos tempos. É uma oportunidade para discutir se você está disposta a recuar e encontrar uma solução diplomática. A República já estava tentando encontrar maneiras de livrar seu povo da influência da Czerka.

— *Tirando minha autoridade absoluta?* — Fanry zombou. — *Embora, na verdade, quanto mais eu estudava minha história, mais percebia que nenhum monarca de Pijal governava verdadeiramente há séculos. O domínio da Czerka era forte demais. Preciso de toda a autoridade do trono, Jedi. A República está comprometida pelo dinheiro e pela influência da Czerka. Só eu posso libertar o meu mundo.*

Qui-Gon duvidava que a futura Assembleia de Pijal fosse capaz de enfrentar a Czerka. Poderia ele ter certeza de que o Senado Galáctico se sairia melhor?

Apesar disso, ele continuou no mesmo rumo, tentando apelar para a razão de Fanry.

— Com o futuro do corredor hiperespacial em jogo, sua posição de negociação apenas se fortaleceu. Você vai negociar? Vai nos ajudar a encontrar uma solução pacífica?

— *Eu vi o preço da paz.* — Os olhos de Fanry brilhavam com uma luz febril e raivosa. — *Prefiro a guerra.*

CAPÍTULO TRINTA E SETE

"As naves Czerka são tão labirínticas quanto sua burocracia", pensou Pax Maripher. "Nem um pouco surpreendente."

Até o momento, ele conseguira passar despercebido por um bom terço da extensão da *Alavancagem*, e descera um nível até o que achava ser a área escravista. Levou mais tempo do que ele gostaria. Os corredores da Czerka eram enormes, com três metros de altura por quase cinco de largura, e giravam e serpenteavam como se estivessem determinados a fornecer a rota menos direta a qualquer lugar. Na opinião de Pax, a estética daquele projeto deveria ser chamada de "intestinal".

Um droide rato passou por ele, bipando sozinho. Pax lembrou-se do que B-3PO sempre lhe ensinara: "Se um humano se comporta como se fizesse parte de algum lugar, droides menos complexos sempre presumirão que o humano faz parte". Nenhum dos dois fez qualquer pausa ao passar pelo outro.

Assim que ele virou a próxima curva, o silêncio sinistro se transformou em ruído de trabalho: droides apitando, máquinas em movimento, o burburinho distante de conversas humanas. Pax suspirou aliviado; ele chegara até a área de trabalho.

Puxando a jaqueta de manutenção e o chapéu que roubara da baia auxiliar, ele respirou fundo e entrou no meio daquela bagunça. O corredor se abria, tornando-se uma ampla passarela que dava para a área da fábrica. Rahara lhe dissera que aquela área era chamada de fosso por aqueles que trabalhavam nela, e o nome era merecido. O lugar era mal iluminado, muito quente e apertado. Seres escravizados vestindo macacões sujos supervisionavam máquinas que faziam tanto barulho que deveriam causar perda de audição em poucos meses. Jatos de vapor subiam de algumas das máquinas, vez ou outra, quase escaldando aqueles que trabalhavam nos arredores.

"Só preciso encontrar Rahara", falou ele a si mesmo, enquanto começava a descer uma escada de serviço até o fosso. "Encontrá-la e dar o fora daqui."

— As armas da *Virtuosa* continuam totalmente carregadas — informou o oficial de segurança Nautolano, ansioso. O holograma de Fanry tinha acabado de desaparecer. — Mas parece que estão mudando de alvo.

Apenas outro alvo era possível: a *Alavancagem*. Qui-Gon respirou fundo. Obi-Wan estava longe de ser a única pessoa a bordo daquela nave que não fazia parte da Czerka. Fanry estava realmente tão furiosa com a empresa que destruiria a nave, mesmo que significasse destruir também vidas inocentes?

Ele se virou para Rael, cuja expressão tinha se tornado dura e rígida. A pergunta era desnecessária.

— Ela vai fazer isso — disse ele. — Agora que estou pensando no assunto… repassando o que sabia dela antes e o que sei agora… sim. Ela os mandará pelos ares, não importa quem tenha que ir junto.

"Foi tudo um sonho?", pensou Rahara estupidamente enquanto pisava na trava do compressor, empurrava a unidade para a frente, e repetia o processo uma vez atrás da outra. "Será que eu estava só imaginando que era livre? Que costumava ser uma ladra de joias e viajava por toda a galáxia com diamantes, opalas e cristais?"

Talvez estivesse sonhando. Talvez precisasse acreditar naquilo, fazer-se pensar que era verdade. Porque, caso contrário, teria que passar o resto do dia ali, sabendo que um dia fora muito mais do que mais uma das engrenagens sujas da Czerka. Que fora capaz de voar entre as estrelas. Melhor se convencer de que aquilo, o trabalho e o fosso, era tudo o que sempre existira, tudo o que existia e tudo o que sempre existiria.

Quanto tempo levaria para se convencer daquilo? Anos, imaginou ela. Mas poderia dar certo. *Daria*. Ela esqueceria de sua vida anterior antes que…

— Rahara!

Assustada, ela quase errou a trava do compressor. Quando suas mãos a pressionaram automaticamente, ela olhou para cima e viu um rosto espiando através de um emaranhado de canos.

— ... *Pax*?

— Sim, sou eu, *é claro*. — Ele suspirou exasperado. — Estava esperando a Chanceler?

Rahara começou a rir no mesmo instante em que seus olhos se encheram de lágrimas. Ela talvez pudesse ter imaginado uma vida como ladra de joias, mas nunca poderia ter sonhado com alguém como Pax Maripher.

Algumas outras pessoas que trabalhavam nas proximidades, um humano e dois Sullustanos, também notaram Pax. Um dos Sullustanos puxou discretamente a engrenagem que paralisaria a linha do compressor. Aquilo geralmente era feito para resolver problemas menores, de modo que o supervisor do andar não prestasse atenção tão rapidamente. O Sullustano dera um minuto a eles. Rahara o olhou com gratidão antes de se voltar para Pax.

— Como você chegou aqui?

— Os Jedi se tornaram úteis para *nós*, para variar. Agora vamos.

O choque a atingiu.

— Você está me libertando?

— Por que mais eu estaria aqui? Para apreciar a vista? — Pax apontou para o labirinto escuro e úmido de máquinas no fosso.

— Eu sei, é que... — Rahara tentava entender. — Você tinha dito... que não arriscaria seu pescoço por mim e não esperava que eu arriscasse o meu por você. Que isso seria "irracional".

A expressão de Pax se suavizou.

— Eu falei mesmo. Mas... Acontece que há coisas que importam muito mais do que a racionalidade.

Ele estendeu uma das mãos e ela a pegou. Mas quando ele a puxou para si, Rahara resistiu.

— Não.

— Sim, sim. Eu sei que é muito perigoso. É aí que reside a natureza heroica da minha empreitada. Mas não há outra maneira de sair deste lugar a não ser, bem... *saindo*.

Rahara olhou para o Sullustano que a ajudara. Para os outros que trabalhavam na sua seção da linha. Mais adiante na fila, mais humanos, alguns Duros e um Abednedo. Uma dezena de espécies à vista, talvez trinta ou mais no lugar todo, totalizando centenas de pessoas escravizadas, todas presas ali como ela. Pessoas que nunca conseguiriam imaginar o que poderiam fazer com uma vida da qual fossem donas.

— Se eu vou sair daqui — disse ela —, eles também vão.

— Você quer dizer que em vez de fugirmos em segurança, vamos liderar uma revolta de escravos? — Pax pensou naquilo, depois sorriu. — Excelente.

Obi-Wan tinha muito pouco a fazer, a não ser esperar na *Meryx*. Os sensores da nave não eram potentes o bastante para atravessar a *Alavancagem*; embora ele pudesse enviar um sinal para a corveta para falar com Qui-Gon, aquilo tinha uma boa chance de alertar a Czerka sobre sua presença.

Ele decidiu estudar a *Meryx*. Se ia pilotá-la em breve, seria melhor conhecer suas peculiaridades. Os motores, controles e coisas do tipo eram exatamente o que ele esperava. Nenhum cargueiro classe *Gozanti* jamais poderia ser muito manobrável, mas as modificações feitas por Pax ajudavam. A única surpresa real foi como o compartimento de carga inferior tinha sido adaptado para servir de ancoradouro para a *Faceta*.

O caça estelar classe *Nivex*, pensou ele, olhando para a superfície acobreada. "Fabricada para Ceiranos, acho, mas Pax também deve ter modificado isso." Obi-Wan desceu até o compartimento de carga para ver melhor...

... foi quando as sirenes de alarme começaram a soar dentro da *Alavancagem*.

Obi-Wan se assustou. A maneira mais rápida de acessar a comunicação interna da nave era através da *Faceta*, então ele saltou para dentro da pequena nave. Ligou os motores e encontrou o canal de comunicação, bem a tempo de ouvir:

— *... distúrbios nos níveis inferiores, bloqueiem os compartimentos de acesso imediatamente!*

— Como o compartimento de acesso em que estou neste momento? — murmurou ele. — Esplêndido!

Mas o jovem Jedi sorriu diante da grande probabilidade de que aqueles "distúrbios" fossem obra de Rahara e Pax.

Ele pressionou o controle para obter imagens de fora da nave. Como temia, os droides unipod e os GA-97 da Czerka já estavam entrando na doca para trancar todos os controles, incluindo aqueles para as portas que a *Meryx* precisaria usar para sair dali. Ele precisava despachar os droides. Obi-Wan colocou a mão em seu sabre de luz, então se lembrou da sabotagem e do cristal kohlen. Não havia como dizer para que seu sabre de luz serviria no momento, o que significava que ele seria um tolo se o levasse para o combate.

"Espere", pensou ele. "Por que estou procurando armas se estou sentado em uma delas?"

Os droides da Czerka pararam no momento em que as portas inferiores da *Meryx* se abriram e a *Faceta* começou a atirar. Obi-Wan mirou no primeiro unipod, depois no segundo, explodindo os dois em pedacinhos na mesma hora. Aquilo dispararia um alarme de segurança, mas como a *Alavancagem* já estava em alerta máximo por causa da revolta, a resposta da Czerka provavelmente seria retardada.

Seu painel se iluminou com as palavras: CAÇA AUTOMÁTICA INICIADA.

— Não, eu não quero... — Os olhos de Obi-Wan se arregalaram quando a *Faceta* não apenas começou a mirar sem ele, mas também passou a avançar. — Como eu faço para desligar isso?

Ele não teve tempo de descobrir. O caça avançou, mirando em um droide depois do outro; Obi-Wan conseguia conduzir a nave, mas não conseguia pará-la, nem mesmo enquanto ela voava em direção às portas internas. Suas mãos apertavam os controles enquanto o caça estelar disparava pelo corredor aberto. Logo ele estava em um túnel, um túnel que girava e serpenteava, com não mais do que um metro de espaço de cada lado.

"Bem, você sempre quis um verdadeiro desafio de voo", falou Obi-Wan a si mesmo, enquanto fazia uma curva acentuada à esquerda, evitando por pouco ser destruído. "Aqui está ele."

Outra voz dentro dele respondeu: "Retiro o que disse!". Mas era tarde demais para fazer qualquer coisa além de seguir em frente.

Rahara nunca tinha desfrutado tanto de um momento em uma nave da Czerka quanto aquele em que ela brandiu uma barra de metal direto contra um painel de controle. As faíscas que saltaram pela sala pareciam fogos de artifício.

Os recém-libertados ao seu redor permitiam-se comemorar em meio ao pandemônio. Cada painel que podia ser removido era; os outros foram esmagados. Quaisquer ferramentas e equipamentos que conseguissem encontrar estavam sendo distribuídos entre a multidão, que ficava cada vez mais "armada".

— Por mais charmoso e merecido que seja esse festival de destruição — gritou Pax, acima do barulho —, ele não deveria ser mais importante do que escapar da *Alavancagem*!

Supondo que eles *pudessem* escapar. Rahara tinha ouvido os comandos para fechar os compartimentos de acesso. Outras medidas contra os insurgentes viriam em seguida. A Czerka sabia como reprimir revoltas. Por mais que Rahara quisesse acreditar que escapariam, ela sabia que era igualmente provável que aquilo terminasse em derramamento de sangue.

Mas se Pax conseguia ter esperança, ela também teria. Ela agarrou a mão dele e começou a liderar o caminho, cada vez mais rápido, até começar a correr.

— Mestre Jedi… — O oficial de comunicações da corveta apontou para que Qui-Gon lesse uma tela. — Isso foi o que acabou de ser transmitido nas comunicações internas da *Alavancagem*.

No momento, a corveta travava uma batalha perdida para impedir que a nave real se inclinasse para disparar contra a nave da Czerka. Eles podiam manter a *Virtuosa* no lugar, bem ou mal, mas não poderiam impedir que a nave girasse no lugar. Ela já estava ao alcance da *Alavancagem* e a corveta Corelliana não seria capaz de rebocá-la com rapidez suficiente.

Por isso, a mente de Qui-Gon se preocupou quando ele olhou para o painel do oficial de comunicação, mas não depois de ler o que estava nele.

— Uma revolta de escravos?

— Pensei que o plano era Obi-Wan e o outro cara entrarem e saírem, de forma tranquila e discreta — disse Rael. Ele andava de um lado para o outro desde a transmissão do holograma da Rainha Fanry.

— O plano parece ter mudado. — Qui-Gon pensou nas possibilidades. Ele perguntou ao oficial de comunicação: — A *Virtuosa* também é capaz de interceptar essas mensagens?

— É bem possível, senhor, embora eu não saiba se eles estão fazendo isso.

— Vamos descobrir. Coloque-me em contato com a rainha de novo.

"Espero que Obi-Wan esteja bem", pensou ele.

Enquanto a *Faceta* mergulhava pelos corredores tortuosos em alta velocidade, Obi-Wan desistiu de ter pensamentos coerentes. Fazia mais sentido só gritar.

— Aaaaaaaauuuughhhh!

— Quatro minutos para termos o alvo ao alcance — informou o oficial de armas.

— Excelente. — Fanry sentou-se na cadeira do capitão. Seus pés ainda não tocavam o chão. Ela teria que baixá-la. — Continue reagindo ao nosso ex-regente, certo? Deixe-o tentar ao máximo nos impedir e falhar.

O oficial de comunicação disse:

— A corveta Jedi está mandando um sinal novamente.

— Não temos nada a dizer para Averross! — retrucou Fanry.

— É o outro, Qui-Gon Jinn.

Ela respeitava aquele Jedi, que enfrentara a Czerka, mas estava perdendo rapidamente a paciência com ele.

— Vamos ser simpáticos a ele uma última vez.

Jinn surgiu via holograma, parecendo estar dentro da ponte.

— *Vossa Majestade, posso chamar sua atenção para o que está acontecendo dentro da* Alavancagem?

— O que está acontecendo a ela é que está prestes a ser destruída. — A *Virtuosa* não era tão grande quanto a nave da Czerka, mas estava muito mais bem armada, como ela estava para demonstrar.

— *Não a ela. Dentro dela. Direcione seus sensores para as comunicações internas. Vocês têm todos os códigos da Czerka, não têm? Vejam por conta própria.*

Então, eles tinham feito uma busca e perceberam quantas informações sobre a Czerka sua equipe tinha recolhido. Fanry decidiu que não importava. O oficial de comunicação seguiu a sugestão de Jinn sem esperar pela ordem de Fanry, uma violação do protocolo que ela resolveria mais tarde. Suas preocupações com aquilo desapareceram quando ela viu a palavra REVOLTA.

— Vossa Majestade! — Cady se iluminou, mais feliz do que Fanry jamais a vira. — As pessoas lá dentro estão tentando fugir! Nós poderíamos ajudá-las!

Fanry riu.

— E deixar a Czerka ir? Dificilmente. Juramos não ter misericórdia deles, e não teremos. — O rosto de Cady ficou sombrio.

— *Fanry, aqui é Rael.* — Seu antigo regente surgiu no holograma. Só a visão dele já a irritava quase além da razão. Mas ela ainda o escutou quando ele falou: — *Você pode punir a Czerka ou pode salvar vidas inocentes. Você tem uma escolha. Faça-a valer a pena.*

Ela não escutava Rael Averross há anos, e não pretendia começar naquele instante.

— Oficial de armas?

— Sim, Vossa Majestade? — A voz do oficial estava estranhamente rouca.

Fanry abriu a boca para dar a ordem de atirar, mas parou quando o cano frio de um blaster pressionou sua têmpora.

— Eu a ajudei com isso — disse Cady, tremendo enquanto apontava a arma contra sua rainha. — Não. Eu tornei isso possível. Plantei o dardo dominador, ajudei a sabotar o droide caranguejo. Você bolou os planos, mas *eu* tive que fazer o trabalho duro. E fiz tudo isso porque pensei que me livrar da Czerka significava me livrar da escravidão. Mas, no fim das contas, era tudo sobre você, não era? Sobre ter poder para si mesma.

Era assustador ter uma arma apontada para a cabeça. Fanry, de algum modo, nunca tinha se dado conta daquilo antes. Via holograma, ela podia ver seu medo refletido na expressão de Rael Averross. Como ele ousava fingir que realmente se importava com ela? E por que nenhum dos oficiais da ponte tinha ido em seu auxílio?

Mas Fanry controlava Cady. Sempre controlara, e sempre controlaria. Algumas coisas nunca poderiam mudar.

— Como sua rainha — falou ela, calmamente —, eu ordeno que você guarde sua arma.

Cady balançou a cabeça em negação.

— Parece que estamos tendo nossa segunda revolução do dia.

Qui-Gon ficou aliviado ao saber que Fanry tinha sido deposta, pelo menos por tempo o bastante para evitar um grande derramamento de sangue, mas a verdadeira batalha ainda estava acontecendo dentro da *Alavancagem*. Ele tinha que garantir que o lado certo vencesse.

Assim que o holograma da *Virtuosa* desapareceu, ele ligou para a *Alavancagem* novamente. Quando Meritt Col reapareceu, parecia mais cansada do que nunca.

— *Sim, sim, a rainha não é mais um problema* — retrucou ela. — *Se você teve alguma coisa a ver com isso, obrigada, mas tenho outros assuntos a resolver.*

— Como libertar as pessoas que no momento se rebelam dentro de sua nave — disse Qui-Gon. — Os ex-escravos.

— *Quantas vezes mais terei que repetir?* — perguntou Col. — *Eles sempre serão escravos.*

— A situação mudou, Supervisora Col, como você saberia se fosse mais versada na jurisprudência da República. "Durante convulsões políticas extremas, qualquer grupo que se encontre preso contra sua vontade, sem ter sido condenado ou acusado de qualquer crime contra a lei, será libertado. Qualquer pessoa responsável pelo cativeiro dessas pessoas cometerá um ato criminoso."

Col zombou.

— *Este é um dia de problemas, Jedi. A princesa herdeira agora é rainha, conforme planejado, mesmo que os detalhes tenham sido, infelizmente, muito complicados. Quem pode dizer que isso conta como uma "convulsão extrema"?*

— Apenas um representante designado da República pode chegar a tal conclusão — respondeu Qui-Gon —, como Obi-Wan Kenobi. É verdade que ele ainda não o fez, mas ficaria feliz em fazê-lo assim que tiver a chance. E acontece que Sua Majestade já foi deposta.

— *Você está distorcendo a lei para servir aos seus próprios propósitos. Acha que essa desvantagem momentânea me fará concordar com qualquer coisa?* — Meritt Col se levantou, aparentemente pronta para deixar a ponte e enfrentar ela mesma o levante. Quando as portas do amplo corredor externo se abriram, ela falou: — *Prometo a você, Jedi Jinn, isso não vai durar mais do que…* — Sua voz foi interrompida e se transformou em um grito.

Os olhos de Qui-Gon se arregalaram quando um caça estelar dentro da nave da Czerka disparou vindo do corredor externo e voando direto para a ponte. Os oficiais da Czerka, incluindo Col, caíram no chão. O caça então pousou, quebrando cadeiras e painéis enquanto seu peso se acomodava no convés. Era imaginação dele ou aquele caça parecia familiar? O espanto de Qui-Gon atingiu o ápice quando a escotilha do caça se abriu e revelou…

— Obi-Wan?

O rosto de Obi-Wan estava pálido, e seu olhar, um tanto confuso. Ele olhou para o holograma por um longo momento, respirando fundo, depois arriscou um sorriso fraco.

— Imagino que não acreditava que eu pretendia fazer isso?

— Não. — Qui-Gon começou a sorrir. — Mas acontece que você chegou na hora certa.

CAPÍTULO TRINTA E OITO

— Você voou *pelos corredores da nave*? — Qui-Gon colocou um braço ao redor dos ombros de Obi-Wan enquanto eles se afastavam do ancoradouro da corveta. Atrás deles, Rahara Wick e Pax Maripher ajudavam a tripulação da nave a registrar aproximadamente trezentos antigos "itens de propriedade senciente" como refugiados. — Parabéns por ter saído inteiro.

Obi-Wan ainda parecia estar em choque.

— Foi terrível — disse ele, com os olhos vidrados. — Nunca mais quero pilotar. *Nunca*.

— Ah, o que é isso, Padawan?

— Eu *odeio* voar.

— Você só está abalado — opinou Qui-Gon. — Vai passar.

— Não vai, não.

— Veremos. Por enquanto, temos bastante coisa para fazer aqui em Pijal… em terra firme.

Em um período de dois dias, confrontada com a indignação pública frente aos bandidos e com a decisão judicial de que uma coroação pela violência era ilegal, a Rainha Fanry concordou em abdicar a favor de uma prima distante. O reinado da nova Rainha Lamia durou apenas algumas horas, somente o tempo necessário para a assinatura de novos tratados que criaram uma Assembleia democrática com ampla representação para os cidadãos lunares, aboliram a escravatura no sistema, libertaram quaisquer pessoas escravizadas levadas para lá, tornaram possível a abertura do novo Corredor Hiperespacial de Pijal e, por fim, o item que deveria ser deixado por último, acabaram com a monarquia no planeta para sempre.

Havia, no entanto, um chefe de estado nominal, um governador que ajudaria a concentrar os esforços da Assembleia.

— Quanto ao meu primeiro ato — disse a Governadora Orth enquanto se sentava em sua nova mesa —, pretendo cancelar todo e qualquer contrato que o governo tenha com a Corporação Czerka.

— Você nunca se importou com eles — lembrou Qui-Gon.

— Nem fiz segredo disso. No entanto, a princesa nunca percebeu que tínhamos tanto em comum. Se tivesse confiado mais em nós, ela poderia ter percebido quanto apoio havia para enfrentar a empresa. Mas é claro que a Czerka não era a principal motivação. Era apenas a desculpa que a fazia sentir-se justa em relação à tomada do poder absoluto. — Orth suspirou e sua expressão se tornou melancólica por um momento. Mas ela logo voltou ao seu jeito acelerado de sempre. — A Princesa Fanry continua em prisão domiciliar, o que, em um palácio, não é um castigo tão severo.

— Como ela está reagindo a isso?

— Não muito bem. Para ser sincera, acho que ela começou a sentir o peso da culpa de algumas das coisas que fez. Deren se recuperou e ela pediu para vê-lo e pedir desculpas. — Orth balançou a cabeça. — Pobre homem. Ele não queria nada com os bandidos. Mas jurou obedecer à princesa em todas as coisas e manteve-se fiel ao seu juramento. Isso quase o matou.

— Por quanto tempo ela continuará presa? — perguntou Qui-Gon.

— Por quatro anos. Embora tenha sido chefe de estado por um breve período, ela é menor de idade para todos os outros fins legais. Portanto, sua punição termina quando completar dezoito anos. Depois disso, acho que mandá-la para uma universidade em um planeta distante parece a melhor ideia. — Orth parecia pensativa. — Um planeta *muito* distante.

— Não falta coragem a Fanry — disse Qui-Gon. — Nem força de vontade. Ela poderá ter muito a oferecer, quando crescer. O que aconteceu com Cady?

— Garota inteligente, aquela. Aceitou nossa oferta de mandá-la para uma escola de sua escolha; e ela escolheu uma academia de liderança em Alderaan. Espero que volte algum dia, mas, francamente, não a culparia se ela nunca mais colocasse os pés em Pijal. — Orth cruzou as mãos sobre a mesa. — Presumo que você e Kenobi irão embora, então.

Qui-Gon assentiu.

— Depois de nos despedirmos de algumas pessoas.

Primeiro, ele foi ver Pax e Rahara a bordo da *Meryx*. A julgar pelo bom humor e pela nova linguagem corporal mais íntima, Qui-Gon achou que o relacionamento dos dois pudesse ter progredido para além de "parceiros de negócios" depois da fuga da *Alavancagem*. Não era da conta dele, mas era bom vê-los felizes.

— Por mais insuportável que eu tenha achado seu comportamento em várias ocasiões — Pax falou —, percebi que sentirei sua falta.

— Vindo de você, Pax, suspeito que seja um grande elogio. — Qui-Gon virou-se para Rahara. — A Governadora Orth me contou que os "refugiados" da *Alavancagem* começaram a viajar para fora do planeta.

Ela assentiu, encostando-se na porta da *Meryx*.

— Alguns têm planetas natais para voltar. Outros receberam ofertas de financiamento para ajudar a colonizar mundos recém-habitados e estão apoiando a República. Pelo menos alguns deles querem ficar aqui em Pijal. Apesar das más lembranças que devem ter, aqui é um lugar bonito demais.

— Bonito ou não, já ficamos por aqui tempo demais — Pax suspirou. — O dinheiro que ganhamos vendendo o "kyber de tolo" só vai cobrir os reparos na *Faceta*. Por mais importante que essa viagem tenha sido para nós, ela falhou totalmente no quesito de lucratividade.

— Por falar nisso. — Qui-Gon estendeu a mão para o cinto e abriu uma pequena bolsa que sempre guardava ali. — Achei que isso poderia ajudar a compensar, vamos dizer, quaisquer prejuízos.

Quando ele estendeu a pedra na palma da mão para que captasse a luz, tanto Pax quanto Rahara perderam o ar. Foi Rahara quem perguntou:

— Isso é um diamante de fogo de Mustafar?

Qui-Gon assentiu.

— Não é tão valioso quanto um pedaço de meryx, certamente, mas deve cobrir mais do que o tempo que passaram aqui em Pijal.

— E cobriria se ficássemos aqui por mais três anos! — Pax olhou para Qui-Gon, consternado. — E você o está *dando* para nós? Tem certeza?

Por um momento, Qui-Gon se lembrou de quando recebera aquele presente, vinte anos antes, em Felucia. O que aquilo significava e por que era tão precioso a ponto de o manter por perto todos os dias desde então.

Mas ele não precisava do diamante para guardar tudo aquilo em seu coração. No fim das contas, tudo o que importava eram as lembranças.

Qui-Gon deixou o diamante cair na mão de Rahara.

— Sim, tenho certeza.

Por fim, foi se despedir de Rael Averross.

Rael ainda morava nos aposentos do regente, principalmente porque ninguém mais tinha expressado qualquer necessidade deles, ainda. Ele parecia fazer as malas para ir embora, só que, dada a bagunça, era difícil dizer.

— Achei que veria você logo. — Rael apagou um bastão mortal. — Seu Padawan apareceu mais cedo. É um bom garoto. Algum dia, será um grande Cavaleiro Jedi.

— Será mesmo. — Qui-Gon colocou uma das mãos no ombro de Rael. — Você falou com Fanry?

Balançando a cabeça, Rael falou:

— Talvez um dia eu fale. Não tão cedo. — Ele suspirou. — Acho que o Conselho estava certo, afinal.

Qui-Gon não acompanhou.

— Sobre o quê?

Rael estava sentado em cima de uma pilha de roupas ainda não dobradas na cama desarrumada.

— Sobre como o amor distorce nosso julgamento. Eu me importava demais com aquela garotinha, mas a maneira como fiz isso a convenceu de que não me importava nem um pouco. Que tudo era por causa de Nim, e não dela. — Ele suspirou pesadamente. — Talvez um dia ela perceba com mais clareza. Talvez eu também.

— Quando você voltará para Coruscant? — perguntou Qui-Gon. Ele achava que quanto antes Rael tivesse uma nova missão, melhor.

Rael encolheu os ombros.

— Não tenho certeza. Nem sei se *vou* voltar. Talvez esse caminho... não seja para mim.

Foi um choque quando Dookan deixou a Ordem. Mas, por melhor Cavaleiro Jedi que Rael fosse, em alguns aspectos, ser um Jedi nunca era uma escolha fácil. Seria uma pena perdê-lo, mas não uma surpresa.

— O que você faria?

— Ainda estou pensando. Conversando com alguns velhos amigos. Sabe como é, né? — Rael olhou para Qui-Gon com um sorriso triste. — Quando estiver no Conselho Jedi, não se esqueça de mim.

— Impossível — disse Qui-Gon, antes de dar um abraço de despedida em Rael.

Obi-Wan estava sentado no estábulo, coçando a cabeça do varactyl. Ele só tinha montado a criatura uma vez, mas sentiria falta mesmo assim.

Quando seu Mestre apareceu, o jovem deu um tapinha de despedida no varactyl e foi para o lado de Qui-Gon.

— Estamos prontos para ir?

— Estamos.

Os dois caminharam juntos pelo terreno, ouvindo o mar, enquanto voltavam para a corveta. Obi-Wan foi quem falou primeiro:

— Imagino que esteja ansioso para retornar a Coruscant. Para aceitar a oferta do Conselho.

— Se ela ainda estiver de pé. — Qui-Gon balançou a cabeça, com tristeza. — Não sei se vai acontecer, depois da minha recusa em assinar o tratado.

— Está sim — Obi-Wan confirmou. Quando Qui-Gon olhou para ele, confuso, o jovem explicou: — Quando entrei em contato com o Conselho para contar o que estava acontecendo, um dos Mestres questionou se deveriam repensar seu convite. Yoda falou que não, que o convite não seria desfeito. E todo mundo sempre diz que a palavra de Yoda é a palavra do Conselho.

— Isso nem sempre é verdade — disse Qui-Gon. — Mas você me deu muito em que pensar.

O que havia para se pensar? Então, uma ideia ocorreu a Obi-Wan.

— Você está tentando escolher meu futuro Mestre?

Qui-Gon assentiu.

— Para falar a verdade, estou.

Estar em Coruscant, por mais agitado que o lugar fosse, ainda era estar em casa. Qui-Gon sentiu-se revigorado, até mesmo confortável, quando se apresentou ao Conselho.

— Precipitado você foi ao arriscar tanta coisa por um sonho — disse Yoda. — Mas um futuro verdadeiro foi revelado.

— Não exatamente — discordou Eeth Koth. — Se entendi corretamente o relatório do Padawan Kenobi, Qui-Gon acreditava que Fanry seria a vítima do incidente, não a perpetradora…

— Para mim, esse é o detalhe mais interessante — opinou Qui-Gon. — Porque percebi que não apenas deveria ter a visão, como também interpretá-la mal.

Os membros do Conselho trocaram olhares. Foi Mace Windu quem perguntou:

— O que você quer dizer?

— Quero dizer que, se estivesse no estrado com Fanry e Deren, eles teriam tentado sabotar o meu sabre de luz em vez do de Obi-Wan. Mas Fanry só conhecia o funcionamento do de Obi-Wan. O meu tem um mecanismo interno muito diferente. Se ela tivesse feito com o meu sabre de luz o que fez com o dele, eu não teria acabado com uma arma modificada. Ficaria desarmado. Deren teria me abatido, Obi-Wan quase certamente teria permanecido na superfície do planeta e o conflito acima de Pijal, em vez de ser rapidamente neutralizado sem perda de vidas, poderia muito bem ter desencadeado uma guerra.

As orelhas de Yoda giraram.

— Certo você está disso?

— Tão certo quanto a Força permitir — disse Qui-Gon.

Ele sabia que as profecias eram reais. O que ele vira, os antigos místicos tinham visto. A Força queria que ele entendesse aquilo. Ele também sabia que tinha visto o kyber que não era kyber brilhar, o que significava que os dias da profecia estavam próximos. Tudo mudaria. Poderia ser até durante a vida de Qui-Gon. Naquela época, os escravos poderiam ser libertados. A paz poderia ser conquistada. Qui-Gon sabia que aquilo era menos certo, mas… tinha escolhido acreditar.

Mace Windu parecia pronto para deixar o assunto para trás.

— Chegou a hora de tratarmos de seu convite ao Conselho Jedi. Ele permanece. Enquanto alguns consideraram seu comportamento precipitado, outros reconhecem que você percebeu algo extraordinário através da Força. Essa capacidade só tem a melhorar as deliberações deste Conselho.

— Vocês me honram — agradeceu Qui-Gon. — Tenho o maior respeito por cada um de vocês. Por isso, espero que entendam que isso não é um repúdio a vocês. Mas devo recusar me juntar ao Conselho Jedi.

O silêncio se fez. Qui-Gon não sabia ao certo se alguém já tinha recusado um convite antes. Não nos últimos séculos, pelo menos. Vários membros do Conselho olharam para ele, e Poli Dapatian continuava piscando com força, como se não tivesse certeza de que estivesse vendo direito.

Mace recobrou a desenvoltura antes da maioria dos outros.

— Podemos perguntar o motivo?

Qui-Gon sabia que o Conselho estava errado sobre muitas coisas. Ele sentia que eles permitiram que a Ordem Jedi se tornasse uma espécie de polícia do Chanceler, em vez de se concentrar em conhecer a Força. Sim, eram sábios ao recusarem governar, mas foram imprudentes ao simplesmente aceitarem o *status quo*. Era miopia perder o contato com a Força viva, gastando tanto do seu tempo e energia na aplicação de leis que poderiam facilmente ser deixadas às autoridades civis. Era imoral recusar-se a agir contra males como a escravidão.

Mas nenhuma daquelas tinham sido as razões pelas quais ele decidira recusar.

— Minha relação com a Força mudou — disse Qui-Gon. — Eu gostaria de... ficar em silêncio por um tempo. Entregar-me a isso. Aceitar tudo o que a Força trouxer. Aderir ao Conselho me afastaria muito desse objetivo. Mas é o caminho que devo seguir.

No fim das contas, era por isso que as profecias não eram perigosas para ele, não da mesma forma que eram para outros que foram levados às trevas. O perigo estava em pensar que conhecer o futuro se tornava uma forma de controlá-lo. Finalmente Qui-Gon entendera que era exatamente o oposto. Conhecer o futuro significava entregar-se ao destino. Render-se ao fluxo e refluxo da vida. Somente por meio daquilo a Força poderia ser verdadeiramente conhecida.

Após a reunião com o Conselho, Qui-Gon saiu em busca de Obi-Wan. De todos os lugares possíveis, ele estava nos jardins. Aquilo lhes proporcionava um espaço tranquilo para se sentarem juntos enquanto Qui-Gon explicava o que havia decidido e o porquê. Obi-Wan ficou surpreso no início, mas entendeu muito rapidamente.

— Suponho que, no fim das contas, você não conseguiu concordar com o Conselho nem mesmo sobre fazer parte dele! — observou o rapaz. — Mas se este é o caminho para o qual você foi chamado, é o caminho que deve seguir.

— O que nos traz a questão de saber se você seguirá comigo. — Qui-Gon respirou fundo. — Sei que tivemos dificuldades. Mas esta missão mudou as coisas, penso eu, e para melhor. Se você preferir outro Mestre, não ficarei ofendido. Porém, se dependesse de mim, continuaríamos como estamos.

Lentamente, Obi-Wan começou a sorrir.

— Sabe, Mestre, percebi que não aprenderia tanto com alguém que sempre concordasse comigo.

Qui-Gon sorriu de volta e eles apertaram as mãos, mais verdadeiramente parceiros do que nunca.

Era quase meia-noite quando o comunicador de Averross tocou. Ele resmungou, pronto para ralhar com quem achasse que aquele era um ótimo momento para ligar... Então, percebeu que era o contato que ele estava esperando.

Averross acionou o holoprojetor e um feixe de luz assumiu a forma do Conde Dookan.

— *Rael* — chamou Dookan, com a voz mais profunda e grave do que nunca. — *Já pensou em minha proposta?*

Com um risinho curto, Averross respondeu:

— Como se eu pudesse ter pensado em qualquer outra coisa.

Dookan continuou:

— *Você aprenderia muito aqui comigo em Serenno. Ainda não imagina a verdade da Força, mas pode encontrar o caminho. Há tanto que aprendi que poderia lhe ensinar, muito mais do que nos contaram no Templo. Você ganhará mais compreensão, mais poder do que ainda pode compreender. Se fizéssemos isso juntos, seríamos invencíveis.*

— Que bom que pensa assim — disse Averross. — Mas, na verdade, eu já decidi. Vou voltar para Coruscant. Não tenho certeza do que o Conselho vai fazer comigo, mas acho que vou descobrir.

Dookan se endireitou.

"Ainda é rígido como uma tábua", pensou Rael.

— *Por que você escolheria o caminho que leva à fraqueza? O caminho que está destinado ao fracasso?*

— Não escolhemos a luz porque queremos vencer. — Averross sorriu tristemente. — Nós a escolhemos porque é a luz.

Com isso, ele desligou o holoprojetor e Dookan desapareceu.

FUTURO

A Rainha Amidala entrou no santuário, abaixando a cabeça para que seu elaborado penteado não esbarrasse no teto. Quando Obi-Wan ergueu os olhos, ela se ajoelhou cuidadosamente ao seu lado.

— Está anoitecendo. — A voz dela era gentil e paciente, como a de uma mulher muito mais velha do que realmente era. — Você está pronto?

"Pronto para ver meu Mestre consumido pelas chamas? Para saber que nunca mais o verei?"

— Dê-me mais um momento.

Amidala pressionou o antebraço dele com a mão e voltou para fora. Em poucos minutos, a pira de Qui-Gon seria levada para fora e acesa. Era um fim digno para um Jedi, e seria acompanhado pelas maiores honrarias. A morte de Qui-Gon fora vontade da Força. Mas Obi-Wan não conseguia aceitar nada daquilo.

Qui-Gon estava deitado sobre um pano branco, com o rosto tão plácido quanto no passado, durante as meditações mais profundas. Obi-Wan optou por não o vestir com uma nova túnica, mas sim permitir que os presentes no funeral vissem a marca queimada onde o sabre de luz do Lorde Sith o tinha atravessado. Era o único sinal de violência da morte de seu Mestre.

"O primeiro Jedi morto por um Sith em mil anos", pensou ele, entorpecido. "Esse destino nunca deveria ter recaído sobre ninguém. Mas se tinha que acontecer, por que foi com você e não comigo?"

Obi-Wan lembrava que não se dava muito bem com Qui-Gon durante os primeiros anos de seu aprendizado, mas lembrava daquilo da mesma forma que recordava de datas na história da Ordem, como fatos simples e sem muita vida. Em vez disso, quando Obi-Wan pensava em sua época como Padawan de Qui-Gon, sempre se lembrava dos anos que seguiram aquela missão em Pijal, os anos em que os dois se tornaram parceiros e amigos. Ele esperava passar pelos testes, ser nomeado Cavaleiro em uma cerimônia adequada com Qui-Gon ao seu lado, e que os dois continuassem amigos pelo resto de suas vidas. Em vez disso, Obi-Wan se tornou um Cavaleiro Jedi naquela manhã, por meio de uma promoção de campo às pressas. Nunca mais teria o aconselhamento, o apoio ou a companhia de Qui-Gon. A única herança que recebera de seu Mestre era bem mais complicada.

Ele olhou para a porta do santuário. Embora a noite estivesse caindo, Obi-Wan conseguia distinguir a silhueta do pequeno Anakin Skywalker.

Depois de Pijal, a devoção de Qui-Gon às profecias nunca vacilou. Ainda assim, Obi-Wan nunca teria imaginado que Qui-Gon identificaria com segurança o Escolhido como um pequeno garoto escravizado. Menos ainda teria esperado ser abruptamente deixado de lado em favor do mesmo garoto, uma ferida em seu relacionamento com seu Mestre que apenas começava a cicatrizar antes de Qui-Gon morrer. Obi-Wan entendia os motivos de Qui-Gon, mas não compartilhava da convicção do Jedi mais velho de que Anakin era o Escolhido.

"E, no entanto, talvez seja assim que a Força deseja", pensou ele. Qui-Gon passou a acreditar novamente nas profecias em Pijal, onde começara a argumentar que os Jedi deveriam pressionar mais a República no combate à escravidão. Qui-Gon nunca parou de discutir aquilo com quem quisesse ouvir, mas nunca contrariou suas ordens, nem mesmo em Tatooine. "Se Anakin for o Escolhido e cumprir sua promessa de libertar os escravos, isso cumprirá todas as esperanças de Qui-Gon."

Em seu último suspiro, Qui-Gon pediu a Obi-Wan que treinasse Anakin como um Jedi. A maioria dos Cavaleiros Jedi não se tornava Mestre até anos depois de terem passado em seus próprios testes, um tempo durante o qual poderiam traçar seus próprios caminhos. Obi-Wan assumir um Padawan depois de ser Cavaleiro Jedi por apenas algumas horas era... certamente algo sem precedentes. Provavelmente também era imprudente.

Mas Obi-Wan havia prometido. Foi a última coisa que dissera a Qui-Gon. Então, tinha que ser verdade.

— Eu vou treiná-lo, Mestre — disse ele, baixando a cabeça até quase tocar a mão imóvel de Qui-Gon. — Farei por ele tudo o que você teria feito.

Qui-Gon acreditava que Anakin Skywalker era o Escolhido. Obi--Wan teria que acreditar naquilo também.

Olhando para o rosto de Qui-Gon pela última vez, Obi-Wan sussurrou:

— Eu escolho acreditar.

AGRADECIMENTOS

Devo agradecimentos significativos a todos os envolvidos em todo o processo de publicação, em particular a Michael Siglain, Elizabeth Schaefer, Jennifer Heddle, Pablo Hidalgo, Matt Martin e aos pobres editores cujos nomes desconheço. Além disso, tenho uma dívida com os muitos amigos e colegas escritores que me ajudaram a manter o foco durante o processo, particularmente Cavan Scott, Daniel José Older, Stephanie Stoecker, Marti Dumas, Sarah Tolscer, Alys Arden e Brittany Williams. Certamente nada disso teria sido possível sem a ajuda incansável da minha assistente, Sarah Simpson Weiss, e o apoio da minha agente, Diana Fox. Acima de tudo, gostaria de agradecer a Paul Christian, que apoiou a escrita deste livro de todas as maneiras possíveis, desde a pesquisa de diversas teorias antigas sobre profecias até a lavagem de roupas. Sou muito grata a cada um de vocês.